DOROTHY ALLISON

Kuckuckskinder

Buch

Die Familie Boatwright lebt in Greenville, South Carolina, und besteht aus Männern, die viel trinken und schnell mit den Fäusten sind, und aus Frauen, die jung heiraten und schnell alt werden. In dieser Familie wächst die junge Ruth Anne als uneheliches Kind auf und begreift schon bald, was die Umgebung über sie und ihre Familie denkt: Weißes Pack! Auch als ihre Mutter den attraktiven Glen Waddell heiratet, einen Mann aus angesehenem Haus, wird die Situation für Ruth Anne nicht besser – ganz im Gegenteil. Sie träumt von einem Leben weit weg von Greenville, vor allem weg von ihrem Stiefvater Glen, dessen zweideutige Zärtlichkeiten mit heftigen Eifersuchtsausbrüchen und Gewalt abwechseln…

Autorin

Dorothy Allison wurde 1949 in Greenville, South Carolina, geboren. Sie studierte Anthropologie, engagierte sich in der Frauenbewegung und lebte einige Jahre in Washington und New York. »Kuckuckskinder« war für den National Book Award nominiert und »Heimkehr nach Cayro« stand wochenlang auf den amerikanischen Bestsellerlisten. Neben ihrer Lehrtätigkeit an verschiedenen Universitäten verfasste Dorothy Allison Essays, Kurzgeschichten und Gedichte. Heute lebt sie in San Francisco. Ein weiterer Roman von der Autorin ist in Vorbereitung.

Außerdem von der Autorin bei Goldmann:

Heimkehr nach Cayro. Roman (45007)

Dorothy Allison

Kuckuckskinder

Roman

Aus dem Amerikanischen
von Christine Popp

GOLDMANN

Die amerikanische Originalausgabe erschien 1992
unter dem Titel »Bastard Out of Carolina«
bei Dutton, New York

Dieser Roman ist bereits unter dem Titel
»Die Angst in mir ist wie ein großer Fluß«
erschienen.

Umwelthinweis:
Alle bedruckten Materialien dieses Taschenbuches
sind chlorfrei und umweltschonend.

Neuveröffentlichung März 2002

Umschlaggestaltung: Design Team München
Umschlagfoto: E. Grames
Satz: Uhl + Massopust, Aalen
Druck: Elsnerdruck, Berlin
Verlagsnummer: 45048
AL · Herstellung: Sebastian Strohmaier
ISBN 3-442-45048-9
www.goldmann-verlag.de

1 3 5 7 9 10 8 6 4 2

Für Mama
Ruth Gibson Allison
1935–1990

Die Leute bezahlen für das, was sie tun, und noch mehr für das, was sie aus sich selbst gemacht haben. Und sie bezahlen dafür – einfach mit dem Leben, das sie führen.

James Baldwin

KAPITEL 1

Alle haben immer Knöchelchen zu mir gesagt, obwohl ich eigentlich Ruth Anne heiße. Den Namen habe ich von meiner ältesten Tante, Tante Ruth – und zwar in jeder Hinsicht. Meine Mama hatte bei der ganzen Sache nämlich nicht viel zu sagen, genau genommen war sie gar nicht dabei. Sie war mit meinen Tanten und Onkeln in einem Auto unterwegs zum Flughafen, um einen Vetter abzuholen, der vom Soldatspielen zurückkam. Tante Alma, Tante Ruth und ihr Mann Travis saßen zusammengequetscht auf den Vordersitzen, Mama lag ausgestreckt auf der Rückbank und schlief tief und fest. Mit der Schwangerschaft hatte Mama so ihre Probleme, als sie schließlich im achten Monat war, konnte sie kaum mehr richtig schlafen. Sie erzählte mir, wenn sie sich auf den Rücken legte, kam es ihr so vor, als würde ich sie erdrücken, und wenn sie sich auf die Seite legte, hatte sie das Gefühl, ich kletterte ihr am Rückgrat hoch. Auf dem Bauch konnte sie überhaupt nicht mehr liegen. Ihr einziger Trost war jetzt der Rücksitz von Onkel Travis' Chevy, weil die Sitzfläche vorn in die Höhe ging und damit die ideale Wiege sowohl für kleine Kinder als auch schwangere Frauen abgab. Nachdem Mama sich also auf diesem Sitz ausgestreckt hatte, dauerte es nicht lange, und sie fiel zum ersten Mal seit acht Monaten in tiefen Schlaf. Sie schlief so fest, dass sie nicht einmal bei dem Unfall aufwachte.

Bis zum heutigen Tag besteht meine Tante Alma darauf, dass das, was geschah, auf keinen Fall Onkel Travis' Fehler gewesen war, aber ich weiß genau, dass ich erst siebzehn werden musste, um Onkel Travis zum ersten Mal in meinem Leben nüchtern zu sehen, und da hatte man ihm gerade zusammen mit der Leber den halben Magen rausgenommen. Ich kann mir nicht vorstellen, dass er damals nichts getrunken hatte. Für mich steht außer Frage, dass sie *alle* getrunken hatten, bis auf Mama, die Alkohol nicht vertrug und erst recht nicht, wenn sie schwanger war.

Nein, Mama war gerade eingeschlafen, und alle anderen waren betrunken. Und was machten sie? Sie krachten frontal mit einem anderen, langsam daherkommenden Wagen zusammen. Der vordere Teil von Onkel Travis' Chevy wurde wie eine Ziehharmonika zusammengedrückt, der hintere bog sich nach oben, aber die Tanten und Onkel Travis waren so eng zusammengequetscht, dass sie nur einen kleinen Ruck verspürten. Mama dagegen, die ja schlief, die Hände unter dem Kinn gefaltet, flog direkt über ihre Köpfe hinweg durch die Windschutzscheibe über das Auto, das sie gerammt hatten. Das splitternde Glas zerschnitt ihr die Kopfhaut, und als sie auf dem Boden aufschlug, prellte sie sich den Hintern, aber sonst trug sie keine Verletzungen davon. Allerdings wachte sie erst nach drei Tagen wieder auf, und da hatten Oma und Tante Ruth schon alle Papiere unterschrieben und einen Namen für mich ausgesucht.

Ruth heiße ich nach meiner Tante Ruth und Anne nach meiner Mama. Den Spitznamen Knöchelchen bekam ich verpasst, kurz nachdem Mama mit mir vom Krankenhaus nach Hause gekommen war. Onkel Earle hatte verkündet, dass ich »nicht größer als ein Fingerknöchel« sei, und Tante Ruths Jüngste, Deedee, die Decke wegzog, um »das Knöchelchen« zu sehen. Zum Glück heiße ich nicht Mattie Raylene, wie Oma ursprünglich wollte. Mama hatte immer schon gesagt, dass sie ihre erste Tochter nach ihrer ältesten Schwester nennen wollte, aber Tante Ruth dachte sich, Mamas Kind müsse selbstverständlich Mamas Namen tragen, noch dazu, wo sie sie beinah verloren hätten.

Neben der Wahl des Namens machten sie auch so ungefähr alles andere falsch. Weder Tante Ruth noch Oma schrieben besonders deutlich, und sie waren auch nicht auf die Idee gekommen, sich zu überlegen, wie man Anne buchstabiert, und so standen am Ende drei verschiedene Versionen auf dem Formular: Ann, Anne und Anna. Was den Namen des Vaters betrifft – nun, Oma weigerte sich, ihn auszusprechen, seitdem sie ihn aus der Stadt gejagt hatte, weil er mit ihrer Tochter rumgemacht hatte, und Tante Ruth war sich mit seinem Nachnamen sowieso nie ganz sicher gewesen. Sie versuchten sich aus der Affäre zu ziehen, indem sie einfach irgendetwas hinkritzelten, aber dem Krankenhaus mochte vielleicht gleichgültig sein, wie man den zweiten Vornamen eines Babys buchstabierte, den Nachnamen des Vaters jedoch wollten sie schon genau wissen. Also gab Oma einen an, Tante Ruth einen anderen, der Beamte wurde wütend, und da war ich dann – ein vom Staate South Carolina legitimierter Bastard.

Mama sagte immer, wenn sie wach gewesen wäre, dann wäre das nie passiert. »Schließlich«, sagte sie zu meiner Tante Alma, »fragen sie einen auch nicht nach einer Heiratsurkunde, bevor sie einen auf den Tisch legen.« Sie war überzeugt davon, dass sie sich hätte durchschwindeln können, einfach mit fester Stimme hätte behaupten können, sie sei verheiratet, sodass keiner auf die Idee gekommen wäre, weiter nachzufragen.

»Erst wenn man sie drauf aufmerksam macht, schreiben sie es auf.«

Oma meinte, das sei sowieso alles egal. Wen kümmerte es schon, was irgendwo geschrieben stand? Lasen die Leute etwa Standesregister? Fragten sie einen nach dem Geburtsschein, bevor sie sich zu einem auf die Veranda setzten? Jeder, auf den es ankomme, wisse Bescheid, und alle anderen seien ihr keinen Rattenarsch wert. Sie hänselte Mama geradezu wegen des blöden Zettels mit dem roten Stempel drauf.

»Was soll das Ganze? Wolltest du dir das Ding einrahmen?

Wolltest du dir was an die Wand hängen zum Beweis, dass du alles richtig gemacht hast?« Oma konnte gemein sein, wenn es um ihren Stolz ging. »Das Kind ist Beweis genug. Und da ist auch kein Stempel drauf.«

Auch wenn es Oma egal war, Mama war es nicht egal. Mama hasste es, weißes Pack genannt zu werden, hasste die Erinnerung an jeden einzelnen Tag, den sie über die Erdnuss- und Erdbeerpflanzen anderer Leute gebeugt verbracht hatte, während diese aufrecht dastanden und sie ansahen, als wäre sie nicht mehr als ein herumliegender Stein. Der Stempel auf jener Geburtsurkunde wurmte sie wie der Stempel, den ihr die anderen offensichtlich aufdrücken wollten. *Nichtsnutzig, faul, unfähig.* Sie hätte sich die Hände wund und den Rücken krumm gearbeitet, hätte sich zu einem unterwürfigen, verlegenen Lächeln gezwungen – alles, nur um den Namen, den man ihr in der Greenville County geben wollte, Lügen zu strafen. Und jetzt hatte das ein Süßholz raspelnder, schwarzäugiger Mann für sie erledigt – ihr und ihrer Familie ein Zeichen aufgedrückt. Es blieb ihr nichts anderes übrig, als sich, acht Tage nachdem ich geboren worden war, aufzuraffen und wieder zur Arbeit zu gehen, wo sie mit zusammengepressten Lippen und geschwollenen Augen die Gäste bediente.

Mama ließ ein Jahr vergehen. Vier Tage vor meinem ersten Geburtstag und einen Monat nach ihrem sechzehnten wickelte sie mich dann in eine Decke und nahm mich mit zum Standesamt. Der Beamte war höflich, aber nicht sehr zuvorkommend. Er ließ sie gegen eine Gebühr von zwei Dollar ein Formular ausfüllen. Mama füllte es in sauberer Schönschrift aus. Drei Jahre hatte sie die Schule nicht mehr von innen gesehen, aber sie schrieb für alle Familienmitglieder immer Briefe und war stolz auf ihre anmutige, leicht schräge Handschrift.

»Was ist mit dem anderen passiert?«, fragte der Beamte.

Mama hob den Blick nicht von meinem Kopf, der auf

ihrem Arm ruhte. »Es ist kaputt. In der unteren Hälfte zerrissen.«

Der Beamte musterte sie eindringlich und warf einen flüchtigen Blick auf mich. »Ehrlich?«

Er verschwand für geraume Zeit in den hinteren Räumen. Mama blieb, still und stur, am Schalter stehen. Als er wieder zurückkam, reichte er ihr das Dokument und beobachtete dabei ihren Gesichtsausdruck.

Es war die gleiche Bescheinigung wie zuvor, völlig identisch. In der unteren Hälfte stand in übergroßen roten Blockbuchstaben: UNEHELICH.

Mama schnappte nach Luft wie eine alte Frau mit Rippenfellentzündung und lief vom Hals bis zum Haaransatz rot an. »So will ich es nicht haben«, platzte es aus ihr heraus.

»Tja, kleines Fräulein«, sagte der Beamte gedehnt. Hinter ihm sah sie ein paar weibliche Kollegen in der Tür stehen, die Gesichter fast ebenso gerötet wie ihres, obwohl das Glitzern in ihren Augen von einer ganz anders gearteten Gefühlsregung herzurühren schien. »So und nicht anders. Die Tatsachen sind erwiesen.« Er zog das Wort noch in die Länge, betonte es so, dass es zwischen ihnen in der Luft hing wie eine Neonspiegelung des roten Gesichts von Mama – *erwiesen*.

Die Frauen in der Tür schüttelten den Kopf und spitzten die Lippen. Eine sagte laut zur anderen: »Leute gibt's!«

Mama straffte den Rücken, drückte mich enger an sich und marschierte abrupt zum Ausgang. »Sie haben Ihre Urkunde vergessen«, rief der Mann ihr nach, aber sie blieb nicht stehen. Sie hielt mich so fest umklammert, dass ich ein hohes, dünnes Geheul ausstieß. Mama ging einfach weiter und ließ mich schreien.

Sie ließ ein weiteres Jahr verstreichen, bis sie wieder hinging. Diesmal nahm sie Tante Ruth mit, mich ließ sie bei Oma.

»Ich hab das gemacht«, versicherte Tante Ruth dem Beamten, »und es war wirklich alles meine Schuld. In der ganzen

Aufregung war ich völlig durcheinander, ist ja auch kein Wunder, wo doch Anney hier so ausgesehen hat, als wär sie tot und würde nicht mehr aufwachen, und alle schreien und rennen durch die Gegend. Gleich nach uns kam nämlich noch ein Unfall mit drei Autos rein.«

Tante Ruth sah dem Beamten sehr ernst in die Augen und bemühte sich angestrengt um einen offenen und freundlichen Blick.

»Sie wissen schon, wie so was passiert.«

»O ja, das weiß ich«, sagte er. Es schien ihm richtig Spaß zu machen. Das Formular, das er schließlich hervorzog, unterschied sich nicht von den vorhergehenden. Der Blick, den er meiner Mama und meiner Tante zuwarf, war Selbstgerechtigkeit pur. *Was habt ihr erwartet?*, schien er sagen zu wollen. Sein Gesichtsausdruck war unverbindlich und beinah freundlich, aber mit den Augen lachte er sie aus. Meine Tante hätte ihm mit ihrer Handtasche fast eins übergezogen, aber Mama hielt sie am Arm fest. Diesmal nahm sie die Kopie der Urkunde mit.

»Da hab ich wenigstens was für meine zwei Dollar«, sagte sie. Mit siebzehn war sie auch schon ein ganzes Stück älter als mit sechzehn. Im folgenden Jahr ging sie allein hin und im Jahr darauf auch. Im selben Jahr lernte sie Lyle Parsons kennen, und der Gedanke, ihn zu heiraten, schien ihr viel versprechender, als sich noch mal zum Standesamt zu schleppen. Onkel Earle zog sie damit auf, dass sie, wenn sie mit Lyle sieben Jahre zusammenleben würde, zum selben Ergebnis kommen könnte, ohne einen Notar bezahlen zu müssen. »Vom Gesetz haben wir noch nie was gehabt. Da kannst du genauso ohne weitermachen.«

Mama hörte, kurz nachdem sie Lyle Parsons geheiratet hatte, mit der Arbeit als Kellnerin auf, obwohl sie die Sache nicht unbedingt gut fand. »Wir werden einiges brauchen«, sagte sie zu ihm, aber davon wollte er nichts hören. Lyle war einer der süßesten Jungen, den die Parsons je hervorgebracht hatten, ein allzu hübscher Junge mit sanften Augen und sanfter Stimme, der es satt hatte, immer nur Mamas Liebling zu sein. Es war ihm völlig Ernst damit, gut für seine Familie zu sorgen und sich als Mann beweisen zu wollen, und so schwängerte er Mama im Handumdrehen und wollte, dass sie nicht mehr zur Arbeit ging. Beim Benzinabfüllen und Reifenwechseln in der Texaco-Tankstelle seines Vetters verdiente er allerdings kaum genug für die Miete. Mama versuchte es mit einem Halbtagsjob in einem Lebensmittelladen, gab ihn dann aber wieder auf, als sie so weit war, dass sie keine schweren Kisten mehr heben konnte. Da war es einfacher, am Fließband in der Stevens-Spinnerei auf einem Stuhl zu sitzen, bis Reese geboren wurde, aber Lyle gefiel auch das ganz und gar nicht.

»Wie soll denn das Baby meine langen Beine bekommen, wenn du dauernd gebückt dasitzt?«, jammerte er. Er wollte sich Geld leihen oder einen zweiten Job annehmen, alles, nur damit seine hübsche neue Frau nicht in die Spinnerei musste. »Honigmaus«, nannte er sie, »Süße«.

»Wonneproppen«, sagte sie dafür zu ihm, »Zuckerbär«, und wenn es niemand anderer hörte: »Kindchen«. Sie liebte ihn wie ein Kind, beschrieb ihren Schwestern hinter vorgehaltener Hand die weichen blonden Haare auf seinem Bauch, wie er beim Schlafen ein Bein über ihre Hüfte legte, was für Geschichten er ihr über all die Gegenden erzählte, die er ihr noch zeigen wollte.

»Er liebt Knöchelchen richtig, ehrlich«, sagte sie zu Tante Ruth. »Will sie sogar adoptieren, wenn wir'n bisschen Geld auf der Seite haben.« Sie machte mit großer Freude Fotos von ihm. Das beste ist bei der Tankstelle aufgenommen, im strahlenden Sommersonnenschein, und Lyle hängt an dem Texaco-Schild mit einer Jacke, auf der GREENVILLE COUNTY RACETRACK steht. Er hatte einen Job draußen auf der Rennbahn angenommen, wo die Stock-Car-Rennen stattfanden, wechselte mit rasender Geschwindigkeit Reifen in der Box und verdiente ein bisschen nebenbei beim Crash-Rennen sonntagnachmittags. Mama ging eher selten mit ihm dorthin. Sie mochte weder den Lärm noch den Gestank, noch den Spaß, den sich die anderen Männer mit Lyle erlaubten, indem sie ihn dazu anstachelten, warmes Bier zu trinken, weil sie sehen wollten, ob er dann bei der Arbeit langsamer wurde. So gern sie Fotos von ihm machte, draußen auf der Rennbahn schoss sie nur eines. Auf dem ist zu sehen, wie er einen Reifen gegen die linke Hüfte drückt, eine Hälfte seines Gesichts ist ganz voll Öl, und er grinst so breit, dass man richtig das Bier riechen kann.

Es war Sonntag, als Lyle starb, nicht auf der Rennbahn, sondern auf dem Heimweg, so unbeschwert, so sanft, dass die Erdnusspflücker, die den Unfall mitbekamen, auch danach noch behaupteten, der Junge könne nicht tot sein. Es hatte geregnet. Einer dieser gespenstischen Sommerschauer war niedergegangen, wo die Sonne weiter scheint und das Wasser in weichen Bahnen herunterkommt, denen kaum einer Beachtung schenkt. Lyles Laster war mit einigem Tempo in die Kurve beim Bahnübergang gefahren. Er winkte einem der Pflücker zu, schenkte ihm sein breitestes Grinsen. Dann schlingerte der Laster in einer regennassen Ölpfütze, und Lyle wurde aus der Fahrertür geschleudert.

»Das ist 'n netter Junge gewesen«, sagte einer der Pflücker immer wieder zu dem Streifenpolizisten. »Der hat echt nix verkehrt gemacht, ist einfach im Regen die Straße langgefahren – 'n richtiger Teufelsregen war das. Die Sonne war so hell, und der Junge hat nur so gegrinst.« Der alte Mann drehte sich dabei dauernd nach Lyle um, der bewegungslos am Straßenrand lag.

Etwa zwanzig Minuten lag Lyle da, ohne dass ihn jemand zudeckte. Jeder wartete darauf, dass er einfach wieder aufstand. Es waren oberflächlich keine Verletzungen zu sehen, nur dieses träge Lächeln, das sein Gesicht strahlen ließ. Aber sein Hinterkopf war platt wie der Kies darunter, und seine Handflächen glänzten bloß und feucht inmitten des Verkehrsflusses, den die Streifenpolizisten um das Autowrack herumleiteten.

Mama hatte Reese auf dem Arm, als der Wagen des Sheriffs bei Tante Alma aufkreuzte, und sie muss sofort gewusst haben, warum er kam, denn sie warf den Kopf zurück und heulte auf wie eine alte Hündin, die in den Wehen liegt, heulte und wiegte und drückte ihre kleine Tochter so fest, dass Tante Alma sie kneifen musste, um Reese befreien zu können.

Mama war neunzehn, hatte zwei Babys, und drei Kopien meiner Geburtsurkunde lagen in ihrer Schrankschublade. Nachdem sie schließlich zu heulen aufgehört hatte, gab sie überhaupt keinen Ton mehr von sich, und wenn jemand versuchte, sie zum Weinen oder Sprechen zu bringen, nickte sie nur. Sie nahm ihre beiden Mädchen mit zur Beerdigung, und alle ihre Schwestern standen neben ihr in einer Reihe. Die Parsons redeten kaum mit ihr. Lyles Mutter sagte zu Tante Alma, wenn ihr Junge nicht Mama zuliebe diesen verdammten Job angenommen hätte, wäre er nicht auf der Straße gestorben. Mama zeigte keine Reaktion. Ihr blondes Haar sah dunkel und schlaff aus, ihre Haut grau, und an ihren Augenwinkeln hatten sich innerhalb dieser wenigen Tage feine Linien gebildet. Tante Ruth schob sie vom Grab weg, während Tante Raylene ein paar Blumen in ihre Familienbibel legte, nachdem sie damit aufgehört hatte, Mrs. Parsons zu erzählen, was für ein verdammter Idiot sie sei.

Tante Ruth war gerade mit ihrem achten Kind hochschwanger, und es tat ihr Leid, Mama deshalb nicht wie eines ihrer Babys in den Arm nehmen zu können. Vor Onkel Earles Auto blieb sie stehen und lehnte sich gegen die Fahrertür, die Hände immer noch auf Mamas Schultern. Sie strich Mama die Haare aus dem Gesicht und sah ihr tief in die Augen. »So schwer wird dich nie wieder was treffen«, sagte sie verheißungsvoll. Sie fuhr mit dem Daumen unter Mamas

Augen entlang, die anderen Finger lagen leicht an den Schläfen. »Jetzt siehst du wie 'ne richtige Boatwright aus«, sagte sie. »Genau der Blick. Du bist so alt, wie du nur werden kannst, Kleine. So wirst du aussehen, bis du stirbst.« Mama nickte nur; es war ihr nicht mehr wichtig, wie sie aussah.

Nachdem Lyle begraben war, hielt Mama es nur noch ein Jahr in der Textilfabrik aus, weil ihr der Staub dort zusehends zu schaffen machte. Es blieb ihr keine andere Wahl, als sich wieder Arbeit in einem Esslokal zu suchen. Die Trinkgelder dort waren nicht zu verachten. Natürlich würde sie in den Nachtclubs oder bei einer Ausstellung in einer Cocktailbar noch mehr verdienen können. Beim Servieren von Bier und Wein verdiente man immer mehr und noch mehr bei harten Getränken, dafür hätte sie jedoch Greenville County verlassen müssen. Sie konnte es sich aber nicht vorstellen, von ihrer Familie wegzuziehen. Mit ihren beiden Mädchen hatte sie die Unterstützung ihrer Schwestern nötig.

Das White Horse Café war auf jeden Fall eine gute Wahl, immerhin eines der wenigen anständigen Restaurants in der Stadt. Die Arbeit ermüdete sie zwar, machte sie aber nicht so todkrank wie die Spinnerei. Außerdem mochte sie die Leute, die sie dort kennen lernte, die Trinkgelder und die Gespräche.

»Ihr Lächeln ist was Besonderes«, sagte der Wirt einmal zu ihr.

»Ach, mit meinem Lächeln komme ich ziemlich weit«, antwortete sie lachend, und keiner hätte sagen können, dass sie das nicht auch so meinte. Ob Lastwagenfahrer oder Richter, alle mochten sie Mama. Tante Ruth behielt Recht, Mamas Gesicht hatte zu sich selbst gefunden. Nach einiger Zeit war die Farbe in ihre Wangen zurückgekehrt, und mit den Fältchen um die Augen sah sie jetzt aus, als lächelte sie gern und oft. Wenn die Männer an der Theke ihr keine Vierteldollarmünzen in die Tasche steckten, dann brachten sie ihr Geschenke mit, Souvenirs oder nette Karten, ein- oder zweimal sogar einen Ring. Mama lächelte, machte Scherze und verteilte freundschaftliche Klapse, gab aber ungerührt alles wieder zurück, was ihr wie eine Vorauszahlung auf etwas, was sie nicht verkaufen wollte, vorkam.

Reese war zwei Jahre alt, als Mama wieder einmal beim Standesamt vorbeischaute. Der Beamte war sichtlich erfreut, sie wieder zu sehen. Diesmal redete sie aber nicht lange mit ihm, packte nur die Papiere und nahm sie mit zu dem neuen Bürogebäude neben der Autofiliale von Sears, Roebuck. Onkel Earle hatte ihr etwas von dem Geld gegeben, das er für einen anderen Autounfall von der Versicherung bekommen hatte, und mit einem Teil davon wollte sie ein paar Beratungsstunden bei seinem Rechtsanwalt nehmen. Der Mann strich ihr Geld ein und lächelte sie dann fast genauso an wie zuvor der Beamte, als sie ihm sagte, was sie wollte. Sie setzte dabei einen harten Gesichtsausdruck auf, worauf der Rechtsanwalt an sich halten musste, um nicht laut loszulachen. Es wär ja auch nicht gerade sinnvoll gewesen, sich Earle Boatwrights Schwester zum Feind zu machen.

»Es tut mir Leid«, sagte er und gab ihr die Hälfte des Geldes zurück. »So wie die Gesetzeslage ist, gibt es nichts, was ich für Sie tun kann. Falls ich das einreichen würde, käme es genauso zurück wie das, was Sie jetzt haben. Nur dass Sie ein paar Jahre darauf warten müssten. Früher oder später wird man diese verdammte Verordnung aufheben. Meistens wird sie sowieso nicht mehr angewendet.«

»Warum«, fragte sie ihn, »wird dann drauf bestanden, dass sie bei mir angewendet wird?«

»Tja, meine Liebe.« Er seufzte. Offensichtlich war es ihm peinlich. Er rutschte auf seinem Sessel hin und her und schob dann auch das restliche Geld über den Schreibtisch. »Darauf brauche ich Ihnen wohl nicht zu antworten. Sie haben Ihr ganzes Leben lang in dieser County gelebt, da wissen Sie genau, wie es hier zugeht.« Er schenkte ihr ein Grinsen ohne jede Spur von Humor. »Inzwischen freuen die sich schon auf Ihren Besuch.«

Dann fügte er noch »Klein karierte Leute« hinzu, aber das Grinsen verschwand nicht aus seinem Gesicht.

»Bastard!«, zischte Mama, hielt dann aber plötzlich inne. Das Wort war ihr selbst verhasst.

Familie ist Familie, aber sogar die größte Zuneigung kann nicht verhindern, dass sich die Leute irgendwann gegenseitig nerven. Mamas Stolz, Omas Groll, dass es da überhaupt irgendetwas geben solle, weshalb man sich schämen müsse, die Angst und der bittere Humor meiner Tanten, die starrsinnige Verachtung meiner Onkel für alles, was man nicht mit einem Schießeisen oder im Handumdrehen regeln konnte – all das zusammen bewirkte, dass meine Mama schnell und schmerzhaft erwachsen wurde. Es gab nur eine Möglichkeit, das ihr entgegengebrachte Mitleid und die Gemeinheiten abzuwehren. Mama lernte, mit den anderen mitzulachen, bevor man über sie lachen konnte, und sie eignete sich dieses Verhalten so gut an, dass niemand mitbekam, was sie wirklich dachte oder fühlte. Sie wurde bald für ihr schnelles Lächeln und ihre scharfe Zunge bekannt, und da sie das eine zum Ausgleich für das andere benutzte, wirkte sie freundlich, wenn auch unnahbar. Niemand wusste, dass sie nachts um Lyle und ihr verlorenes Glück weinte, dass die Buttercreme im Innern dieses knusprigen Kekses aus Kummer und Sehnsucht zusammengerührt war, dass sie mehr als alles andere auf der Welt jemand Starken haben wollte, der sie so liebte, wie sie ihre Mädchen liebte.

»Also, bei meiner Schwester musst du aufpassen«, sagte Onkel Earle zu Glen Waddell, als er ihn eines Tages zum Mittagessen mit in das Lokal nahm. »Brauchst bloß was Falsches sagen, und sie macht dich *so* klein mit Hut.«

Es war Donnerstag, und auf der Speisekarte stand gebratene Hühnerbrust mit frischem Kohlgemüse, was Earle als Anlass nahm, seinen neuen Kollegen an einem normalen Arbeitstag durch halb Greenville zu schleppen. Irgendwie gefiel ihm Glen, obwohl er von einem Augenblick zum anderen oft nicht sagen konnte, was hinter den dunkelblauen Augen dieses kleinen, eigensinnigen Kerls vor sich ging. Den Waddells gehörte die Molkerei, und der älteste Sohn kandidierte für die Wahl zum Staatsanwalt. Der dürre, scheue kleine Glen Waddell sah nicht so aus, als würde er es weit bringen. Er war Lastwagenfahrer in Earles Eisengießerei und konnte einem kaum in die Augen schauen. Aber mit siebzehn war es ja vielleicht auch zu viel verlangt, sagte sich Earle und erzählte unentwegt Geschichten über seine Schwester, damit der Junge locker wurde.

»Anney macht die beste Bratensoße in der ganzen County, die süßesten Kekse, und in dieses Grünzeug haut sie genau die richtige Menge Essig rein. Alles klar?«

Glen nickte, obwohl er in Wahrheit nicht besonders viel für Gemüse übrig hatte und seine wohlerzogene Mama ihm immer erzählt hatte, Bratenfett sei schlecht fürs Herz. Und mit diesen Gedanken war er nicht vorbereitet auf den Augenblick, den ihm Mama bot, als sie sich ihr kurzes blondes Haar aus der Stirn strich und den großen Teller mit warmem Essen vor ihm auf dem Tisch absetzte. Glen nahm einen Bissen von dem knorpeligen Fleisch mit Bratensoße, aber es schien ihm auf der Zunge zu zergehen. Das Gemüse war süß-sauer und voller Fett. Seine Zunge sang seinem Rachen trotzdem Liebeslieder, sein Hals machte sich selbstständig, und die Haare fielen ihm ins Gesicht. Es war wie Sex, dieses Essen, viel zu gut, als dass man es mitten am Tag und noch dazu an Männer, die zu müde zum Genießen waren, verschwenden durfte. Er kaute, schluckte und spürte, wie er jetzt erst allmählich zum Leben erwachte. Zum ersten Mal fühlte er sich wie einer der Jungs, wie ein erwachsener Mann, der von dem berüchtigten und gefährlichen Schwarzen Earle Boatwright akzeptiert wurde und der seinen Blick nicht von der Frau hinter der Theke abwenden konnte, der hübschesten Frau, die er je gesehen hatte. Das Blut schoss ihm ins Gesicht, und er nahm einen großen Schluck Eistee, um sich abzukühlen.

»Die da?«, stammelte er. »Das ist deine Schwester? Das hübsche kleine Ding mit dem weißen Kopf? Das ist ja noch 'n Mädel.«

Earle grinste. Glens Gesichtsausdruck war so glasklar wie der Himmel nach einem Frühlingsregen. »O ja, sie ist 'n Mädel«, sagte er und legte Glen seine große Hand auf die Schulter. »Sie ist das kleine Mädel von meiner eigenen lieben Mama. Aber unsre Mama ist 'ne Furie, und unser Daddy war 'n Rumtreiber.« Er lachte laut und hörte damit erst wieder auf, als er sah, wie Glen der vorbeigehenden Anney hinterherstarrte, vor allem der Schürzenschleife, die hoch oben auf ihrem Hintern thronte. Einen Moment lang wurde ihm ganz heiß vor Wut, aber dann nahm er sich zusammen. Der Junge war zwar ein Idiot, aber trotzdem war er ein Junge. Konnte bestimmt nichts Böses tun. Earle kam sich großzügig und christlich vor, und er drückte Glens Schulter ein letztes Mal hart und fest und sagte zu ihm: »Pass auf, was du tust, mein Sohn. Pass bloß auf.«

Glen Waddell nickte. Er verstand vollkommen, was Earles Gesichtsausdruck bedeutete. Der Mann war schließlich ein Boatwright, ein Mann, der wie seine beiden Brüder schon im Gefängnis gewesen war, weil sie anderen Männern schwer zugesetzt hatten. Schreckliche Geschichten erzählte man sich von den Boatwright-Brüdern, Geschichten, die sich die Männer beim Whiskey zuflüsterten, wenn keine Frauen in der Nähe waren. Earle konnte zwar gut mit Hammer und Säge umgehen, aber mit der Spitzhacke war er ein wahrer Zauberer. Er fuhr Lastwagen, als wäre es für ihn ein Liebesspiel, und in der Seitentasche seiner geflickten Malerhose steckte ein Hirschfänger mit einer achtzehn Zentimeter langen Klinge. Earle Boatwright war all das, was Glen immer hatte sein wollen – vor allem, weil seine älteren Brüder ihn wegen seines hitzigen Temperaments, seines schlechten Gedächtnisses und seiner allgemeinen Nutzlosigkeit immer verlachten. Außerdem hatte Earle das Talent, Leute – Männer wie Frauen – zu bezaubern. Er hatte dem schwarzen Schaf der Waddell-Familie auf einen Schlag die Angst vor den anderen Männern in der Arbeit genommen, hatte in gleicher Weise die Furcht, seiner Familie zu missfallen, verfliegen lassen. Wenn Earle ihn so angrinste, dann konnte Glen gar nicht anders, als zurückzugrinsen, und er genoss das Gefühl, seinen Daddy damit zu ärgern und seine Brüder wütend zu machen. Dafür lohnte es sich zu arbeiten, für dieses entspannte und entwaffnende Grinsen von Earle. Man wollte es immer wieder sehen, dazu Earles Händedruck spüren und ein bisschen seiner Bewunderung abbekommen. Mehr als alles andere auf der Welt wünschte sich Glen Waddell, dass Earle Boatwright ihn mochte. Vergiss das hübsche Mädel, sagte er sich und riss sich zusammen, bis die Anspannung wieder aus Earle gewichen war. Glen war auch zu allen anderen Kellnerinnen ausgesucht höflich und schnappte sich dann sogar Earles Rechnung direkt aus Anneys Hand, obwohl ihm nur ein paar Münzen für Zigaretten blieben, nachdem er sie bezahlt hatte.

Als Earle dann aufs Klo ging, ließ er seine Blicke aber wieder zu ihr schweifen, zu dieser Schleife auf ihrem Hintern und dem Anblick, wie ihre Lippen die Zähne freigaben, wenn sie lächelte. Einmal schaute Anney ihm geradewegs ins Gesicht, und er sah unverhohlen in sie hinein. Sie hatte ihren Bruder offen und mit hell funkelnden Augen angegrinst, ein nettes Lächeln und ein weicher Mund, ein Gesicht ohne jede Angst oder Verstellung. Glen und jeden anderen an der Theke lächelte sie genauso nett an, aber nicht so offen. Zwischen ihren Augen war eine feine Linie, die tiefer wurde, wenn sie stärker lächelte. Kurz bevor sie den Blick abwandte, verdunkelte ein Schatten ihre klare Iris. Sie sah deswegen nicht weniger hübsch aus, aber es gab ihr eine Aura von Traurigkeit.

»Kommst du heut Abend vorbei?«, fragte sie Earle, als er zurückkam: Ihre Stimme war dabei so buttrig und süß wie die Kekse. »Du fehlst den Kleinen mindestens so viel wie mir.«

»Kann schon sein«, sagte Earle gedehnt, »wenn der Kerl hier seine Arbeit richtig macht und wir diesmal vor der Dunkelheit fertig werden.« Er klopfte Glen auf die Schulter und blinzelte Anney zu. »Vielleicht bring ich ihn sogar mit.«

Ja, dachte Glen, o ja, aber er sagte nichts, sondern nahm stattdessen schnell noch einen Schluck Eistee. Die fette Soße in seinem Magen machte ihn träge, aber Anneys Lächeln ließ ihn alles klar sehen. Er fühlte sich so stark, dass er am liebsten auf den Boden gespuckt hätte. Er würde sie kriegen, sagte er sich. Er würde die kleine Schwester vom Schwarzen Earle heiraten, die ganze Boatwright-Legende heiraten, seinem Daddy Schande machen und seine Brüder schocken. Er würde ein Messer in der Tasche herumtragen und jeden Mann, der es wagte, sie zu berühren, umbringen. Ja, dachte er insgeheim, o ja.

Mama schaute zu dem Jungen hinüber, wie er jetzt mit seinen dunkelblauen Augen und dem vollen braunen Haar an der Registrierkasse stand. Es hatte Zeiten gegeben, da wäre sie wegen der Art, wie er sie beobachtete, rot geworden, aber in diesem Augenblick erwiderte sie nur seinen geraden Blick. Er würde einen guten Vater abgeben, überlegte sie, er ist ein ruhiger Mann. Er lächelte, und sein Lächeln kam ihr verwegen vor. Seine Augen bohrten sich in sie und wurden noch dunkler. Da erst wurde sie rot und roch den eigenen Schweiß, konnte vor lauter Nervosität nicht sagen, ob es Angst oder Lust war.

Ich brauche einen Mann, dachte sie, drehte sich um und

strich sich über die Stirn. Ja, ja, und ein Auto und ein Haus und hunderttausend Dollar. Sie schüttelte den Kopf und winkte Earle zum Abschied zu, schaute den Jungen, der bei ihm war, aber nicht mehr an.

»Schwester Anney, warum kommst du nicht her und stellst dich neben meinen Kaffee«, rief ihr einer ihrer Stammkunden scherzend zu. »In der Nähe von deinem Herz wird er bestimmt wieder warm.«

Mama lachte ihr vorsichtiges Lachen und packte die Kaffeekanne. »Warum 'n Kaffeeflirt, wenn ich dir mit einer Hand was Warmes besorgen kann«, gab sie zurück. Vergiss die dummen Freunde von Earle, sagte sie sich und schenkte der Reihe nach die Kaffeetassen voll, bis alle versorgt waren und sie sich eine Pause gönnen konnte.

»Wo hast du das Papier, die Geburtsurkunde von Ruth Anne, hä?« Damit zogen sie Mama im Lokal oft auf.

»Unter der Spüle beim Abfall, wo's hingehört«, schoss sie dann zurück, mit einem Blick, der so schneidend war, dass die Leute es sich gut überlegten, bevor sie sie noch mal aufzogen.

»Schmeiß es weg«, sagte Oma oft zu ihr. »Wenn du nicht mehr dran denken würdest, würden's die Leute auch vergessen. Solange sie merken, dass sie dich damit auf die Palme bringen können, machen sie's auch.«

Der Pfarrer stimmte ihr zu. »Deine Schande ist eine Sache zwischen dir und Gott, Schwester Anne. Das Kind braucht deswegen kein Zeichen zu tragen.«

Meine Mama wurde so blass wie der Boden einer ungeschälten Baumwollsamenkapsel. »Ich habe keine Schande«, erwiderte sie, »und kein Mann braucht mir irgendeinen Affenscheiß über mein Kind erzählen.«

»Affenscheiß«, erzählte meine Tante Ruth den anderen später stolz. »Sie hat ›Affenscheiß‹ zum Pfarrer gesagt. 's gibt keinen, von dem sich meine kleine Schwester was sagen lässt,

gibt keinen, der das Mädel anrühren darf oder irgendwas, was ihr gehört. Passt lieber auf, wenn ihr in ihrer Nähe seid.«

Pass auf. Pass lieber auf. Pass lieber auf, wenn du in ihrer Nähe bist.

Schau, wie sie im Lokal herumgeht, lacht, Kaffee ausschenkt, Trinkgelder einstreicht, Eier brät. Schau, wie sie sich die Haare aus der Stirn streicht, die Schürze hochzieht, Verabredungen, Knüffe, Anspielungen abwehrt. Schau dir ihre Augen an, wie sie in die Höhlen zurückweichen, die Linien, die von diesem zusammengepressten, eigensinnigen Mund ausgehen, das lockere Geplänkel, das tief aus ihrem Innern kommt.

»Wird's nich bald wieder Zeit, dass du im Standesamt vorbeischaust, Schwester Anney?«

»Wird's nicht bald wieder Zeit, dass du deinen Hosenstall zumachst, Bruder Calvin?«

Wurde es nicht bald wieder Zeit, dass der Herr irgendwas tat, Feuer und Schwefel auf Greenville County regnen ließ? Gab es nicht genug Sünde, genug Kummer, genug Schmerz allerorten? War das Maß noch nicht voll? Anney sagte nie, was sie dachte, aber ihre Gedanken waren die ganze Zeit beschäftigt.

Glen Waddell blieb ein Jahr lang bei Earle in der Eisenschmiede und fuhr fast an jedem Arbeitstag und manchmal auch samstags den ganzen Weg bis in die Innenstadt, um im Lokal bei Anney zu Mittag zu essen. »Ich möcht gern mal deine Mädels sehn«, sagte er alle paar Wochen zu Anney, bis sie schließlich anfing, es ihm zu glauben. »Müssen ganz hübsche Mädels sein bei so einer schönen Mama.«

Sie starrte ihn an, steckte seinen Vierteldollar Trinkgeld ein und stimmte zu. Ja, sie habe zwei schöne kleine Mädchen. Ja, warum solle er nicht mal vorbeikommen, um ihre Mädchen kennen zu lernen, sich zu ihr auf die Veranda setzen und ein bisschen zu reden. Sie wischte sich die schwitzigen Handflächen an der Schürze ab, bevor sie ihm die Hand gab. Seine Schultern waren braun gebrannt, und seit er mit Earle zusammenarbeitete, wirkte sein Körper sogar größer. Die Muskeln, die sich unter dem abgetragenen weißen T-Shirt abzeichneten, erinnerten sie an Lyle, obwohl er keine Spur von Lyles sanftem Wesen hatte. Der Griff, mit dem er sie am Arm packte, war genauso fest wie der von Earle, aber sein Lächeln war ganz was Eigenes, so lächelte keiner, den sie kannte. Sie holte vorsichtig und tief Luft und erwiderte sein Lächeln zum ersten Mal wirklich. Vielleicht, sagte sie sich immer wieder, vielleicht gibt er ja einen guten Vater ab.

Mama arbeitete gerade in der Küche des White Horse Café, als im Radio gemeldet wurde, dass das Feuer in der Innenstadt außer Kontrolle geraten war und das Standesamt sowie das Einwohnermeldeamt lichterloh brannten. Es war mitten in der Hauptgeschäftszeit. Mama hielt eine Kaffeekanne in der einen und zwei Tassen in der anderen Hand. Sie stellte die Tassen ab und reichte die Kanne ihrer Freundin Mab.

»Ich geh heim.«

»Du machst was?«

»Ich muss heim.«

»Wo geht sie hin?«

»Probleme daheim.«

Die Schachtel mit den zerknitterten und fleckigen Papieren lag unter der Bettwäsche ganz unten in Tante Almas Kommode. Mama holte die heraus, die sie brauchte, trug sie in die Küche und ließ sie in die Spüle fallen, ohne sie auch nur auseinander zu falten. Sie hatte gerade ein Streichholz angerissen, als das Telefon klingelte.

»Du hast's wahrscheinlich schon gehört.« Es war Tante Ruth. »Mab hat gesagt, du bist abgerauscht, als ob dir jemand ein Feuer unterm Hintern angezündet hätte.«

»Mir nicht«, entgegnete Mama. »Das Einzige, was hier brennt, ist dieser ganze überflüssige Papierkram.«

Tante Ruths Lachen war durchs Telefon überall in der Küche zu hören. »Mädel, keine einzige Frau in der Stadt wird dir abnehmen, dass du das Feuer nicht selber gelegt hast. Die eine Hälfte der County wird der andern erzählen, wie du das Standesamt angezündet hast.«

»Lass sie reden«, sagte Mama und blies in die wirbelnden Funken. »Gerede bringt mich nicht in den Knast. Der Sheriff und seine halbe Mannschaft wissen, dass ich den ganzen Vormittag in der Arbeit war, wo ich ihnen nämlich ihren Kaffee serviert hab. Niemand kann mir Schwierigkeiten machen, nur weil ich froh bin, dass dieses gottverdammte Standesamt abgebrannt ist.«

Sie blies wieder in die Funken, pfiff ins Telefon und lachte dann laut auf. Auf der anderen Seite der Stadt klemmte sich Tante Ruth den Hörer unters Ohr, drückte Omas Schultern und lachte mit ihr. Drüben bei der Spinnerei schaute Tante Alma aus einem Fenster auf die Rauchschwaden über der Innenstadt und musste sich die Hand vor den Mund halten, damit sie nicht wie ein Backfisch kicherte. Auf dem Lagerplatz hinter der Eisenschmiede verluden Onkel Earle und Glen Waddell gerade Eisenteile und hörten nebenbei Radio. Beide fingen im selben Moment zu grinsen an, schauten sich an und brachen dann in Lachen aus. Es war fast, als könnte über ganz Greenville verstreut jeder hören, wie die andern lachten, weil das Standesamt bis auf die Grundmauern niederbrannte.

KAPITEL 2

Greenville in South Carolina war im Jahre 1955 der schönste Ort der Welt. Dunkle Walnussbäume ließen ihre grünlich schwarzen haarigen Früchte auf Tante Ruths verwilderten Rasen fallen, wo die knotigen Wurzeln aus dem Boden herausschauten wie Ellbogen und Knie schmutziger Kinder, braun gebrannt und mit Narben übersät. Trauerweiden marschierten quer durch den Garten, begleiteten jeden Wasserlauf und jeden Graben, und ihre langen, an Peitschen erinnernden Zweige bauten schützende Zelte um süß duftenden Klee. Bei dem Haus am Fluss, das Tante Raylene gemietet hatte, waren alle Bäume gestutzt und die Weinstöcke herausgerissen worden. Der Klee wuchs großflächig, und unter seinen weißen und gelben Blüten verbargen sich rot-schwarz gestreifte Raupen und fette grauschwarze Schnecken – solche, die, wie Onkel Earle schwor, sogar bei einem Gewitter die Fische zum Beißen brachten. Bei Tante Alma jedoch, drüben beim Eustis Highway, hatte der Vermieter die Außenwasserhähne verplombt, damit ihm die Kinder keine horrenden Wasserrechnungen verursachten. Ohne den nassen Segen aus Sprinkleranlage oder Gartenschlauch war das Gras in dieser Hitze jetzt völlig verbrannt, und die vereinten Kräfte von Hunden und Jungen hatten den kleinen Garten zu einem glühenden Viereck aus harter Erde und Steinen gemacht.

»Der Garten ist wie 'n heißes Ofenblech«, jammerte Tante Alma. »Fängt die ganze Hitze von dem Blechdach auf und macht's noch schlimmer. Auf dem Boden könnte man Spiegeleier braten.«

»Ach, es ist überall heiß.« Oma gab Tante Alma nie Recht, vor allem nicht in diesem Sommer, in dem sie für die Beaufsichtigung von Almas Kindern viel weniger gezahlt bekam, als sie eigentlich haben wollte. Und das bisschen, das Mama beisteuerte, damit sie auf Reese und mich aufpasste, machte sie auch nicht gerade umgänglicher. Oma liebte alle ihre Enkel, aber sie wurde dennoch nicht müde, lautstark zu bekräftigen, dass sie mit ihren Töchtern nicht viel anfangen konnte.

»Meine drei Jungs vergöttern mich«, erzählte sie jedem, »aber die Mädels, Herr im Himmel! Fünf Mädels hab ich, und keine hat was übrig für mich. Aber so sind die Frauen eben, denken nur an sich selber. Warum erwarte ich mir eigentlich was, wo ich's doch besser weiß.«

»Eure Oma meint es gut«, sagte Mama zu mir, bevor sie uns bei Tante Alma ablieferte, wo wir den Tag über bleiben sollten, »aber nimm's dir nicht so zu Herzen, was sie sagt. Sie hat ihre Jungs immer schon lieber gehabt. Manche Frauen sind einfach so.« Ich nickte. Ich glaubte, dass alles, was Mama sagte, auch so war. Fast das Erste, an was ich mich erinnere, ist Tante Almas Haus und der Garten hinter dem winzigen Laden an der Straße, den sie und Onkel Wade mehr recht als schlecht betrieben. Es war der Sommer nach Reese' Geburt, das heißt, ich muss ungefähr fünf Jahre alt gewesen sein, nur etwas größer als Klein-Earle, Almas Jüngster. Aber Klein-Earle war ein pummeliges Kleinkind, das sich noch in der Gummihose wund scheuerte und alles mit seinen unentwegt klebrigen Händen betatschte, während ich ein ernstes, wachsames Kind mit langen dünnen Gliedern und einer Wolke ungebändigter schwarzer Haare war. Ich sah auf Klein-Earle hinunter wie auf eine minderwertige Kreatur und hielt mich fern von seinen schmuddeligen Fingern und dem schmollenden Babymund. Es war der Sommer, in dem es so heiß war, dass nicht einmal die Heuschrecken zirpten und abends jeder mit einem großen Glas Eistee und einem kühlen, feuchten Handtuch über den Schultern auf der Veranda saß. Alma fing erst gar nicht an zu kochen, bevor die Sonne unterging. Aber die Dämmerung setzte früh ein, ein lang hingezogenes

Schwinden von Hitze und grellem Licht, in dem alles weich und verzaubert aussah, die ersten Glühwürmchen herauskamen und der metallische Nachhall der Hawaiigitarre aus Almas Küchenradio einen kühlen Zauber bekam. Oma ließ sich in den Schaukelstuhl auf der Veranda fallen und überließ es Almas Mädchen, die grünen Bohnen zu putzen, auf ein Gewitter zu hoffen und sie unablässig anzubetteln, ihnen Geschichten zu erzählen.

Ich platzierte mich immer hinter Oma, lehnte mich gegen die Wand neben der Fliegengittertür, von wo aus ich Kitty Wells und George Jones hören konnte, das Jaulen der Hawaiigitarre und was in der Küche geredet wurde, ebenso Tante Almas Zwillinge, die mit den Füßen gegen die Verandastufen schlugen, und das Gekicher der Mädchen, deren Finger über die kühlen, staubigen Bohnen huschten. Dort war ich ziemlich sicher vor Klein-Earle, der ständig zwischen Omas Schürzentaschen und den Stufen hin und her rannte, wo seine Brüder Münzen flippen ließen und das Wetten übten. Klein-Earle hoppelte wie ein verkrüppelter Krebs, in Schräglage unsicher schwankend, und brabbelte dabei in seiner kehligen und nassen Babysprache vor sich hin. Die Jungs lachten über ihn, Oma lächelte nur. Selbstvergessen und glücklich trommelte Klein-Earle mit den Fäusten auf Greys Schultern ein und wirbelte dann herum, um geradewegs auf Oma, Temple und Patsy Ruth zuzurennen. Nackt, überall voller Grübchen, fett und braun und schwabbelig – sein störrischer kleiner Körper strotzte vor Zielstrebigkeit, und sein kleiner Piepmatz wippte wie ein Plastikspielzeug zwischen den krummen Oberschenkeln auf und ab, während er juchzte und rannte und mit dem Kopf gegen Omas Hüfte prallte. Er war wie ein aufgezogenes Spielzeug, und sein Entzücken steigerte sich nur noch, wenn jeder lachte, weil er wieder in die Höhe sprang, nachdem er direkt neben dem Kübel mit den grünen Bohnen voll auf den Hintern geplumpst war.

Oma hielt sich die Hand vor den Mund, um die Zähne zu verbergen. »Du hässlicher kleiner Junge«, neckte sie Klein-Earle, wobei sie kaum das Lachen unterdrücken konnte. »Du hässliches, hässliches, hässliches kleines Ding.«

Earle blieb stehen, krächzte wie eine Eule und schaukelte vor und zurück, als hätte er zu viel Schwung gehabt, um eine Vollbremsung hinlegen zu können, ohne umzufallen. Temple und Patsy Ruth spritzten die Tropfen von ihren nassen Händen gegen seinen kleinen fetten Bauch, während Grey und Garvey mit der Zunge schnalzten und in Omas Singsang einfielen.

»Hässlich, hässlich, hässlich, hässlich! Du bist so hässlich, dass du schon fast wieder hübsch bist!«

Earle quiekte und hüpfte und lachte herzhaft. »Häss-lich«, äffte er sie nach. »Hässss-llich!« Er strahlte und lächelte und wedelte in Ohrenhöhe mit den Händen wie herumschwirrende Hummeln, schnell und unkontrolliert.

»Hässlich. Hässlich. Hässlich.«

»Du bist einfach das Allerhässlichste!« Oma beugte sich vor, packte Klein-Earle unter den Armen und hob ihn schwungvoll hoch, bis sein Gesicht auf Augenhöhe war. »Du Grübchenbauch«, nannte sie ihn, »du kleiner Grübchenhintern.« Sie drückte ihm den Mund auf den Bauch und blies heftig, sodass ihre Lippen an Klein-Earles Nabel vibrierten – ein Prusten und Sprudeln, bei dem er anfing zu kreischen und zu zappeln und hoch und hysterisch zu kichern. Er zog die Knie an und bedeckte sein Geschlecht mit den kleinen Händen, worauf Temple und Patsy Ruth nur noch lauter lachten. Oma schwang ihn ein paarmal vor und zurück und stellte ihn dann wieder auf die Füße. Sofort suchte er Schutz in der Achselhöhle seines älteren Bruders. »Grübchenhintern«, schnauzte Grey ihn an, drückte seinen kleinen Bruder aber dennoch fest an sich. »Bist vielleicht gar nicht so hässlich.« Er fuhr über Klein-Earles fast kahlen Kopf und sang dabei: »Bist einfach groß, das isses bloß.« Grey lachte, Oma trocknete sich die Augen, und die Mädchen schütteten kaltes Wasser über die Bohnen.

Ich rutschte nach vorn, bis ich die Hand auf Omas Stuhl legen konnte, und ließ die Finger über das glatte, abgenutzte Gitter aus geflochtenem Rohr gleiten, um die Wärme ihres Körpers und ihres Baumwollkleides zu spüren. Um mich herum hallte das Gelächter wider, die Musik, auf dem Highway quietschten Lastwagenbremsen, und weiter entfernt fing jemand zu schreien an, während sich die Dunkelheit herabsenkte und die Glühwürmchen immer näher um die Köpfe der Jungs blinkten. Oma drückte mein Handgelenk. Sie beugte sich vor und spuckte einen Strahl braunen Tabaksaft über das Verandageländer. Ich hörte das dumpfe Platschen, mit dem der Saft auf dem erdigen Boden landete. Ich schlüpfte unter ihrem Arm hindurch, beugte mich über die Lehne des Schaukelstuhls und legte ihr mein Gesicht an die Brust. Sie roch nach nassen grünen Bohnen, Tabak, am Hals nach Zitronensaft, ein bisschen nach scharfer Pisse und ein bisschen nach Salz.

»Hässlich«, wiederholte ich, vergrub das Gesicht in ihrem Kleid und lächelte dabei so breit, dass ich die warme Baumwolle an den Zähnen spüren konnte.

»Hübsch hässlich«, flüsterte Oma über mir, strich mir über den Hinterkopf, entwirrte meine Haare und hielt sie dann hoch. »Fast hübsch. O ja, du bist schon ’ne Boatwright, ’ne richtige Boatwright.«

Ich lachte in ihren Hals hinein. Oma war selbst hässlich, das hatte sie schon oft genug gesagt, aber es schien ihr nichts auszumachen. Ihr breites Gesicht war von langen tiefen Falten durchzogen und übersät mit Sommersprossen. Ihr Haar war dünn und grau und mit einer dieser kurzen schwarzen Kordeln von einem Tabaksbeutel zusammengebunden. Sie verströmte einen scharfen Geruch – bitter und salzig, sauer und süß, alles gleichzeitig. Mein Schweiß verschwand in ihrer Kleiderschürze, meine Arme lagen um ihre Taille, und ich atmete ihren Geruch ein, wie ich es bei einer dampfenden Suppe tat. Ich wiegte mich in ihrem Schoß, glücklich und geborgen wie Klein-Earle, als er ihre Zähne an seinem Bauch gespürt hatte.

»Du, Knöchelchen, deine Mama kommt heut später«, sagte Temple zu mir. »Bei den heißen Nächten dauert das Putzen im Lokal ewig, und bestimmt hängt wieder der olle Glen über der Theke und hält sie auf. Wenn's um deine Mama geht, ist er einfach nicht normal.«

Ich nickte ernst und blieb bei Oma sitzen. Das Radio klang jetzt lauter, die Jungs fingen an, sich zu prügeln. Jeder war beschäftigt, jeder redete, aber ich war völlig glücklich, bei Oma zu sein und darauf zu warten, dass Mama irgendwann aus dem Lokal kam, um Reese und mich in die winzige Zweizimmerwohnung zurückzubringen, die sie in der Stadt gemietet hatte. Wenn es in der Nacht nicht abkühlte, würde uns Mama ein provisorisches Bett aus Sofakissen und Laken auf der vergitterten Veranda aufschlagen. Sie würde sich da draußen zu uns setzen, Lieder summen und in der dunklen Stille rauchen, und das Radio würde so leise spielen, dass wir es gar nicht hören konnten.

Die Welt, die aus dem Radio zu uns kam, war riesig und weit weg und hatte mit uns überhaupt nichts zu tun. Den ganzen Sommer lang lebten wir auf dieser oder jener Veranda, lachten über Klein-Earle, zogen die Jungs auf und putzten Bohnen, lauschten Geschichten, die uns erzählt wurden, oder den Grillen, die ihre sanften Lieder zirpten. Wenn ich an jenen Sommer denke – das Übernachten bei einer meiner Tanten genauso wie zu Hause, Klein-Earles Kichern oder das Geräusch von Omas Spucke, wenn sie auf dem trockenen Boden aufschlug, und überall im Hintergrund diese Countrymusik, die ebenso zum Abend gehörte wie die Grillen und der Mondschein –, dann fühle ich mich jedes Mal wieder geborgen. Nirgends habe ich es jemals als so schön und ruhig empfunden, nirgends habe ich mich je so zu Hause gefühlt.

Ich vergötterte meine Onkel – Earle, Beau und Nevil. Alle waren sie große Männer mit breiten Schultern, abgebrochenen Zähnen und ausgeprägten Gesichtszügen. Sie hielten sich für die Jagd dressierte Hunde und fuhren alte Lastwagen, an deren verstärkte hölzerne Seitenwände Werkzeugkästen aus Metall geschraubt waren. Sie arbeiteten in den Spinnereien oder in der Reparaturwerkstatt der Eisengießerei oder manchmal auch als Dachdecker oder Maurer, je nachdem, wie das Geschäft lief. Am Wochenende bastelten sie zusammen an irgendwelchen Autos herum, das heißt, sie standen im Garten, tranken Whiskey und erzählten dreckige Witze und traten ab und zu nach den schmierigen Überresten von Motoren, die sie niemals wieder richtig zusammenbauten. Ihre Augen unter den sonnengebleichten Brauen waren zusammengekniffen, und ihre Hände waren ständig mit einer Klinge oder einem Stück Holz beschäftigt oder ölten das eine oder andere Teil irgendeiner Maschine ein.

»'n Messer hält man so«, erklärten sie mir. »'nen Schraubenzieher dreht man von der Schulter aus, 'n Hammer kriegt den Schwung aus der Hüfte, und spreiz die Finger, wenn du was festhalten musst.«

Sie versetzten zwar die halbe County in Angst und Schrecken, aber zu mir und meinen Vettern und Kusinen waren meine Onkel stets freundlich und gutmütig. Nur wenn sie betrunken waren oder sich prügelten, wirkten sie so gefährlich, wie ihnen nachgesagt wurde. Die Messer, die sie bei sich trugen, waren glänzend, scharf und faszinierend, die Werkzeugkästen schwer und voll gestopft mit jedem nur erdenklichen Eisengerät. Sogar ihre Brieftaschen quollen über vor unbekannten und geheimnisvollen Dingen – abgelaufene Ausweise des Bautrupps beim Luftwaffenstützpunkt, Karten für die Rennbahn, Quittungen für Autoreparaturen und Schuldscheine vom Kartenspielen sowie kleine verblasste Fotos von hübschen Frauen, die nicht ihre eigenen waren. Meine Tanten behandelten meine Onkel wie zu groß geratene Jungs – übermütige Teenager, über deren Streiche man eher lachte, als sich aufregte –, und genau so schienen sie sich auch selbst einzuschätzen. Sie sahen jung aus, sogar Nevil, dem alle Zähne ausgeschlagen worden waren, wohingegen die Tanten – Ruth, Raylene, Alma und sogar Mama – alt, ausgelaugt und behäbig wirkten, zum Bemuttern und Pflegen und Hinter-den-Männern-Herputzen geboren.

Die Männer durften alles, und alles, was sie machten, gleichgültig, wie gewalttätig oder falsch es war, wurde mit Humor und Verständnis betrachtet. Wenn sie sich gegenseitig die Fenster einschossen oder mit ihren Lastern auf den Bahngleisen entlangrasten oder den Barkeeper in der Rhythm Ranch k. o. schlugen, dann sperrte der Sheriff sie zwar ein, aber meine Tanten zuckten darüber nur mit den Achseln und sorgten sich um die Kinder zu Hause. Was Männer tun, ist einfach das, was Männer eben tun. An manchen Tagen knirschte ich mit den Zähnen und wünschte mir, ich wäre als Junge geboren worden.

Ich bettelte meinen Tanten Earles und Beaus alte blaue Arbeitshemden ab, damit ich genauso herumlaufen konnte wie sie, wenn sie an ihren Wagen arbeiteten – das Hemd vorn in die Hose gesteckt, hinten lose herabhängend. Beau lachte mich gutmütig aus, wenn ich ihn nachmachte. Earle und Nevil fuhren mir mit ihren schwieligen Fingern durch mein schwarzes Haar und versuchten spielerisch, mich am losen Hemdzipfel zu erwischen, wenn ich an ihnen vorbeirannte, aber nie taten sie mir mit ihren Händen weh, und vor lauter Stolz auf mich strahlten sie mit der Glut an ihrer Zigarette, die sie stets locker zwischen die Finger geklemmt hatten, um die Wette. Ich lief hinter ihnen her und stahl ihnen Sachen, die sie eigentlich sowieso nicht mehr brauchten – alte Werkzeuge, Kettenglieder und kaputte Maschinenteile. Am meisten wünschte ich mir ein Messer, so wie sie welche hatten – ein großes mit einem Griff aus Messing und gebeiztem Holz oder aber ein perlmuttverziertes Klappmesser. Ich fand ein kaputtes Klappmesser mit einem zerbrochenen Heft und repariertes es notdürftig mit Klebeband. Ich trug das Messer ständig mit mir herum, bis sich mein Vetter Grey erbarmte und mir ein besseres schenkte.

Onkel Earle war mein Lieblingsonkel. Im Umkreis von drei Countys war er als der Schwarze Earle bekannt. Mama erzählte mir, er heiße so wegen seiner kohlschwarzen Haare, die ihm in einer großen weichen Locke über die Augen fielen, aber Tante Raylene meinte darauf, der wahre Grund sei sein rabenschwarzes Herz. Er war ein gut aussehender Mann, besaß ein gewinnendes Wesen und arbeitete hart. Zu Mama sagte er einmal, die Mädchen liebten ihn alle, weil er wie Elvis Presley aussehe, nur dünner und mit Muskeln. Irgendwie stimmte das auch, obwohl sein Gesicht von Falten durchfurcht und tief rotbraun gebrannt war. Allerdings hatte er kein bisschen von Elvis Presleys Unschuldsmiene: Er sah eher aus wie der Teufel persönlich und hatte einen Körper – so jedenfalls Tante Alma –, der wie geschaffen für Sex war. Er war ein großer Mann, lang und schlaksig, mit breiten von Narben gezeichneten Händen. »So wie Earle aussieht, zieht er die Schwierigkeiten an wie 'n Magnet«, sagte mein Onkel Beau lachend. Die Tanten stimmten ihm alle zu, und ein nachsichtiges Lächeln fältelte ihre Wangen, während sie mit den Fingern so sanft und zart wie fadendünne Kolibribeine über Onkel Earles breite Schultern glitten.

Onkel Earle schien immer Geld in den Taschen zu haben, einen Auftrag, mit dem er gerade aufhörte, und einen anderen, mit dem er demnächst anfangen würde. Seine Frau hatte ihn um die Zeit herum, als Lyle Parsons starb, wegen seiner, wie sie es nannte, betrügerischen Ader verlassen. Er hatte ständig andere Frauen, und das machte sie verrückt. Teresa war katholisch und nahm ihre Ehegelübde ernst, was Earle auch nicht anders erwartet hatte. Nie hätte er aber gedacht, dass sie ihn verlassen würde, weil er mit Mädchen herummachte, die er nie im Leben geheiratet hätte und auch nicht liebte. Der Ärger und Kummer über den Verlust seiner Frau und seiner drei Töchter verliehen ihm eine unterschwellige Bitterkeit, die ihn anscheinend nur noch attraktiver machte.

»Earle ist der reinste Zauberer«, sagte Tante Ruth zu mir. »Der Earle zieht die Frauen an wie das Obst die Fliegen. Bricht ihnen das Herz, aber sogar dafür mögen sie ihn noch.« Sie schüttelte den Kopf und lächelte mir zu. »Diese jungen Kerle tun so, als wären sie was, glauben, mit ihren schmalen kleinen Hüften und ihrem süßen Babylächeln könnten sie die Frauen verrückt machen, aber das, was Earle hat, werden die nie haben, wissen nich mal so viel, dass sie merken, was es ist. Ein trauriger, verwundeter Mann, der die Frauen wirklich liebt – das ist Earle, ein verletzter kleiner Junge, der grade so viel Gemeinheit in sich hat, dass die Frau das Interesse nicht verliert.«

Sie strich mir das Haar aus dem Gesicht und fuhr mit dem Daumen über meine Augenbrauen, glättete die feinen schwarzen Härchen. »Dein richtiger Daddy …« Sie hielt inne, schaute sich kurz um und redete dann erst weiter. »Er hatte auch was von der Art, gerade genug auf jeden Fall, dass er deine Mama rumgekriegt hat. Er hat die Frauen auch geliebt, das ist das Gute, was ich über ihn sagen kann. Ein Mann, der die Frauen wirklich liebt, hat immer 'ne Art Zauber an sich.«

Von meinem richtigen Vater gab es keine Fotos, und Mama wollte auch nicht mit mir über ihn reden – genauso wenig wie über den Rest der Familie. Oma war es, die mir erzählte, was für ein Scheißer er sei; erzählte, er lebe in der Nähe von Blackburn mit einer Frau und sechs Kindern, die nicht einmal wussten, dass ich existierte; verkaufe Versicherungen an Farbige auf dem Land und sei keinen einzigen Tag seines Lebens im Gefängnis gewesen.

»'ne traurige Ausgabe von 'nem Mann«, nannte sie ihn, und ich kam mir selbst irgendwie erbärmlich vor, bis Tante

Alma schwor, dass er so schlecht nicht war, es sei nur jeder stinksauer auf ihn gewesen, als klar wurde, dass er nicht zurückkommen und Oma um Verzeihung bitten würde, nachdem sie ihn davongejagt hatte.

»Acht Tage nachdem du geboren warst«, erzählte mir Tante Alma, »ist er vorbeigekommen, während Oma drüben bei der Spinnerei war und irgendwelche Schwierigkeiten mit einem von den Jungs geregelt hat. Anney war sich nicht sicher, ob sie ihn überhaupt sehen wollte, aber Raylene und ich haben sie dann dazu überredet, dass sie ihm erlaubt, dich zu sehen. Sie ist im hinteren Schlafzimmer geblieben. Der Knabe hatte vielleicht die Hosen voll, wie er dich da gehalten hat, die Finger voller dunkelgrüner Flecken, weil er gerade den Laster von seinem Daddy gestrichen hatte. Du hast ihn mit deinen schwarzen Indianeraugen nur angeschaut, als ob er 'n Diener oder so was wär, der dich mal eben zum Luftschnappen hochhebt oder so was. Dann hast du einfach losgepisst, volle Kanne, über seine Ärmel, vorn auf sein Hemd und seine Hose, alles voll, bis runter zu den Knien. Du hast den Hurensohn richtig angepisst!«

Tante Alma zog mich zu sich auf den Schoß. Sie grinste so breit, dass ihre Nase richtig klein wirkte. Sie sah aus, als hätte sie seit meiner Geburt nur darauf gewartet, mir diese Geschichte zu erzählen, darauf gewartet, mir für diese Tat, von der ich nicht einmal gewusst hatte, zu danken und mich dafür zu loben.

»Es war so, als ob du die Meinung von deiner Mama von dir geben würdest, als ob du da auf seinem Schoß für sie reden würdest. Und dieser Knabe wusste anscheinend genau, was das bedeutet, dass jeder deine Babypisse auf seinen Kleidern riechen kann. Er hat dich gleich zu mir rübergegeben, als hätt er Angst gehabt, du würdest ihn weiter einwässern, wenn er sich nicht beeilt. Ist dann abgezogen, ohne ein Wort mit deiner Mama zu reden, und hat sich ab da nie mehr blicken lassen. Wie wir dann gehört haben, dass er 'n andres Mädel heiratet, das von ihm schwanger ist, hat Earle gesagt, der Kerl ist so fruchtbar, dass es schon wieder 'n Nachteil ist, der braucht 'ne Frau nur anzulangen, und schon kriegt sie 'n Kind von ihm, und vielleicht stimmt das ja sogar. Mit den sechsen, die er vorm Gesetz hat, und dir und den andern, die er von Spartanburg bis Greer verstreut hat, wie die Leute sagen, ist er so 'ne Art Ein-Mann-Bevölkerungskampagne. Du hast 'ne Familie, wo du nie wissen kannst, ob's deine is – alle mit diesen kohlschwarzen Haaren, wie er sie selber hat.«

Sie grinste mich an und strich mir das mitternachtsschwarze Haar wieder aus der Stirn.

»Ach, Knöchelchen!« Sie lachte. »Nimm dir lieber vor, 'nen Blonden zu heiraten, nur damit du auch sicher sein kannst. Hm?«

Oma redete kaum über meinen richtigen Daddy, eigentlich nur dann, wenn sie ihn verfluchte. Aber sonst habe ich so ungefähr alles von ihr erfahren. Sie lehnte sich immer auf ihrem Stuhl zurück und kramte Geschichten und Erinnerungen hervor, machte dabei keinen Unterschied zwischen dem, was ihres Wissens nach die Wahrheit war, und dem, was sie nur gehört hatte. Die Geschichten, die sie mir mit ihrer rauen, schleppenden Flüsterstimme erzählte, waren beschwingte Lieder, Balladen über Familie, Liebe und Enttäuschung. Alles schien auf Kummer und Blut hinauszulaufen, und alles wirkte märchenhaft.

»Mein Opa, dein Ururopa also, er war 'n Cherokee. Der hat uns nicht besonders gemocht, alle seine flachsköpfigen Enkelkinder. Es hieß immer, er hätt drunten bei Eustis sowieso 'ne andre Familie, 'ne richtige Indianerin, die ihm schwarzhaarige Babys mit blauen Augen geboren hat. Ha! Blaue Augen sind gar nicht so selten bei den Cherokee hier in der Gegend. Also, ich hab das eine Gemeinheit gefunden, dass von uns keiner welche hatte so wie seine andern Kinder. Natürlich, er selber war 'n schwarzäugiger Bastard, und vielleicht sind die anderen Kinder alle ja gar nicht von ihm, auch wenn's die Leute behaupten. Sicher ist auf jeden Fall, dass meine Oma ihn nie betrogen hat. Die Frau war schlicht und einfach besessen von dem Mann, so besessen, dass sie fast verrückt geworden ist. Hat nachts wie 'n Hund geheult, wenn er wieder mal weg war. Er war auch gar nicht so oft da, aber jedes Mal, wenn er heimkam, hat er ihr wieder 'n Kind gemacht, immer rotblond mit schlammbraunen Augen, das er dann behandelt hat wie 'nen kleinen Hund oder 'n Kätzchen. Der Mann hat in seinem ganzen Leben kein einziges Kind verhauen, hat Oma nie geschlagen. 's würd einen allerdings nicht wundern, wenn er's getan hätt, die Familie war ihm ja ziemlich egal. War aber doch auch 'n ruhiger Mann. Hat sich nie geprügelt, hat kaum was geredet. Kein Boatwright, das ist mal sicher.

Aber wir haben ihn geliebt, ehrlich, fast genauso wie Oma. Wir hätten glatt jemand umgebracht, nur damit er sich eine Minute länger mit uns beschäftigt als sonst, und hätten Gott weiß was dafür gegeben, wenn wir 'n bisschen mehr wie er hätten sein können, aber wir waren so anders, wie's nur grad geht. Keiner von uns war ruhig, alle waren wir Kämpfer. Keiner von uns hatte diese blauen Augen und kein Einziger außer dir dieses blauschwarze Haar. Herr im Himmel, du warst ein merkwürdiges Ding! Du warst wie 'ne fette rotgesichtige Puppe mit den vielen kohlschwarzen Haaren – 'ne Babypuppe mit dem ganzen Kopf voller Haare. Genauso ruhig und sanftmütig, wie er immer war. Du hast nicht mal geweint, bis du mit vier Monaten Krupp gekriegt hast. Ich hab mir immer gedacht, du hättest ihm gefallen, Opa hättest du bestimmt gefallen. Du hast auch 'n bisschen was von seiner Ausstrahlung geerbt. Diese dunklen Augen und die Haare als frisch geborenes Baby, schwarz wie die Mitternacht. Ich war dabei, ich hab's gesehen.«

»Der Teufel soll mich holen!« Earle lachte, als ich einmal bei ihm Omas Geschichten nachplapperte. »Jede dritte Familie in Greenville County schwört, dass sie vom Volk der Cherokee abstammt. Ob unser Uropa einer war oder nicht, das ist so wichtig wie Fliegendreck. Du bist 'ne Boatwright, Knöchelchen, auch wenn du das merkwürdigste Mädel bist, das wir haben.«

Ich sah ihn aufmerksam an und senkte meine verdutzten Cherokee-Augen. Ich hätte kein Wort herausgebracht, wenn Ururopa jetzt dort gestanden und mich mit meinen eigenen schwarzen Augen angesehen hätte.

Mama trug das Haar kurz, lockig und gebleicht. Jeden zweiten Monat richteten sie und Tante Alma sich gegenseitig die Haare, spülten die von Tante Alma in Bier oder Zitronensaft, um sie nur ein bisschen aufzuhellen, schnitten die von Mama nach und bleichten sie, sodass sie wieder dieses Dunkelblond annahmen, das ihr so gefiel. Dann legte die eine der anderen mit Nadeln die Haare in Wellen, und während diese trockneten, brachten sie Reese dazu, lang genug stillzusitzen, damit sie ihre feinen roten Babylocken um Stofffetzen wickeln konnten. Gern riss ich den Stoff in Streifen, wusch Haarnadeln aus, seihte den Saft durch ein Leinentuch, aber ich wehrte mich gegen die Dauerwelle, die mir Mama immer einreden wollte.

»Stinkt und tut weh«, jammerte ich. »Mach's bei Reese.«

»Ach, Reese braucht doch keine. Schau sie dir doch an.« Tante Alma zog an ein paar von Reese' federnden langen Locken, die schon von den Stofffetzen befreit waren. Wie weiche Korkenzieher sahen sie aus und schwangen und sprangen, als wären sie lebendig. »Das Kind hat die besten Haare auf der Welt, genau wie deine, Anney, als du noch klein warst. Bei deinen war sogar auch 'n bisschen Rot dabei, glaub ich.«

»Nein.« Mama schüttelte den Kopf, während sie weiter Stofffetzen aus Reese' Locken herauszog. »Du weißt, dass meine Haare nur blond waren. Du hast den Rotstich gehabt, du und Ruth. Weißt du noch, wie ihr immer gestritten habt, wer die dunkleren hat?«

»Oh, aber du hast die schönsten Haare gehabt!« Tante Alma wandte sich zu mir. »Deine Mama hat die schönsten Haare gehabt, die du je gesehn hast. Weich? Pah, dagegen fühlen sich die von Reese an wie Stacheldraht. Das waren die weichsten Haare in ganz Greenville County und golden wie gespiegeltes Sonnenlicht. Es ist erst dunkel geworden, als sie euch Mädels bekommen hat, ein bisschen bei dir und ganz dunkel bei Reese. Mit Haaren ist das so, die werden während der Schwangerschaft einfach dunkler. Klar, wenn's mal angefangen hat, gibt's nichts, was es aufhalten kann.«

Mama lachte. »Weißt du noch, wie Carr zum ersten Mal schwanger war und geschworen hat, sie würde sich den Kopf rasieren, wenn ihre Haare anfangen, dunkler zu werden?«

Tante Alma nickte, und ihre dunkelbraunen Wellen hüpften mit. »Hat sie in Pisse gespült, kein Quatsch, jeden Sonntagabend, in Tommy Lees Babypisse, die sie Ruth abgebettelt hat. Nur weil Oma Stein und Bein geschworen hat, dass sie mit Babypissespülungen blond bleibt.«

»Hat sie denn nicht gestunken?« Ich biss auf der Gummispitze einer der Haarnadeln herum und schälte die Verkleidung vom Metall, weil ich den süßen Geschmack des Eisens darunter so gern mochte.

»Babypisse stinkt nicht«, sagte Tante Alma, »nur wenn das Kind krank ist, und Tommy Lee war keinen Tag in seinem Leben krank. Carr hat nicht anders gerochen wie immer, nur ihr Haar ist trotzdem dunkler geworden. Das ist halt so, wenn man Babys kriegt.«

»Ach, das stimmt doch nicht.« Mama zog mich zu sich auf den Schoß und begann mit der mühsamen Prozedur, mir die Haare zu bürsten. »Wir Boatwrights werden alle dunkler, wenn wir älter werden. Das ist einfach so. Blond wird Rot oder Braun und immer dunkler. Gibt keine von uns, die blond bleibt, wenn wir mal erwachsen sind.«

»Bis auf dich, Süße.« Tante Alma grinste.

»Tja, aber ich benutze auch ein Mittel, oder?« Mama lachte und umarmte mich. »Was meinst du, Alma? Soll ich den ganzen Mopp hier abschneiden oder nicht? Sie schafft's im Leben nicht, den sauber zu halten, und wenn ich probier, ihn zu bürsten, dann kriegt sie immer 'ne Wut auf mich, weil's angeblich ziept.«

»Mensch, genau, schneid ihn ab. Ich hol die Schüssel. Wir schneiden alles ab bis zum Kinn.«

»Neiiin!«, heulte ich auf und schützte den Kopf mit beiden Händen. »Ich mag meine Haare so. Ich mag meine Haare so.«

»Aber du lässt uns nie was damit machen, Süße.«

»Nein! Nein! Nein! Das sind meine Haare, und ich mag sie so. Ich mag sie lang und zerzaust und genau so, wie sie sind.«

Tante Alma nahm mir die Haarnadel aus dem Mund. »Herr im Himmel, schau sie dir an«, sagte sie. »Dickköpfig, wie der Tag lang ist.«

»Keine Angst.« Mama legte mir beide Hände auf die Schultern und drückte sie. Sie klang nicht verärgert. Ich hob den Kopf und schaute sie an. Ihre braunen Augen waren ganz nah, die Pupillen hatten kleine Lichtflecken. Zwischen den goldenen Reflexen konnte ich mich beinah selbst sehen.

»Was hast du denn erwartet, hm?«, sagte Tante Alma.

Ich sah sie an. Ihre Augen hatten das gleiche warme Braun, tief und glänzend, mit den gleichen goldenen Lichtern gesprenkelt, und plötzlich bemerkte ich, dass sie auch die gleichen Wangenknochen wie Mama hatte, den gleichen Mund.

»Sie ist genau wie du.«

Mein Mund war nicht so, auch mein Gesicht nicht. Schlimmer noch, in meinen schwarzen Augen schimmerte es nicht golden. Ich sah überhaupt niemandem ähnlich.

»Wie du, meinst du«, sagte Mama.

Sie und Tante Alma nickten über mich hinweg, grinsten sich an in absolutem Einverständnis. Langsam lockerte ich den Griff um meinen Kopf und ließ zu, dass Mama wieder meine Haare ausbürstete. Reese steckte sich ihre kleinen Wurstfinger in den Mund und schaute mich ernst an. »K-Knöchelchen«, stotterte sie.

»Genau«, sagte Tante Alma und schloss Reese in die Arme. »Unser dickköpfiges Knöchelchen ist genau wie ihre Mama, Reesespatz. Genau wie ihre Tanten, genau wie 'ne Boatwright und genau wie du.«

»Aber ich schau aus wie niemand«, plärrte ich.

Tante Alma lachte. »Was denn, du schaust aus wie unser Knöchelchen, Mädel.«

»Ich schau nicht aus wie Mama. Ich schau nicht aus wie du. Ich schau aus wie niemand.«

»Du schaust aus wie ich«, sagte Mama. »Du schaust aus wie mein eignes kleines Mädel.« Sie legte mir die Finger unter die Augen und drückte sanft gegen die Haut. »Du hast den Blick, ganz genau. Ich kann's sehen, seh genau, wie du ausschaust, wenn du größer wirst, mit den Knochen da.«

Sie ließ die Finger leicht über meinen Mund zum Kinn hinuntergleiten. »Und da. Da wirst du ausschaun wie unser Uropa, ganz bestimmt. Ganz die Cherokee-Backenknochen, was, Alma?«

»Und ob, ja, ganz bestimmt. Das wird wieder so eine, 'ne richtige Schönheit, um die man sich Sorgen machen muss.«

Ich lächelte breit, glaubte ihnen zwar nicht wirklich, wollte es aber gern. Ich hielt dann still und versuchte, nicht zu zucken, während Mama mir erbarmungslos die verfilzten Haare ausbürstete. Wenn ich mir eine Dauerwelle machen ließe, könnte ich diese Stunden auf Mamas Schoß nicht mehr genießen, könnte nicht mehr in ihren Armen dasitzen, während sie mir das Haar unentwegt bürstete und glättete und leise über mich hinweg redete. Sie roch immer nach buttrigem Mehl, Salz und Nagellack – ein köstlicher, unverkennbarer Geruch von Vertrautem und Abstoßendem zugleich. Ich atmete tief ein und biss mir auf die Lippen, um nicht laut zu stöhnen, obwohl mir die Kopfhaut schmerzte und brannte. Ich hätte mir lieber den Kopf abschlagen lassen als die Haare schneiden, denn damit hätte ich auf das unsagbare Vergnügen verzichten müssen, jeden Abend auf Mamas Schoß gezogen zu werden.

»Seh ich wie mein Daddy aus?«, fragte ich sie.

Mama hielt meine Haare mit einer Hand hoch und fuhr nur mit den seitlichen Borsten durch die Enden. »Alma, hol mir doch mal das Olivenöl, sei so gut, nur 'n paar Tropfen für meine Handflächen. Danke, das reicht.«

Und wieder kam die Bürste zum Einsatz, in langen, schwungvollen Strichen. Tante Alma begann zu summen. Ich ließ den Kopf sinken. Es lag nicht einmal daran, dass ich unbedingt etwas über meinen verschollenen Vater wissen wollte. Gegen eine Lüge hätte ich gar nichts gehabt. Ich wollte nur die Geschichte hören, die Mama erzählt hätte. Was war das, was sie mir nicht erzählen wollte, das Allerwichtigste, das Ereignis, bei dem sie sich von all ihren Brüdern und Schwestern abgesetzt hatte und worüber sie ihr ganzes Leben lang Schweigen bewahrte?

Mama bürstete so heftig, dass sie meinen Kopf hintenüber zog. »Du kannst einfach nicht stillsitzen, Knöchelchen.«

»Nein, Mama.«

Ich schloss die Augen und überließ ihr meinen Kopf, ließ sie an meinen Haaren zerren und zupfen, bis sie sich wieder etwas beruhigte. Tante Alma summte leise. Der Duft nach dem Olivenöl an Mamas Fingern hing in der Luft. Reese' Singsang fiel in Tante Almas Summen ein. Ich machte die Augen auf und schaute in die von Mama. In diesen Augen war das Babylächeln von Reese zu sehen. In den Pupillen glänzten und glitzerten Goldpünktchen wie Sonnenlicht reflektierende Splitter von etwas Hellem.

KAPITEL 3

Liebe, zumindest die Liebe für einen Mann, der nicht schon zur Familie gehörte, war eine Sache, bei der ich mir ein bisschen unsicher war. Tante Alma behauptete, Liebe habe mehr mit der Schönheit eines Körpers zu tun, als irgendjemand jemals zugeben würde. Und Glen sehe nun mal ziemlich gut aus, bekräftigte sie, mit seinen breiten Schultern und den langen Armen, die Haare zurückgekämmt und den Kragen um den dünnen Hals fest zugeknöpft.

Manchmal, wenn Glen zu Besuch da gewesen und wieder gegangen war, saß Mama auf der Veranda, rauchte eine Zigarette und schaute dabei ins Leere. Manchmal schlüpfte ich dann still unter ihrem Arm hindurch und setzte mich zu ihr, sagte aber kein Wort. Ich überlegte mir, was sie wohl dachte, aber ich fragte sie nicht. Hätte ich es getan, dann hätte sie irgendetwas über die Straße oder die Bäume oder die Sterne erzählt. Sie hätte über die Arbeit geredet oder über irgendwas, was meine Vettern wieder angestellt hatten oder einer meiner Onkel, oder sie hätte mir auf den Hintern geklatscht und mich ins Bett gesteckt und wäre dann wieder hierher zurückgekehrt, hätte mit dem so überaus ernsten Gesicht dagesessen und ihre Pall Mall bis ganz zum Filter heruntergeraucht.

»Du und Reese, ihr mögt Glen, oder?«, fragte Mama ab und zu in besorgtem Ton. Ich nickte jedes Mal. Natürlich mochten wir ihn, versicherte ich ihr und beobachtete, wie sich ihr Gesicht entspannte und sie wieder lächelte.

»Ich auch. Er ist 'n guter Mann.« Sie strich sich langsam über die Schenkel, zog die Knie hoch bis zur Brust und nickte, mehr für sich selbst als auf mich bezogen. »Er ist 'n guter Mann.«

In den Nächten, in denen Mama im Lokal arbeitete, ließ sie uns bei Tante Ruth oder bei Tante Alma. Nur manchmal, wenn sie nicht allzu lange arbeitete, machte sie uns auf dem Rücksitz ihres Pontiacs ein Bett aus Decken und Kissen und nahm uns mit. Wir durften dann an einem Tisch in der Nähe der Küche essen und eine Zeit lang der Jukebox zuhören, bis sie uns in unser Bett im Auto brachte und mir streng verbot, die Tür für irgendjemand anderen als für sie aufzusperren. Während wir an diesem Tisch saßen, beobachtete ich sie bei der Arbeit. Sie war faszinierend, jung und freundlich und viel zu hübsch, als dass irgendjemand gemein zu ihr hätte sein können. Die Lastwagenfahrer neckten sie und suchten in der Jukebox ihre Lieblingslieder aus. Die jüngeren versuchten, sie herumzukriegen, dass sie mit ihnen ausging, aber mit einem Scherz war sie sie wieder los. Die älteren, die sie gut kannten, machten ihr Komplimente über uns, ihre hübschen Mädels. All das beobachtete ich, bewunderte die Männer mit ihren muskulösen Unterarmen und breiten Schultern, während sie den Kaffee tranken, den ihnen Mama servierte, saugte die unaufhörlich spielende Musik in mich auf, passte auf, dass Reese nicht ihre Milch verschüttete oder unter den Tisch kletterte, und lächelte Mama zu, wenn sie zu mir herüberschaute.

»Du bist doch Anneys Mädel, oder?«, sagte einmal einer zu mir. »Deine kleine Schwester sieht jedenfalls genauso aus wie sie. Du musst eher nach deinem Daddy kommen.«

Ich nickte schüchtern.

Wenn Glen Waddell hereinkam, brachte Mama ihm immer erst ein Bier und setzte sich dann zu ihm, falls sie Zeit hatte. Manchmal, wenn sie beschäftigt war und Reese schläfrig wurde, trug er uns zu ihrem Auto hinaus und hielt uns dabei mit der gleichen gesuchten Sanftheit in seinen großen starken Armen, mit der er auch Mama berührte. Ich wollte lieber immer warten, bis Mama uns in unser Deckenbett stecken konnte, aber es schien ihr zu gefallen, dass Glen uns hinaustrug, während all die Lastwagenfahrer ihn dabei beobachteten. Ich sah immer, wie sie herschaute, wenn er mit uns hinausging, sah, wie ihr Gesicht weich wurde und strahlte. Vielleicht war das Liebe, dieser Blick. Ich wusste es nicht.

Zwei Jahre lang traf sich meine Mama mit Glen nur, um gelegentlich auszugehen. Die Leute sagten, nach dem Tod von Lyle Parsons brauche sie eben eine Zeit lang, bis sie wieder Zutrauen zu Männern hatte. Mama nahm Reese und mich ab und zu mit, wenn sie Glen von seinem neuen Job im Royal-Crown-Cola-Werk abholte. Manchmal arbeitete er da noch und stemmte stapelweise Colakisten, um seinen Laster für die Tour am nächsten Morgen voll zu laden. All diese vollen Kästen mussten eingeladen werden und die leeren heruntergehoben und zum Fließband gebracht, wo sie gesäubert und für den Transport zur Abfüllanlage vorbereitet wurden. Er schwang jeden Kasten mit den vierundzwanzig Flaschen ächzend hoch über den Kopf auf den Laster, holte dabei mit seinem ganzen Gewicht Schwung aus den Hüften, die Arme ausgestreckt und vor lauter Konzentration die Zungenspitze zwischen die zusammengepressten Lippen geklemmt. Sein Kragen war offen, sein hellblaues, kurzärmliges Arbeitshemd schlug Falten, und an seinem Rücken klebte es fest, ein dunkler Streifen das Rückgrat hinunter. Mama hatte immer noch ihr Servierkleid an, roch nach Salz und Bratfett und war genauso verschwitzt und müde wie er, aber Glen lächelte sie an, als wüsste er, dass sie nur Zucker und Sahne schwitzte. Mama lehnte sich dann aus dem Autofenster und rief leise seinen Namen, und er wurde stets dunkelrot und fing an, sich ein bisschen schneller zu bewegen, entweder um seine Kraft zu demonstrieren oder um eher dort wegzukommen, da waren wir uns nicht sicher.

Glen war zwar ein kleiner Mann, aber so muskulös und stark, dass man seine Zierlichkeit leicht übersah, obwohl er in seiner groben Arbeitskleidung und den schweren Stiefeln seltsam graziös wirkte. Auf dem Boden lagen kaputte Flaschen herum, in den Teer getretene, zermahlene Splitter, und alle Arbeiter trugen schwere Stiefel mit dicken Gummisohlen. Glen Waddells Füße dagegen waren so zierlich, dass er seine Stiefel in der Jungenabteilung von Sears, Roebuck kaufen musste, Handschuhe fand er dagegen nur in Spezialgeschäften für Übergrößen. Er drehte sich auf diesen Kinderfüßen um die eigene Achse, schwenkte die schmalen Hüften und ächzte unter der Last, alles wirkte angestrengt und kraftvoll, während er die Kasten und Stapel so zärtlich mit den Händen umfasste, als handelte es sich um dünnschalige Eier. Er konnte die Hände so weit spreizen, dass er mit jeder mühelos einen halben Kasten umspannte und keine Flasche sich neigte, egal, wie hoch hinauf er den Stapel hieven musste.

Die Leute redeten über Glens Temperament und über seine Hände. Er trank nicht, machte keine Frau an, erzählte nicht einmal dreckige Witze, aber die Luft um ihn herum schien elektrisch geladen zu sein, und seine Hände waren eben riesig. Sie hingen wie Baseballhandschuhe am Ende seiner kurzen, dick mit Muskeln bepackten Arme. An seiner schlanken, schmalknochigen Statur wirkten sie erschreckend, unpassend, waren ständig in Bewegung und der einzige Hinweis darauf, wie stark er wirklich war. Wenn er etwas von uns wollte, legte er eine Hand um Reese' Hinterkopf und die andere um meinen und ging in die Hocke, damit er uns ins Gesicht schauen konnte, während er mit warmen, feuchten Fingern sanft unser Haar zauste. Mit uns ging er unendlich behutsam um, bewegte die Hände sanft und langsam, nur nach Mama griff er immer mit dem ganzen Arm, in unvermittelten, umfassenden, schwungvollen Gesten. Wenn er sie umarmte, legte er ihr die Hände auf den Rücken, sodass er ihn vom Hals bis zur Taille bedeckte, und er zog sie an sich, so fest er konnte.

Mama nahm dann immer Glens Hände in die ihren, und neben ihren wirkten seine Finger noch größer, härter und länger. »Er ist ’n sanfter Mann«, erzählte sie ihren Schwestern. »Ihr solltet mal sehen, wie zärtlich er sein kann, wie er Reese hochhebt, wenn sie hinten im Auto einschläft, als ob sie ganz was Zartes, ganz was Zerbrechliches wär – wie das klingende Glas, wenn man sich die Zähne dran stößt.« Meine Tanten nickten stets, schienen aber nicht sehr überzeugt.

Mir war klar, dass Mama sich mit der Zeit in Glen verliebt hatte. Ich sah, wie sie rot wurde, wenn er sie anschaute oder berührte, selbst im Vorbeigehen. Zuerst erschien die Röte auf ihrem Hals, dann belebten sich ihre Wangen, bis ihr ganzes Gesicht rosa und heiß glühte. Glen Waddell verwandelte Mama von einer gehetzten, besorgten Mutter in ein kicherndes, hoffnungsvolles Mädchen.

Eines Nachmittags hatte Glen gerade den letzten Kasten auf den Laster gewuchtet und drehte sich dann zu Mama, Reese und mir in Mamas altem Pontiac um. Die Sonne fiel auf seinen Schweiß, glänzende Tropfen und Rinnsale, und in dem Licht, das ihn umgab, schien er zu glitzern. Er wischte sich übers Gesicht, aber der Schweiß floss weiter an ihm herunter. Er sah aus, als ob er weinte. Er ging langsam zu uns, ließ sich neben der Tür in die Hocke nieder und nahm Mama durch das offene Fenster hindurch fest in die Arme.

»Ach, Anney«, flüsterte er. »Anney, Anney.« Seine heisere Stimme bebte. »Du weißt es. Du weißt, wie sehr ich dich liebe. Ich kann nicht mehr warten, Anney. Es geht einfach nicht. Ich lieb dich aus ganzem Herzen.«

Er griff über den Sitz, zog Reese und mich nach vorn und drückte uns an Mamas Hals und Rücken. »Und deine Mädels, Anney. Ach Gott! Ich liebe sie. Unsre Mädels, Anney. Unsre Mädels.« Dann schluchzte er, zog uns noch näher heran, sodass Reese’ Vogelknochen sich in meine Schulter bohrten, während seine Schweißwolke uns einhüllte. Er rutschte mit dem Gesicht an Mamas Haaren vorbei und drückte sich dann gegen meines, wobei er mit dem Mund und den Zähnen meine Wange berührte. »Sag Daddy zu mir«, flüsterte er. »Sagt Daddy zu mir, ich liebe nämlich eure Mama, und euch liebe ich auch. Ich werd euch immer anständig behandeln. Ihr werdet schon sehen. Ihr gehört zu mir, ihr alle, zu mir.«

Seine Schultern bebten, mit dem Körper, der im Fenster hing, schien er das ganze Auto zum Schaukeln zu bringen. »Ach, Anney.« Er erschauerte. »Sag nicht nein. Bitte, Anney, tu mir das nicht an!«

»Glen«, hauchte Mama. »Ach, Glen. Ich weiß nicht.« Sie zitterte, hob langsam die Arme hoch und legte sie ihm um die Schultern. »O Gott. Also gut, ich denk drüber nach. Schon gut, Süßer. Schon gut.«

Glen sprang zurück. Er ließ die Hände auf das Autodach heruntersausen, ein-, zwei-, dreimal. Es klang wie Pistolenschüsse. Mama weinte leise, ihre Schultern, an denen Reese und ich lehnten, hoben und senkten sich.

»Verdammt«, schrie er. »Verdammt noch mal, Anney!« Er drehte sich im Kreis und juchzte laut. »Ich hab gewusst, dass du ja sagst. Pah, was ich alles tun werd, Anney! Ich versprech's dir. Das hättest du dir nie träumen lassen!« Er breitete die Arme aus und ließ noch einen Juchzer los. Sein Gesicht sah aus, als richtete jemand einen heißen rosa Strahler darauf. Er riss die Tür auf und hob Mama fast aus dem Auto; seine Hände zitterten immer noch, als er sie umarmte. Er zog sie so heftig an sich, dass sie den Boden unter den Füßen verlor, und dann schwenkte er sie durch die Luft, lachte und schrie dabei. Reese legte mir die Hände auf die Schultern. Ich spürte die leichten Erschütterungen, die sie im Nachhall zu Glens Schreien durchliefen. Wir lächelten beide und hielten uns aneinander fest, während Glen mit Mama rund um den Parkplatz tanzte, seine schützenden Arme um sie gelegt.

»Du magst die Waddells einfach nicht«, sagte Mama zu Oma. Sie stand in einer blau-weiß gepunkteten Bluse, die Glen ihr gekauft hatte, auf Tante Almas Veranda. Er hatte gesagt, die

Bluse betone die Farbe ihrer Augen. An ihrem Gesichtsausdruck konnte jeder sehen, dass sie sich bemühte, mit Oma Geduld zu haben.

»Glen liebt mich, liebt meine Mädels. Macht mir nichts aus, wenn seine Familie hochnäsig ist und nur an sich selber denkt. Glen ist da ganz anders.«

»Du weißt nicht, wie der Junge ist, Anney. Du weißt es einfach nicht.«

»Ich weiß, dass er mich liebt.« Mama sagte das sehr bestimmt. Sie war sich sicher, dass Glen Waddell sie mehr als seine eigene Seele liebte und dass alles andere sich daraus ergeben würde. »Ich weiß genug«, sagte sie zu Oma.

»Mit dem Jungen stimmt was nicht.« Oma wandte sich um Unterstützung an Tante Alma. »Er schaut mich immer aus den Augenwinkeln raus an wie irgend so 'n alter Straßenköter, der 'n Knochen stehlen will. Und du weißt genau, dass Anney der Knochen ist, den er haben will.«

»Du gehst einfach davon aus, dass für Anney keiner gut genug ist«, sagte Alma neckisch. »Du willst, dass sie dir bis in alle Ewigkeit was dafür zahlt, dass du jeden Tag auf ihre Mädels aufpasst, so lang, bis sie vertrocknet ist und sich nicht mehr vorstellen kann, dass sie noch mal jemand heiratet.«

Es war die Fortsetzung eines Streits, der schon die ganze Woche andauerte. Jetzt war Sonntag, und Glen wollte vorbeikommen, um uns alle zu einem Picknick am See abzuholen. Oma weigerte sich mitzukommen, obwohl Mama eigens wegen ihr Hühnerfrikassee und Götterspeise eingepackt hatte.

»Lass sie, Anney, und hilf mir lieber mit der Kamera.« Tante Alma hatte eine neue Brownie und war fest entschlossen, jede Familienangelegenheit zu dokumentieren, die sie nur erwischen konnte. »'nen Streit mit Mama kannst du nicht gewinnen. Lass sie einfach in Ruh und gib ihr Zeit, dass sie von selber wieder zur Vernunft kommt.«

Als Glen schließlich kam, war es dann die Kamera, die

Oma aus dem Haus zu uns auf die Veranda lockte. Plötzlich wollte sich Glen aber nicht mehr fotografieren lassen. »Ich bin kein Filmstar«, sagte er zu Alma und hielt sich jedes Mal die Hand vors Gesicht, wenn sie die Kamera auf ihn richtete.

»Das liegt an seinem neuen Haarschnitt«, sagte Earle scherzhaft. »Glen will nicht, dass die Leute sehen, wie weit seine Ohren abstehen. Bin auf deiner Seite, Glen. Wir sind zu hässlich fürs Fotografieren. Die Frauen und Kinder sollen sich in Positur schmeißen und uns in Ruh lassen.«

Onkel Earle mochte Glen Waddell zwar ganz gern, aber wie Oma hielt er nicht viel von der restlichen Waddell-Familie. Er hatte das Glen einmal sogar ins Gesicht gesagt, aber der Junge hatte ihn nur angegrinst, und das fand Earle wiederum nicht richtig. Auch wenn Glen mit seinen Leuten nicht gut auskam, war Earle doch der Meinung, er sollte es als Sohn nicht zulassen, dass irgendjemand schlecht über sie redete. Wenn sie ein paar Schläge deswegen gewechselt hätten, ein bisschen Blut verspritzt und sich danach versöhnt hätten, dann wäre Earle bei der ganzen Sache wesentlich wohler gewesen. Aber Glen war einer von der stillen Sorte, die sich nie freundschaftlich prügeln. Entweder grinste er einen träge an, oder er rastete gleich ganz aus und versuchte einen umzubringen. Letzteres verschaffte ihm allerdings ein wenig Respekt, das musste Earle zugeben. Einmal, bevor er in der Gießerei kündigte und im RC-Cola-Werk anfing, hatte wegen Glen die Polizei gerufen werden müssen. Glen war ein erwachsener Mann, ein Arbeiter, und er liebte Anney Boatwright. Jeder wusste das, sogar Oma.

»Jetzt komm, Earle, mach keinen Ärger.« Oma strich sich die Haare hinter die Ohren zurück und glättete die Falten ihrer grünen Kattunbluse. »Ich will, dass Alma von jedem Bilder macht. Ich will ein Familienalbum, das ich mir ins Regal stellen kann.«

Earle lachte und schlich sich hinter Alma, um sie zu knuffen, während sie die Kamera auf Oma und Mama einstellte, jagte dann Reese und mich in den Garten hinaus, fing Reese ein und warf sie so hoch in die Luft, dass sie mit den Armen flatterte, als könnte sie fliegen. Ich wich ihnen aus und schlug mich ins Gebüsch und kümmerte mich dabei nicht um die Brombeersträucher, die sich in dem neuen Kleid, das Mama mir angezogen hatte, verfingen. Hinter Earles Laster blieb ich stehen und schaute zurück: Oma auf der Veranda mit ihrem unsicheren zaudernden Lächeln, Mama auf den Stufen in ihrer neuen Bluse, daneben Glen mit diesem kurzen Bürstenhaarschnitt, während Alma sich auf den Weg stellte und die Kamera auf sie richtete. Jeder sah nervös, aber fest entschlossen aus, Mama wirkte ganz steif in Glens linkischer Umarmung, und Glen fiel bei dem Versuch, sein Gesicht von der Kamera wegzudrehen, fast die Stufen hinunter. Der Anblick allein schnürte mir schon die Kehle zu.

Nur Earle und Reese waren entspannt, Reese kreischte und kicherte, immer noch in Earles Armen, die Beine ausgestreckt, während er mit ihr auf dem nassen Gras im hellen Sonnenlicht herumwirbelte. »Knöchelchen, Knöchelchen«, schrie Reese. »Knöchelchen, hilf mir! Hilf mir!«

»Ich schick dich zu den Sternen, kleines Mädel«, sagte Onkel Earle mit gefletschten Zähnen, woraufhin Reese nur umso lauter schrie. Die Worte waren kaum ausgesprochen, da rutschte er im Gras aus und schlug hart auf dem Hintern auf. Seine Beine flogen ausgestreckt in die Höhe, aber Reese landete sicher in seinem Schoß, vergaß das Schreien und fing an zu kichern, während Earle nur fluchte.

»Verdammt, jetzt hab ich mir die Hose versaut.«

»Geschieht dir recht«, keifte Oma. »Du hättest das Kind umbringen können. Reese, du setzt jetzt deinen kleinen Grübchenarsch in Bewegung und kommst her zu deiner Mama.«

»Du kommst auch her, Knöchelchen«, rief Mama. »Du und Reese, ihr kommt jetzt her, damit Alma ein Bild von uns vieren machen kann.«

»Ja, kommt her, Mädels.« Glen hielt Mama mit beiden Händen um ihre Taille fest.

»Und jetzt alles lachen«, rief Alma, als der Verschluss klickte.

KAPITEL 4

In dem Frühling, in dem Mama Glen Waddell heiratete, gab es jeden Nachmittag Gewitter, und das Vorgebirge im Norden und im Westen der Great Smoky Mountains war immer wieder von schnell dahinziehenden Wolken eingehüllt. Der Mond stieg fast jede Nacht mit einem gespenstischen Hof auf, und bei Sonnenuntergang lag ein blauer Schimmer über dem Horizont.

»Keine gute Zeit fürs Heiraten«, sagte Oma ahnungsvoll. »Auch nicht fürs Pflanzen oder Bauen.«

»Bist du auch wirklich sicher, Anney? Jetzt zu heiraten?« Zweimal musste Earle Mama das schon gefragt haben, bis er sie endlich in seinem Laster zum Standesamt fuhr, wo sie Glen treffen und das Aufgebot bestellen wollte. Anscheinend genügte ihm ihr zustimmendes Lächeln als Antwort nicht, obwohl er eingewilligt hatte, Trauzeuge zu sein, nachdem Glens Bruder die Ehre ausgeschlagen hatte. Er fragte sie noch einmal, bevor er sie aus dem Laster steigen ließ. »Du bist noch schlimmer als Oma«, sagte Anney zu ihm. »Willst du nicht, dass ich ein Zuhause hab und glücklich bin?« Er gab auf und küsste sie zum Abschied.

Oma war keineswegs überrascht, als sie hörte, dass Uroma Shirley die Einladung zum Hochzeitsessen, das Tante Alma organisierte, ausgeschlagen hatte. Die Eustis-Tanten, Marvella und Maybelle, diejenigen, die immer behaupteten, sie könnten aus Bohnen die Zukunft lesen, sagten das Essen ebenfalls ab, wenn auch Marvella dabei höflich blieb. »Ich weiß, dass er Anney liebt«, sagte Marvella zu Alma, als diese bei ihnen vorbeischaute, um sich Blumen aus ihrem Garten zu holen. »Und manchmal ändert die Liebe alles.«

Maybelle war nicht so aufgeschlossen. »Ja, ja, Glen liebt Anney. Von wegen! Er liebt sie so, wie 'n Zocker 'n schnelles Rennpferd liebt oder 'n verzweifelter Mann seinen Whiskey. Die Sorte Liebe frisst 'nen Mann auf. Ich trau dem Jungen nicht. Ist nicht gut, wenn unsre Anney ihn heiratet.«

»Aber Anney liebt Glen«, sagte Alma ungeduldig zu Maybelle. »Darüber solltest du dir mal Gedanken machen. Sie braucht ihn, braucht ihn so, wie 'ne ausgehungerte Frau Fleisch zwischen den Zähnen braucht, und ich lass nicht zu, dass ihr irgendwer das wieder wegnimmt. Komm schon, Maybelle, du weißt genau, dass keiner sagen kann, was zwischen 'nem Mann und 'ner Frau alles passieren wird. Und es geht uns auch nichts an, das geht nur die beiden was an.« Alma nahm Maybelles Hände in die ihren. »Wir müssen nur hinter unserem Mädel stehen, müssen alles tun, was wir können, damit ihr niemand mehr wehtut.«

»Ach Gott.« Maybelle schüttelte den Kopf. »Ich will mich nicht mit dir streiten, Alma. Und vielleicht hast du ja Recht. Ich weiß, wie allein Anney gewesen ist. Ich weiß es.« Sie befreite ihre Hände aus Almas Griff, steckte ein paar lose graue Strähnen in den Knoten an ihrem Hinterkopf und drehte sich dann zu ihrer Schwester um. »Wir müssen noch mal drüber nachdenken, Marvella. Wir müssen ernsthaft über unser Mädel nachdenken.«

Sie taten, was sie konnten. Die Schwestern schickten Mama ein Hochzeitsgeschenk, einen Liebesknoten, den Marvella aus Spitzenborten und eigenen Haaren geknüpft hatte, nachdem Maybelle bei Neumond ihren Kaninchen leicht in die Ohren geschnitten hatte: Das Blut hatten sie auf den Knoten geträufelt. Sie ließen die Kaninchen frei, und dann rissen die zwei ein halbes Dutzend Reihen ihrer Bohnen aus und vergruben dort, wo die Bohnen am üppigsten gewachsen waren, Honigwaben, die sie zuvor in ein Spitzendeckchen wickelten. In dem Brief, mit dem der Liebesknoten kam, stand, Mama sollte ihn unter die Matratze des neuen

Bettes, das Glen gekauft hatte, legen, aber Mama roch an dem Blut und an den Haaren und schüttelte angewidert den Kopf. Sie brachte es zwar nicht fertig, das Ding wegzuwerfen, aber sie steckte es in einen ihrer Blumentöpfe in der Abstellkammer, damit Glen es nicht finden und sich beschweren konnte, es würde im ganzen Haus danach stinken.

Reese und mir waren die Flitterwochen zuwider. Wir hatten beide zunächst gedacht, wir dürften mitfahren. Schon Wochen vor der Hochzeit hatte uns Mama immer wieder gesagt, dass das eine Ehe für uns alle sei, dass wir zur gleichen Zeit, da sie Glen zum Mann nehme, ihn zu unserem Daddy nähmen. Sie und Alma hatten uns sogar kleine Spitzenschleier genäht, die wir trugen, als wir bei der Hochzeit vor ihr hergingen, Reese mit Blumen, ich mit den Ringen. Aber Mama und Glen verschwanden mitten in Tante Almas Essen nach einem einzigen schnellen Abschiedskuss.

»Warum dürfen wir nicht mit?«, quengelte Reese ständig, während alle sie auslachten. Ich war so wütend, dass ich mich in Almas Nähzimmer versteckte und mich in ihrem Schaukelstuhl in den Schlaf weinte. Als ich aufwachte, lag ich auf ihrer Bettcouch, eine Decke über mir, und das Haus war still. Ich holte Almas Fotoalbum hervor und kletterte in den Schaukelstuhl. Die neuen Bilder vom Picknick waren hinten. Ein paar Schnappschüsse von Reese und mir waren da, allein, zusammen und mit Oma oder Earle. Es gab nur ein gutes von Glen und Mama, nur ein einziges, auf dem man ihr Lächeln und seine Augen sehen konnte. Auf den meisten hatte Mama den Kopf gesenkt, sodass nur das Kinn herausspitzte, oder Glen hatte das Gesicht zur Seite gedreht, sodass man nur den blassen Streifen von Hals und Ohr unterhalb des neuen Haarschnitts sehen konnte. Vielleicht war deswegen das gute Bild umso verblüffender.

Alles auf diesem Bild war klar, scharf, fest umrissen; der Kontrast war so stark, dass man die Linien, wo das Sonnenlicht wich und der Schatten anfing, mit dem Finger nachfahren konnte. Auf Mamas Wange lag ein Fleck wie der Schatten eines Vogels, man sah die Tupfen auf ihrer Kreppbluse, eine abstehende Noppe auf ihrem dunklen, wadenlangen Rock und einen dünnen Scheitel in ihrem zurückgebürsteten blonden Haar. Mama sah auf dem Bild schön aus, keine Frage, obwohl sie unter den Augen leicht aufgedunsen war und die Halsmuskeln anspannte, sodass sich ihr Kinn nach vorn schob. Aber ihr Lächeln war unverstellt, ihre Augen waren klar, und man konnte direkt in sie hineinschauen, konnte sehen, wie lieb sie war – daran, wie sie den Hals verbog, weil sie an Glen vorbei nach Reese und mir Ausschau hielt, daran, wie ihre Hände offen in ihrem Schoß lagen, die Finger leicht gekrümmt, als wollte sie damit das Sonnenlicht einfangen.

Neben Mama saß Glen halb im Schatten, den Kopf zur Seite gedreht, aber das Licht fiel auf sein Lächeln, seine Wange, seine kräftigen Hände und die schmächtige Figur. Das Lächeln war ein entschlossenes, eisernes, gezwungenes, die Augen funkelten in die Kameralinse, glitzerten im grellen Sonnenlicht, die Schultern waren angespannt und leicht nach vorn geschoben, einen Arm hatte er ausgestreckt, um Mama an sich zu ziehen, hatte ihn von seinem Platz an ihrer linken Seite aus um sie gelegt. Aus diesem Bild erfuhr man von Glen nicht das Geringste, außer dass er ein gut aussehender Mann war, stark und glücklich, weil er seine Frau im Arm hielt. Mamas Augen waren weich vor altem Schmerz und neuer Hoffnung; Glens Augen sagten nichts aus. Das Bild dieses Mannes war so flach und leer wie ein Stück Blech in der Sonne, das zwar Hitze und Licht wiedergibt, aber sonst gar nichts – kein einziger deutlicher Hinweis, wer wirklich hinter diesen Augen steckte.

Ich versuchte mir vorzustellen, wie es sein würde, mit ihm zu leben, wenn die Flitterwochen vorbei waren. Ich schaute mir das Bild noch einmal an und erinnerte mich an das Picknick, daran, wie er Mama ständig von hinten an sich gezogen, ihr die Hände besitzergreifend um den Bauch gelegt hatte. Ich hatte mitbekommen, wie Alma am Tag vor der Hochzeit scherzend zu Mama gesagt hatte, sie solle zusehen, dass sie unter die Haube komme, bevor man es ihr ansehe. Mama hatte sich fürchterlich aufgeregt und wissen wollen, wie Alma herausgefunden hatte, dass sie schwanger war. Ich fragte mich, ob sie es Glen schon erzählt hatte.

»Kommt her, Mädels.« Als Glen Reese und mich gerufen hatte, weil wir mit aufs Bild sollten, hatte in seiner Stimme ein lauter ungeduldiger Unterton mitgeschwungen, den ich bei ihm noch nie gehört hatte. Ich war im Laufschritt um Earles Laster herumgekommen und hatte Glen aufmerksam betrachtet. Ja, er wusste es. Er war so selbstgefällig, dass sein Gesicht unter diesem schrecklichen Haarschnitt vor Zufriedenheit richtig satt wirkte. Mama hatte gesagt, er wolle, dass sie ihm einen Sohn gebar, und für mich sah es so aus, als wäre er sich sicher, dass er ihn schon auf den Weg geschickt hatte.

Ich saß mit diesen Bildern im Schaukelstuhl, bis das Haus am Morgen erwachte und Tante Alma nach mir sah. Auf einem der Bilder ließ ich die Finger über Reese' Babylächeln gleiten, auf einem anderen fuhr ich über Earles dunkle Haare, untersuchte, wie weit genau Omas Kinn sich unter ihrer Unterlippe vorwölbte und schaute mir auf jedem selbst ins Gesicht, wollte sehen, wie die Kamera mich gesehen hatte – meine Augen wie Mamas Augen, dunkler, aber offen wie die ihren, mein Lächeln stärker und breiter als das von Reese und, in der Bewegung festgehalten, mein Körper in Almas Garten, wie ein Tier, das in die Luft springt.

Glen freute sich auf das Baby wie ein kleiner Junge, er grinste und prahlte und legte, sooft er konnte, die Hände flach auf Mamas Bauch, um zu spüren, wie sein Sohn sich bewegte. Sein Sohn – ihm kam nicht einmal der Anflug des Gedankens, Mama könnte wieder ein Mädchen bekommen. Nein, das würde sein Junge werden, da war sich Glen sicher. Er kaufte ein Kinderbett und die übrige Babyausstattung auf Raten, stellte alles ins Schlafzimmer und packte das Kinderbett voll mit Spielsachen, die einem kleinen Jungen gefallen würden. »Mein Junge wird aussehen wie das Beste von mir und Anney«, sagte er ständig und zu jedem, als könnte er es wahr werden lassen, indem er es nur oft genug aussprach. Er fuhr sogar zum Haus von Tante Maybelle und Tante Marvella hinaus und brachte ihnen Zuckermais für die Kaninchen, nur damit er ihnen in die Augen sehen konnte, wenn er »ein Junge« sagte und hören konnte, wie sie es wiederholten, während sie den Mais in Empfang nahmen.

»Sie haben gesagt, es wird ein Junge«, erzählte er Earle später in Tante Ruths Haus bei Fleckbohnen und Maisbrot – noch nie hatte er bisher zu erkennen gegeben, dass er an die weibliche Magie der Eustis-Tanten glaubte. Er platzte geradezu vor Stolz.

»Ja, verdammt, Glen. Gratuliere.« Earle ließ sich vorsichtshalber nichts anmerken.

»Stell dich nie zwischen einen Mann und seinen Ehrgeiz«, sagte er dann zu Onkel Beau, nachdem Glen gegangen war. »Wenn Glen mal das Gefühl kriegt, dass ihm irgendjemand die Chance versaut, aus Anney 'nen Jungen rauszuholen, dann dreht er total durch.«

»Ein Mann sollte seinen Ehrgeiz nicht in den Bauch von 'ner Frau legen.« Beau mochte Glen nicht besonders, konnte es auch gar nicht, wie er selbst zugab, da er nie einem Mann über den Weg traue, der nicht trank, und Glen galt, zumindest in unserer Familie, fast als Abstinenzler. Beau spuckte zur Seite. »Geschieht ihm recht, wenn sie ihm noch 'n Mädl austrägt.«

Onkel Nevil räusperte sich heftig und schenkte jedem ein Schnapsglas mit Selbstgebranntem voll. Nevil verschwendete nie ein Wort, wenn er stattdessen brummen konnte, und nie ein Brummen, wenn er stattdessen irgendeine Geste machen konnte. Es hieß, er sei der schweigsamste Mann in ganz Greenville County, und von seiner Frau Fay sagte man, sie sei die fetteste Frau hier zu Lande. »Die zwei sind mehr Möbel wie sonst was«, hatte Oma einmal gesagt. »Nehmen nur Platz weg und ziehen den Staub an wie 'n Spiegelschrank oder 'ne Couch.« Nevil und Fay hatten das gehört und weigerten sich folglich auf ihre stille Art, je wieder mit ihr im selben Zimmer zu sitzen. Es machte Familientreffen etwas schwieriger, wenn auch nicht allzu sehr. Wie Tante Alma jedem erzählte: Nevil war in Sachen Unterhaltung sowieso kein großer Verlust.

Umso größer war die Überraschung, als Nevil, nachdem er seinen Whiskey geschlürft hatte, den Kopf hob und plötzlich so deutlich, dass man ihn selbst draußen auf der Veranda hören konnte, sagte: »Ich, also ich hoff nur, dass Anney ihm 'nen Sohn schenkt, gleich 'n halbes Dutzend, wenn sie schon dabei ist. Der Glen hat was. Er gefällt mir sogar beinah, aber der Junge kann sauer werden wie Whiskey in 'nem schlechten Fass, und ich hoff bloß, dass das nicht passiert. Anney hat schon genug Probleme gehabt in ihrem Leben.« Dann nahm er noch einen Schluck und machte den Mund zu, sodass man nur wieder den üblichen dünnen Strich sehen konnte.

Earle und Beau starrten ihn an und wussten nicht, ob sie lachen oder fluchen sollten, aber schließlich starrten sie alle wieder ins Glas. Es stimmte schon, da gaben sie ihm Recht. Anney verdiente es, dass die Probleme aus ihrem Leben verschwanden.

In der Nacht, als bei Mama die Wehen einsetzten, lud Glen Decken und Colaflaschen für Reese und mich in den Pontiac und stellte den Wagen dann mit uns auf dem Parkplatz vor dem Krankenhaus ab. Man hatte ihn gewarnt, dass es eine Zeit lang dauern würde, bis das Baby komme, und als er es nicht mehr aushielt, in den Korridoren auf und ab zu laufen, kam er herunter, rauchte und hörte Musik im Autoradio, während Reese und ich auf dem Rücksitz dösten. Irgendwann, ein gutes Stück vor der Morgendämmerung, als es noch dunkel und kalt war, griff er über die Lehne nach hinten, rüttelte mich an der Schulter und zog mich zu sich nach vorn. Er gab mir eine Cola und einen halben Schokoriegel und erzählte mir, dass er vor kurzem drin gewesen sei, um nach Mama zu sehen, und dass es ihr gut gehe.

»Gut.« Ich schaute ihn verwundert an und nickte, wusste nicht, was ich sonst tun oder sagen sollte. Er zog heftig an seiner Zigarette, stieß den Rauch zum Fenster hinaus, das er nur einen kleinen Spalt geöffnet hatte, und redete mit mir, als wäre ich eine Erwachsene. »Ich weiß, dass sie sich Sorgen macht«, sagte er. »Sie denkt, wenn's ein Mädel wird, dann hab ich es nicht mehr lieb. Aber es wird unser Baby sein, und wenn's ein Mädel wird, können wir ja bald wieder eins machen. Ich werd meinen Sohn schon noch kriegen. Anney und ich, wir werden unsern Jungen haben. Ich weiß es. Ich weiß es einfach.«

Er redete immer weiter, in murmelndem Flüsterton, manchmal so leise, dass ich ihn nicht verstehen konnte. Ich deckte mich wieder zu und betrachtete die vereinzelt funkelnden Sterne über den hohen Tannen am Rand des Parkplatzes. Im Radio lief gerade eines der Lieder von Kitty Wells, das Mama gut gefiel. Ich wiegte meinen Kopf zur Musik und schaute in die Nacht hinaus. Ich dachte an das Baby, das Mama gerade bekam, überlegte, wie es wohl aussehen könnte, wenn es vielleicht doch kein Mädchen wurde. Wie würden sie es nennen? Glen junior, wenn es ein Junge wurde? Sie hatten nie darüber geredet. Mama glaubte, dass es Unglück brachte, schon einen Namen für ein Baby auszusuchen, bevor es noch geboren war.

Glen legte mir die Hand in den Nacken, und die Sterne schienen mir zuzublinzeln. Ich war nicht daran gewohnt, dass er mich berührte, also umklammerte ich meine Decke und hielt still. Er rutschte ein Stück vom Lenkrad weg in meine Richtung und zog mich zu sich auf den Schoß. Er summte das Lied mit und schob mich dabei ein bisschen auf seinen Schenkeln hin und her. Ich drehte mich um und schaute ihm in die Augen. Auf dem Parkplatz waren nur ein paar Lampen an, aber die roten und gelben Signale des Radios beleuchteten sein Gesicht. Er lächelte, und zum ersten Mal sah ich das Lächeln in seinen Augen genauso deutlich wie das auf seinen Lippen. Er schob meinen Rock zur Seite und ließ die linke Hand zwischen meine Beine gleiten, hoch bis zu meiner Baumwollunterhose. Dann fing er an, mich zu schaukeln, hin und her zwischen seinem Bauch und seinem Handgelenk, und mit den Fingern fummelte er an seinem Hosenschlitz herum.

Es machte mir Angst – seine große Hand zwischen meinen Beinen und seine im schwachen Licht glitzernden Augen. Er begann wieder zu reden, erzählte mir, dass es Mama bald wieder gut gehen werde, dass er mich liebe, dass wir alle sehr glücklich sein würden. Seine Hand war hart, der hervorstehende Knochen seines Handgelenks tat mir weh. Ich schaute geradeaus durch die Windschutzscheibe, konnte vor lauter Angst aber weder weinen noch mich schütteln oder winden, konnte mich vor lauter Angst überhaupt nicht bewegen.

Er sagte unentwegt: »Es wird alles wieder gut.« Er schaukelte mich unentwegt, atmete heftig durch den Mund und starrte geradeaus. Ich konnte sein Spiegelbild in der Windschutzscheibe sehen. Die Morgendämmerung sickerte langsam durch die Bäume, machte alles hell und kalt. Seine Hand grub sich weiter vor. Er hielt sich selbst in der Hand. Ich wusste, was das da zwischen seinen Fingern war. Meine Vettern hatte ich schon nackt gesehen, wenn sie lachten, mit ihren Dingern wackelten und Witze rissen, aber das da war ein Rätsel, Furcht einflößend und hart. Der Schweiß, der von seinen Armen auf meine Haut tropfte, roch streng und widerlich. Er stöhnte, während er meine Schenkel zwischen seinem Arm und seinen Beinen zusammenquetsche. Er drückte sein Kinn gegen meinen Kopf, und gleichzeitig stieß er mit den Hüften nach oben. Er tat mir weh, tat mir weh!

Ich schluchzte einmal auf, da fiel er in den Sitz zurück und ließ mich los. Ich biss mir auf die Lippen und hielt still. Er hob die Hand, um sie an der Decke abzuwischen, und ich nahm einen merkwürdigen und bitteren Geruch an seinen Fingern wahr. Ich wich zurück, aber da lachte er nur. Er lachte, während er die Finger an der Decke abrieb. Dann hob er mich leicht in die Höhe und drehte mich herum, damit er mir ins Gesicht sehen konnte. Das Licht war grau und blass, die Luft nass und kalt wie Marmor, Glens Gesicht das einzige rote und warme Ding in Sichtweite. Er lächelte mich wieder an, aber diesmal drang das Lächeln nicht bis in seine Augen vor. Seine Augen waren wieder dunkel und leer geworden, und innerlich begann ich vor Furcht zu zittern.

Er wickelte mich fest in die Decke ein und hob mich nach hinten zu Reese in das Nest aus Decken und Kissen, das er vor so vielen Stunden gebaut hatte. Ich drückte meine Schultern gegen den Sitz und betrachtete Glens Kopf in dem grauen Licht, seine kurzen Haare, borstig und steif. Er zündete sich eine Zigarette an und fing wieder an zu summen. Einmal schaute er nach hinten. Ich schloss schnell die Augen und hatte dann zu viel Angst, sie wieder zu öffnen. Sein Summen passte zu der leisen Radiomusik, und der Geruch seiner Pall Mall beruhigte mich. Ich hatte nicht gemerkt, dass ich eingeschlafen war, bis ich im hellen grauen Licht des Vormittags aufwachte.

Glen war weg, im Auto war es still und kalt. Ich hatte leichte Schmerzen zwischen den Beinen, aber jetzt im Tageslicht hatte ich keine Angst mehr. Ich setzte mich auf und schaute hinaus auf graue Wolken und taugetränkte Tannenzweige. Der Asphalt war nass und dunkel. Ein paar Krankenschwestern gingen in den Türen der Ambulanz ein und aus und redeten in gedämpftem Ton miteinander. Ich atmete durch den Mund und beobachtete, wie immer mehr Leute auf den Parkplatz fuhren, und fragte mich, ob ich diese ganze Szene vom frühen Morgen nur geträumt hatte. Ich presste immer noch die Schenkel zusammen, spürte, dass ich wund war, und versuchte mir vorzustellen, wie ich mich selbst verletzt haben könnte, falls es ein Traum gewesen war.

Als Glen aus der Ambulanz kam, schlossen sich die Türen hinter ihm, als knallte ein Schuss durch die Morgenluft. Er hatte einen starren Gesichtsausdruck aufgelegt, seine Beine wirkten steif, die Hände hatte er ineinander verschlungen und rieb sie unentwegt. Ich sah in dieses Gesicht und wusste, es war kein Traum gewesen. Ich zog Reese an mich, ohne Rücksicht auf ihren leisen Protest. Glen stieg ins Auto und schlug die Tür so fest zu, dass Reese mit einem Ruck vollends aufwachte. Sie drehte den Kopf hin und her wie ein Vogeljunges, schaute von mir zu Glens Nacken und wieder zurück. Wir saßen still da und warteten.

»Eurer Mama geht es bald wieder gut«, sagte er und machte dann eine Pause. »Aber sie wird keine Kinder mehr kriegen.«

Er legte die Hände auf das Lenkrad, beugte sich vor, presste die Lippen auf die Finger.

»Mein Baby ist tot«, sagte er dann. »Mein Junge. Mein Junge.«

Ich schlang die Arme um Reese und hielt sie fest, während Glen auf dem Vordersitz nur noch schluchzte und weinte.

Als Mama wieder aus dem Krankenhaus zurück war, kamen ihre Schwestern jeden Tag vorbei. Tante Ruth war erst ein paar Wochen zuvor selbst im Krankenhaus gewesen, wegen, wie Oma es nannte, Frauengeschichten, und hatte sich noch nicht genügend erholt, um recht viel mehr zu tun, als ein, zwei Stunden bei Mama zu sitzen und ihr die Hand zu halten, aber sie rief jeden Morgen an. Tante Alma zog praktisch bei uns ein und übernahm das Regiment, zwang Mama, im Bett zu bleiben, kochte und ordnete Rindfleisch und Bohneneintopf an. »Damit du wieder 'n bisschen Eisen ins Blut kriegst, Süße«, sagte sie.

Tante Raylene erschien in Latzhose und Gummischuhen und putzte das Haus von oben bis unten. Sie ging sogar so weit, mit Reese' und meiner Hilfe die Möbel in den Garten zu stellen, damit die Sonne sie aufwärmen konnte. Beim Wechseln der Bettwäsche hob sie Mama mühelos hoch und trug sie nach draußen auf das Sofa, damit sie in der frischen Luft sitzen konnte. Jeder ging um Glen herum, als wäre er ein Stuhl oder ein Tisch, gelegentlich umarmte ihn jemand kurz oder drückte ihm die Schulter. Er zeigte keine Regung, zog nur vom Tisch auf die Veranda, weil Raylene mit dem Aufwischen anfing. Als Nevil und Earle kamen, stand er mit ihnen im Garten und trank, bis seine Schultern vor lauter unterdrücktem Schluchzen bebten und sie wegschauten, um ihm die Peinlichkeit zu ersparen.

Ich beobachtete ihn genau, blieb, sooft ich konnte, draußen im Garten, hockte mich ins Gebüsch und hoffte, dass mich dort niemand sehen konnte. Ich zog die Beine an, legte das Kinn auf die Knie und umarmte mich selbst, bis ich ein fest verschlungener Ball war. Mamas Gesicht war so blass gewesen, als sie heimgebracht worden war, die Augen riesig und starr. Sie hatte mich kaum angeschaut, als ich auf ihren Schoß klettern wollte, hatte sich nur auf die Lippen gebissen und es zugelassen, dass Tante Alma mich wieder wegzog. Ich weinte, bis Tante Raylene mich mit hinaus in ihren Wagen nahm, mir einen feuchten Waschlappen auf die Augen legte und mich in den Schlaf wiegte.

»Deine Mama braucht jetzt erst 'n bisschen Zeit«, sagte sie zu mir. »Danach braucht sie dich mehr als vorher. Wenn 'ne Frau ihr Kind verliert, dann ist es ganz wichtig für sie, dass sie weiß, dass ihre anderen Kinder gesund und glücklich sind. Du musst für sie glücklich sein, Knöchelchen. Du musst ihr zeigen, dass du glücklich bist, damit ihr Herz wieder heil wird.«

Sie nannte ihn tatsächlich Glen junior, wie Reese mir erzählte. Sie hatte Tante Ruth und Tante Alma reden hören. Sie hatten das Baby in der großen Boatwright-Parzelle begraben, die noch Uroma Shirley gehörte, neben den vier Jungen, die Oma verloren hatte, und Ruths tot geborenen Mädchen und Almas erstem Jungen. Glen wollte zwar lieber eine eigene Parzelle haben, konnte sich aber keine leisten, was schließlich auch den Ausschlag dafür zu geben schien, dass sein Kummer sich in Wut verwandelte. Sein Gesicht war aufgequollen vom Weinen und grau vor Schlaflosigkeit. Er suchte sich ein Haus drüben bei der JC-Penney-Spinnerei neben dem Bahngleis, und als er wieder heimkam, teilte er uns mit, dass wir jetzt ausziehen würden. Tante Alma war außer sich, weil er uns so weit wegbrachte, aber Mama nickte nur und bat Raylene, ihr beim Packen zu helfen.

»Es wird schon werden«, sagte sie zu Reese und mir.

Glen nahm Mama in die Arme und funkelte Tante Alma drohend an. »Wir brauchen niemand«, flüsterte er. »Wir kommen ganz gut allein zurecht.«

KAPITEL 5

In dem gemieteten Haus, das ein schönes Stück vom Rest der Familie entfernt lag, versprach Glen Mama, wenn sie genug Geld auf die Seite gelegt hätten, würde er Reese und mich adoptieren. Wir seien eine Familie, und er sei jetzt unser Daddy. Unentwegt sagte er das. Mama hielt seine Hände fest und nickte wortlos. »Das sind meine Mädels«, sagte er zu ihr. »Ich werd dafür sorgen, dass sie später mal was Besonderes sind. Egal, wie.« Sie lächelte und küsste ihn, presste ihren geöffneten Mund hungrig auf seine Lippen.

Reese legte ihm ihre pummelige kleine Hand auf den Arm und sagte: »Daddy«, und die beiden hoben sie gemeinsam hoch.

Auch ich versuchte »Daddy« zu sagen, aber es klang in meinen Ohren komisch. Ich erinnerte mich an jene Augenblicke auf dem Krankenhausparkplatz wie an einen schlechten Traum, verschwommen und dunkel. Wenn Daddy Glen mich anschaute, entdeckte ich keinen Hinweis darauf, dass er überhaupt jemals daran dachte. Vielleicht war es gar nicht passiert. Vielleicht liebte er uns wirklich. Ich wollte, dass er uns liebte. Ich wollte, dass ich dazu fähig war, ihn zu lieben. Ich wollte, dass er mich zärtlich hochhob und Mama noch einmal sagte, wie sehr er uns alle liebte. Ich wollte mit Reese zusammen von ihrer beider Arme umschlossen und geborgen sein.

Ich rührte mich also nicht, und meine Augen füllten sich mit Tränen. Mama löste sich von Daddy Glen und hob mich hoch. Über ihre Schulter hinweg sah ich, wie Daddy Glen uns aus eisig blauen Augen beobachtete; sein Mund war ein zusammengepresster gerader Strich. Er schüttelte sich und schaute weg. Ich hielt mich mit Fingern, die so hart und kalt wie Eisen waren, an Mama fest.

Daddy Glen mochte es nicht, wenn wir all den Geschichten lauschten, die Oma und Tante Alma uns immer wieder erzählten. »Ich sag euch schon, wer ihr seid«, sagte er. »Ihr gehört jetzt zu mir, ihr seid nicht mehr nur Boatwrights.« Er erzählte uns von seinem Daddy, Mr. Bodine Waddell, dem die Sunshine-Molkerei gehörte, und von seinen Brüdern. Sein ältester Bruder Daryl hatte die Wahl zum Staatsanwalt zwar verloren, aber seine Kanzlei bekam allmählich den Ruf, *die* Adresse zu sein, wenn man eine Lobby für einen öffentlichen Auftrag brauchte. Der Zweitälteste, James, eröffnete bald seine Zahnarztpraxis, und mit Beginn des nächsten Jahres würden wir zu ihm gehen, um uns die Zähne richten zu lassen.

»Oma sagt immer, wir haben gute Zähne«, sagte ich zu Daddy Glen. »Sie sagt, ein Gutes hat Gott den Boatwrights mitgegeben, und das sind harte, scharfe Zähne.«

»Und du glaubst alles, was sie sagt, was?« Seine Augen versanken fast in den Falten um die Augenwinkel, glänzten wie Katzengold im Sonnenlicht, während er den Mund verzog, sodass er nur auf einer Seite grinste. Er sah aus, als finge er gleich zu lachen an, aber dann schürzte er nur die Lippen und spuckte aus.

»Deine Oma ist 'ne Lügnerin von der schlimmsten Sorte. Das alte Weib würde nicht mal die Wahrheit sagen, wenn sie sie wissen würde.« Er fasste mir unters Kinn, drückte mit seinen dicken rauen Fingern einmal leicht zu und ließ mich dann wieder los. »Du bleibst weg von dem alten Weib. Ich sag dir schon, was wahr ist. Du gehörst jetzt zu mir. Du und Reese, ihr gebt euch einfach nicht mehr mit ihr ab.«

Ich traute Daddy Glen nicht, glaubte ihm nicht, wenn er behauptete, Omas Geschichten seien alle gelogen, aber wenn sie mir etwas erzählte, konnte ich mir ab da nie mehr sicher sein, was wahr war und was sie gern für wahr hielt, gute Geschichten, von denen sie sich nicht trennen wollte, auch wenn sie zu drei Vierteln falsch waren. Alle Boatwrights erzählten immerzu Geschichten, nicht zuletzt dafür waren wir bekannt, und was der eine Boatwright als reine Wahrheit vor dem Herrn bezeugte, tat der andere Boatwright genauso leidenschaftlich als unqualifizierte Lüge ab. Raylene erzählte den Leuten immer, wir hätten auch mal im Kohlenkeller vorbeigeschaut, aber so wie sie dabei grinste, konnte es eine Lüge sein, mit der sie jemanden ärgern wollte, oder einfach ihr letzter Trumpf, damit sie endlich selbst zurückschlagen konnte.

»Was heißt 'n das?«, fragte ich Butch, Ruths Jüngsten.

»Dass wir 'n paar Farbige irgendwo im Stammbaum sitzen haben.« Er grinste. »Dass Raylene 'ne Quatschtante ist. Die erzählt alles rum, und jeder weiß es.«

Ich dachte eine Zeit lang darüber nach und fragte dann doch. »Und, haben wir?« Ich konnte sehen, wie sein Grinsen langsam noch breiter wurde.

Butch war nur ein Jahr älter als ich, aber ich konnte ihn alles fragen – nicht so wie bei Garvey oder Grey oder den anderen Jungs von Tante Ruth. Die versuchten immer so zu tun, als wären sie erwachsener, als sie es wirklich waren, und ich konnte nie vorhersehen, wann sie wieder zu spinnen anfingen. Butch war da anders – ein bisschen weichherzig, eher ein Waschlappen, wie manche sagten.

»Der Junge verhält sich wie 'n Boatwright.« So drückte es Onkel Earle aus. »Sieht aus, als hätt er überhaupt kein Temperament. Und er hat einen ganz schön merkwürdigen Humor. Weiß nicht, was Ernst ist.«

Aber mir war Butch der Liebste von all meinen Vettern. Ich konnte mit Butch reden, ihn alles Mögliche fragen, und meistens spitzte er dann die Lippen, kniff die Augen zusammen und rang sich eine Antwort ab, die mit Sicherheit vertrauenswürdig war – das heißt, wenn er nicht gerade seine alberne Phase hatte. Manchmal klangen seine Antworten zwar einleuchtend, aber merkwürdig, und immer erst viel später merkte ich, dass er einen Witz gemacht hatte.

Als Butch also sagte: »Farbige, na klar haben wir Farbige«, war ich mir nicht sicher, ob er nun Spaß machte oder nicht. Er schob seine weißblonden Haare hinters Ohr, kniff die Augen zusammen und grinste mir ins Gesicht. »Die Boatwrights haben alles – alle Farben, alle Typen, alle Meinungen. Aber das Entscheidende ist« – er zog seine Unterlippe zwischen die Zähne und schaute sich um, ob wir auch allein waren –, »die Boatwright-Frauen haben 'ne ätzende Muschi. Alles, was ihnen zwischen die Beine kommt, rein oder raus, wird entweder umgebracht oder kaputtgemacht, außer reinrassige Boatwright-Babys und steinharte Boatwright-Männer. Und sogar bei uns ätzt sie alles weg, was nur das kleinste bisschen ungewöhnlich ausschaut, poliert die Babys blank, sodass sie alle ziemlich ähnlich aussehen, als ob sie uns bei der Geburt in 'nen Kessel mit Bleiche getaucht hätten. Bis auf dich natürlich, bist ja ganz schwarz am Kopf und merkwürdig noch dazu.« Sein Gesichtsausdruck veränderte sich: erst nichts sagend, dann ernst, dann eindringlich. »Aber das liegt daran, weil 'n Teil von dir 'n Manntyp ist. Steinhart und böse und unverwundbar. Aber da kann man nichts machen, Boatwright-Frauen werden manchmal so.«

Ich starrte ihn mit offenem Mund an und war mir ziemlich sicher, dass er mich nur verarschte, war aber trotzdem fasziniert. Seine Zungenspitze kam zwischen den Lippen hervor, und es hätte auch sein können, dass sich in seinen Augen ein Lächeln vorbereitete.

»Pah«, zischte ich Butch an. »Pah!«

Die Leute spielten immer verrückt, wenn es um das Thema Farbige ging, das wusste ich, und es stimmte ja auch, dass ein, zwei meiner Verwandten krauses Haar hatten und deswegen aufgezogen wurden, sodass jeder etwas empfindlich war. Bis auf Oma wollte niemand über unsere Cherokee-Linie auch nur reden. Michael Yarboro behauptete mir gegenüber sogar einmal felsenfest, die Cherokee seien sowieso auch bloß Nigger: Den Indianern sei es, anders als den Weißen, egal, wen sie heirateten.

»Oh, und wie egal es ihnen ist«, johlte Tante Alma. »Die Yarboros ertränken Mädels und Neugeborene bestimmt schon zweihundert Jahre lang.« Darüber brauchte Butch mir nichts zu erzählen. Von den Yarboro-Jungs wurde schlechter geredet als von meinen Onkeln, und jeder wusste, dass sie alle verrückt waren. Als ich mit der Schule anfing, hatte ich eine von der Yarboro-Sippe, ein knochiges, rattengesichtiges Mädchen aus dem Methodistenviertel, Nigger genannt, als ich sie von dem Stuhl, den ich mir eigentlich ausgesucht hatte, herunterschubste. Sie hatte behauptet, ich sei genauso dunkel und wild wie jedes andere Kind, das »auf der falschen Seite von der Veranda geboren ist«, was ich für eine andere Weise hielt, mich Bastard zu nennen, also gab ich ihr eins aufs Auge. Ich hatte deswegen zwar Schwierigkeiten bekommen, aber seitdem blieb sie mir vom Leibe. Es machte mir nicht besonders viel aus, was die Leute über meine Launen dachten. Und wenn man einmal den Ruf weg hatte, schnell in Wut zu geraten, war das nicht unbedingt ein Nachteil. Es konnte auch sein Gutes haben. Daddy Glens Ruf, jähzornig zu sein, bewirkte ja auch, dass die Leute es sich gut überlegten, wie sie ihn anredeten.

Die Leute von Reese' Daddy lebten in den Bergen hinter Greenville. Ihre Großmutter hatte einen Bauernhof in der Nähe des Ashley Highway, aber wir besuchten sie nur selten. Mrs. Parsons schien Mama nicht zu mögen, obwohl sie für Reese jedes Mal ein Geschenk hervorzog und nie vergaß, mir zur Begrüßung zuzunicken. Ich war eifersüchtig darauf, dass Reese Mrs. Parsons zur Großmutter hatte, weil Mrs. Parsons, ganz im Gegensatz zu meiner Oma, genau so aussah, wie man sich eine Großmutter vorstellte. Wie sie in Büchern beschrieben oder im Film gezeigt wurden. Ich mochte ihre dicken grau-weißen Zöpfe, die am Hinterkopf zusammengesteckt waren, mochte die stinkige alte Kuh in der Scheune hinter ihrem klapprigen Vierzimmerhaus und die süßen roten Tomaten und saftigen grünen Erbsen, die sie neben dem Bach zog. Mrs. Parsons trug blaue Baumwollschürzen und ausgebleichte schwarze Kleider mit langen Ärmeln, die sie bis zum Ellbogen aufkrempelte. Meine Oma dagegen trug ärmellose bedruckte Kittelschürzen, die den Ansatz ihrer hängenden weißen Brüste sehen ließen und sich an den Hüften nach oben schoben. Ihr dünnes graues Haar hatte eine starke Dauerwelle, und wenn es in der Hitze strähnig wurde, band sie es mit einer Kordel zusammen. Sie trug einen dunkelroten Lippenstift, der sich unweigerlich auf ihrem wulstigen Kinn ausbreitete, und ständig spuckte sie Tabaksaft und fluchte. Mrs. Parsons erzählte mit trauriger Stimme von ihren Jungen, die sie verloren hatte, und von ihrer weit entfernt lebenden Tochter, während sie über einem verzinkten Kübel Erbsen pulte. Meine Oma konnte so böse werden, dass sie anfing, Möbel vors Haus zu werfen. Ständig zog sie aus Tante Ruths oder Tante Almas Haus aus, um bei einer ihrer Schwestern zu wohnen, und drohte damit, das Gebäude, das sie jeweils gerade verlassen hatte, abzubrennen. Ich liebte Oma, aber ich stellte mir vor, Mrs. Parsons würde vielleicht eine bessere Großmutter abgeben, und manchmal, wenn wir sie besuchten, tat ich auch so, als wäre sie meine echte Oma.

Jedes Mal, wenn wir zu Mrs. Parsons fuhren, nörgelte Daddy Glen herum und bat Mama, nicht zu dieser ekelhaften alten Frau zu gehen. »Ich mag nicht, dass das alte Klatschweib irgendwelche Geschichten über dich rumerzählt«, sagte er, weil er dachte, dass Oma Parsons ihn und Mama verfluchte, sobald Mama außer Hörweite war. Ich hielt es nicht für notwendig, ihm zu sagen, dass sie nie über die beiden redete, sondern über ganz alltägliche Dinge, wie es mit dem

Garten ging oder das Wetter war oder die Gesundheit der Kuh. Der einzige erwachsene Mensch, den sie je erwähnte, war Reese' Daddy Lyle, und auch dann nur, um zu sagen, Reese habe sein Lächeln geerbt – das weiche, langsame Babylächeln, dessentwegen Lyle der beliebteste Junge in der ganzen County gewesen sei. Mama erzählte uns, dass Lyle der jüngste der drei Brüder gewesen war und die anderen beiden noch im selben Jahr wie Oma Parsons Liebling starben. Sie sagte, wir sollten nett zu Mrs. Parsons sein, da sie nur noch eine einzige Tochter habe, die sie aber nie sehe, und ein paar Brüder, die nur darauf warteten, ihr Grundstück zu verkaufen, sobald sie gestorben sei.

»Reese müsste eigentlich ein Stück von dem Land kriegen«, sagte Daddy Glen eines Herbstnachmittags zu Mama, als wir von unserem Besuch in den Bergen zurückkamen. »Nicht dass sie darauf angewiesen wär, dass sie irgendwas von den Hochnäsigen da oben kriegt.« Er rieb sich den Nacken und schaute aus dem Küchenfenster, als sähe er da draußen in die Zukunft. »Trotzdem, es ist ihr gutes Recht, dass sie das kriegt, was ihr Daddy ihr gegeben hätte. Lass nur mich mit denen reden. Ich kümmere mich schon um unser Mädel.«

Als Oma Parsons' Bruder Matthew mit ein paar Papieren vorbeikam, die Mama unterschreiben sollte, fing Daddy Glen ihn an der Tür ab und nahm die Unterlagen entgegen. »Wir schauen sie uns mal an«, sagte er laut, führte ihn dann ans andere Ende des Gartens und senkte die Stimme, sodass wir nicht hören konnten, was er sagte. Mama biss sich auf die Lippen und beobachtete, wie der äußerst korrekte Matthew Daddy Glen erst wütend anfunkelte und dann in seinen Laster kletterte. Sie ging nach draußen, als der Wagen davonfuhr.

»Schatz, du warst doch nicht grob zu ihm, oder?«

Daddy Glen drehte sich süß lächelnd zu ihr um. »Keine Sorge«, sagte er und gab ihr einen Klaps auf den Hintern. »Ich weiß schon, was ich tu. Mit den Leuten muss man Tacheles reden.« Er war so mit sich zufrieden, dass er nicht aufhören konnte zu grinsen. »Ich kenn den Schlag. Da kannst du dich drauf verlassen.«

Mama sah missbilligend drein, und er schüttelte sie leicht.

»Und in Zukunft unterschreibst du mir kein einziges Papier mehr von denen, wenn ich nicht da bin, verstanden? Du weißt nicht, was sie dir damit vielleicht stehlen. Lass mich das in die Hand nehmen.«

Sie nickte verschüchtert und scheuchte uns dann ins Haus zurück zum Abendessen.

An diesem Abend rief Oma Parsons an. Daddy Glen nahm den Hörer ab und redete mit leiser, heiserer Stimme mit ihr, einer Stimme, die mich daran erinnerte, wie Onkel Nevil manchmal hinter vorgehaltener Hand flüsterte. »Mhm«, sagte er. »Das stimmt.«

Mama sah einen Augenblick zu und ging dann hinaus, um im Schutz der Veranda eine Zigarette zu rauchen. Ich folgte ihr und lehnte mich an sie. Sie strich mir mit einer Hand über den Kopf und entwirrte meine Haare. Das Licht der Straßenlampe fiel ihr aufs Gesicht, die Mundwinkel waren nach unten gezogen, und die Augen wirkten traurig. Mir war klar, dass sie sich Sorgen machte.

»Es wird schon werden«, flüsterte ich zu ihr hoch, und sie lächelte zu mir herunter.

»Ja, ja, wahrscheinlich schon«, sagte sie. »Und wenn nicht, dann eben nicht. Manchmal, Knöchelchen, muss man was machen, was man eigentlich nicht machen möchte, und ich mag der alten Frau nicht wehtun. Wirklich nicht. Aber Glen braucht es, dass er sich drum kümmern kann, verstehst du? Er braucht es, und ich muss ihn machen lassen.« Sie trat die Zigarette mit dem Absatz aus, ging aber erst wieder hinein, nachdem Daddy Glen den Hörer aufgelegt hatte.

»Ich glaub, jetzt haben sie's kapiert.« Fröhlich tippte er Reese mit dem Zeigefinger an die Nase, worauf sie kicherte. »Jetzt wissen sie, um was es geht, da kannst du Gift drauf nehmen.«

An einem späten Sonntagnachmittag zwei Wochen danach, als Daddy Glen gerade im neuen Büro seines Bruders James war und den Handwerkern half, Regale aufzustellen, tauchte Oma Parsons bei uns auf. »Zweihundertfünfzig Dollar«, sagte sie schnell zu Mama, nachdem sie aus Matthews Laster geklettert war. Er hatte sie hergefahren, wollte aber selbst nicht aussteigen. »Sie stehen dir zu, weil Lyle sechs Monate bei der Armee war, bevor sie ihn wegen schlimmer Füße wieder ausgemustert haben. Wie ich deinem Mann schon gesagt hab, sie haben das Geld zunächst mir geschickt und wollten es erst dann auf dich übertragen, wenn du die Papiere ausfüllst. Aber ich hab's dir in bar mitgebracht. Ich hätt's gar nicht kriegen sollen, aber Lyle hatte immer noch mich als einziges Familienmitglied angegeben, ist vermutlich einfach nicht dazu gekommen, es zu ändern. Ich hab ihnen gesagt, dass es rechtmäßig dir und Reese zusteht. Ich hab's ihnen gesagt, aber sie haben nie auf mich gehört.« Sie schaute einmal kurz zu Mama hoch und dann zu Reese hinunter, die zu ihr gelaufen war und sie um die Hüften fasste. Mrs. Parsons Gesicht war angespannt, und ihre Finger zitterten, als sie Reese durch die Locken fuhr.

»Kriegst du dann viel Geld, Oma?«, fragte Reese sie.

»Nein, Kind, und es ist mir auch egal.«

»Kommen Sie doch rein, Mrs. Parsons.« Mama sah verlegen aus, sie nestelte an den Gürtelschlaufen ihres Hemdblusenkleids herum. »Ich mach Ihnen 'nen Eistee, und Sie können sich 'n bisschen zu Ihrem Enkelkind setzen.«

Mrs. Parsons sah aus, als wollte sie gleich zu weinen anfangen. »Ich hab schon gedacht, du verbietest mir vielleicht, dass ich sie überhaupt noch seh.«

»Du lieber Gott!« Mama packte Mrs. Parsons bei den Schultern und zog sie kurz an sich. »Das würd ich nie tun. Und ich würd auch nicht zulassen, dass jemand anders das tut. Sie können Reese sehen, sooft Sie wollen. Sie wissen doch, wie lieb sie Sie hat.«

Die beiden schwankten leicht, Mrs. Parsons mit steifem Rücken, als wäre sie sich immer noch nicht sicher, ob sie auch willkommen war, und Mama sah aus, als könnte sie all die anderen Sachen, die sie sagen wollte, kaum zurückhalten. Oma Parsons' Bruder hatte das Gesicht abgewandt und rauchte zum Fenster seines Lasters hinaus. Ich stand dicht neben Mama, beobachtete aber, wie seine Halsmuskeln arbeiteten, während die zwei Frauen schnieften und sich räusperten.

»Also gut.« Mrs. Parsons fuhr sich mit der Zunge über die Lippen. »Vielleicht komm ich kurz auf ein Glas Wasser mit rein, bevor wir wieder zurückfahren.«

»Sie könnten auch zum Essen bleiben.« Mamas Gesicht war rot angelaufen und wurde zusehends dunkler.

»Tja, also nein, das geht nicht.« Mrs. Parsons warf einen Blick zu ihrem Bruder hoch, aber der schaute weiterhin nicht in ihre Richtung. »Wir müssen wirklich zurück. Ich bleib nur ganz kurz.«

Erst als sie mit Reese zwischen den Beinen auf Mamas Sears-Sofa saß und ihr den Umschlag mit dem Geld »von der Versicherung« Mama übergeben hatte, entspannte sich Oma Parsons etwas. Sie holte eine Bürste hervor, um die Knoten in Reese' weißblonden Haaren auseinander zu zupfen und sich dadurch mit irgendetwas zu beschäftigen. »Deine Haare waren nach deiner Geburt feuerrot«, sagte sie zu Reese. »Jetzt sind sie so weiß, wie die von deinem Daddy waren.«

Reese hörte gern, dass sie wie ihr Daddy aussah. Sie hatte ein Bild von ihm in der Schublade mit der Unterwäsche versteckt, wo Daddy Glen es nicht finden würde und somit auch seine Gefühle nicht verletzt werden konnten. Ab und zu holte auch ich es hervor, schaute in dieses grinsende Jungengesicht, das nichts mit mir zu tun hatte, und wurde ganz aufgewühlt vor Eifersucht. Lyle war so hübsch wie ein Mädchen gewesen und so hellblond, dass er ein Fotomodell für die Illustrierten hätte sein können. Reese hatte Lyles feines Haar und lächelte oft, aber sie hatte auch das schmale Gesicht und den langen dünnen Hals der Boatwrights. Trotzdem beneidete ich sie, weil sie dieses Bild sozusagen neben Mamas Gesicht und Oma Parsons' gebeugte Schultern halten konnte, um sich vorzustellen, wie sie sich vielleicht noch verändern würde, bevor sie erwachsen wurde. Sie hatte eine andere Familie, eine andere Seite ihres Selbst, über die sie nachdenken konnte, mehr als Mama und mich und die Boatwrights. Reese konnte sich etwas anderes aussuchen und jemand ganz anderer sein.

»Ach, Reese wird wahrscheinlich dunkel.« Mama zögerte, als wollte sie einen Streit vermeiden, aber auch kein Missverständnis aufkommen lassen. »Wird vielleicht sogar wieder rot.«

»Vielleicht, aber vielleicht auch nicht. In unserer Verwandtschaft bleiben Haare manchmal blond.« Mrs. Parsons lächelte Mama gezwungen zu. Ihr Gesicht wurde erst richtig weich, als sie wieder zu Reese hinuntersah. Ich saß auf der Sofalehne neben Mama, von wo aus ich durchs Fenster auf den wartenden Laster und die leere Straße schauen konnte, bis rauf zur nächsten Kreuzung. Ich horchte nach dem Geräusch des Pontiacs, immer in der Hoffnung, es nicht zu hören. Daddy Glen konnte durchaus heimkommen, während Mrs. Parsons noch da war, und ich wusste, dass sich Mama deswegen Sorgen machte, sah, wie sie wieder nervös an ihren Gürtelschlaufen zupfte.

Mrs. Parsons schaute Mama auf die Hände und sagte dann behutsam: »Mehr Geld wird leider nicht drin sein. Mein Grundstück ist nicht viel wert, und außerdem hab ich es, kurz nachdem meine Jungs gestorben sind, auf Matthew überschrieben. Lyle hatte also keinen Anspruch mehr auf das Land, und es gibt auch keine anderen Versicherungen, soviel wir wissen.«

Mama schüttelte kurz den Kopf und schaute Mrs. Parsons dann unverblümt ins Gesicht. »Ich weiß, dass er nichts gehabt hat«, sagte sie. »Ich hab's schon gewusst, bevor er gestorben ist, aber es hat mir nie was ausgemacht. Ehrlich, ich hab nicht mal mit Sterbegeld gerechnet. Hätte auch nie gedacht, dass mir von der Armee noch was zusteht.« Sie sah traurig aus, aber nicht mehr so verhärtet wie zuvor. Mrs. Parsons ging es anscheinend genauso.

»Ich wünsch dir, dass du ganz viel Geld von der Versicherung bekommst.« Reese zappelte glücklich in Oma Parsons' Armen und strahlte uns alle an.

»Ach, ich brauch kein Geld, Kind.« Oma Parsons lachte und stemmte sich vom Sofa hoch. »Ich muss jetzt leider gehen, Anney. Ist 'n langer Weg, bis ich zu Hause bin.«

Ich passte genau auf, ob Mama gemerkt hatte, dass die alte Frau sie beim Namen genannt hatte, aber Mama war schon aufgestanden und nahm Mrs. Parsons' Glas.

»Wollen Sie nicht noch etwas?«, fragte Mama, während sie auf die Küche zusteuerte. Mrs. Parsons schüttelte den Kopf und sagte nein, konnte sich aber offenbar noch nicht gleich von Reese trennen. Ich sah, dass Mama sich etwas entspannt hatte, als sie aus der Küche zurückkam. Auf der Straße draußen war es immer noch ruhig.

Oma Parsons bückte sich, um Reese noch einmal an sich zu drücken. »Denk dran, Liebes, als ich dich gekriegt hab, da hab ich das Beste von Lyle gekriegt«, sagte sie zu ihr. Das klang irgendwie seltsam, so als hätte sie meine kleine Schwester höchstpersönlich aus dem toten Körper ihres Jungen ausgebrütet. Aber Reese lächelte wie ein Prinzessin und bohrte die Zehen in den Flor des Teppichs. Sie ging mit Oma Parsons bis zum Laster und bettelte die ganze Zeit, sie solle doch noch dableiben.

»Reese, gib endlich Ruhe«, sagte Mama. »Du siehst deine Oma nächsten Monat wieder, wenn wir zu ihr rauffahren.«

»Ihr kommt?« Mrs. Parsons schaute auf einmal wieder ganz bedrückt aus.

»Wir kommen.« Mamas Stimme klang ganz entschieden, aber ich sah, wie ihr Blick einmal kurz über die Straße huschte, als sie es sagte. Mrs. Parsons nickte kurz und kletterte dann in den Laster. Ihr Bruder sagte kein einziges Wort, ließ nur den Motor an und legte den Gang ein. Reese winkte schon heftig, bevor Matthew überhaupt Gas gab. Ich sah, wie Mrs. Parsons sich die Augen wischte, als der Laster losfuhr, und dann tauchte auf einmal der Pontiac in der Straßenkreuzung auf. Mama ballte die Hände zu Fäusten und hielt sie sich vor den Bauch. Ich lehnte mich an sie und beobachtete, wie der Pontiac langsam an dem Laster vorbeimanövrierte. Er blieb bei uns stehen, und Daddy Glen lehnte sich aus dem Fenster. Er schaute auf die Straße zurück und dann zu Mama her.

»Du hast doch nicht etwa was unterschrieben?«, sagte er streng.

»Nein, Glen.« Ich spürte, wie sie verlegen ihr Gewicht von einem Fuß auf den anderen verlagerte. Ich schaute zu ihrem Gesicht hoch und beobachtete, wie ihr Mund sich zu einem ebenso verlegenen wie störrischen Lächeln verzog. »Du weißt genau, ich würd nie was unterschreiben, was du dir nicht vorher angeschaut hast.«

Daddy Glen lächelte, als wäre die Sache damit für ihn erledigt. Ich stieß vorsichtig die Luft aus. Reese winkte immer noch, obwohl der Laster schon längst verschwunden war. Ich steckte die Daumen in die Gürtelschlaufen meiner Jeans und blieb bei ihr stehen, bis Mama und Daddy Glen ins Haus gingen.

»Er ist 'n ruhiger Kerl, aber du brauchst Glen nur in Rage zu bringen, und schon haut er dich um«, sagte Onkel Earle gut gelaunt. »Der Junge nimmt die bloßen Hände her, wo andere 'ne Spitzhacke brauchen.« Wenn Earle und Beau glaubten, wir wären weit genug weg, um sie nicht hören zu können, machten sie mit Daddy Glens anderen Gliedmaßen weiter.

»Der dreht durch, wenn er wütend ist.« Sie lachten. »Nimmt seinen Prügel raus, wenn er mit den Armen nicht an einen rankommt, und macht einen damit zum Krüppel.« Ich war zu jung, um zu verstehen, was sie damit meinten, warum sie so gemein lachten und darüber witzelten, dass keine Frau Daddy Glen jemals verlassen würde, oder brüllten und prusteten, während sie die Größe seiner Nase mit der seiner Zehen und Finger verglichen.

»Der Mann hat 'nen Schwanz wie 'n Pferd«, prahlte Butch kenntnisreich vor anderen Jungen, und das verstand ich. Aber Daddy Glens Geschlecht war es nicht, was mir Unbehagen bereitete. Es waren diese Hände, die Art, wie die Finger sich unruhig krümmten und bogen, während er mich beobachtete, wie ich mich an Mama lehnte. Immerzu beobachtete er mich, so schien es mir, rief mich jedes Mal zu sich, wenn Mama und ich zu reden anfingen, wollte, dass ich ihm dann ein Glas Eistee holte oder ein neues Päckchen Zigaretten aus dem Eisschrank, wo er seine Stangen aufbewahrte, damit sie in der Sommerhitze nicht so austrockneten. Mama sagte zu mir, ich solle ihm zeigen, dass ich ihn liebe, aber egal, wie viel Mühe ich mir gab, ich war ihm nie schnell genug.

»Das Kind wird mich nie lieben«, beklagte er sich eines Nachmittags den Tränen nahe bei Mama.

»Ach, Glen, sag doch so was nicht.« Mamas Stimme klang dünn und zittrig, als hätte sie Angst, er könnte Recht haben. »Knöchelchen liebt dich, Süßer.« Sie küsste ihn auf die Wange, nahm sein Gesicht zwischen die Hände und küsste seine Lippen. »Sie liebt dich. Wir alle lieben dich.« Daddy Glen zog sie zu sich herunter und seufzte leise, als sie dann auch seine Lider küsste und die Wange an seiner rieb.

Ich rannte hinaus. Mit dem Abendessen konnte es jetzt noch länger dauern, oder es endete wieder damit, dass wir uns Hamburger kauften. Immer wenn sie anfingen, sich auf dem Sofa zu küssen, gingen sie kurz darauf ins Schlafzimmer und machten für mindestens eine Stunde die Tür hinter sich zu. Wenn sie wieder rauskamen, lächelte Daddy Glen und war ganz entspannt. Mama hatte dann einen verträumten

Blick und bewegte sich wie auf Watte, während ein frischer rosa Schimmer ihr Gesicht überzog.

»Die machen das aber oft«, sagte Reese angewidert zu Alma. Aber Alma lachte nur.

»Jeder mag das, Mädel, jeder.« Sie klatschte Reese hinten auf die Jeans und zog mich an sich. »Denkt euch da ja nichts Falsches aus. Liebe ist mit das Beste, was wir haben. Außerdem kostet sie kein Geld und macht auch nicht magenkrank. Ihr werdet's schon sehen. Wartet's ab, bis ihr größer seid. Ihr werdet's schon sehen.«

Reese zog eine Grimasse und schüttelte sich unbehaglich. »Bäh«, schrie sie und rannte davon. »Ist ja eklig. Ich mach das nie.«

Tante Alma lachte ungerührt weiter. Ich entwand mich ihr und lief Reese nach. Es *war* eklig. Wie Mama und Daddy Glen sich ständig umarmten und abtatschten. Aber es hatte auch seinen Reiz. Sex. Hatte Daddy Glen *das* mit mir auf dem Parkplatz gemacht? Tat ich *das* seit kurzem selbst, immer wenn ich nachmittags allein war? Ich stellte mir dann vor, gefesselt zu sein und in einem Heuschober zu liegen, während irgendjemand das trockene alte Stroh in Brand setzte. Ich malte mir alles ganz genau aus, während ich auf meiner Hand hin- und herschaukelte. In solchen Tagträumen kämpfte ich darum, frei zu kommen, während das Feuer lichterloh um mich herum brannte. Ich bin mir nicht sicher, ob ich immer kam, wenn das Feuer mich erfasste oder nachdem mir die Flucht gelungen war. Aber ich kam. Ich lag auf meiner Hand, träumte vom Feuer und hatte einen Orgasmus.

Daddy Glen ging es nicht besonders gut bei RL-Coly. Er wurde ständig für andere Routen eingeteilt oder musste für Bruchschaden zahlen, und gleichgültig, wie hart er und Mama arbeiteten, es schien nie genug Geld da zu sein, damit sie alle Rechnungen bezahlen konnten. Er erzählte Mama ständig, dass sein Bruder ihn früher oder später für die Hilfe beim Renovieren bezahlen würde, aber selbst als die Praxis von James Waddell, Doktor der Zahnchirurgie, eröffnet und voller Patienten war, ließ James kein Wort darüber fallen.

»Vielleicht solltest du James endlich um das Geld bitten, das er dir geben wollte«, schlug Mama schließlich an dem Tag vor, als Daddy Glen heimkam und erzählte, dass man ihn entlassen hatte.

»Das kann ich nicht.« Glens Gesicht schien in sich zusammenzufallen, als er beide Hände vom Haaransatz bis zum Hals gleiten ließ, den Schweiß von den dunklen Stoppeln auf den Wangen dabei abwischte und dann das Kinn auf die Fingerspitzen legte, als würde er beten. »O Gott im Himmel, nein, das kann ich nicht. Lieber verhungere ich.« Seine Augen wirkten, als lägen sie noch tiefer in den Höhlen als sonst, und das Kinn war vorgestreckt. Er schaute überall hin, bloß nicht zu Mama. Unwillkürlich stellte ich das Glas ab, das ich gerade ausspülte, und ging aus der Küche in die Diele hinaus, wo er mich nur würde sehen können, wenn er sich umdrehte.

»Glen, Süßer.« Mama beugte sich vor. »Ich weiß, dass es schwer ist, aber James ist dein Bruder, und, Schatz, wir sind fast pleite. Wir haben die Miete nicht, wenn du von ihm das Geld nicht kriegst.«

»Anney, du verstehst das nicht.« Daddy Glen hob wieder die Hände und legte sie sich vors Gesicht. »James hat überhaupt nie was davon gesagt, dass er mich dafür bezahlt. Verdammt, er hat nicht mal gefragt, ob ich ihm helfen will. Ich bin einfach hingegangen, einfach so. Ich hab nie mit ihm über Geld geredet. Konnt's nicht. Verdammt, ich glaub nicht mal, dass er überhaupt wollte, dass ich ihm helfe.«

Glen ließ beide Fäuste schwer auf die Schenkel fallen, hämmerte mehrmals auf sie ein, bevor er die Hände erneut hob und sie mit den Handflächen nach oben ausstreckte. »Es tut mir Leid, Anney. Gott, es tut mir so Leid.« Tränen sammelten sich in seinen Augen und perlten ihm über die Wangen. Die Hände zitterten. »Aber es ist nicht einfach nur schwer. Es ist unmöglich. Ich kann James nicht um was bitten. Ich kann keinen von denen um irgendeinen Scheiß bitten. Das würd mich umbringen.«

Mama seufzte und schaute weg. »Also gut…« Sie zögerte kurz und ergriff dann die Hände, die immer noch ausgestreckt waren. »Also, dann warten wir's einfach mal ab. Es gibt noch andre Jobs, andre Sachen, die wir tun können. Earle kann uns beim Umzug helfen, vielleicht ziehen wir ja einfach zu Alma. Irgendwas halt.«

Sie schaute Glen an, aber was sie in seinem Gesicht auch zu sehen gehofft hatte, sie fand es nicht, und ihr forschender Blick schweifte immer wieder ab.

»Ach, Glen. Schatz, es wird schon werden. Wir tun, was wir tun müssen. Mach dir bloß keine Sorgen.«

Danach schien sich alles unaufhaltsam weiterzuentwickeln. Wir zogen um und zogen noch mal um. In keinem Haus lebten wir länger als acht Monate. Gemietete Häuser, Häuser mit Kaufoption, Mietblöcke am Stadtrand, Ziegel und Putz und eine Kaufzusage, Freunde von Freunden, die jemanden kannten, bei denen was leer stand, Häuser, in denen der Besitzer unten wohnte, nebenan, im nächsten Block oder ein Freund von einem Mann war, der ein Auge auf Mama geworfen hatte, oder jemanden kannte, der Daddy Glens Daddy kannte, oder der einen der Onkel für eine kurze Gelegenheitsarbeit angeheuert hatte, und zweimal – guter Gott, *zweimal* – brandneue Häuser, sauber und auf Raten gekauft, die wir gar nicht aufbringen konnten.

Das Umziehen hatte keine bestimmte Saison, war allgegenwärtig, setzte die Zeit außer Kraft wie ein Zug ohne Fahrplan. Wir zogen so oft um, dass die Post nie mit uns Schritt halten konnte, zogen manchmal schon wieder weiter, bevor wir noch richtig ausgepackt hatten oder ich mir die Namen der Lehrer in meiner neuen Schule merken konnte. Das Umziehen gab mir das Gefühl, dass die Zeit verging und alles im

Fluss war, als könnte man sich sowieso an nichts festhalten. Ich fühlte mich gespenstisch dabei, unwirklich und unwichtig, wie eine Schachtel, die verloren geht, und wenn sie plötzlich wieder auftaucht, stellt man fest, dass man von dem, was drin ist, sowieso nie etwas gebraucht hat. Wir zogen so oft um, dass Mama inzwischen die Zeitungen zum Einwickeln in den Geschirrkartons ließ, die Polster, Schnüre und stabilen Kisten aufhob.

»Wir schmeißen das nicht weg. Dauert nicht lang, und ich brauch's wieder.«

Mit jedem Umzug, jedem Fehlschlag, jedem »Wir schaffen's schon« und jedem »Wir probieren's noch mal« wurden die Falten in Mamas Gesicht tiefer. Es kam soweit, dass ich nichts so sehr hasste wie Umziehen, und eines heißen Sommertags nahm ich ein Fleischmesser und bohrte Löcher in Mamas Geschirrkartons, auch wenn dabei nicht mehr herauskam als ein Klaps auf den Hintern und der altbekannte Satz:

»Weißt du nicht, wie viel das kostet?«

Ich wusste auf den Penny genau, was alles kostete. Sonntagabend saß Mama immer am Küchentisch, zählte das Kleingeld in ihrer Geldbörse und jonglierte mit den Rechnungen, beschloss, welche nicht bezahlt werden konnten, noch nicht jedenfalls. Die Miete betrug achtzig Dollar im Monat, viel zu viel, wenn Daddy Glen immer nur sechzig Dollar die Woche nach Hause brachte. Für Lebensmittel brauchte sie so viel wie für die Miete, aber das auch nur, weil wir Gemüse aus den Gärten meiner Tanten bekamen und billiges Fleisch von dem Mann, der Hackfleisch und Huhn an das Lokal verkaufte. Dann waren da noch die Kleider, die Reese und ich ständig brauchten, Arbeitskleidung für Mama und Daddy Glen – und Schuhe. Schuhe waren das Schlimmste. Kleider konnte man von den Verwandten bekommen oder dann und wann bei einem Kirchenbasar finden. Aber Schuhe wurden in erschreckendem Ausmaß kaputt oder zu klein. Weil wir Kinder immer wunde Füße bekamen, gingen wir wenigstens den ganzen Sommer über barfuß.

Obwohl ich mich nie zuvor beklagt hatte, wollte ich einmal unbedingt neue Schuhe, »Mary Jane« hießen sie, und es waren Lackschuhe – nicht die billigen, blauen Leinenturnschuhe für 1,98 Dollar, die ich alle sieben Monate oder so bekam. Ich war kein Baby mehr. Ich war acht, dann neun Jahre alt, wurde langsam groß. Innerhalb eines Jahres war ich nicht mehr das gefällige und ruhige Kind, sondern wurde aufmüpfig und beharrlich, forderte Schuhe, wie sie andere Kinder in der Schule auch trugen. Ich wollte die mit den kleinen Troddeln am Rist, hätte mich aber auch mit Collegeschuhen zufrieden gegeben. Ich wusste zwar, dass ich keine Chance hatte, ein Paar dieser klassischen Mädchenlackschuhe mit den kurzen spitzen Absätzen zu bekommen, aber ich sah sie mir trotzdem sehnsüchtig an. Mama lachte nur und kaufte mir billige Slipper.

»Was glaubst du, wer wir sind, Mädel?«, sagte sie. »Wir gehören nicht zu den Leuten, die mit ihren Sachen angeben.«

Ich konnte nichts dagegen tun. Ich wünschte mir so sehr, wir könnten einfach mal zur Abwechslung solche Sachen haben wie die anderen Leute, wünschte mir, wir könnten einmal aus keinem anderen Grund jammern als aus Spaß am Meckern und uns so verhalten wie das Pack, das wir angeblich waren, anstatt die ganze Zeit darauf zu achten, wie wir uns benahmen. Aber Mamas Lachen beschämte mich. Ich trug die Slipper nur unter Alibiprotest.

»Denk dir nichts«, sagte Mamas Freundin Mab zu ihr. »Kinder sind glücklicher, wenn sie Dreck zwischen den Zehen haben.« Aber mir entging nicht, dass ihre Mädchen mit Collegeschuhen in die Schule kamen und mit Lackpumps in die Kirche und über Reese und mich und unsere Billigslipper die Nase rümpften. Ich war mir nicht sicher, was Mama alles auffiel, was sie sich an Aufmerksamkeit überhaupt leisten konnte, aber wenn ich sonntagabends bei ihr saß und zusah, wie sie ihre Zahlenkolonnen zusammenrechnete, hatte ich den Verdacht, dass sie alles mitbekam und das Ganze hasste. Sie schaute hinaus zu meinem rotgesichtigen und schwitzenden Stiefvater, der den Rasenmäher im Garten herumschob, und seufzte in ihre Kaffeetasse.

»Wir werden hier nicht bleiben können«, sagte sie, und ich wusste, dass es bald an der Zeit war, umzuziehen.

In einem jener Winter verbrachten wir drei Monate bei Tante Alma, die ohne viel Geld auf der hohen Kante ein neues Haus gekauft hatte. Keiner von uns glaubte, dass sie es behalten würde, und fast am gleichen Tag, als wir einzogen, fing auch schon der Papierkram mit der Bank an. Irgendetwas passierte mit mir, etwas, was ich nie zuvor verspürt hatte, aber auch nicht zu bekämpften wusste. Die Wut traf mich wie ein Baseball, der hart und schnell von einem nagelneuen Schläger abprallt. Am ersten Tag in der neuen Schule schürzte die Lehrerin die Lippen und fragte mich nach meinem Namen, und jene Wut kam wieder und drückte mir Bauch und Kehle zusammen. Ich sah die müde Geduld in ihrem Blick, einen Hauch Mitleid und eine Verachtung, die so alt war wie die roten Erdhügel, die ich durch die Fenster des Klassenzimmers sehen konnte. Ich öffnete den Mund, brachte aber nichts heraus.

»Also, wie heißt du, Liebes?«, fragte mich die Frau noch einmal, langsam, als vermutete sie, ich sei nicht besonders helle. Die Wut machte sich in mir breit.

»Roseanne«, antwortete ich so unbekümmert, als wäre ich noch nie anders genannt worden. Ich lächelte sie an wie eine Roseanne. »Roseanne Carter. Wir kommen aus Atlanta, sind gerade hergezogen.« Ich redete beiläufig weiter, erzählte von der Schule, in die ich in Atlanta gegangen war, erfand alles beim Reden und lächelte immer stärker, als sie zu allem nickte, was ich sagte.

Es jagte mir Angst ein, dass es so einfach war – meine

Zeugnisse hatten schließlich auch nicht mit der Umzieherei Schritt halten können –, dass die Leute dachten, ich könnte eine Roseanne Carter aus Atlanta sein, einer Stadt, in der ich nie gewesen war. Jeder glaubte mir, und ich kam in den Genuss der kurzen Popularität, jemand aus einer großen Stadt zu sein, jemand, der Großstadtgeschichten erzählen konnte. Es war zwar erstaunlich, aber von meiner Familie fand keiner heraus, dass ich diese Lüge erzählt hatte. Trotzdem war es eine Erleichterung für mich, als wir einmal mehr wegzogen und ich wieder unter meinem richtigen Namen in eine neue Schule kam. Noch Monate danach träumte ich, dass jemand zu mir herkam und mich Roseanne nannte, dass die Schulzeugnisse mich doch entlarvten oder einer der vorherigen Lehrer an meiner neuen Schule auftauchte. »Warum nur hast du diese Lüge erzählt?«, fragten sie mich in dem Traum, aber ich konnte ihnen keine Antwort geben. Ich wusste es nicht. Ich wusste es wirklich nicht.

Eines Tages verkündete Earle, dass er endlich das alte Schießeisen, das ihm Beau angedreht hatte, an irgendeinen Idioten aus Greenwood verkauft hatte, der ein anständiges Gewehr nicht von verrostetem Schrott unterscheiden konnte. Er bestand darauf, Mama etwas Geld zu leihen, weil sie für ihn, wie er sagte, besser war als eine Bank. »Du weißt, wie ich bin, Anney«, sagte er. »Wenn ich Geld in der Tasche hab, schmeiß ich's zum Fenster raus. Wenn ich's dir geb, und es kommt die Zeit, wo ich's wirklich brauch, dann weiß ich, dass du's mir gibst, wenn du's hast, und wenn nicht, na ja, dann krieg ich wenigstens was zu essen von dir. Ist es nicht so, Schwesterherz?«

Daddy Glen ärgerte sich über Mama, weil sie das Geld angenommen hatte, so als hätte sie es nur getan, um zu zeigen, dass er nicht für unseren Unterhalt aufkommen konnte. »Ich bin ein erwachsener Mann«, brüllte er. »Ich brauch deinen verdammten Bruder nicht, damit ich um die Runden komm.«

Eine Woche lang redete er mit keinem von uns, und als Earle wieder zu Besuch kam, brummelte Daddy Glen, er habe keine Zeit für sinnloses Geplapper, und fuhr davon, als hätte er was zu erledigen.

»Der Kerl hat zu viel Stolz«, sagte Earle nachsichtig zu Mama. »Wenn er's nicht 'n bisschen lockerer nimmt, wird er sich noch mal was brechen. Zum Teufel, wir wissen doch alle, dass wir uns gegenseitig helfen müssen in diesem Leben.« Er zwinkerte mir zu, umarmte Reese und neckte Mama, bis sie wie ein Mädchen kicherte und ihm ein Sandwich mit gebratenen Tomaten machte. Als er sich verabschiedete, gab er Reese einen Vierteldollar und mir einen halben.

»Du wirst langsam erwachsen, Süße«, sagte Onkel Earle zu mir. »Bald bist du so hübsch wie deine Mama.« Ich lächelte und ließ den halben Dollar zwischen meinen Handflächen kreisen. Earle lebte allein, seit seine Frau ihn verlassen hatte, und an den meisten Abenden ging er entweder einen trinken oder eine seiner Schwestern besuchen. Bevor Mama beschlossen hatte, Daddy Glen zu heiraten, war Onkel Earle ständig in unserer Nähe gewesen, aber mit der Zeit hatten wir immer weniger von ihm zu sehen bekommen. Damals wünschte ich mir einen Augenblick lang, wir würden mit ihm zusammen leben, dann könnte Mama sich richtig um ihn kümmern und er uns Münzen schenken und Mama zum Lachen bringen.

Als Daddy Glen in jener Nacht spät nach Hause kam, weigerte er sich, ins Bett zu gehen, obwohl er am nächsten Tag arbeiten musste. Er setzte sich ins Wohnzimmer und hörte Radio, machte ein verkniffenes und wütendes Gesicht. Mama blieb mit ihm auf und versuchte, ihn zum Reden zu bringen, aber er sprach immer noch kein Wort mit ihr. Als wir am nächsten Morgen aufstanden, sah sein Gesicht dünn und weiß aus, und die blauen Augen waren so dunkel, dass sie richtig schwarz wirkten.

Das angespannte Schweigen dauerte noch Wochen an, aber

selbst als sich die Lage zu beruhigen schien, blieb Daddy Glen verändert. Er sah in sich versunken und verdrossen aus. Eines Abends beim Essen schob er zornig seinen Teller zur Seite. »Alles, was ich anfang, geht schief«, jammerte er. »Ich steck meine Hand in ’nen Topf mit Honig, und raus kommt Scheiße!«

»Ach, Glen«, sagte Mama. »Jeder hat ab und zu Schwierigkeiten. Es wird schon wieder besser werden. Du musst nur Geduld haben.«

»Halt’s Maul!«, schrie er. »Hör auf mit deinem Bemutterungsscheiß. Halt einfach dein Maul. Halt’s Maul!«

Mama erstarrte, eine Hand noch nach dem Brotkorb ausgestreckt. Ihr Gesicht wirkte wie ein Schwarzweißfoto, die Augen riesige dunkle Schatten und die Haut von einem Augenblick zum anderen bleich glänzend wie Fotopapier, der Mund ungläubig geöffnet.

Reese vergrub den Kopf in ihren Händen und stieß einen hohen dünnen Schrei aus, dem augenblicklich Schluchzer folgten. Ohne auch nur darüber nachzudenken, klammerte ich mich an der Tischkante fest und zog mich hoch. Daddy Glens Gesicht war rot, verschwollen, Tränen liefen ihm die Wangen herunter. Mamas Blick schwenkte wie Flutlicht zu mir herüber, seiner folgte.

»O Gott«, stöhnte er, und Mama erschauerte. Daddy Glen stolperte um den Tisch herum und stieß dabei mit der Hüfte gegen die Kante, dass die Schüsseln und Gläser wackelten. »O Anney. Es tut mir Leid. O Gott! Ich will dich nicht anschreien.« Er küsste ihre Stirn, ihre Wangenknochen, ihr Kinn, hatte ihr Gesicht mit beiden Händen umfasst. »O Anney, es tut mir Leid!«

»Ist schon gut«, flüsterte sie, streichelte seine Arme und schob ihn sanft weg. »Ist schon gut, Süßer. Ich versteh schon.«

Reese schluchzte immer noch, während ich dastand, weiterhin die Tischkante umklammerte und keine Ahnung hatte, was ich hatte tun wollen. Ich schaute auf meine Hände hinunter, die Fingerspitzen flach gedrückt und weiß, die Nägel unregelmäßig abgebissen. Die Hände waren ruhig, aber meine Arme zitterten. Was hatte ich vorgehabt? Was hatte ich vorgehabt?

Daddy Glen schaute mich an. »Ich weiß, wie lieb dich deine Mama hat«, sagte er, legte seine Hand auf meinen Arm und drückte fest zu. Als er mich wieder losließ, hatte ich einen roten Fleck, den Mama sofort bemerkte.

»Glen, du kannst deine Kraft nicht richtig einschätzen!«

»Nein.« Er war jetzt ruhiger. »Wahrscheinlich nicht. Aber Knöchelchen weiß, dass ich ihr nie wehtun wollte. Knöchelchen weiß, dass ich sie lieb hab. Verdammt noch mal. Du weißt, wie lieb ich euch alle hab, Anney.«

Ich starrte zu ihm hoch, Mamas Hände lagen auf meinen Schultern, und mir war bewusst, dass mein Mund offen stand und mein Gesicht leer war. Was wusste ich? Was glaubte ich? Ich schaute seine Hände an. Nein, er wollte mir nie wehtun, nicht richtig jedenfalls, sagte ich mir, aber immer öfter schienen diese Hände Dinge zu tun, bevor er darüber nachdenken konnte. Seine Hände waren groß, unpersönlich und schnell. Ich konnte ihnen nicht entkommen. Reese und ich machten uns über sie lustig, wenn er nicht in der Nähe war – Gorillahände, Affentatzen, Klodeckel, Biberschwänze. Manchmal fragte ich mich, ob er wohl wusste, was wir über ihn redeten. In meinen Träumen wimmelte es von langen Fingern, Händen, die um Türrahmen herumgriffen und auf meine Matratze krochen. Die Angst in mir war wie ein großer Fluss, wie das eisdunkle Blau seiner Augen.

KAPITEL 6

Hunger macht einen ruhelos. Man träumt vom Essen – nicht irgendetwas zu essen, sondern von perfektem Essen, dem besten Essen, phantastischen Mahlzeiten, gerühmt und Ehrfurcht gebietend, dem einzigartigen Stück Fleisch, dem genauen Geschmack von buttrigem Mais, Tomaten, so reif, dass sie aufplatzen und süßen Duft verströmen, Bohnen, so knackig, dass sie zwischen den Zähnen krachen, Bratensaft, der einem, wie dem Baby die Muttermilch, das Herz höher schlagen lässt. Wenn ich Hunger bekam, konnte ich meine Hände nicht still halten. Ich zupfte an Schorfrändern herum, kratzte Flohbisse und alte Narben und spielte mit losen Strähnen meiner schwarzen Haare. Ich ließ einen Penny auf meiner Handfläche hüpfen, versuchte mir beizubringen, wie man ihn über die ausgestreckte Hand und um jeden einzelnen Finger herum rollte, ohne dass er herunterfiel, so wie es mein Vetter Grey beherrschte. Ich knabberte an meinen Fingernägeln oder saugte an Zahnstochern und las alles, was ich nicht schon mehr als zweimal gelesen hatte. Wenn Reese dagegen Hunger bekam, aber nichts zu essen da war, schluchzte sie nur, und dicke glänzende Tränen rannen ihr die rosigen Wangen hinunter. Nichts konnte sie ablenken.

Wir hatten nicht allzu oft Hunger. Es gab immer irgendwas, was man dagegen tun konnte. Reese und ich gingen am Highway entlang und sammelten Pfandflaschen auf; von dem Geld kauften wir Mama Zigaretten, während sie den alten Damen, die sie vom Lokal her kannte, zu Hause Dauerwellen machte. Reese zog die Nase kraus und kicherte, wenn sie Mama die Schachtel Pall Mall in die Tasche steckte, während ich losrannte und uns ein paar Hefebrötchen von dem mit einem Küchentuch zugedeckten Teller auf dem Ofen holte.

»Das sind aber brave kleine Damen«, sagten dann die Frauen zu ihr, und Mama klopfte auf ihre Tasche und stimmte ihnen zu.

Mama konnte aus Hefebrötchen und Bratenfett ein richtiges Essen zaubern; Hefeteig aus Mehl und Wasser, darüber das Fett von ausgelassenem Schinkenspeck. Als ich in die vierte Klasse kam, aßen wir fast nur diese Hefebrötchen. Manchmal servierte Mama dazu eine Schüssel Tomatensuppe oder kaltes Schweinefleisch mit Bohnen. Wir versicherten uns lachend, dass wir am liebsten gleich aus der Dose aßen, weil es sowieso kalt war. Das Elektrizitätswerk hatte uns den Strom abgedreht – kein Geld in der Post, kein Strom. Den Bauch voller Kohlenhydrate, aber immer Hunger.

Eines Nachmittags war nicht einmal mehr das Mehl für dieses Scheinessen vorhanden. Wir saßen am Küchentisch, Reese und ich murrten, die Mägen knurrten. Mama lachte, aber sie schaute uns dabei nicht an. »So klein und machen so viel Lärm. Man könnte meinen, ihr Mädels habt seit 'ner Woche nichts zum Essen gekriegt.«

Sie holte ein paar alte Hefebrötchen, bestrich sie mit dunkelrotem Tomatensalz und streute Salz und Pfeffer darauf. Sie schenkte uns kalten Tee ein und erzählte uns Geschichten über echten Hunger, einen Hunger, der Tage dauerte, ohne die Aussicht, dass es je wieder Hefebrötchen geben würde, über die Zeit, als sie noch ein Kind war und sich mit ihren Schwestern um die letzte Speckschwarte geprügelt hatte.

»Wir haben immer die Teller um den Tisch rumgegeben, acht Teller für acht Kinder, haben so getan, als ob das Essen vom Herd für alle Teller reichen würd, haben über Essen geredet, was wir noch nie gesehen haben, nur davon gehört oder uns vorgestellt, haben uns Geschichten ausgedacht, was wir alles kochen würden, wenn wir könnten. Earle hat sich am liebsten halb gare junge Hunde vorgestellt. Eure Tante Ruth hat immer von Froschzungen mit Brombeeren geschwärmt. Beau wollte gebratene Kohlrüben, und Nevil wär gestorben für gedämpfte Narzissen. Aber den Preis hat Raylene gewonnen mit ihrem Rezept für glasiertes Schildkrötenfleisch mit Wolfsmilchblättern und einem Dressing aus heißer Pisse.«

Nach einiger Zeit fingen Reese und ich auch an, uns Mahlzeiten auszudenken. »Erdnussbutter und Wackelpudding. Klein gehacktes Fliegenfleisch mit sauren Gurken.« Mama brachte uns zum Lachen, indem sie nachmachte, wie sich ihre Brüder und Schwestern darum gestritten hatten, wer das ekelhafteste Essen erfinden konnte. Sie stopfte uns voll mit Hefebrötchen und Tomatenmark, Hefebrötchen und Majonäse und immer wieder großen Gläsern voll Tee, während sie ununterbrochen lachte und scherzte und uns beim Hinundhergehen mit ihren langen Fingernägeln an den Schultern kitzelte. Schließlich ging Reese hinaus, um den Hunden von nebenan hinterherzujagen und die Jungs, die sie hetzten, lauthals zu beschimpfen. Aber ich blieb beim Haus und beobachtete Mama durchs Küchenfenster, sah, wie sie die Hände zu Fäusten ballte und das Kinn wütend nach oben reckte. Als Daddy Glen vom Fischen mit meinen Onkeln zurückkam, sah sie genauso aus wie eine dicke, wütende Glucke, die Federn aufgeplustert und die Augen zornesgelb.

»Hefebrötchen und Tomatenmark«, zischte sie. »Du meinst, du findest lässig 'nen anderen Job, aber ich muss meinen Mädels diese Scheiße zum Fraß vorsetzen, während du den ganzen Nachmittag auf deinem Arsch sitzt und rauchst und Lügen erzählst.« Sie verschränkte die Arme vor der Brust und saugte so heftig an den Lippen, dass ihr Mund dünn und hart aussah.

»Jetzt komm, Anney …« Daddy Glen streckte die Hand aus, wollte sie ihr auf den Arm legen. Sie schlug die Hand weg und wich wie eine Schlange zurück, die gerade eine Ratte gefangen hatte. Ich verließ meinen Fensterplatz und rannte ums Haus herum, damit ich durch die offene Haustür zusehen konnte. So hatte ich Mama noch nie erlebt. Es machte mir Angst, aber ich genoss es auch. Sie schien sich vor nichts mehr zu fürchten.

»Nicht mit meinen Kindern«, sagte sie zu Daddy Glen mit einer Stimme, die so weit trug wie ein Schrei, obwohl es nur ein raues Flüstern war. »Ich hab mir geschworen, dass meine Kinder nie wissen sollen, wie das ist. Dass sie nie hungern oder frieren oder Angst haben sollen. Nie, hörst du? Nie!«

Sie ging ins Bad und wusch sich das Gesicht, die Unterarme, den Hals. Mama zog sich gerade vorsichtig die Strümpfe an, als ich zu ihr rannte, weil ich so verängstigt und aufgeregt war, dass ich in ihrer Nähe sein wollte. Sie hielt inne und umarmte mich kurz. »Geh und ruf deinen Onkel Earle an, dass er euch hier abholt, wenn er mit der Arbeit fertig ist. Du und Reese, ihr bleibt besser bei deiner Tante Alma, bis ich zurück bin.«

Ich rannte in die Küche, wo das Telefon stand, aber ich rief nicht an. Stattdessen drückte ich mich im Flur herum und beobachtete ihr Spiegelbild im Garderobenspiegel.

Mama zog sich einen frischen BH an und einen der ärmellosen Pullover, die sie von ihrer Freundin Mab aus dem Lokal bekommen hatte – den, von dem Mab behauptete, er sei eigens gemacht worden, um zu zeigen, wie spitz ihr Busen war. Daddy Glen kam in den Flur und sah ihr zu; sein Adamsapfel hüpfte, aber kein Wort kam ihm über die Lippen. Mama malte sich die Lippen unverschämt rot an, kämmte sich das dunkelblonde Haar zurück und hängte sich ihre große alte Handtasche um. Sie warf einen Blick in den Flur und sah, dass ich vor der Küche am Türstock lehnte.

»Hast du Earle angerufen?«

Ich nickte. Mir war nicht ganz wohl bei der Lüge, aber ich wollte sie nicht zusätzlich aufregen. Es würde Stunden dauern, bis Earle kommen und uns holen konnte, aber ich hatte sowieso bereits beschlossen, nicht auf ihn zu warten.

Mama hielt inne, schüttelte den Kopf, ging zurück ins

Schlafzimmer und zog unter dem Bett die Schachtel hervor, in der sie ihre glänzenden Lackschuhe mit den hohen Absätzen aufbewahrte. Nachdem sie die Schuhe angezogen hatte, sah sie völlig verändert aus, älter und verhärmter, den Mund zu einem bitteren kleinen Lächeln verzogen. Ihr blondes Haar sah noch heller aus, die Augen dunkler, die Haut wirkte blasser. Sie war auf eine kalte Art schön. Daddy Glen stand immer noch im Flur, aber Mama ging um ihn herum, als wäre in Wirklichkeit gar niemand da, als würde sie auch sonst jedes Mal, wenn sie durch den Flur ging, die Hüfte vorschieben und einen Bogen beschreiben. Daddy Glen schwankte leicht, als sie an ihm vorbeiging, tat aber nichts, um sie aufzuhalten. Seine Hände hingen neben den Hosentaschen herunter, und er atmete durch den Mund, wie wenn ihm gleich schlecht werden würde. Das Klackern von Mamas Absätzen war fast genauso laut wie das Knacken seiner Knöchel. Ich hielt mich dicht hinter Mama, hatte Angst, Daddy Glen anzuschauen, Angst, mein Blick könnte den Bann brechen, der ihn im Korridor festzuhalten schien. Mama sagte nichts, umarmte und küsste mich nur und glitt dann hinter das Steuer ihres Pontiacs.

Als der Motor aufheulte, brach der Bann. Daddy Glen rannte hinaus und blieb auf dem Asphalt stehen, beobachtete, wie Mama davonfuhr. Sein Gesicht war ganz starr. Nicht einmal in meine Richtung schaute er, und trotzdem krampfte sich mein Magen zusammen. Mir war, als würde das Gras nach reinem Ammoniak stinken und mir die Kehle verätzen, als verströmte Daddy Glens Haut rot glühende Hitze und dampfigen Schweiß. Neben den schmalen Trägern seines ärmellosen T-Shirts bewegten sich seine Schultermuskeln, rollten und wölbten sich. Ich wusste, dass er mir ohne weiteres genauso unabwendbar, wie er seine Knöchel knacken ließ, beide Arme brechen, mir genauso fest, wie er seine Hände knetete, den Hals zusammendrücken konnte. Ich ging vorsichtig ein paar Schritte rückwärts, rannte dann wieder ums

Haus herum und kletterte über den Zaun in den Garten unserer Nachbarn, damit ich außer Sichtweite war.

Reese spielte Seilhüpfen mit den MacCauley-Zwillingen und wollte nicht mitkommen, aber als ich ihr sagte, wir würden zum Highway gehen und per Anhalter fahren, anstatt zu warten, dass uns jemand holte, war sie sofort Feuer und Flamme. Reese liebte es, am Highway den Daumen rauszustrecken und sich von Fremden die vier Meilen zu Tante Almas Haus mitnehmen zu lassen. Sie hatte mir zwar versprochen, es nie ohne mich zu tun, aber ich konnte mir ausrechnen, dass sie, sobald sie nur ein wenig älter war, quer durch den ganzen Bundesstaat trampen würde. Deshalb dachte ich mir jedes Mal, wenn wir per Anhalter fuhren, eine neue Horrorgeschichte aus. Ich hatte mich so daran gewöhnt, dass ich, nervös wie ich war, automatisch damit anfing, diesmal über einen Geist, der nur Mädchen mitnahm, ihnen die Haut abzog wie erjagtem Wild, das Fleisch auffraß und die Häute färbte, um Geldbörsen und Brieftaschen daraus zu machen.

»Der kriegt uns nie.« Reese lachte. »Wir müssen nur aufpassen, dass wir uns nie von 'nem Mann allein mitnehmen lassen.« Darüber dachte ich einen Augenblick lang nach.

»Aber den Geist kann man nicht so leicht erkennen«, sagte ich dann. »Manchmal fängt er zuerst 'n Ehepaar, versteckt sich aufm Rücksitz, wenn sie bei 'ner Tankstelle aufm Klo sind. Wenn sie losfahren, bringt er sie erst um, und dann setzt er sie wieder vorn hin, dass man denkt, das wären die einzigen Leute im Auto. So fängt er 'ne Menge Leute, die nie zu 'nem Mann allein ins Auto steigen würden.«

Reese kaute auf der Unterlippe herum und schaute auf die Straße. Offensichtlich dachte sie gründlich über diese neue Variante nach. Sie musterte die Leute in dem Laster, der wegen uns anhielt, eine ältere Frau in einem dunkelblauen Hemdblusenkleid und einen jüngeren Mann in khakifarbener Arbeitskleidung. Bevor sie hinten reinkletterte, versetzte sie dem Fahrerhaus einen so kräftigen Schlag, dass die beiden vor Schreck hochfuhren. Ich biss mir auf die Zunge, damit ich nicht loslachte.

Die alte Dame schimpfte uns, weil wir auf dem Highway Autos anhielten. »Ihr könntet umgebracht werden oder Schlimmeres«, sagte sie durch die Scheibe nach hinten. »Junge Mädchen auf der Straße sind eine Einladung für die Bösen. Alles Mögliche könnte euch passieren.« Wir nickten beide ernst und bedankten uns dann höflich, als wir bei der Kreuzung kurz vor Tante Almas Haus heruntersprangen.

Mitternacht war schon vorbei, als Mama uns abholte. Reese schlief in Tante Almas Bett, aber ich saß noch bei Onkel Wade und war über dem Puzzle, das er immer zusammensetzte, wenn er nicht schlafen konnte, eingenickt.

»Mädel, deine Mama«, sagte er und gab mir einen kleinen Schubs. Vollends wach wurde ich erst, als Mama meine Schulter berührte. Ihre Hände waren schwer und rochen leicht nach Flüssigseife.

»Komm, Knöchelchen«, flüsterte sie. »Wir gehen jetzt nach Hause.« Mit müder Stimme bedankte sie sich bei Onkel Wade. Die Haare hingen ihr schlaff herunter, und ihr Gesicht war wieder sauber geschrubbt. Sie trug immer noch den Pullover, aber darüber ein loses weißes Hemd, und sie hatte ihre flachen Kellnerinnenschuhe an.

»Sag nichts«, meinte sie. »Hol nur die Schuhe von Reese, und komm.« Sie hob Reese hoch, ohne Tante Alma aufzuwecken, und trug sie zum Auto. Ich folgte ihr, hängte mich rechts bei ihr ein, während Reese an ihrer linken Schulter lehnte. Beim Auto blieb sie stehen und schaute in den dunklen Nachthimmel hinauf. Vom Haus her fiel Licht auf ihr Gesicht. Es bestand nur aus Höhlen und Kanten, die Augen lagen tief und glitzerten.

»Verdammt!«, flüsterte sie leise und lehnte die Stirn gegen das kühle Metall über der Wagentür. »Verdammt, verdammt.«

»Mama«, wimmerte Reese. Ich presste meine Wange gegen

Mama und blieb stehen. Einen langen kalten Augenblick warteten wir, und dann richtete Mama sich auf und öffnete die Tür.

»In Ordnung«, sagte sie, als beendete sie ein langes Gespräch, das sie mit sich selbst geführt hatte. »In Ordnung.« Ich drehte mich noch einmal zu Tante Almas Haus um. Onkel Wade stand in der Küche und schaute mit finsterem Gesicht und zusammengepressten Lippen zu uns heraus. Warum war er so wütend? fragte ich mich. Was war passiert, dass er so furchtbar wütend aussah?

»Ich mach euch 'n paar Eier«, sagte Mama, nachdem sie uns an den Küchentisch bugsiert hatte. Eine Büchse mit Mehl war da, ein Glas Gelee, ein Teller mit Butter, eine Tüte Tomaten, ein noch ungeöffnetes Päckchen Rückenspeck und eine Schachtel mit frischen, braun gesprenkelten Eiern. Das meiste räumte sie weg, verrührte die Eier mit frischer Milch und legte dann erst noch grüne Tomatenscheiben um den Pfannenrand, bevor sie die Eimasse hineingoss.

»Meine Mama hat das immer gekocht, wenn es spät am Abend war«, sagte sie und blinzelte in dem zu hellen Licht. Daddy Glen saß im Wohnzimmer vor dem leise gedrehten Fernseher, schaute nicht zu uns her und sagte kein Wort. Ich sah, wie Reese' Augen unsicher zu ihm, dann zu Mama und schließlich zu mir wanderten. Daddy Glens Hände lagen keine Sekunde still auf seinen Oberschenkeln, die Finger verknoteten sich, klammerten sich an seine Hose, zitterten dann auf dem dunklen Stoff wie die Beine sterbender Marienkäfer, wenn man sie nachts auf den Rücken dreht. Mama zog ein Blech mit Hefebrötchen aus dem Herd und grinste.

»Die Tomaten müssen fast durch sein, wenn die Eier reinkommen, weil die überhaupt nicht lang brauchen. Die müssen weich bleiben. Müssen euch wie Butter auf der Zunge zergehn.« Sie häufte mir Rührei auf den Teller und legte dann zwei Hefebrötchen neben die zart gebräunten Tomaten.

Reese strich sich Butter auf die Brötchen und klatschte einen großen Klecks Gelee neben das Rührei. Mein Magen war so zusammengekrampft, dass ich mir nicht vorstellen konnte, irgendetwas herunterzubringen, aber Mama setzte sich mir gegenüber hin und lächelte übers ganze Gesicht. Da wusste ich, dass ich alles aufessen musste. Ich schaffte es auch, wenn auch nur langsam, während Daddy Glen weiterhin schweigend nebenan saß und Mama immer weiterredete, als wäre er gar nicht da. Sein Blick schweifte immer wieder zu seinen Händen, mit denen er nach wie vor die Oberschenkel umklammerte. Ich ballte meine Hände unter dem Tisch und rieb meine Beinmuskeln. Die Brötchen machten voll, aber nicht satt. Hatte ich die einmal zu essen angefangen, konnte ich nicht genug davon kriegen. Reese schien es genauso zu gehen. Sie aß, bis ihre Augen vom vielen Essen ganz zugeschwollen aussahen. Dann legte sie den Kopf auf den Tisch, als wollte sie auf der Stelle einschlafen. Mama lächelte und steckte ihr die dünnen blonden Haare hinter die Ohren, damit sie ihr nicht in die Augen fielen. Sie bestrich alle übrig gebliebenen Brötchen mit Butter und wickelte sie in ein Küchentuch, damit wir noch was zum Frühstück hatten. Die ganze Zeit redete sie über alles und nichts, über ihre Mama und über Gerichte, die ihre Tanten spät am Abend gekocht hatten, über ein komisches Geräusch, das der Pontiac plötzlich machte, und dass sie unbedingt das Auffangsieb in der Waschmaschine sauber machen musste.

Ich hörte Mama mit offenem Mund zu. Mir war, als würde der Wind durch mich durchblasen, vom Hals bis zum Bauch, heiß und kalt zugleich, als entfachte er kleine Funken in meinem Inneren. Endlich brachte Mama mich und Reese gleichzeitig ins Bett, blieb bei uns sitzen, als wollte sie die ganze Nacht da verbringen. Ich hörte immer noch leise den Fernseher aus dem vorderen Zimmer und versuchte, wach zu bleiben, aber das Essen wirkte wie eine Droge auf mich. Ich glitt hinein ins Dunkel und in einen Traum über große weiche erstickende Wolken, die wie Nebelbänke auf einem Brombeerfeld lagen. Von Reese' aufgedunsenem ängstlichem Gesicht über mir und Daddy Glens gedämpfter zorniger Stimme aus dem Flur wachte ich auf. Ich umklammerte Reese' Finger und betete um Stille, kniff die Augen so fest zu, dass mir die Ohren summten.

Die Woche darauf mussten wir wieder umziehen, aber Mama sagte, mit dem neuen Haus würde es nun besser werden, da Daddy Glen demnächst draußen im Pepsi-Werk arbeiten würde. Aber das neue Haus war gar nicht neu. Es sah genauso aus wie die drei vorhergehenden – klein und eng und feucht, egal, wie oft Mama lüftete. Es war genau wie all die anderen Häuser, die Daddy Glen für uns aufgetrieben hatte: ein Haus in einer Wohnsiedlung mit weiß gestrichenen Holzhäusern, davor ein Einstellplatz mit Blechdach. Nie gab es Bäume oder Büsche dort. Mama setzte manchmal Blumen ein und grub im hinteren Teil des Gartens ein Beet für Gemüse um, das irgendwie nie bepflanzt wurde, bevor wir wieder weiterzogen, aber immer sahen die Häuser nackt und verlassen aus.

»Ungeliebt«, sagte Temple, Tante Almas Älteste, als sie uns im neuen Schlafzimmer beim Auspacken half. »Dein Daddy sucht immer Häuser aus, wo's aussieht, als ob da nie jemand wirklich wohnen möchte. Hier schaut's aus, als ob die Leut nur kurz vorbeikommen und dann so schnell, wie sie können, wieder abhauen.« Ich widersprach nicht. Sie hatte Recht.

Auch meine Tanten zogen ständig um – alle, bis auf Tante Raylene, die fast ihr ganzes Erwachsenenleben dasselbe Haus gemietet hatte. Niemand sonst schien also besonders lang in irgendeinem Haus zu bleiben, aber sie suchten sich ältere Häuser aus, die einander meistens glichen, nicht solche, wie Daddy Glen sie bevorzugte, mit Fensterläden, Einstellplätzen und einer nie funktionierenden Müllabfuhr. Alma wohnte immer in einem großen alten klapprigen Haus mit einer großzügigen Veranda und Hunden, die davor in der Sonne dösten. Tante Ruth brauchte immer eines mit einem Walnussbaum davor, der den Lastern meiner Onkel Schatten spendete.

Daddy Glen rümpfte die Nase über die Häuser meiner Tanten, die Häuser mit ihren alten Kohleöfen und den Hühnerställen im Garten. »Also, ich würd bei dir nicht wohnen wollen, und wenn du mir was dafür zahlen würdest«, sagte er eines Sonntags mit Nachdruck zu Travis. Aber Travis grinste nur und versetzte ihm einen Rempler. »Das Problem ist, Glen, dass man den Vermietern Geld rüberschieben muss, aber die scheren sich 'nen Dreck darum, was unsereins sich vorstellt, was für 'n Haus wir mieten wollen. Scheißdreck! Jeder tut, was er kann, oder?«

Ich fand es herrlich, als Alma und Wade aufs Land zogen, neben weite Felder mit Erdnüssen und Erdbeeren. Das Haus war gleich am Stadtrand, in der Nähe der Lastwagenstraßen von West Greenville, wo alles heruntergekommen und billig war und niemand was dagegen hatte, wenn man das Auto auf dem Rasen abstellte. Immer waren Kinder auf der Veranda, Verwandte gingen durch die Fliegengittertür ein und aus, Wäsche hing auf der Leine, und Hühner liefen herum. Gleichgültig, welche Tante wir besuchten, es gab immer etwas zu tun.

»Fang die Henne da ein«, sagte zum Beispiel Tante Alma zu mir. »Dann kannst du die Bohnen da verlesen und die Tomaten waschen.« Reese half mir meistens, und wir saßen zusammen auf der Veranda, gingen unter im Schwarm unserer Kusinen und Vettern und deren Freunden, sodass Tante Alma oder Tante Ruth manchmal ganz vergaßen, dass wir da waren, bis Mama anrief, weil sie uns suchte. Es war völlig gleichgültig, wo wir wohnten, solange wir nur zu einer unserer Tanten gehen konnten.

Bei Tante Alma konnten wir zuhören, wie Garvey und Grey sich stritten, wie Klein-Earle kicherte und kreischte,

Onkel Wade trank und fluchte, wie das Radio spielte und die Hühner draußen vorm Fenster gluckten. Dort durften wir auf einer großen Plane herumrutschen, während aus der Sprinkleranlage kaltes Wasser auf uns niederrieselte. Bei Tante Ruth konnten wir zusehen, wie Onkel Travis Kartoffeln für sie schnipselte, ein Bier neben sich und eine Zigarette im Mundwinkel, sodass ab und zu Asche auf die Schalen fiel. Tante Ruth ließ uns sogar einfach in der Unterhose spielen, obwohl Mama, nachdem Reese Grind bekommen hatte, darauf bestand, dass wir unsere Kleider anbehielten. Wenn wir Flöhe hatten, schrubbte sie uns von oben bis unten, sobald wir heimkamen. Reese und mir war das aber egal. Wir wollten trotzdem bei jeder Gelegenheit wieder hin. Bei den Tanten war Leben, da war es warm, die Häuser quollen über vor Stimmen und Gelächter und herumlaufenden Kindern. Die Stille in unserem eigenen Haus war kalt, auch wenn wir bessere Möbel hatten und die Türen nicht offen stehen ließen, damit der Wind nicht durchs Haus blasen konnte. Daddy Glens Häuser hatten etwas Eisiges, das nur dann aus uns herausschmolz, sobald wir bei unseren Tanten waren.

Daddy Glens Brüder lebten in großen Häusern, die ihnen gehörten, mit eingezäunten Gärten und blühenden Sträuchern. »So müssten wir eigentlich leben«, sagte Glen, wenn er mit uns seine Brüder besuchte. Mehr als alles andere wollte Daddy Glen ein Haus wie Daryl oder James – ein neues Haus mit einem gepflegten Rasen und Panoramafenstern samt gefütterten Vorhängen. Die Häuser, die er für uns aussuchte, waren immer schäbige Kopien davon. Mama nähte Vorhänge, putzte die Fenster und bohnerte die Böden. Daddy Glen mähte den Rasen und schickte uns mit Scheren los, das Unkraut neben der Einfahrt auszugraben. Er schrie Earle und Beau an, wenn sie auf dem Rasen parkten, und er verjagte die Hunde, die nachts die Mülltonnen umkippten.

»Keiner gönnt mir, dass ich's schön hab«, beklagte er sich

oft und verfiel dann in eine seiner gefährlichen Schweigelaunen, weigerte sich, mit irgendjemandem zu reden. Er brütete so oft vor sich hin, dass Reese und ich freiwillig Kontrollgänge durch den Garten machten, um vom Wind verstreuten Abfall und Hundescheiße aufzusammeln – all das, was ihn wütend machen könnte. In jedem neuen Haus war er eine Zeit lang glücklich, und wir versuchten, diese relativ ruhige Phase so lange wie möglich auszudehnen, indem wir alles blitzsauber und ordentlich hielten.

»Hier wird alles anders werden«, sagte er immer zu Mama. Reese und ich ließen uns nichts anmerken und gingen ihm aus dem Weg. Keiner von uns beiden glaubte, dass sich jemals irgendwas ändern würde, aber wir hüteten uns, das zu sagen. Manchmal schien es beinah, als könnte Daddy Glen die Gedanken lesen, die wir vor ihm zu verbergen suchten, weil er uns immer genau dann anschaute, wenn wir gerade wieder dachten, dass sich sowieso nichts ändern würde.

»Das frisst einen Mann auf«, sagte er einmal zu Mama, »wenn er weiß, dass ihm keiner traut.« Anscheinend war unsere Ungläubigkeit schuld an seinem Versagen. Unser Mangel an Vertrauen machte ihn zu dem Mann, der er war, war schuld daran, dass er nicht zur Arbeit gehen konnte, ohne in Streit zu geraten, dass er seine Vorgesetzten mit beißendem Spott behandelte und eklig zu den Ladenbesitzern war, die er eigentlich dazu bringen sollte, seine Schuldscheine anzunehmen. Das Geld wurde immer knapper, und Daddy Glen starrte uns an, als ob ihn jeder unserer Atemzüge bares Geld kostete.

Einen Monat wurde die Miete zu spät gezahlt, im nächsten gar nicht, im übernächsten wieder zu spät. Daddy Glen fing an, abends lange Fahrten mit dem Auto zu unternehmen, und die Leute begannen, tagsüber zu uns zu kommen. Sie hämmerten gegen die Türpfosten, nachdem sie geläutet hatten. Falls Mama zu Hause war, saß sie am Küchentisch, eine Zigarette zwischen den Fingern, starrte ins Leere und sagte kein Wort.

Reese oder ich gingen an die Tür und riefen: »Mama ist nicht zu Hause. Ich kann Sie nicht reinlassen, meine Mama ist nicht zu Hause.«

Die Männer und Frauen, die zu uns kamen, schmeichelten und drohten dann, lockten und tobten. Sie schrien Mamas Namen so laut, dass es alle Nachbarn hören konnten. Mama strich sich mit beiden Händen die Haare aus dem Gesicht, zündete sich eine neue Zigarette an und umarmte uns. Reese und ich grinsten und lugten vorsichtig unter den Vorhängen durch, ob der Vermieter oder der Schuldeneintreiber wieder gegangen war, und rannten dann mit der guten Nachricht zu ihr.

»Meine gescheiten Mädels«, sagte Mama dann anerkennend. »Meine großen gescheiten Mädels.« Aus ihrem Gesicht wich die Anspannung, die Falten zwischen ihren Augenbrauen glätteten sich, und sie drückte uns noch einmal an sich, jedes Mal.

»Wir sind keine schlechten Menschen«, sagte Mama. »Wir sind nicht mal richtig arm. Denkt dran, wenn mal irgendwer was zu euch sagt. Wir sind keine schlechten Menschen. Und wir zahlen alles, was wir brauchen. Wir können nur nicht immer dann zahlen, wenn die Leute es wollen.«

Reese und ich nickten ernst, stimmten wortlos zu, nahmen ihr aber kein Wort ab. Wir wussten, was die Nachbarn über uns redeten und wovor Mama uns beschützen wollte. Wir wussten, wer wir waren.

Onkel Nevil und Tante Fay zogen in ein Haus an einem so steilen Hügel, dass wir unter der Veranda mit den Hunden spielen konnten. Selbst wenn wir uns auf die Zehenspitzen stellten, konnten wir die Bodenbretter über uns kaum berühren. Die Wände waren so tief in die Erde versenkt, dass die Hunde sich nicht unten durchgraben konnten, und die hinteren Räume waren immer kühl und schattig. Ich mochte dieses Haus, das kühle Halbdunkel unter der Veranda, in dem es nach Hunden und roter Erde roch, aber Daddy Glen verabscheute es.

»Das ist 'ne verdammte Niggerhütte! Denen ist es anscheinend egal, wie sie leben!« Er bestand darauf, dass er uns nie in so ein Haus stecken würde. Stattdessen zog er mit uns in ein Steinhaus, wo sich die Fußbodenfliesen wegen der Feuchtigkeit ständig aufbogen. Allerdings blieben wir dort sowieso nicht besonders lang. »Aber 'ne anständige Nachbarschaft«, sagte er zu Mama, die jedoch nichts erwiderte.

Meine Tante Alma zog Daddy Glens ewige Verachtung auf sich, als ich neun war und sie meinen Onkel Wade verließ. Onkel Earle meinte lachend, dass Alma ihren Wade endlich bei dem erwischt hatte, was er seit Jahren trieb.

»Macht mit andern rum«, sagte Kusine Deedee. »Wenn er mein Mann wär, ich würd ihm den Schwanz wegschießen.«

»Könnt mit der Grund sein, warum du keinen hast – Mann, mein ich«, entgegnete Tante Alma und lachte dann bei der Vorstellung, wie sie Onkel Wade ins Gemächt schießen würde. »Auf jeden Fall würd er merken, dass ich da bin«, sagte sie zu Mama. »Aber, zum Teufel, der Mann ist wie 'n Hund. Ist ihm völlig egal, wo er ihn reinsteckt. Weiß einfach nicht zu schätzen, was er hat. Da kann ich ihn genauso gut allein lassen, den Dreckskerl.«

Sie zog mit ihrer ganzen Brut in ein Mietshaus in der Stadt, ein zweistöckiges Holzhaus ohne Aufzug mit einer wackligen Veranda auf der einen Seite. Gleichgültig, wo sie wohnte, Tante Alma hatte immer eine Veranda.

Niemand, den wir kannten, hatte je in einer Mietwohnung gewohnt. Mama nahm uns auf einen Besuch dort mit. Sie hatte einen Papierbeutel voller Handtücher und Baumwollwindeln aus dem Kleiderlager der Heilsarmee für das neue Baby dabei. Tante Alma lächelte zur Begrüßung, holte einen Krug mit kaltem Tee aus dem Kühlschrank und dirigierte uns auf die Veranda hinaus.

Eine lange Treppe ging von der Veranda ab, machte eine Schleife an der darunter liegenden Wohnung vorbei und endete im Hof. Grey und Klein-Earle saßen auf den obersten Stufen und beugten sich vor, um die Kinder der Wohnung darunter zu beobachten, die aus den Fenstern zu uns heraufschauten. Glänzende braune Gesichter drückten sich gegen das Glas und verschwanden wieder, ernste ausdruckslose Gesichter, die wir kaum voneinander unterscheiden konnten.

»Nigger«, flüsterte Grey stolz. »Haben Angst vor uns.«

Ich umklammerte das Treppengeländer, wobei sich Späne von dem trockenen Holz lösten, und lehnte mich darüber. Ich hatte noch nie farbige Leute aus der Nähe gesehen, und ich war neugierig auf die da unten. Sie sahen wirklich verängstigt aus.

»Ihre Mama lässt sie nicht raus.« Klein-Earle kaute auf einem Holzspan aus dem Geländer herum und zupfte schon am nächsten. »Heut früh haben wir gehört, wie sie gesagt hat, sie versohlt ihnen den Arsch, wenn sie bloß die Tür aufmachen. Sie freut sich garantiert nicht drüber, dass wir hier eingezogen sind.«

»Ha, Daddy auch nicht.« Grey lachte.

»Muss ganz schön stickig sein da drin«, flüsterte Patsy Ruth.

Ich nickte, ohne das Fenster aus den Augen zu lassen. Es sah so aus, als wären es drei dort unten, die abwechselnd rausschauten, genauso fasziniert von uns wie wir von ihnen. Reese war hinter mir und zog mich am Arm. Ich drehte mich nicht um; mir war, als schaute das Gesicht im Fenster mich direkt an.

»Können wir nicht in den Hof runtergehen?«

»Da unten ist es noch heißer, überhaupt kein Wind, und staubig. Hier oben ist es besser.« Grey spuckte über das Geländer auf die ausgedörrte Erde tief unter uns. »Außerdem müssten wir an denen da vorbei.« Er nickte in Richtung Fenster.

Ich kniff wegen des grellen Lichts die Augen zusammen. Auch das Gesicht im Fenster kniff die Augen zusammen. Ich konnte nicht erkennen, ob es ein Junge oder ein Mädchen war – ein sehr hübscher Junge oder ein sehr wildes Mädchen auf jeden Fall. Die Wangenknochen standen so weit vor wie meine, die Augen waren groß und schön, die Wimpern lang, während der Mund klein war, die Lippen aufgeworfen, wie von einem Bienenstich geschwollen, aber nicht breit. Die Schokoladenhaut war so weich, so glatt, keine Poren zu sehen. Ich befühlte meine Wangen, schaute zu Grey hinüber und dann wieder nach unten. Greys Wangen waren voller Mitesser und von der Sonne gerötet. Ich hatte vorher nie darüber nachgedacht, aber er war fast hässlich zu nennen.

»Was siehst du denn da, Knöchelchen?« Grey stupste mich.

Ich konnte nicht sagen, was ich gerade dachte, konnte nicht sagen: Das Kind ist hübscher als du. Ich richtete mich auf und riss selbst einen Span aus dem Holz, bevor ich mich zu Grey umdrehte.

»Mir gefällt's hier. Gefällt mir viel besser als die klapprige alte Kiste, wo ihr vorher wart«, log ich. »Wie viel Schlafzimmer habt ihr?«

Grey wirkte plötzlich gelöst, und ich merkte, dass er Angst gehabt hatte, ich würde irgendwas Gemeines sagen. »Ist mehr Platz hier, als du denkst. Ein Zimmer nur für Klein-Earle und Kaulquappe und mich. Patsy Ruth und Temple haben ihr eigenes, und Mama hat sogar gesagt, ich darf 'n Aquarium auf die Kommode stellen und mir die Schildkröten von Garvey wieder holen.« Klein-Earle nickte begeistert. Es war das erste Mal, dass jemand Garvey, der bei Onkel Wade geblieben war, erwähnt hatte, aber ich sagte nichts. Mama hatte mir erzählt, es habe einen furchtbaren Streit gegeben, als Wade Garvey dabehielt und nur dessen Zwilling mit Tante Alma gehen ließ.

»Sag nicht Kaulquappe zu dem Baby«, warf Patsy Ruth

ein. »Sag Annie! Du weißt, dass Mama es nicht mag, wenn du Kaulquappe sagst.«

Die Tür ging auf, und Tante Alma schaute heraus. »Spielt ihr schön?« Sie blinzelte wegen der Sonne.

»Kein Problem, Mama«, sagte Grey. Ich schaute wieder zu dem Fenster hinunter. Es war ein Mädchen, da war ich mir fast sicher, ein wildes Mädchen, das uns misstrauisch beobachtete. Grey stützte sich mit seiner großen Hand auf den Stufen ab und richtete sich auf. Der Blick des Mädchens folgte seiner Faust und fiel dann wieder auf mich. Ich versuchte zu lächeln, aber mein Gesicht fühlte sich steif an, nervös. Das Gesicht des Mädchens blieb ohne jeden Ausdruck und verschwand dann in der Dunkelheit der Wohnung.

»Lasst bloß die Kinder da unten in Ruh«, sagte Tante Alma zu Grey. »Ich will keine Schwierigkeiten mit den Leuten.«

»Ja, Mama«, erwiderten Grey und Klein-Earle wie aus einem Mund. Das Fenster unten blieb dunkel.

Als wir das nächste Mal zu Besuch kamen, erzählte mir Grey, dass es da unten fünf seien, genau wie oben, dass der Vater irgendwo im Norden arbeitet und keines der Kinder so alt sei wie er. Die Frau war verschlossen, nickte Tante Alma höchstens mal zu, aber die Kinder lungerten nach der ersten Woche wieder auf der Treppe herum, rannten zwar jedes Mal in die Wohnung, wenn einer der Onkel mit seinem Laster vorfuhr, aber sie beachteten die weißen Kinder sonst nicht weiter. Irgendwann in der zweiten Woche veranstalteten sie einen Spuckwettbewerb, erster Stock gegen Parterre, und Grey gewann. Dann entspannte sich die Lage etwas. Grey zeigte den Jungen von unten sein Taschenmesser und bewunderte dafür die Werkzeuge, die der älteste Junge von seinem Vater bekommen hatte. Nur das Mädchen hielt sich abseits, blieb bei seiner Mama, während die Jungen draußen im Hof spielten.

»Sie ist hübsch, wenn man bei Niggern überhaupt von

Hübschsein reden kann«, meinte Grey, »aber nicht freundlich. Schaut, wie wenn sie drauf warten würd, dass ich sie in den Hals beiß oder so was.«

»Wenn du sie weiter so nennst, beißt sie vielleicht dich. Ich würd's jedenfalls tun.« Ich dachte an den eindrücklichen, entschlossenen Gesichtsausdruck des Mädchens. Ich hatte die abscheulichen Witze und Gemeinheiten gehört, die sich die Leute über »Nigger« erzählten, aber ich selbst hatte noch nie mehr zu Farbigen gesagt als das kurze, vorsichtige »Sir« und »Ma'am«, das uns Mama beigebracht hatte. Ich war diesen Kindern gegenüber genauso schüchtern, wie sie es anscheinend uns gegenüber waren. So nervös mich der Gedanke auch machte, ich wünschte mir, das Mädchen würde herauskommen, damit ich versuchen könnte, mit ihr zu reden, aber sie sah uns immer nur durchs Fenster an. Ihre Mama hatte ihr wahrscheinlich alles erzählt, was sie von einem Dreckspack wie uns zu erwarten hatte.

»Junge, Junge, du hättest erst mal hören sollen, was Daddy und Onkel Beau gesagt haben, als sie da waren, was die denen für Namen gegeben haben.« Grey runzelte die Stirn und trat mit einem Fuß gegen den anderen. »Daddy ist ganz schön wütend, dass wir hier hergezogen sind.«

Ich wusste, was er damit meinte. Die Woche zuvor waren Onkel Wade und Tante Alma bei uns gewesen; Wade hatte völlig fertig und heruntergekommen ausgesehen und Alma beschimpft.

»'nem Mann die Kinder wegnehmen und dann in das Drecksloch ziehen, wo überall Nigger sind. Meine kleinen Mädels müssen die Treppe raufgehen und an den Niggerjungs vorbei. Meine Frau in derselben Straße wie dieser Abschaum!« Onkel Wades sonnenverbranntes Gesicht war schmaler als sonst und dunkel vor Wut.

Tante Alma lachte ihn einfach aus. Sie sah so gut aus wie noch nie. Auch sie war ein bisschen schmaler geworden, aber ihr stand es gut. Ihr Gesicht wirkte weich und gelöst, der

Rock spannte nicht mehr um ihre runden Hüften. Sie sah nicht so aus, als würde sie Onkel Wade allzu sehr vermissen. »Der Mann ist schlimmer als 'n kleiner Junge«, sagte sie zu Mama, »macht einen kaputt, weil man sich ständig für ihn abrackern soll, ihm das Essen kochen, seine Sachen waschen, ja sogar ihn selber und seine fetten Haare waschen, verdammt!« Jetzt lachte sie einfach und strich sich mit einer ihrer kleinen Hände den Pony aus der Stirn.

»Ich zahl meine Miete selber, danke schön, Mr. Wade Yarnall.« Sie rollte sich eine Locke ums Ohr und lächelte Mama stolz an. »Ich brauch mir nicht anhören, was für Beschwerden du über mein Leben hast, den Quatsch über meine Kinder. Sie sind sauber und satt und glücklich, da wo sie sind. Niemand tut ihnen was. Niemand tut mir was, und so wird's auch in Zukunft sein.«

»Aber es ist 'n Skandal! Sie kann doch da nicht bleiben.« Tante Carr war auf Onkel Wades Seite, aber das war immer schon so gewesen, wie mir Mama erzählte. Carr war von Baltimore heruntergekommen, um ihren alljährlichen Sommerurlaub bei uns zu verbringen. »Deine Tante Carr war immer schon scharf auf Wade«, vertraute Mama mir eines Nachmittags an, als wir Wäsche aufhängten. »Damals, als wir noch Mädels waren, da hat sie geglaubt, sie würde Wade heiraten. Ist nie drüber weggekommen, dass er Alma genommen hat.«

»Was du nicht sagst, Anney. Carr ist nie über irgendwas weggekommen. Das Mädel merkt sich alles, was ihr irgendwer mal angetan hat oder antun wollte. Wetten, dass sie alle Gemeinheiten nachts vorm Schlafengehen laut runterrattert, damit sie auch ja nichts vergisst?« Onkel Earle stand am Ende der Wäscheleine, eine große Papiertüte in den Armen und ein breites Grinsen auf dem braun gebrannten Gesicht. Er stellte die Tüte ab und fing mich auf, als ich zu ihm rannte, lachte über Mamas verärgerten Gesichtsausdruck.

»Na, komm schon, Anney. Du weißt, dass es stimmt, was ich sag. Brauchst mich gar nicht so wütend anzusehen.« Er klopfte auf die Tüte. »Ich hab dünnschalige Pekannüsse für mindestens zwei Dutzend Pies dabei. Warum lässt du nicht einfach mich und deine Kleine da die Nüsse rauspulen, während du den Teig ausrollst?«

Mama steckte die letzte Wäscheklammer auf eine von Daddy Glens abgetragenen Boxershorts und schüttelte eines seiner Hemden, damit die Ärmel gerade hingen. »An manchen Tagen frag ich mich, wie dich überhaupt jemand ertragen kann, Earle Boatwright. Immer sagst du über jeden nur das Schlechteste. Ich glaub, du bist derjenige, der nachts wach liegt und drüber nachdenkt, was für Bosheiten er über andre Leute erzählen könnte.«

Earle lachte wieder. »Ah, du hast Recht, Schwesterherz. In meiner freien Zeit mach ich nichts anderes, als mir alles aufzuschreiben, was die Leute getan haben und worüber sie mit niemand reden wollen, und dann erzähl ich genau das rum.« Er nahm die Tüte auf die eine Hüfte und mich auf die andere. »Sag, Knöchelchen, hat deine Mama dir schon erzählt, warum deine Tante Carr so weit weg in Baltimore wohnt und so selten heimkommt, dass wir sie kaum noch wieder erkennen?«

»Ach, Earle!« Mama hielt sich eine Hand vor den Mund und griff mit der anderen nach den Pekannüssen. »Red nicht schlecht von Carr. Komm mit rein, dann hol ich meinen Sirup und die Pie-Pfannen raus.«

Earle schwang mich hoch und setzte mich auf seine Schultern, sodass meine Beine vor seiner Brust baumelten. »Jawoll, Ma'am. Dein Pekan-Pie schmeckt mir besonders gut, wenn du wütend bist.«

Er kitzelte meine bloßen Füße, bis ich ihn an den Ohren zog, damit er aufhörte.

»Wenn deine Mama sauer auf mich ist, Knöchelchen, dann hackt sie die Nüsse ganz fein, so wie ich's mag. Sonst ist es ihr egal, aber wenn die Nüsse nich klein gehackt sind, dann sind sie mir nicht süß genug.«

Bei der Fliegengittertür blieb er stehen, und ich zog ihn wieder an den Ohren. »Was ist jetzt mit Tante Carr? Willst du mir nicht erzählen, warum sie nach Baltimore gezogen ist?«

Er schaute zu mir hoch, und das berüchtigte langsame Grinsen breitete sich auf seinem Gesicht aus. »Du weißt, dass deine Mama nicht will, dass ich dir die Geschichte erzähl.«

Ich schlug ihm mit den Beinen gegen seine Brust. »Willst du's mir nicht trotzdem erzählen?«

Earle lachte und hob mich herunter. Er stieß mit der Hüfte gegen die Fliegengittertür und schaute schnell nach, ob Mama schon in die Küche gegangen war. »Na gut.« Er steckte sich eine Zigarette an, wobei er das Streichholz mit nur einer Hand anriss.

»Deine Tante Carr war 'n empfindliches Mädel, vor allem, wenn's drum ging, wie hübsch deine Mama und Alma waren, während sie selber nicht besonders gut ausgesehen hat. Carr wollte unbedingt schön sein, und sie wurde richtig gemein deswegen. Sie hat immer so schlecht über Raylene geredet, dass es eine Schande war, sagte dauernd, Raylene muss Make-up nehmen und sich die Haare richten lassen, soll schauen, dass sie endlich 'n Mann abkriegt. Aber ich hab mir immer gedacht, sie hat auf Raylene nur rumgehackt, damit jeder sehen konnte, wie viel Mühe sie selber sich mit ihrem Aussehen macht. Raylene und Alma und deine Mama haben sie immer nur ausgelacht deswegen, hat sie ganz schön auf die Palme gebracht. Ich sag nicht, dass Carr ihre Schwestern nicht geliebt hätt, aber manchmal war es eindeutig, dass sie sie nicht besonders gern hatte. Und, ah! Allerdings hatte sie ein Auge auf den jungen Mr. Wade geworfen. Das Mädel wollt ihn schlicht und einfach haben, und vielleicht hat sie gemerkt, dass sie Luft für ihn war, wenn Alma in der Nähe war. Das hat sie schwer gewurmt.

Dann, an einem Thanksgiving, wo es jeder hören konnte, hat Wade im Scherz gesagt, dass Alma die jüngere, hübschere

Ausgabe von Carr ist – die Blüte neben dem Fallobst, hat er, glaub ich, gesagt. In dem Augenblick war Carrs Gesicht echt sehenswert. Jeder ihrer Gedanken war klar und deutlich erkennbar, und keiner davon war schön. Und bis Weihnachten, ich schwör's dir, da hat sich das Mädel den alten Baltimore-Benny geschnappt, als wär er 'n frischer Köder in 'nem kalten Bach. Hat im Herbst danach das erste Baby gekriegt, und kurz drauf hat sie Benny dazu gebracht, mit seinen Leuten wieder hochzuziehen. Wade und Alma haben noch fünf Jahre gebraucht, bis sie geheiratet haben, obwohl der Pfarrer kaum ausgeredet hatte, als Almas Zwillinge auch schon aus ihrem Bauch raus wollten.«

Earle rollte die Zigarette zwischen Daumen und Zeigefinger hin und her. »Sieht so aus, als ob wir danach alle erwachsen geworden sind und alles anders geworden ist. So ist das Leben. An einem Tag ist die ganze Familie noch zusammen, ständig wird gestritten und sich wieder versöhnt, und dann ist alles vorbei. Du gehst weg und gründest 'ne eigene Familie, hast Angst, was als Nächstes kommt – und, bei Gott, alles kommt immer schneller, das kann ich dir sagen.« Er schaute über den Garten hinweg, als sähe er dort wesentlich mehr als seinen ölig grünen Chevy, der auf der Straße stand.

»Na, wo bleibt ihr denn?«, rief Mama aus der Küche. »Ich mach doch die Pies nicht ganz allein, wenn ihr zwei mir helfen könnt.« Ich rannte hinein, während Earle langsam nachkam. Er ließ seinen schlaksigen Körper auf einen umgedrehten Küchenstuhl fallen und stützte das Kinn auf die Lehne.

»Du willst nur nicht, dass ich Geschichten erzähl, wenn du nicht zuhören kannst, Schwesterherz.«

»Lügen, meinst du.« Mama reichte mir das Sieb und eine Schüssel voll Mehl und schüttete dann einen Berg Pekannüsse auf den Tisch zwischen sich und Earle. Sie nahm ihr großes Fleischermesser und fing an, die Nüsse damit zu wiegen, hackte sie ganz fein. »Also, Knöchelchen, Earle hatte langweilige braune Haare, als er klein war und in die Schule kam. Es ist nur jedes Jahr dunkler und schwärzer geworden.« Sie schaute mit einem schiefen Lächeln zu ihrem Bruder hinüber. »Was glaubst du, Earle, war es die Schule oder die Sünde, die dein Haar so schwarz hat werden lassen?«

Earle stopfte sich eine Hand voll Nüsse in den Mund, zupfte an der Locke, die ihm in die Stirn hing, und stieß einen langen wehmütigen Seufzer aus. »Ach, es war die Schule, Schwesterherz. Deswegen hab ich auch damit aufhören müssen. Es wär sonst zu weit gegangen. Wenn ich nicht von der Schule abgegangen wär, dann wären meine Haare so schwarz geworden, dass sie das ganze Sonnenlicht von Greenville County verdunkelt hätten. Die Ernte wär verdorben, und Kinder hätten hungern müssen, nur wegen meinem egoistischen Bedürfnis, Algebra und Geografie zu lernen. Ich musste damit aufhören und den Job annehmen, wo ich draußen beim Luftstützpunkt die neue Rennbahn gebaut hab. Es war die einzige Möglichkeit, um uns alle vor der Hungersnot und der kalten, kalten Nacht zu bewahren.«

»Ach, du!« Mama versetzte Earle einen Klaps auf die Schulter. »Ich kann nichts sagen, ohne dass du deine schrecklichen Lügen erzählst.« Sie nahm das Nudelholz und zerdrückte damit ein paar Hand voll Nüsse in ganz kleine Körner. »Gott weiß Bescheid, Earle Boatwright. Irgendwann kommen deine Geschichten auf dich zurück. Und dann wirst du nicht mehr wissen, was du sagen sollst, das schwör ich dir.«

Onkel Wade und Tante Alma stritten noch wochenlang, und ab und zu griffen Tante Carr und Mama ein, bis Tante Carr nach Baltimore zurückmusste und Daddy Glen seinen neuen Job im Pepsi-Werk verlor und Mama so viel arbeitete, dass sie Tante Alma nicht mehr oft besuchen konnte. Es sah nicht so aus, als ob sie sich je versöhnen würden, aber es verhielt sich auch niemand so, als wäre es besonders wichtig. Tante Alma hatte geschworen, sie würde Wade erst dann wieder einen

Platz in ihrem Leben einräumen, wenn er die ganze Main Street langkroch und dabei laut sang, was für ein Hund er sei. Als das Baby krank wurde und die Jungs anfingen, nachts herumzustreunen, gab sie es aber auf und zog wieder bei ihm ein.

»Ich hab ja gewusst, wie er ist, als ich ihn geheiratet hab«, sagte Alma zu Mama. »Ich glaub, er ist auch nicht schlimmer als jeder andere Mann.« Sie war jedoch immer noch so wütend, dass sie einige Monate lang nicht in das gemeinsame Schlafzimmer ging. Sie behandelte Wade, als wohnte er in seinem eigenen Haus zur Untermiete, redete kaum mit ihm, bis er sich entschuldigte. Zuerst war Onkel Wade ziemlich aufgebracht, behauptete, Tante Alma würde in die Hölle kommen, weil sie ihn wie einen Fremden behandelte. Irgendwann entschuldigte er sich dann doch, wenn er auch nicht zugeben wollte, dass er einen Fehler gemacht hatte.

»Ein Mann hat seine Bedürfnisse«, sagte er zu jedem, angefangen bei Daddy Glen bis zu den Tankstellenwärtern auf der White Horse Road. »Ein Mann hat seine Bedürfnisse, und sie war schwanger. Hätt ich meinem eigenen Baby in ihrem Bauch wehtun sollen?«

Für die Tanten war Wades elende Jammerei ein Witz. »Ein Mann hat seine Bedürfnisse«, sagten sie jedes Mal lachend, wenn sie zusammenkamen. »Und was hat dann 'ne Frau?«

»Männer!«, antwortete dann immer eine unter großem Gekicher. Worauf alle lachten, bis ihnen die Tränen kamen. Mir war überhaupt nicht klar, was daran so lustig war, aber ich lachte trotzdem mit. Bei meinen Tanten war ich gern Frau, ich mochte das Gefühl, Teil von etwas Boshaftem und Starkem zu sein, was nichts zu tun hatte mit meinen großen groben Vettern und der ganzen Welt der spuckenden, fluchenden, angeberischen Männer.

KAPITEL 7

Lasst euch bloß nicht von mir beim Stehlen erwischen«, ermahnte uns Mama bei einer ihrer seltenen Predigten, nachdem Grey geschnappt worden war, als er mit einer Literflasche RC-Cola im Sonderangebot aus dem White-Horse-Supermarkt rannte. »Wenn ihr was wollt, dann sagt's mir, und wenn es unbedingt sein muss, dann finden wir auch 'n Weg. Aber ich lass es nicht zu, dass ein Kind von mir beim Stehlen erwischt wird.«

Ich nahm Mama beim Wort, lungerte aber weiterhin mit meinen Vettern Garvey und Grey herum. Ständig überlegte ich, wie ich es anstellen sollte, mich nicht erwischen zu lassen. Mama anbetteln wollte ich auf keinen Fall. Nachdem ich schließlich eines Nachmittags für Reese und mich Süßigkeiten hervorzauberte, ergriff Mama meine Hände, als würde sie gleich zu weinen anfangen.

»Wo hast du die her?«

»Von Onkel Earle«, sagte ich versuchsweise.

»Nein.« Mama beugte sich etwas herunter, sodass ihr Gesicht dicht vor meinem war.

»Von Tante Alma.« Vorsichtig setzte ich eine undurchdringliche Miene auf.

»Lüg nicht noch dazu.« Die Furchen in ihrem Gesicht sahen aus wie die Flüsse, die nach Süden in Richtung Charleston strömten. »Sag mir die Wahrheit.«

Ich fing zu weinen an. »Mit Grey und Garvey heute Morgen in der Stadt, im Woolworth.«

Mama wischte mir mit dem Zeigefinger die Tränen von den Wangen. Dann wischte sie sich selbst über die Wangen. »Ist das alles? Wie viele Packungen hast du mitgenommen?«

»Noch zwei, Mama. Eine hab ich leer gegessen, eine Reese.«

Mama lehnte sich zurück und ließ meine Hände los. Sie schüttelte eine Zigarette aus der Packung und zündete sie sich bedächtig an. Ich saß still da, beobachtete sie, wartete. Mir stiegen immer noch die Tränen in die Augen, und ich musste mich abwenden, um sie mir an der Schulter abzuwischen, aber ich beobachtete weiterhin Mamas Gesichtsausdruck, während sie dasaß und rauchte, ohne mich anzusehen. Unablässig rieb sie die Finger ihrer rechten Hand gegeneinander: Es sah aus wie die Beine der Heuschrecken, die ich das lange Gras vor Tante Almas Haus hatte hinaufklettern sehen. Auch ihre Lippen bewegten sich unablässig, als saugte sie an ihren Zähnen oder wollte etwas sagen, aber sie war lange Zeit still, saß nur da und schaute, ihre Zigarette rauchend, zum offenen Fenster hinaus.

»Du kennst doch deinen Vetter Tommy Lee. Tante Ruths Ältesten.«

Ich runzelte die Stirn und versuchte mich an ihre Namen zu erinnern. Da war Dwight, das wusste ich, Lucius, D. W., Graham, ja genau, Tommy Lee und Butch. Tante Ruth hatte nur zwei Töchter, aber sechs Jungen, die meisten davon verheiratet und selbst schon Väter von Jungen. Sie waren sich so ähnlich, dass ich nie über jeden Einzelnen Bescheid wusste, außer über Butch, und den sah ich kaum noch, seit er zu Ruths Ältester, Mollie, nach Oklahoma gezogen war. Die Jüngeren tauchten gelegentlich bei uns auf, um mit Reese und mir zu raufen, uns Süßigkeiten zu schenken oder Geschichten zu erzählen. Die Älteren hatten die eingesunkenen Augen und platten Gesichter von Männern, und sie hatten nie etwas für uns, außer garstige Blicke. Ich hätte nicht sagen können, welcher der Älteren Tommy Lee war, aber ich hatte zur Genüge gehört, was die Leute über ihn redeten – was für ein Streithammel er war, was für Freundinnen und was für ein dreckiges Mundwerk er hatte, seine regelmäßigen Aufenthalte im Bezirksgefängnis und die Schlägereien, in die er geriet.

»Er ist schlecht«, sagte Mama, während sie weiterhin zum Fenster hinausblickte. »Er ist einfach durch und durch schlecht. Er bestiehlt seine Mama. Er hat mich bestohlen. In seiner Nähe darf man keinen Geldbeutel liegen lassen oder irgendwas, was er zu Geld machen kann. Einmal hat er sogar Deedees Rabattmarkenheft geklaut und irgendein nutzloses Zeug dafür eingetauscht.«

Ihr Blick glitt zu meinem Gesicht zurück, die starren braunen Augäpfel glänzten wie bemooste Felsen unter Wasser.

»Ich weiß noch, wie wir kleine Kinder waren und er immer Bonbons gestohlen hat, um sie zu verschenken. Dachte wahrscheinlich, die Leute würden ihn mögen, wenn er ihnen was schenkt. Jetzt redet er ständig davon, dass ihm alles weggenommen wird, und für alles, was er macht, hat er 'ne Entschuldigung. Verprügelt seine Freundinnen, weil sie ihn betrügen. Hat nie lange den gleichen Job, weil die Leute Lügen über ihn erzählen. Stiehlt, weil die Welt so grausam zu ihm ist. So ein Quatsch. Er ist einfach schlecht, das ist alles, einfach schlecht. Beklaut seine Mama und seine Schwestern, beklaut seine eigenen Leute.«

Ich ließ den Kopf sinken. Mir fiel ein, dass Grey mir erzählt hatte, wie ihm Tommy Lee beigebracht hatte, Schlösser zu knacken, und dass Tommy Lee der raffinierteste Kerl von ganz Greenville sei. »Der kann für sich selber sorgen, da kannst du Gift drauf nehmen. Bleibt niemand was schuldig, nie.« Greys Gesicht war ganz rot geworden vor Respekt und Neid, als er das sagte, und ich hatte etwas Ähnliches verspürt – auch ich wollte, ich könnte auch für mich selbst sorgen und Schlösser knacken oder ein Auto ohne Schlüssel anlassen oder so geschickt Sachen von einer Verkaufstheke verschwinden lassen, dass niemand es merkte. Aber die eigene Mama beklauen! Mein Gesicht fühlte sich steif an vor Scham und Wut. So war ich nicht. Ich würde Mama nie bestehlen.

Mama berührte mich mit der Hand am Kinn, fuhr mir über die Wange und strich mir übers Haar. »Du bist mein ganzer Stolz. Weißt du das? Du und deine Schwester, ihr seid wirklich alles, was ich hab, alles, was ich je haben werd. Glaubst du etwa, ich lass es zu, dass du so wirst wie er?«

Ich schüttelte den Kopf. Die Tränen kamen wieder und dazu noch ein Schluckauf. Mama stand auf und holte einen kühlen Waschlappen für mein Gesicht.

»Wein nicht, Süße. Wird schon wieder werden. Wir kriegen das schon in Ordnung, es wird alles wieder gut.« Sie steckte die Süßigkeiten in eine Papiertüte und drückte mir ein paar Münzen in die Hand. Sie redete weiter, während sie mir die Haare bürstete und dann sich selbst frisierte, rief Reese herein und sagte ihr, sie solle auf der Veranda bleiben, schaltete den Herd, auf dem die Bohnen kochten, kleiner und ging dann mit mir zum Auto. Sie erzählte mir von sich und Tante Raylene, wie sie als kleine Mädchen für diesen Mann da draußen in der Old Henderson Road gearbeitet und wochenlang jeden Tag für ein paar Pennys Erdbeeren gepflückt hatten, wie sie aus jeder Reihe die reifen roten Früchte abzupften, damit er sie an seinem Stand am Straßenrand verkaufen konnte.

»Nur die reifen, hat er immer gesagt, aber es war so heiß und so staubig, und manchmal haben wir auch die nicht ganz so reifen mit abgezupft, du weißt schon, grüne oder meinetwegen halb grüne. Wir haben sie beim Einfüllen unter den reifen versteckt. Die Leute haben so 'ne Schachtel gekauft, zu Hause dann am Boden diese halb reifen gefunden und sich beschwert. Er ist immer ganz schön bös geworden, aber wir waren ja noch Kinder, und sein Gebrüll war uns egal, solang wir die Arbeit bezahlt gekriegt haben.«

»Was hat er euch denn gezahlt?«

Mama machte eine wegwerfende Handbewegung. »Zu wenig, ist doch klar, viel zu wenig. Erdbeerpflücken ist 'ne fürchterliche Arbeit, der Rücken tut einem weh, die Augen, und überall ist man voller Saft, und die Finger jucken von diesen winzigen Stacheln. Sogar für Kinder ist das zu wenig Geld, auch wenn man beim Pflücken so viel isst, wie man kann. Nach 'ner Zeit kann man eh keine mehr sehen.« Sie lachte. »Obwohl, Raylene hat 'ne Menge davon verdrückt. So schnell konnte man gar nicht schauen, wie die sich die Beeren reingestopft hat. Der einzige Beweis dafür war ihre rote Zunge.«

Sie hielt vor dem Woolworth, stellte den Motor ab und blieb einen Augenblick lang sitzen, ohne die Hände vom Lenkrad zu nehmen. Ich schaute zu den großen Schaufenstern hinüber, in denen stapelweise Picknickkörbe aus Plastik, kleine Büroabfalleimer aus Blech und ärmellose, auf Bügel gehängte Sommerkleider aus Baumwolle hinter rattenähnlichen ausgestopften Tieren und Dreirädern mit bunten Plastikwimpeln an den Lenkstangen zusammengepfercht waren. Bei der Vorstellung, mit Mama wieder da hineingehen zu müssen, wurde mir übel, und ich wurde beinah wütend auf sie. Warum konnte sie mir nicht einfach das Versprechen abnehmen, es nie mehr wieder zu tun?

Ich schreckte hoch, als sie mir die Hand auf die Schulter legte. »Deine Oma hat rausgefunden, was wir gemacht haben, weil wir faul wurden und immer mehr grüne Erdbeeren unten in die Schachteln gelegt haben. Opa hat darüber gelacht, aber deine Oma nicht. Eines Nachmittags ist sie vorbeigekommen und hat mindestens 'ne Hand voll Schachteln umgedreht. Hat 'nen Korb mit grünen Erdbeeren voll gemacht und dem Mann abgekauft. Hat uns mit heimgenommen, uns an den Küchentisch gesetzt und jede Einzelne davon aufessen lassen. Raylene und ich haben die ganze Nacht lang Erdbeeren gekotzt.«

»Ihr müsst sie doch gehasst haben!«

Mama sagte nichts, und ich bekam es mit der Angst zu tun. Ich wollte nicht, dass sie dachte, ich würde sie hassen. Ich wollte nicht einmal, dass ich auf sie wütend war. Ich biss die Zähne zusammen und versuchte, die Tränen zurückzuhalten.

»Es gibt keinen anderen Weg«, sagte sie ruhig. »Ich hasse es. Du hasst es. Vielleicht hasst du mich deswegen. Ich weiß es nicht, und ich kann dir auch nicht sagen, was jetzt passiert. Aber ich weiß einfach keinen anderen Weg. Wir gehen da rein und geben dem Mann die Süßigkeiten zurück, zahlen für das, was du gegessen hast, und das ist auch schon alles. Damit ist es vorbei, und du wirst froh sein, dass alles geregelt ist. Wir brauchen nie mehr drüber zu reden.«

Abrupt öffnete Mama die Tür, und ich folgte ihr wie betäubt. Ihre Wangen bekamen rote Flecken, als sie mich zur Süßigkeitentheke führte, auf die Verkäuferin wartete und mich nach vorne schob. »Meine Tochter hat Ihnen was zu sagen«, meinte sie nur und stupste mich. Ich brachte kein Wort heraus. Ich hielt der Verkäuferin die Tüte und das Geld hin und fing wieder an zu weinen, diesmal mit lauten Schluchzern. Das Mädchen sah verwirrt aus, aber Mama sagte nichts mehr, stupste mich nur noch einmal. Ich dachte schon, ich würde an meiner Zunge ersticken, als plötzlich der Geschäftsführer zu uns herüberkam.

»Was haben wir denn da?«, sagte er mit dröhnender Stimme. »Was haben wir denn da? Bringst du uns was, meine Kleine?« Er war groß, hatte ein breites Gesicht und einen aufgeblähten Bauch, der unter seiner zugeknöpften Anzugweste hervorlugte. Er bückte sich, sodass wir auf Augenhöhe waren, so nah, dass ich den scharfen Alkoholduft seines After Shave roch.

»Ist doch so, oder, Süße?« Er sah aus, als müsste er den Drang, über uns zu lachen, unterdrücken. Plötzlich hatte ich so eine Wut auf ihn, dass sich mir der Magen zusammenkrampfte. Ich streckte ihm die Tüte und das Geld hin.

»Ich hab's gestohlen. Es tut mir Leid. Ich hab's gestohlen.«

Mama drückte meine Schulter, und ich hörte, wie sie mit einem Seufzer ausatmete. Ich schloss einen Moment lang die Augen und zwang mich, auf sie nicht ebenso wütend zu werden wie auf diesen Mann.

»Aha«, sagte er. »Ich verstehe.« Ich schaute ihn wieder an. Er wühlte in der Tüte herum, zählte die Bonbons und nickte. »Es ist gut, Ma'am«, sagte er so laut wie zuvor, »dass Sie das gleich gemerkt haben.« Er nickte mir zu. »Du hast Glück, meine Kleine, du hast wirklich Glück. Deine Mama liebt dich. Sie will nicht, dass du ein Dieb wirst.«

Er richtete sich wieder auf und gab der Verkäuferin das Geld. Er streckte seine Hand aus, als wollte er sie mir auf den Kopf legen, aber ich trat einen Schritt zurück, sodass er sich dazu nach vorn hätte beugen müssen. »Arschloch«, hätte Grey ihn genannt, »das schleimige Arschloch frisst wahrscheinlich den ganzen Tag lang Bonbons.« Wenn er noch mal die Hand nach mir ausstreckte, so beschloss ich, würde ich ihn beißen, aber er schaute mich nur lange und aufmerksam an. Ich wusste, ich sollte mich jetzt schämen, aber es ging nicht mehr. Ich war empört. Ich hätte ihn am liebsten getreten oder vollgekotzt oder auf der Straße laut seinen Namen geschrien. Je länger er mich anschaute, desto mehr hasste ich ihn. Wenn ich ihn mit meinem Blick hätte töten können, ich hätte es getan. Der Ausdruck in seinen Augen sagte mir, dass er wusste, was ich dachte.

»Ich werd deiner Mama einen Gefallen tun.« Er lächelte. »Ihr dabei helfen, dir zu zeigen, wie ernst das ist, was du getan hast.«

Mama verstärkte den Griff auf meiner Schulter, aber sie sagte nichts.

»Was wir tun werden, ist Folgendes«, sagte er feierlich. »Wir sagen, du darfst eine Zeit lang nicht hierher kommen. Wir sagen, wenn deine Mama glaubt, dass du deine Lektion gelernt hast, dann kann sie herkommen und mit mir reden. Aber bis dahin werden wir uns deinen Namen merken und wie du aussiehst.« Er beugte sich wieder herunter. »Hast du mich verstanden, Süße?«

Ich hatte verstanden. Ich hatte verstanden, dass ich von den Woolworth-Theken verbannt war. Ich spürte Mamas heiße Hand durch meine Bluse hindurch, und ich wusste, sie würde nie mehr auch nur in die Nähe dieses Kaufhauses gehen, würde nie mehr mit diesem Schleimscheißer im selben Raum sein wollen. Ich schaute mir die bunten Haarbürsten und Bänder, die Wühltische mit Unterhosen und Socken, die Notizbücher, Puppen und Luftballons um mich herum an. Hunger war es, was ich in diesem Augenblick verspürte, nackten, fürchterlichen Hunger, ein Rumoren ganz tief in mir drin, als hätte meine Wut alles aufgezehrt, was ich jemals gegessen hatte.

Seitdem kam er jedes Mal wieder, wenn ich an den Schaufenstern von Woolworth vorbeiging – jener Schwindel erregende, verzweifelte Hunger, dazu Hass und ein beinahe schmerzhaftes Verlangen, jemandem wehzutun. Ich fragte mich, ob Tommy Lee genau diesen Hunger und diese Wut verspürte, wenn er die Brieftasche seiner Mama durchsuchte. Dieser Hunger saß hinten in der Kehle, nicht im Bauch; es war ein Gefühl der Leere, das nach einem erlösenden Schrei verlangte. Immer wenn wir Daddy Glens Leute besuchten, begann dieser Hunger hinter meiner Zunge zu pochen, wurde übermächtig, bis ich schließlich inmitten eines Familienfestes voller Lärm und Essen nur noch stumm und hungrig herumstand.

Der große Unterschied zu den Boatwrights bestand nicht nur darin, dass Daddy Glens Brüder Anwalt und Zahnarzt waren statt Mechaniker und Dachdecker. In Daddy Glens Familie blieben die Frauen zu Hause. Seine Mutter war noch nie in ihrem Leben einer Arbeit nachgegangen, und Daryl und James hielten nichts von Frauen, die ihre Kinder allein ließen, um »außerhalb des Hauses zu arbeiten«. Sein Vater, Bodine Waddell, war Besitzer der Sunshine-Molkerei, und Männer wie die Brüder meiner Mama wurden von ihm regelmäßig angeheuert und wieder gefeuert, eine Tatsache, die er uns nie vergessen ließ.

»Ganz schön stolz für 'nen Mann, der Kühe hütet«, sagte Beau einmal über ihn, und Glen war auf der Stelle eingeschnappt.

»Daddy hat mit den Kühen selber nichts zu tun«, sagte er zu Earle. »Aus der ganzen County bringen ihm die Bauern ihre Milch, oder er lässt sie abholen. Daddy verarbeitet die Milch nur, füllt sie in die Sunshine-Flaschen ab, und seine Laster fahren sie aus.«

»Ah ja.« Earle nickte ernst. »Das ist natürlich ganz was anderes. Der Mann hütet die Kühe nicht, er mietet nur ihre Titten.«

Glen sah aus, als würde er ihn gleich anspucken oder niederbrüllen, aber er beherrschte sich. »Sag bloß nichts gegen meinen Daddy.« Er knurrte fast. »Bloß nicht.«

Daraufhin gaben Earle und Beau Ruhe. Glen konnte nichts dafür, dass sein Vater so ein Scheißkerl war, und es hatte sich noch nie ausgezahlt, einem Mann direkt ins Gesicht zu sagen, was man von seinen Angehörigen hielt. Im Lauf der Zeit war Glen immer eigenwilliger geworden, was seine Familie betraf: In einem Augenblick beklagte er sich darüber, wie schlecht sie ihn behandelte, und im nächsten nahm er sie in Schutz. Das Schlimmste war jedoch, dass er darauf bestand, mit uns allen seine Brüder oder seinen Daddy zu allen möglichen Familienfesten zu besuchen, obwohl es sogar für mich offensichtlich war, dass sie sich nie freuten, uns zu sehen. Es spielte sich so ein, dass wir mindestens einmal jeden Monat zu Daddy Waddells Haus fuhren. Das Verdeck des Pontiacs war zurückgeklappt, die Papierfetzen wirbelten auf dem Boden herum, und Reese und ich hingen über der Lehne des Beifahrersitzes, schauten zu, wie Mama ihre Frisur vor dem Fahrtwind zu retten versuchte, und hörten uns Daddy Glens Lügen an.

»Wir bleiben nicht lang«, versprach er jedes Mal, und Mama lächelte, als wäre es ihr ganz egal. Wir knirschten mit den Zähnen. Wir wussten genau, dass er nicht den Mut hatte zu gehen, bevor sein Vater mit der altbekannten Predigt über alle Dinge, die Glen in seinem langen Leben voller Versagen und Enttäuschung jemals falsch gemacht hatte, fertig war.

»Euer Daddy will, dass sein Daddy stolz auf ihn ist«, sagte Mama einmal. »Es bricht mir noch das Herz. Genauso gut könnte er nach dem Mond pfeifen.«

Das stimmte. Wenn sein Vater in der Nähe war, wurde Glen unsicher und sehr vorsichtig. Der Schweiß brach ihm aus, und sein Blick huschte immer wieder zu seinem Daddy, als müsste er ununterbrochen aufpassen, damit ihm nicht das, was er am meisten brauchte, entging. Er zupfte wie ein kleiner Junge an seiner Hose herum und ließ den Kopf hängen, wenn er von irgendjemandem etwas gefragt wurde. Es fiel mir schwer, diesen Glen mit dem, der er die übrige Zeit war, in Einklang zu bringen – dem großspurigen, streitlustigen Gockel von einem Mann, der sich mein Daddy nannte.

»Der olle Glen ist schlimmer als eineinhalb Kampfhähne«, sagte mein Onkel Earle oft. »Dem geht besser niemand an die Eier. Der macht dich platt, und wenn er dabei draufgeht.« Was nicht so falsch war. Oft genug kam ich von der Schule nach Hause und fand Mama und Glen am Küchentisch sitzend, jenen erschrockenen Ausdruck im Gesicht, die Augen weit aufgerissen, was nur bedeutete, dass er wieder auf jemanden losgegangen war, der irgendetwas zu ihm gesagt hatte, und wieder einmal seinen Job verloren hatte.

»Der Mann kann sich nicht beherrschen«, jammerte Oma, konnte sich dabei jedoch ein Grinsen nicht verkneifen. Jeder grinste insgeheim darüber. Das war das Einzige, was Daddy Glen vor der absoluten Verachtung der Boatwrights bewahrte. Die Berserkerwut, die ihn immer wieder überkam, war die Faszination, die die berühmten Saufgelage der Boatwrights ausübten, nur eine Idee unterlegen. »Leg dich mit einem von den Kerlen an, und du erntest Sturm«, sagten die Leute über meine Onkel und nach einiger Zeit auch über Daddy Glen. Abdeckkappen von Autoreifen und Kuchenbleche, Mistgabeln und Besenstiele, um Daddy Glen herum wurden alle Sachen krumm oder kaputt. Er wurde rot im Gesicht, und seine Hände zitterten; in seinem Hals fing es an zu arbeiten, die Muskeln traten hervor und pochten; dann wölbte sich sein Mund vor, und er legte los. Worte kamen heraus, die man nicht unbedingt verstehen musste: *Verdammter Scheißkerl Hurensohn Arschficker!* Zauberworte, auf die hin andere Männer zurückwichen, die Hände hoch hielten, Handflächen nach außen, und flüsterten: »Komm, Glen, komm schon, ruhig, Glen, ganz ruhig, Junge ...«

»Dein Daddy is selber 'n Hurensohn, ein absolut verrückter Schweinehund«, sagte Grey immer zu mir mit etwas Ehrfurcht in der Stimme, einer Sehnsucht, wenigstens nur halb so gefährlich zu sein. Ich lächelte dann und nickte und biss mir auf die Lippen, während in meinem Kopf zwei verschiedene Filme abliefen: Daddy Glen, der mich anschreit, den Hals knallrot vor Wut, und direkt daneben die andere, kaum vorstellbare Vision von Daddy Glen im Haus *seines* Daddys, wie er den Kopf hängen lässt und der Mund so weich ist, dass auf der Oberlippe Speichel glänzt.

»Ich hasse es, da hinzugehen«, sagte Mama, »da rumzustehen und drauf zu warten, dass sein Daddy überhaupt merkt, dass wir da sind.« Sie bürstete uns die Haare, bis sie fein und locker waren, und raffte sie ganz oben auf dem Kopf mit kleinen Haarspangen zusammen. Reese und ich hielten still und sagten nichts. Wir wussten, dass wir nicht darauf achten sollten, wenn Mama über Daddy Glens Leute redete. »Wer hat denn diesmal Geburtstag?«, war so ungefähr das Einzige, was man gefahrlos fragen konnte, da immer irgendein Geburtstag oder eine Hochzeit oder eine Taufe anstand. Die Waddells hatten zwar nicht so viele Vettern und Kusinen und Tanten und Onkel wie wir, aber die Frauen bekamen weiterhin Kinder – irgendjemand feierte immer irgendetwas.

Eines Sonntags war ein Doppelgeburtstag, der von James und einem seiner Bälger. »Einem seiner Kinder«, korrigierte mich Daddy Glens Schwägerin Madeline. »Bälge sind Häute von kleinen Tieren.«

Da hast du verdammt Recht, dachte ich, als ich zu meinem wie ausgestopften Vetter hinüberstarrte, der in seiner Hose mit Bügelfalten wie eine acht Jahre alte Kopie seines fetten hässlichen Vaters aussah. Uns wurde der Tee im Garten serviert, nur uns – Anneys Mädchen, so nannten sie uns. Ihre Bälger liefen im Haus ein und aus, laut, unbekümmert, zerkratzten die polierten Möbel mit den Fingernägeln, trampelten über den Parkettboden, hinterließen Dreckspuren auf den gewebten Teppichen.

»Diesen kleinen Gören gehört der Arsch versohlt.« Mama saß mit uns am Picknicktisch im Garten, weit weg von den anderen. Sie hatte nach uns sehen wollen und war hierher gekommen, wo wir in unseren gestärkten Kleidern herumsaßen, die Gesichter so steif wie die Ärmel. Reese und ich waren verschwitzt und fühlten uns elend, strengten uns an, nicht auf den Bänken herumzurutschen, Mama zuliebe gut erzogen auszusehen und diesen Bälgern, die wir ebenso sehr hassten wie sie uns, aus dem Weg zu gehen.

»Wann gehen wir wieder?«, fragten wir Mama ständig, obwohl wir wussten, dass sie es uns nicht sagen konnte; wir fragten trotzdem.

»Bald«, antwortete sie und zündete sich mit zitternden Händen eine neue Zigarette an. Mama rauchte in Daddy Waddells Haus nicht, obwohl ihr nie jemand gesagt hatte, sie solle es nicht tun. Sie ließen nur keine Aschenbecher herumstehen. Aber einmal sah ich, wie Madeline bei der Spüle in der Küche rauchte und die Asche in den Abfluss schnippte. Ich fragte mich damals, ob sie zum Rauchen alle in die Küche oder ins Badezimmer gingen und die übrige Zeit nur so taten, als hätten sie keine derart schmutzigen Angewohnheiten.

»Können wir noch nicht nach Hause?«

»Nein, James will Daddy seinen neuen Rasenmäher zeigen.«

»Er hat doch schon letztes Jahr ’nen neuen gekriegt.«

»Das ist einer, wo man sich draufsetzen kann, wenn man das Gras mäht.«

»Sieht nicht so aus, wie wenn der Garten so groß wäre, dass der so was braucht.«

»Tja« – Mama lachte kurz auf –, »ich glaub nicht, dass James irgendwas kauft, nur weil er’s braucht.« Bevor sie wieder hineinging, strich sie sich sorgfältig über das Kleid, obwohl nirgends auch nur eine Spur von der Asche war. »Ihr Mädels spielt jetzt schön, ja?«

Wir saßen still da, wunderbar gut erzogen, hatten beinah Angst, uns zu bewegen. »Ja, Ma’am. Nein, Ma’am.« Wir hielten den Rücken gerade und redeten nur, wenn wir gefragt wurden, stellten uns vor, dass Daddy Glen herausschaute und uns sah und stolz war. Seine Leute beobachteten uns durch die Fenster. Die Bücherregale und die gerahmten Bilder hinter ihnen verspotteten mich. Wie konnten Reese und ich all dessen würdig sein, der Rosen im Garten, des Sonnenlichts auf diesen blank geputzten Fenstern und geblümten Vorhängen, des Porzellans, das in Vitrinen funkelte? Ich starrte diese Bücherrücken an, und ich wollte alles haben, wollte die Möbel haben, den Garten, die große offene Küche mit dem Geschirr für den Alltag und anderem für besondere Gelegenheiten, die Tiefkühltruhe in der Abstellkammer und die weichen Sitzkissen auf allen Esszimmerstühlen. Reese zog mich am Arm, wollte, dass ich mit ihr redete, aber ich brachte kein Wort an dem Hunger in meiner Kehle vorbei.

Ich hörte, wie Daryl und James hinter den Rosensträuchern redeten. »Schau dir das Auto an. Genau wie das Negerpack. Wie kann man sich so was nur zulegen?«

»Was hast du erwartet? Schau doch, was er geheiratet hat.«

»Die und ihre Bälger, die passen zu dem Auto …«

Ich strich mir die schwarzen Haare aus den Augen und schaute zum Haus, sah, wie eine meiner Kusinen, in einem weißen Kleid mit angeschnittenen Ärmeln, mit einem breiten

Mund wie alle meine Kusinen, dastand und mich beobachtete, sich an der Nase kratzte und mich anstarrte, als wäre ich ein Elefant im Zoo – stumm und hässlich und unempfindlich gegen Schmerz. Was erzählen sie ihr über uns?, fragte ich mich. Dass wir nicht richtig zur Familie gehören, sondern nur die schlimmen Bälger der Frau ihres verrückten Onkels sind? Du bist nicht mit mir verwandt, du gehörst nicht zu unserer Familie, raunte ich mir selbst zu. Neue und fürchterliche Worte rollten mir im Kopf herum, während die Luft an meinem Hals kühl wurde.

Zu Reese' Überraschung stand ich auf, schüttelte meinen Rock aus und spazierte zwischen Madelines Rosensträuchern herum. Ich streckte die Hände aus, streifte sachte über die dornigen Stängel und die samtigen Blüten und knickte im Vorübergehen Knospen ab. Ich zupfte die Knospen auseinander, zerriss die Blütenblätter und ließ sie mir in den Ausschnitt fallen. Ich hob sogar den Rock hoch, steckte mir ein paar in die Unterhose und ging dann langsam weiter, damit ich die feuchten seidigen Blüten an meiner Haut spüren konnte.

Pack stiehlt, dachte ich und rief mir Tante Madelines kalten Ton in Erinnerung, die bitteren Worte ihres Mannes. »Pack auf jeden Fall«, murmelte ich, aber ich nahm mir nur die Rosen. Kein Hunger, egal wie groß, würde mich dazu bringen, ihnen irgendwas anderes wegzunehmen. Ich spürte eine sonderbare Hitze hinter meinen Augen, die alles, worauf mein Blick fiel, aufleuchten ließ. Sie war gefährlich, diese Hitze. Sie wollte aus mir herausströmen und alles verbrennen, alles, was sie hatten und wir nicht haben konnten, alles, weswegen sie dachten, sie seien besser als wir. Ich stand im Garten und drehte mich unentwegt im Kreis, verströmte Hitze und Wut und den süßlichen Gestank zerdrückter Blütenblätter.

KAPITEL 8

Ich war zehn, schlaksige ruhelose zehn Jahre alt, als wir nach West Greenville zogen, damit Daddy Glen näher an der neuen Textilfabrik für Arbeitskleidung war, wo er eine Stelle als Vertreter bekommen hatte. Als Mama in der Abstellkammer Geschirr und Töpfe einpackte, fand sie die Überreste des Liebesknotens, den ihr Tante Maybelle und Tante Marvella zur Hochzeit gemacht hatten. Er bestand nur noch aus ein paar vom Staub zusammengehaltenen Fetzen und schien nur deswegen überlebt zu haben, weil er zwischen zwei ineinander gestapelte Blumentöpfe gerutscht war. Mäuse hatten das Band aus den Haaren gezupft, und Käfer hatten sich den Großteil der Kräuter und das Blut geholt. Trotzdem hatte das geknüpfte Herz des alten Spitzenfetzens all die Jahre überstanden. Mama erkannte das Ding an der Farbe des Bandes.

»Das war'n Hochzeitsgeschenk von euren Eustis-Tanten«, sagte Mama zu mir, aber durch Omas Geschichten wusste ich bereits, was es war. Als Mama es vorsichtig hochzuheben versuchte, zerfiel das ganze Ding zu Staub. Der Magen krampfte sich mir zusammen, und ich umarmte mich selbst ganz fest. Ungeduldig fegte Mama den Schuppen aus und lud ihre Wäschekörbe voll. »Kräuterhexen«, murmelte sie.

In dieser Woche wachte Marvella eines Nachts auf, nachdem sie geträumt hatte, ihre Haare hätten sich in Stacheldraht verwandelt, und Maybelle war, als sie morgens aufwachte, fest davon überzeugt, die Kaninchen hätten alle Bohnen aufgefressen. Stattdessen stellten sie fest, dass ein Hund die Honigwabe ausgegraben und die Spitze mitten entzweigerissen hatte. Keine sagte zur anderen, was das ihrer Meinung nach bedeutete.

Das neue Haus in West Greenville war so weit weg von den Häusern der Tanten, dass wir kaum Gelegenheit hatten, bei ihnen vorbeizuschauen. Oma passte zwar immer noch auf Reese auf, wenn sie konnte, aber es war viel zu umständlich, sie zu Alma zu bringen und wieder abzuholen, und Mama beschloss, sie könnte mir allmählich zutrauen, uns beide am Leben zu halten, während sie bei der Arbeit war. Jetzt sahen wir Oma nur noch sonntags, wenn Mama Daddy Glen ausschlafen ließ und mit uns Tante Ruth oder Tante Alma besuchte. »Ist nicht gut, dass du so weit weg bist«, beschwerten sich ihre Schwestern dann, aber Mama lächelte nur und erzählte ihnen, wie hübsch unser neues Haus sei, wie hart Daddy Glen arbeite. Es war sehr wohl ein hübsches Haus mit einem großen Garten, aber es kostete auch mehr, was wiederum bedeutete, dass Mama ein paar Stunden im Lokal anhängen musste, damit sie ein bisschen mehr Geld nach Hause brachte. Es sah nicht so aus, als würden sich Daddy Glens Kundenbesuche so gut entwickeln, wie sie gehofft hatten.

»Euer Daddy muss in letzter Zeit schrecklich viel arbeiten«, sagte Mama zu uns. »Seid bloß still, wenn er zu Hause ist. Kommt ihm nicht in die Quere. Er braucht seine Ruhe.«

»Er liebt euch«, sagte Mama ständig, und sie meinte es auch so, aber es kam mir so vor, als ob Daddy Glens Hände immer nach mir suchten, über meiner Haut bebten, so als zöge ihn etwas zu mir hin und stieße ihn gleichzeitig wieder weg. Ich schaute dann zu ihm auf, vorsichtig, wachsam, und sah, dass er mich anstarrte, als wäre ich etwas Unvorstellbares und Merkwürdiges. »Du siehst nicht aus wie deine Mama«, sagte er einmal, »nur wenn du schläfst.« Manchmal, wenn ich an ihm vorbeirannte, griffen plötzlich seine Hände nach mir, hoben mich ein kleines Stück hoch und zogen mich zu ihm zurück. Er schaute mir ins Gesicht, schüttelte mich einmal kurz und ließ mich wieder los.

»Renn nich so durch die Gegend«, sagte er dann. »Du bist 'n Mädel, kein Rennpferd.«

Reese und ich machten uns einen Spaß daraus und spielten jeden Tag Rennpferde, wenn wir von der Schule heimkamen, rannten durch das leere Haus und hüpften auf dem großen Kniekissen herum, das vor seinem Stuhl lag. Eines Tages liefen wir wie immer um die Wette ins Haus hinein, ohne zu bemerken, dass das Auto bereits draußen stand, ohne Daddy Glen zu sehen, bis eine große Hand meine Schulter packte.

»Was hab ich dir gesagt?«, brüllte er, hob mich in die Höhe und schüttelte mich, bis ich den Kopf nicht mehr gerade halten konnte. »Du Hexe. Du kleine Hexe.« Ich krachte gegen die Wand, meine Absätze stießen einen halben Meter über dem Boden ins Leere. Durch einen schwindligen Nebel hindurch sah ich, wie Reese davonrannte. Dann war ich unter seinem Arm und wurde durch den Flur ins Badezimmer getragen. Er verriegelte die Tür hinter uns und ließ mich fallen.

»Es tut mir Leid, es tut mir Leid.« Ich war so erschrocken, dass ich stotterte.

»Es wird dir bald noch viel mehr Leid tun.« Er zog seinen Gürtel aus den Schlaufen und wickelte sich das Ende mit der Schnalle um die rechte Hand. »Ich hab lang damit gewartet, zu lang.«

Sein Gesicht war bleich, das Kinn hart, die Augen wirkten im grellen Schein der Leuchtstoffröhre über dem Spiegel rötlich. Ich stolperte rückwärts gegen die Badewanne, hatte schreckliche Angst, betete darum, dass Mama schnell nach Hause kommen möge. Mama würde ihn zurückhalten. Seine linke Hand griff nach mir, packte mich an der Schulter, legte mich über sein linkes Bein. Er zog mir den Rock bis über den Kopf hoch und stopfte ihn in jene Hand. Ich hörte, wie der Gürtel hochsauste, ein Lied in der Luft, ein hoher, entsetzlicher Ton. Er kam wieder herunter, und ich schrie. Daddy Glen schwang seinen Gürtel noch einmal. Ich schrie, während er noch durch die Luft sauste, schrie, bevor er mich traf. Ich schrie nach Mama. Daddy Glen schrie mit mir, seine rauen, dröhnenden Schreie waren genauso laut wie meine hohen, dünnen, und hinter uns, vor der verschlossenen Tür, schrie Reese ebenfalls und dann auch Mama. Alle schrien wir, und keiner konnte helfen.

Als Daddy Glen die Tür aufsperrte, haute ihm Mama eine runter und schloss mich in die Arme. Er hielt sich eine Hand an die Wange und beobachtete mich, wie ich an ihrem Hals schluchzte und weinte. »Du Mistkerl«, beschimpfte sie ihn und drehte den Wasserhahn auf, um mir das Gesicht zu waschen.

»Sie ist auch mein Mädel«, sagte er. »Jemand muss sie lieb genug haben, dass es ihm nicht egal ist, was aus ihr wird.« Sein Gesicht sah abwesend aus, aufgedunsen und leer, als wäre er eben aus einem langen, langen Schlaf erwacht.

»Ich will davon nichts mehr hören«, fuhr Mama ihn an und schob ihn aus dem Zimmer. Sie setzte mich auf ihren Schoß und wusch mir das Gesicht, den Hals, die geschwollenen Schenkel.

»Ach, meine Kleine«, sagte sie immer wieder. Ich lehnte mich still gegen sie, war dankbar, in ihren Armen sicher zu sein. Die Luft auf meiner Haut fühlte sich komisch an, und ich hatte so viel geschrien, dass ich keine Stimme mehr übrig hatte. Ich sagte nichts, ließ Mama reden, hörte nur halb, was sie flüsterte. »Meine Kleine«, nannte sie mich. »Ach, Mädel. Ach, Süße. Meine Kleine, was hast du nur getan? Was hast du getan?«

Was ich getan hatte? Ich war ins Haus gerannt. Was fragte sie da noch? Ich wollte, dass sie weiterredete und verstand, ohne dass ich etwas sagte. Ich wollte, dass sie mich genug liebte, um ihn zu verlassen, uns zu packen und von ihm wegzubringen, ihn zu töten, wenn es sein musste. Ich hielt mich an ihr fest, bis sie mich ins Bett brachte, hielt mich an ihr fest und wimmerte dann. Ich hielt mich an ihr fest, bis ich in einen benebelten, elenden Schlaf fiel.

Ich wachte auf, weil ich sie reden hörte, ihre Worte, die

durch die geschlossene Tür des Schlafzimmers hallten. Ich hörte alles, was sie sagten, hörte, wie Mama in seinen Armen weinte. Daddy Glen erzählte ihr, ich hätte ihn einen Schweinehund genannt, dass ich durchs Haus gerannt sei und Sachen umgeworfen und ihn mit diesem Wort beschimpft hätten. Er weinte und schwor, dass er mich nicht so fest habe schlagen wollen, er wisse nicht, was ihn dazu getrieben habe. Er schluchzte und schlug dann so heftig mit den Fäusten auf die Matratze, dass die Federn quietschten.

»Sie hat mir gesagt, dass sie mich hasst«, sagte er, »hat gesagt, ich würd nie ihr Daddy sein. Und ich hab durchgedreht, Anney. Ich hab einfach durchgedreht. Okay? Weißt du nicht, wie lieb ich euch alle hab, wie lieb ich sie hab? Und – o Gott, Anney! Sie haben mich heut rausgeschmissen. Mich einfach rausgeschmissen, ohne sich irgendwas dabei zu denken. Und was mach ich jetzt, damit ich die Mädels satt krieg?«

Reese lag neben mir im Bett, die Finger im Mund, die Augen weit aufgerissen. Sie sagte nichts. Ich lag still da, hörte mir Daddy Glens Lügen an, fragte mich, ob er selbst etwa glaubte, die Wahrheit zu sagen. Unentwegt sah ich dabei Reese ins Gesicht, ein Kindergesicht, weich und leer und verängstigt. Mamas Weinen wurde leiser, verebbte. In der Stille danach hörte ich, wie Daddy Glen etwas flüsterte, hörte ein Gemurmel, die Antwort von Mama. Dann ein Seufzer und das Knarren ihres Betts, als er Mama tröstete und sie ihn. Sex. Sie liebten sich, Mama seufzte und schluchzte, und Daddy Glen sprach immer wieder ihren Namen. Ich schaute Reese in die Augen, und wir lauschten den kleinen Lauten, die sie von sich gaben.

»Du hast ihn wütend gemacht«, flüsterte Reese. »Sei lieber vorsichtig.«

Ich versuchte zukünftig vorsichtiger zu sein, aber irgendetwas war entzweigegangen. Irgendetwas hatte sich gelöst, so wie sich die verknoteten Strähnen von Tante Marvellas Haar im Staub entwirrt hatten. Ich konnte nie vorsichtig genug sein, nie verhindern, dass Daddy Glen in Wut ausbrach. Die nächste Getränkefirma stellte ihn als Vertreter ein, aber zu einem geringeren Gehalt als bei der Textilfabrik. Er hatte eine der kurzen Routen, mit der nicht viel Geld zu machen war und die nicht viel Arbeit abverlangte. Er kam unregelmäßig nach Hause, manchmal früh, manchmal spät. Mama arbeitete immer länger, nahm jede Bezahlung dafür an, die sie bekam, und ich blieb außer Haus, so viel ich konnte. Falls ich heimkam, während er da war und Mama nicht, fand er immer irgendetwas, was ich angestellt hatte, etwas, was ich noch lernen musste, etwas, was er einfach tun musste, weil er mich liebte. Und er liebte mich auch. Er sagte es mir immer wieder, drückte mich dabei fest an sich, und seine Hände zitterten, während sie ruhelos, endlos über meinen Bauch, meinen Hintern, meine Schenkel strichen.

»Du bist genau wie deine Mama«, sagte er dann und presste seine stopplige Wange gegen meine.

Ich stand stocksteif da, schämte mich, war aber unfähig, mich zu befreien, hatte Angst, ihn wütend zu machen, Angst davor, was er Mama erzählen könnte, und gleichzeitig Angst, seine Gefühle zu verletzen. »Daddy«, flüsterte ich schließlich, und er flüsterte ebenfalls: »Weißt du denn nicht, wie lieb ich dich hab?« Und ich zuckte zurück. Nein, das wusste ich nicht.

Nie sagte er: Erzähl ja nichts deiner Mama. Er brauchte es gar nicht zu sagen. Ich wusste nicht, wie ich irgendjemandem hätte erzählen sollen, was ich fühlte, was mir Angst einjagte und mich beschämte und trotzdem dazu brachte, stehen zu bleiben, unbeweglich und verzweifelt, während er sich an mir rieb und sein Gesicht in meinem Hals vergrub. Ich konnte das Mama nicht erzählen. Ich hätte nicht gewusst, wie ich es erklären sollte, dass ich dastand und es zuließ, dass er mich berührte. Es war kein Sex, nicht so wie ein Mann und eine Frau ihre nackten Körper ineinander schieben, aber es war doch etwas Ähnliches wie Sex, etwas Mächtiges und Erschreckendes, das er unbedingt haben wollte und ich überhaupt nicht verstand. Schlimmer noch, wenn Daddy Glen mich so festhielt, dann waren seine Hände auf einmal sanft, und wenn er mich losließ, schaukelte ich auf unsicheren Füßen.

Daddy Glen roch nach Schweiß und Coca-Cola, nach After Shave und Zigaretten, aber vor allem nach etwas, das ich nicht benennen konnte – etwas Saurem, Bitterem und Scharfem. Angst. Es könnte Angst gewesen sein. Aber ich hätte nicht sagen können, ab es seine oder meine Angst war. Ich konnte gar nichts sagen. Ich wusste nur, dass da etwas war, was ich falsch machte, etwas Schreckliches. »Du treibst mich zum Wahnsinn«, sagte er mit einer merkwürdigen, aufgewühlten Stimme, und ich erschauerte, glaubte ihm aber.

Ich fürchtete mich nur noch mehr vor Daddy Glen, den Handflächen, die zuschlugen, den Fingern, die sich festkrallten und blaue Flecken hinterließen, den Knöcheln, die er mir manchmal direkt unter die Augen presste, den Händen, die mich packten und schüttelten und hochhoben, bis seine Augen sich in meine bohrten. Meine Hände waren so klein, die Finger dünn und schwach. Ich wünschte mir, ich wäre ein Junge, dann könnte ich schneller rennen, länger wegbleiben oder sogar zurückschlagen.

Grey schenkte mir einen Gummiball, Hartgummi, schwarz und so klein, dass ich ihn in meiner Hand verstecken konnte. Ich schloss meine Hände um den Ball, damit ihn niemand sah. Leidenschaftlich bearbeitete ich diesen Ball, rollte ihn entschlossen zwischen den Fingern, drückte ihn verbissen, presste nacheinander jeden Finger gegen die Daumen. Eines Tages würden meine Hände genauso viel Kraft haben wie die von Daddy Glen. Die Größe ist egal, sagte ich mir, eines Tages würden meinc Hände seinen gewachsen sein. An manchen Tagen dachte ich, dass ich den Ball so heftig bearbeitete, weil ich Daddy Glen ähnlicher sein wollte; an anderen Tagen wusste ich, dass das nicht der Grund war.

In jenem Frühling stritten Earle und Daddy Glen wegen ein paar Werkzeugen. Daddy Glen behauptete, er hätte sie Earle geliehen und nie zurückbekommen. Earle war beleidigt und kam nicht mehr zu Besuch. Nach diesem Zwischenfall redete Daddy Glen die ganze Zeit schlecht über die Boatwrights, funkelte mich wütend an, wenn ich Mama irgendetwas über »dieses Pack«, wie er es nannte, fragte. Er machte sich darüber lustig, wie oft die Onkel sturzbesoffen waren und sich gegenseitig die Lastwagen zu Schrott fuhren, er machte dreckige Bemerkungen über Mamas Nichten, die immer heimlich zur Rhythm Ranch schlichen, dort Whiskey tranken und mit Männern tanzten, die älter als ihre Väter waren. Gleichgültig, was Daddy Glen auch redete, Mama sagte nicht viel dazu. Ihr Gesicht sah die ganze Zeit müde aus.

»Ich will nichts davon hören«, sagte sie, wenn ich ihr etwas zu erzählen versuchte, was mir Oma oder Tante Alma zugeflüstert hatten. »Da braucht keiner stolz drauf zu sein, wenn er Leute krankenhausreif schlägt, nur weil sie ihn schief anschauen.«

Ich schämte mich wegen Daddy Glen und wie er redete, aber Mama schien es nichts auszumachen. Sie wurde nur still, immer stiller mit der Zeit. Ich bettelte, sie solle mir Geschichten erzählen, so wie Oma es immer getan hatte, aber sie sagte, ich sei zu jung für solche Sachen. Vielleicht würde sie mir die paar Dinge, die ich ihrer Meinung nach wissen musste, einmal erzählen, wenn ich erwachsen war und meine eigene Familie hatte, aber bis dahin erwartete sie von mir, dass ich ihr keine Fragen stellte, die sie nicht beantworten wollte. Glen habe schon Recht, sagte Mama zu mir, sie wolle nicht, dass ich so wild und böse wurde wie Earle oder Beau oder womöglich gar Raylene.

Wenn Daddy Glen mich verprügelte, gab es immer einen Grund, und Mama stand dabei meistens vor der Badezimmertür. Danach weinte sie und wusch mir das Gesicht und sagte mir, ich solle nicht so dickköpfig sein, ihn nicht mehr wütend machen. Ich versprach es ihr, aber ich hatte ein Talent dafür, immer wieder freche Antworten zu geben und Daddy Glen wütend zu machen; es war aber auch fast unmöglich, ihn nicht wütend zu machen. Manchmal, wenn ich zu seinem roten Gesicht und den funkelnden Augen hochschaute, wusste ich, dass nicht das, was ich getan hatte, ihn dazu brachte, mich zu verprügeln. Der Grund war einfach ich selbst, die Tatsache, dass ich lebte und wie ich war – in seinen Augen und auch in meinen. Ich war schlecht. Natürlich war ich schlecht. Ich gab es vor mir selbst zu, ballte die Hände zu Fäusten und verschloss die Augen vor allem, was ich nicht verstand.

»Knöchelchen.« Kusine Deedee war die Erste gewesen, die mich Knöchelchen nannte, aber seit wir in West Greenville lebten, nannte mich jeder so. Böser Knochen, zäher Knochen, dürrer Finger, Haut und Knochen, knochenhart, sturer Stock, Dickschädel, Schafskopf.

»Du bist ein zäher Knochen, das eigensinnigste Kind auf dem ganzen Planeten!«, sagte Daddy Glen zu mir. »Kalt wie der Tod, hinterlistig wie eine Schlange und doppelt so falsch.«

Daddy Glen achtete darauf, mich nicht zu schlagen, wenn eine der Tanten da war, und nicht so heftig, wenn Mama es sehen konnte, außer wenn es als Strafe zu rechtfertigen war; dann zerrte er mich ins Badezimmer, und sie wartete auf der anderen Seite der verschlossenen Tür. Gefährlich war er nur, wenn Reese und ich allein mit ihm waren. Rannte ich vor ihm davon, dann verfolgte er mich. Er schüttelte mich so heftig, dass ich den Kopf nicht mehr gerade halten konnte, und er meinte lachend, Hühner und Ziegen hätten mehr Mumm als jeder Boatwright, sogar mehr als ein halber Boatwright wie ich.

An die Knochen in meinem Kopf dachte ich dabei, die harte, poröse Schädeldecke, die mein Gehirn schützte und, egal, was passierte, dafür sorgte, dass ich mich irgendwann wieder erholen konnte. An die Hitze in meinem Inneren, meinen harten, zähen Kern. Ich verschränkte die Finger hinter dem Kopf, biss die Zähne zusammen und schaukelte vor und zurück. Uns Boatwrights wurde nachgesagt, ein robuster Schlag zu sein, und bei mir äußerte sich das in Eigensinnigkeit und Rückgrat.

Ich holte mir ständig irgendwelche Verletzungen, so schien es jedenfalls, auf eine Art, die Mama nicht begreifen und ich nicht erklären konnte. Mama machte sich Sorgen darüber, wie unvorsichtig ich war, wie anfällig ich geworden war. »Vielleicht hast du zu dünne Knochen«, sagte sie und kaufte mir Vitamine. Ich wusste nicht, was ich ihr sagen sollte. Irgendetwas zu sagen bedeutete, alles zu erzählen, ihr zu beschreiben, wie es war, wenn er mich fest an seinen Bauch drückte und mir Kosenamen zuflüsterte, die ich nicht hören wollte. Ich blieb still, eigensinnig, voller Groll und sammelte meine Verletzungen, als wären sie unvermeidlich. An meinem Hinterkopf bildeten sich Höcker, keine Beulen aus Fleisch und Gewebe, sondern ein welliger Knochenwulst. Meine großen Zehen wurden flach und platt, waren mit ein paar Monaten Abstand beide gebrochen, nachdem ich gegen Türpfosten gekracht war, weil ich beim Rennen über die Schulter schaute.

»Wieso machst du so was?«, fragte mich Mama. Es war meine Schuld, ich durfte im Haus nicht herumrennen.

»Ständig ist irgendwas mit ihr«, beklagte sich Daddy Glen. »Ein Glück, dass sie so ein dickschädliges Balg ist.«

Ich beobachtete ihn mit gesenkten Lidern, drehte den Kopf leicht zur Seite, vorsichtig darauf bedacht, nicht zu grinsen und damit meinen unverfänglichen eigensinnigen Gesichtsausdruck zu zerstören.

»Knöchelchen, sei vorsichtiger«, bat mich Mama.

Ich träumte tagsüber nicht mehr vom Feuer. Jetzt stellte ich mir vor, dass Leute zuschauten, während Daddy Glen mich verprügelte, aber nicht dann, wenn es tatsächlich passierte. Wenn er mich verprügelte, schrie und trat und weinte ich wie ein kleines Kind, was ich ja auch war. Aber manchmal, wenn ich in Sicherheit und allein war, stellte ich mir die Leute vor, die dabei zuschauten. Es mussten Zuschauer da sein – irgendein Mädchen, das ich bewunderte und das kaum von meiner Existenz wusste, irgendein Mädchen aus der Kirche oder aus unserer Straße oder eine meiner Kusinen oder gar jemand vom Fernsehen. Manchmal war eine ganze Gruppe dazu gezwungen zuzuschauen. Sie konnten nichts dagegen tun, nicht davonlaufen. Sie mussten zuschauen. In meinen Träumen war ich stolz und herausfordernd. Ich starrte ihm entschlossen ins Gesicht, gab keinen Laut von mir, keine beschämenden Schreie, kein Betteln. Die Zuschauer bewunderten mich, und ihn hassten sie. So malte ich es mir aus, wenn ich mir die Hände zwischen die Beine steckte. Es war beängstigend, aber auch aufregend. Die Zuschauer liebten mich. Es war, als würde ich ihretwegen verprügelt. In ihren Augen war ich wunderbar.

Meine Fantasien wurden gewalttätiger und verwickelter, während Daddy Glen mich immer noch mit denselben zwei oder drei Gürteln schlug, die er für mich auf die Seite gelegt hatte. Eingeölt, glatt und geschmeidig wie die Knorpel im Hühnerschmalz, hingen diese Gürtel an der Innenseite seiner Schranktür, wo ich sie sah und roch, wenn ich Mama dabei half, seine Kleider aufzuräumen. Ich strich über das Leder, spürte seine Wärme an meinen Handflächen. Kein Zauber lag darin verborgen, kein Geheimnis. Manchmal zwang ich mich, zu diesem Schrank zu gehen und mir diese Gürtel um die Finger zu wickeln, als wären sie etwas Animalisches, das man zähmen konnte.

Ich schämte mich wegen der Dinge, die ich mir vorstellte, wenn ich mir die Hände zwischen die Beine steckte, schämte mich mehr, weil ich bei der Vorstellung, geschlagen zu werden, masturbierte, als dafür, dass ich überhaupt geschlagen wurde. Ich lebte in einer Welt aus Scham. Ich verbarg meine Verletzungen, als wären sie Beweise für begangene Verbrechen. Ich wusste, dass ich ein kranke, verabscheuungswürdige Person war. Ich konnte meinen Stiefvater zwar nicht davon abhalten, mich zu schlagen, aber *ich* war diejenige, die masturbierte. *Ich* tat das, und wie hätte ich irgendjemandem erklären können, dass ich nicht geschlagen werden wollte, mir aber trotzdem eine Geschichte dazu ausdachte und dabei masturbierte?

Aber nur in meiner Fantasie, wenn Leute dabei zuschauten, war ich fähig, Daddy Glen zu trotzen. Nur dort besaß ich so etwas wie Stolz. Ich liebte diese Träume, obwohl ich mit Sicherheit wusste, dass sie etwas Schreckliches waren. Sie mussten schrecklich sein: In ihnen beschäftigte ich mich mit mir selbst und hatte heftige Orgasmen. In ihnen war ich etwas ganz Besonderes. Ich triumphierte, war wichtig. Ich schämte mich nicht. Wurde ich in Wirklichkeit geschlagen, war kein Heldentum möglich. Es gab nichts anderes, als geschlagen zu werden, bis ich nur noch aus Rotz und Elend bestand.

Mein Schlüsselbein wuchs nicht gerade, sondern mit einem Höcker zusammen, nachdem es das zweite Mal gebrochen war – ein Unfall, behauptete Daddy Glen, genau wie beim ersten Mal, als ich von der Veranda heruntergefallen war. Der junge Assistenzarzt im Krankenhaus sah wütend aus und ordnete eine Menge von Röntgenuntersuchungen an.

»Wie hat sie sich ihren Coccygis gebrochen?«, wollte er, den Stapel Röntgenbilder vor sich, von Mama wissen, als wir glaubten, nach Hause gehen zu können. Er hatte einen komischen Akzent und volle schwarze Locken. Er beugte sich über Mama, als würde er sie gleich schlagen.

»Ihren was?«

»Ihr Steißbein, Lady, ihren Hintern. Womit haben Sie dieses Kind geschlagen? Oder haben Sie sie einfach gegen die Wand geschmissen?«

»Was sagen Sie da?« Mamas Gesicht war weiß und starr, das seine rot und zornig. »Was sagen Sie da?« Diesmal war Mamas Stimme hoch und laut. Eine ältere Krankenschwester in einem zerknitterten Kittel war plötzlich zu meiner Rechten, hatte eine Hand auf den Arm des Arztes gelegt, und die andere streckte sie nach Mama aus. Auf ihrer Brusttasche war ein Aufkleber, auf dem »Myer« stand.

»Keine Aufregung«, sagte sie. »Ganz ruhig.«

Der Arzt fasste mir unters Kinn. Seine Finger waren warm, die Haut rau und trocken. »Erzähl's uns«, sagte er. »Erzähl uns alles.«

Ich schaute ihm in die Augen, und in seinen Pupillen konnte ich mich selber sehen, ein winziges und fremdes Gesicht über dem Verband um Schulter und Arm. Er sah wütend aus und ungeduldig und angewidert. Er starrte Mama böse an, ohne jedes Mitleid. Ich spürte, wie Mama meine freie Hand drückte, hörte, wie sie atmete, als würde ihr gleich schlecht. Als ich ihr ins Gesicht schaute, sah ich ihr Entsetzen und auch ihre Liebe zu mir. Daddy Glen wartete mit Reese draußen im Auto. Die Krankenschwester fing an zu reden, aber ich hörte nicht zu.

»Mama, bring mich nach Hause«, flüsterte ich. Mama schloss die Finger um mein Handgelenk. Durch den dünnen Baumwollstoff meiner Bluse fühlte sie sich eisig an – eisig, aber tröstlich.

»Lassen Sie mein Mädel in Ruh«, sagte sie zu dem Arzt.

Sein Mund zuckte und er schüttelte leicht mein Kinn.

Ich ließ meinen Blick über sein Gesicht gleiten. Er kannte uns nicht, kannte weder meine Mama noch mich.

»Du kannst uns alles erzählen«, sagte er mit seiner fremden Stimme.

Ich hielt mich an Mama fest und sagte überhaupt nichts mehr. Der Arzt schlug einmal heftig auf die Matratze neben mir, wandte sich dann ab und stieß die Tür mit den Fäusten auf. Ich schaute die Krankenschwester an. Mrs. Myer beobachtete mich aufmerksam, die Hand über dem Mund, die Augen alt und weise.

»Es tut mir Leid«, sagte sie schließlich zu Mama und nahm die Hand weg. »Er ist jung und noch nicht lang da.«

Wir warteten, Mama hielt mich fest, Mrs. Myer atmete in tiefen, langsamen Zügen und schaute immer wieder zur Tür. Eine Schwarze kam mit einem Klemmbrett voller Papiere herein, das sie weitergab.

»Sie müssen das hier unterschreiben«, sagte Mrs. Myer zu Mama. Sie schaute mich nicht mehr an.

Ich wusste genau, was sie dachte, aber bei Mama war ich mir nicht sicher. Ihr Gesicht sah fremd und hart aus, ihre Hand, mit der sie mich festhielt, war immer noch kalt, aber jetzt zitterte sie auch. In den wenigen Augenblicken, in denen man uns allein ließ, betrachtete sie mein Gesicht, als wäre es eine Karte der Hölle.

»Knöchelchen«, flüsterte sie.

Ich wartete.

»Liebling.«

Draußen im Korridor ging jemand vorbei. Ich lehnte den Kopf an Mamas Brust, lauschte ihrem Herzen, wollte sonst nichts mehr hören.

»Baby.«

»Mama«, bettelte ich. »Mama, bring mich nach Hause.«

»Wir fahren zu Tante Alma«, sagte sie zu mir, während sie mich auf den Rücksitz hob. Der Blick, den sie Daddy Glen zuwarf, als er ihr helfen wollte, schien ihn bis ins Mark erstarren zu lassen. Die Hände ausgestreckt in der Luft, blieb er stehen, ohne sie zu berühren. Vorn saß Reese, den Daumen im Mund, das Gesicht leer und unbewegt. Gestützt von Kissen, saß ich im Fond, lehnte die Wange gegen den Plastikbezug des Sitzes und versuchte, mich so wenig wie möglich zu bewegen. Meine Schulter fühlte sich heiß und riesig an wie ein Luftballon voller Schmerzen, der nur darauf wartete, in mir zu explodieren. Daddy Glen folgte Mama rund ums Auto bis zur Fahrertür, griff zögernd nach ihren Schultern, aber sie schüttelte ihn immer wieder ab. *»Lass das!«*, schrie sie einmal. Das Auto wackelte, als sie die Tür zuschlug, und ich knirschte mit den Zähnen. Daddy Glen beugte sich flehend ins Fenster. Im Licht des Notdiensteingangs sah man die Tränen auf seinem Gesicht.

»Anney, ach, Anney, sag doch was. Sei nicht so. Anney, bitte, Anney!«

Mama fuhr langsam an und ließ ihn neben dem Auto bis zur Straße mitlaufen. Ich sah den Blick nicht, den sie ihm dann zuwarf, aber ich hörte seinen Schrei, rau und sinnlos, als sie den Motor aufheulen ließ, den Fuß auf der Bremse, sodass der Pontiac zwar ruckte, aber stehen blieb. Er ließ die Tür los, trat aber nicht zurück. Sein Gesicht war ganz nah, und dann war es weg.

Mamas Kinn war spitz, glänzte einmal im Licht anderer Autoscheinwerfer, dann in der Beleuchtung des Armaturenbretts. Ich beobachtete, wir ihr die Tränen herunterliefen, als sie sich zu mir umdrehte. Ich schloss die Augen, öffnete sie wieder. Alles sah verschwommen und fremd aus, aber ich konnte nicht mehr darüber nachdenken. Die kühle Luft, die durch das offene Fenster hereinkam, war feucht und süß. Falls es wirklich einen Gott oder gar Hexerei gäbe, dann würde dieser Wind durch mich hindurch und wieder nach draußen wehen. Er würde die Straße zurück zum Krankenhaus brausen, den Dreck aufwirbeln und ihn Daddy Glen in die Augen streuen. Daddy Glen würde erkennen, wer er war, was er getan hatte. Dieser Arzt würde auf seinem Nachhauseweg herauskommen, ihn dort sehen und wissen, wer er war. Der Wind würde es ihm sagen, der Mond oder vielleicht sogar Gott. Dieser Arzt würde Bescheid wissen, und er würde mit diesem Bewusstsein sein Auto anlassen. Er würde krachend den Gang einlegen und über diesen Parkplatz rasen. Der Kühlergrill würde erst wenige Zentimeter vor Daddy Glens entsetztem Gesicht Halt machen.

»Du Scheißkerl«, würde dieser Arzt schreien. *»Rühr dieses Kind noch einmal an, und ich mach Matsch aus dir!«*

Daddy Glen würde Tränen aus Blut weinen. Vielleicht zöge Jesus in sein Herz ein. Er würde uns zu Tante Alma folgen und sich vor der gesamten Familie auf die Knie werfen. »Ich habe gesündigt«, würde er sagen und die Hände nach mir ausstrecken, mich um Vergebung anflehen und meinen Namen rufen. Mama würde Nein sagen. Meine Tanten würden Nein sagen. Meine Onkel, Reese, der Pfarrer, jeder auf der ganzen Welt würde aufstehen und Nein sagen. Aber ich würde mich mühsam von meinem Krankenbett erheben. Ich würde ihm geradewegs in die Augen schauen, in die Lichter seiner Seele.

Ja, würde ich sagen.

Ja. Ich vergebe dir.

Dann würde ich wahrscheinlich sterben.

Ich lachte beinah, meine Schultern bebten. Ein heißer Schmerz schob die Geschichte so schnell weg, dass ich einen kleinen Laut ausstieß. Ich schluckte fest, entschlossen, nicht zu weinen. Mama streckte die Hand nach mir aus. Ihr Gesicht sah alt aus, sehr alt und müde. Mir tat das Herz weh, wenn ich sie so sah. Ich konnte ihr nicht wehtun, ich konnte es nicht.

»Es tut mir Leid«, flüsterte ich.

»Lass, Süße, lass nur. Du hast nichts falsch gemacht.« Ihre Lippen waren geschwollen, sie hatte sie sich aufgebissen, und ich spürte an den Zähnen meine eigenen geschwollenen und aufgesprungenen Lippen.

»Ich liebe dich.« Meine Stimme war so dünn, dass ich kaum glaubte, sie würde mich hören. Aber ihre Antwort kam, schnell und leise.

»Ich liebe dich auch.«

KAPITEL 9

Zwei Wochen später waren wir wieder bei Daddy Glen zu Hause. Nichts hatte sich verändert. Alles hatte sich verändert. Daddy Glen hatte gesagt, es tue ihm Leid, hatte gebettelt, geweint und geschworen, mir nie mehr wehzutun. Ich hatte still, eigensinnig und wie betäubt daneben gestanden. Er war vor Alma, Wade, ihren Kindern und Mama auf die Knie gegangen, hatte Reese und mich an sich gezogen und gelobt, dass er ohne unsere Liebe nicht leben könne. Mama hatte sich neben ihn auf den Boden gekniet und ihn einen Eid schwören lassen, dass er nie mehr die Hand gegen mich erheben würde.

Ich hatte mir seine tränennassen Gesichtszüge angesehen und gewusst, ohne jede Frage, was passieren würde. Mama würde ihm verzeihen, ihn jedoch genau beobachten und ihm zu verstehen geben, dass er sich ihr Vertrauen erst wieder verdienen müsste. Er würde gut sein, er würde vorsichtig sein. Aber nach einer Weile würde Daddy Glen etwas anders über den Unfall reden. Er würde sich an Dinge erinnern, die um diese Zeit herum passiert waren, Sätze, die ich gesagt, Blicke, die ich ihm zugeworfen hatte. Eines Tages, vielleicht in ein paar Monaten, würde es etwas geben, was ich getan hatte und das alles gerechtfertigt erscheinen ließ. Dann würde Daddy Glen mich wieder mit ins Badezimmer nehmen, dabei sagen, dass es ihm mehr wehtue, als es mir jemals wehtun könnte. Aber sein Gesicht würde die Wahrheit verraten, seine Hände auf meinem Körper würden ihn verraten. Er würde mir zeigen, wie sehr er gelitten hatte, als Mama ihn auf diesem Parkplatz stehen ließ, und dann, wenn er mich schlüge, würden wir beide wissen, warum. Aber Mama würde es nicht wissen.

Und da ich mehr Angst davor hatte, ihr wehzutun als vor irgendetwas, was mit mir passieren könnte, würde ich genauso hart wie er daran arbeiten, dass sie es niemals erfuhr.

Ich biss die Zähne zusammen und versuchte, alles, was nicht direkt vor meiner Nase lag, zu ignorieren. Ich redete mit niemandem und versteckte mich hinter Büchern. Nachts lag ich im Bett, drückte beide Hände gegen die empfindliche Stelle zwischen meinen Beinen, lauschte dem Radio und versuchte, nicht nachzudenken. Unter Mamas geduldiger, aufmerksamer Pflege war meine Schulter schnell geheilt, aber es kam mir vor, als würde irgendetwas in mir drin nie wieder heil werden. Ich wachte so wütend auf, dass mir der Hals wehtat. Die Zähne fühlten sich an, als lägen die Nerven frei. Ich stand auf und schaute in den Spiegel, erwartete, den Mund voller Blut zu haben, aber da war nichts, nur meine Zähne, klein, weiß und scharf. Mama passte auf, dass ich immer in ihrer Nähe war. Sie ließ mich sogar im Morgengrauen aufstehen und in der einzigen Zeit, die sie für sich allein hatte, bei ihr sitzen, in der Stunde, in der sie ihren Kaffee trank und den Sonnenaufgang beobachtete.

»Hab noch nie länger schlafen können als bis zum Sonnenaufgang«, erzählte sie mir. »Egal, wie wenig ich geschlafen hab, ich wach einfach auf.« Ihr Gesicht sah verhärmt aus. Sie zog mich an sich und legte das Kinn auf meinen Kopf. Es kam mir vor, als wäre ich jetzt ihre Mutter, weil sie sich auf mein gerades starkes Rückgrat stützen konnte. Ich schloss die Augen, wünschte mir, die Zeit möge stillstehen, der Augenblick ewig dauern, der Tag nie beginnen. Aber natürlich stand irgendwann Daddy Glen auf oder Reese, und Mama spülte ihre Kaffeetasse aus und ging sich ihre Arbeitskleidung anziehen.

Mama bestand darauf, dass Reese und ich am Nachmittag nach der Schule zu Tante Alma gingen und dort blieben, bis sie uns abholte. Ich half Tante Alma im Garten oder beim Einmachen, und während wir arbeiteten, dachte ich mir Geschichten aus. Meine Vettern und Kusinen liebten meine Geschichten – vor allem die, in denen Blutsauger vorkamen, die nur die frisch geschlachteten Körper neu geborener Babys anfielen, oder grüngesichtige Zwerge, die jedem Kind, das ihnen die Herzen von vierundvierzig erwachsenen Männern brachte, unsagbare Reichtümer versprachen. Grey meinte, ich hätte »'ne ziemlich interessante Fantasie für 'n Mädel«. Aber Tante Alma kam eines Tages auf die Veranda, als ich gerade eine der Lieblingsgeschichten der Jungs erzählte, und regte sich so auf, dass es aussah, als würde sie sich gleich in die Hose machen. Hätte sie alles gehört, hätte sie mich wahrscheinlich schlimmer verprügelt als Daddy Glen. In meinen Geschichten wimmelte es von grausam vergewaltigten und ermordeten Jungen und Mädchen, von Babys, die in Bohnensuppe gekocht wurden, von Vampiren und Soldaten und langen, rasiermesserscharfen Dolchen. Hexen schlugen Kindern und Erwachsenen die Köpfe ab. Frauenbanden kamen auf Motorrädern daher und zündeten den Leuten die Häuser an. Der Boden tat sich auf, und grünschwarze Eidechsenzungen schnellten hoch und zogen die Leute hinunter. Ich wurde sehr beliebt als Babysitter: Während ich Geschichten erzählte, waren alle still und brav, die Blicke hingen an meinem Gesicht, sodass ich mir selbst wie eine jener erfundenen Hexen vorkam, die einen Bann aussprach.

»Mädel«, sagte Vetter Grey zu mir, »manchmal kriegt man echt Angst vor deinem Gesicht!«

»Knöchelding wird noch richtig gemein«, sagte Alma zu Mama. »Dagegen muss was getan werden.«

Mama nahm mich daraufhin in das Lokal mit. Dort konnte ich mit Geschirrspülen eigenes Geld verdienen, Geld, das ich nicht für Kleider auf die Seite legen musste, sondern ausgeben konnte, wofür ich wollte, meist für gebrauchte Bücher aus den Regalen des Secondhandladens, die ich dann an der Taschenbuchbörse tauschte. Reese beklagte sich, dass ich gar nicht mehr mit ihr spielte, dass ich ständig arbeitete oder las oder schlief. Während der Sommerferien suchte ich mir ein Versteck in den Wäldern in der Nähe von Tante Almas Haus, wo ich Stunden mit einer Tüte Hershey Kisses – ich mochte diese in Alufolie eingewickelten Schokopyramiden für mein Leben gern – und einem Buch verbrachte. Der Bibliothekar gab mir die Pferdegeschichte *Black Beauty, Robinson Crusoe* und *Tom Sawyers Abenteuer*. Selbst suchte ich mir *Not as a Stranger* aus, Mailers *Die Nacken und die Toten*, den Krimi *Das Attentat* und den Frauendetektivroman *Marjorie Morningstar*. Ich kletterte auf einen Baum, um die Sexstellen zu lesen, trank Wasser aus dem Bach und ging erst wieder heim, wenn es dunkel wurde.

Mama machte sich immer noch Sorgen um mich, das war klar. »Süße, alles in Ordnung mit dir?«, fragte sie mich eines Morgens. Ich zuckte nur mit den Achseln und schaute wieder in die Taschenbuchausgabe von dem Kinderbuch *Der geheime Garten*, die ich nie in die Schulbücherei zurückgebracht hatte. Sie nahm mir das Buch weg, sodass ich sie anschauen musste. Ihr Gesicht war dünner geworden, die Haut rauer, und unter ihren Augen lagen Schatten, die nicht mehr weggingen. Die Leute redeten nicht mehr darüber, wie schön sie war, sondern wie schön sie einmal gewesen war.

»Ich möchte, dass du was für mich tust.« Sie schaute auf das Buch, das sie in Händen hielt, auf ihre Finger, die über den gebrochenen Rücken und den mit Klebefolie bezogenen Umschlag strichen. Ich knirschte mit den Zähnen, hatte Angst vor dem, was kommen könnte.

»Also, deiner Tante Ruth geht's nicht gut. Travis meint, den Sommer über ist sie viel schwächer geworden.«

Das überraschte mich. Ich hatte gedacht, Mama würde darüber reden wollen, wie sehr ich mich zurückgezogen hatte, dass ich nie mehr mit ihnen fernsah oder mit Reese spielte oder mit jemandem redete. Außerdem war Tante Ruth schon so lange krank, dass sich alle daran gewöhnt hatten. Konnte es ihr wirklich so viel schlechter gehen?

»Jetzt, wo Deedee und Butch weg sind, macht sich Travis Sorgen, wenn Ruth allein zu Hause ist. Er hat mich gefragt, ob du nicht vielleicht 'ne Zeit lang da draußen bleiben willst, wenigstens bis es ihr wieder besser geht.«

Mama schlug *Der geheime Garten* an der Stelle auf, wo ich mein Lesezeichen hineingelegt hatte, ein mit dem Piggly-Wiggly-Emblem besticktes Band.

»Was hältst du davon?«, fragte sie.

»Ich weiß nicht«, sagte ich automatisch. Ich hatte Tante Ruth schon länger nicht mehr gesehen, seit dem ersten Weihnachtsfeiertag nicht mehr, als Mama uns zu einem Abendessen bei Tante Alma mitgenommen hatte, wo auch alle Schwestern waren. Schon da war Tante Ruth dünn und schwach gewesen, die Finger, die in ihrem Schoß ruhten, blau und geschwollen. Was würde ich tun, wenn es schlimmer mit ihr wurde, während ich bei ihr war? Was, wenn sie sterben sollte?

»Also …« Mama schloss das Buch und gab es mir zurück. »Ich will, dass du 'ne Zeit lang da rausziehst, wenigstens 'ne Woche oder so, damit Travis 'n bisschen Zeit für sich selber hat.«

Ich nickte.

»Gut.« Mama seufzte, als wäre etwas Schwieriges geregelt worden. Sie strich mir die Haare hinter die Ohren. »Ach, Knöchelchen, warum lässt du dir das Haar immer bis über die Augen runterhängen? Du hast so ein hübsches Gesicht. Wenn du dir von mir 'ne Dauerwelle machen lassen würdest, dann könnten die Leute deine Augen und dein Lächeln sehen.«

Ich grinste und schüttelte den Kopf. Ihre Gesichtszüge entspannten sich ein wenig, und sie lächelte ebenfalls. »Du bist so eigensinnig.« Sie glitt mir mit den Fingern sanft über die Stirn und schob ein paar lose Haarsträhnen nach hinten. »Sogar noch eigensinniger als deine Mama, glaub ich.«

Tante Ruth hatte sich so verändert, wie ich es nie für möglich gehalten hätte. Die Haare, einst üppig und dunkelrot, waren ihr fast alle ausgefallen. Der Rest war zu orangefarbenem Stroh verblasst, das sie mit einem grünkarierten Baumwollschal bedeckte, wenn sie aus dem Haus ging. Sie war so dünn geworden, dass ich sie wahrscheinlich ganz allein hätte hochheben können, wenn sie es mir erlaubt hätte. Aber am meisten hatte sich verändert, wie sie sich bewegte und wie sie redete. Sie war immer die langsame, gutmütige Tante gewesen, die Ruhige, die viel nachdachte und wenig sagte. Jetzt redete sie unablässig, ständig zuckten ihre Finger, und die ganze Zeit ließ sie ihre Blicke umherschweifen, als hätte sie Angst, etwas zu verpassen. Wie ein Vogel streckte sie den Hals und neigte den Kopf, um aus dem Fenster zu schauen, während sie an der Wolldecke zupfte, die, egal, wie heiß es war, auf ihrem Schoß lag. Sie lebte jetzt auf dem Sofa, mit gelegentlichen Ausflügen zum Schaukelstuhl auf der Veranda, und Travis hatte auf ihre Veranlassung hin die Vorhänge abgenommen, damit ihr nichts die Aussicht versperrte. Sie schaute sich den Sonnenaufgang und den Sonnenuntergang an und schlief, wann es ihr einfiel, und zwischen ihren Nickerchen redete sie. Nach den ersten paar Tagen, an denen ich nichts als ihr Saftglas nachzufüllen hatte und mit ansehen, wie sie sich langsam und vorsichtig zum Badezimmer vorkämpfte, bekam ich den Verdacht, dass mein Hauptzweck darin bestand, Tante Ruth ein Publikum zu sein, jemand, der zum richtigen Zeitpunkt nickte und sie nicht unterbrach.

»Als wir klein waren, haben wir unseren Daddy so gut wie nie gesehen«, erzählte sie mir eines Nachmittags. »Er war immer bei der Arbeit oder beim Trinken oder irgendwohin unterwegs. Ich hab geglaubt, es ist normal, dass Männer nicht viel zu Hause sind. Jetzt, wenn Travis zu lang bei mir ist, geht er mir auf die Nerven, sogar wenn es mir fast lieber wär, dass er da ist und mir hilft. Gut, dass ich dich hab, Knöchelchen. Du gehst mir nämlich überhaupt nicht auf die Nerven.«

Tante Ruth lehnte sich wieder in die Kissen zurück, umfasste mit beiden Armen den Bauch, und als das Licht durch die offene Tür auf ihre Wangen fiel, kniff sie die Augen zusammen. Ihre Gesichtsknochen zeichneten sich scharf und deutlich ab. Wie sie so auf das Sofa gebettet dalag, die Beine so angezogen, dass ihre bloßen Füße an meinem Schenkel ruhten, sah sie fast wie ein Mädchen aus, eine kleine Hexe mit einem schmalen grauen Gesicht. Niemand sollte so dünn sein, so dünn, dass die Haut über dem Schlüsselbein vom Pulsschlag zittert. Sie hielt sich kurz die Hand über die Augen und schaute mich prüfend an.

»Ehrlich, wenn man die Augen zumacht, dann sieht man dich genauso wie deine Mama vor sich, als sie noch klein war.«

Ich nickte. Ich hörte nicht richtig zu. In den zwei Wochen, die ich schon bei ihr war, hatte Tante Ruth eine Menge über Travis erzählt, über Travis und ihren Vater, über Onkel Earle und ihre Brüder und Schwestern, über Ereignisse, die lange vor meiner Geburt passiert waren und die mir, wie sie glaubte, noch niemand erzählt hatte. Ich hätte froh sein sollen, das alles endlich zu hören und all die Fragen stellen zu können, die ich jahrelang aufgespart hatte. Aber zum ersten Mal in meinem Leben konnte ich nicht über diese alten Geschichten nachdenken. Alles, woran ich denken konnte, war, dass ich wieder nach Hause wollte. Wann holte Mama mich nach Hause? Wollte ich wirklich nach Hause?

Ich biss mir auf die Lippen, holte vorsichtig Luft, bevor ich herausließ, worüber ich nachgedacht hatte. Tante Ruth schaute mich erwartungsvoll an.

»Daddy Glen hasst mich.« Da, es war ausgesprochen. Ich zog die Knie an und umschlang sie mit den Armen, wartete irgendwie darauf, dass Tante Ruth mir widersprechen würde. Sie sah mich unverrückt an, das Gesicht unbewegt, ruhig, offen. Ich ballte die Hände zu Fäusten.

»Sag mal, Knöchelchen.« Ihre Stimme war sehr leise. »Glaubst du, ich sterbe?«

Mein Magen krampfte sich zusammen. Ich schaute durch die Tür hinaus. Natürlich lag sie im Sterben. Ich schaute zu ihr hin und dann wieder weg. »Nee, du bist einfach nur ganz fürchterlich krank.«

»Knöchelchen.«

Ich schüttelte den Kopf. Das Licht, das durch die Fliegengittertür hereinfiel, war irgendwie zu hell. Tränen liefen mir übers Gesicht.

»Knöchelchen?«

»Tantchen, frag mich nicht.« Ich schaute auf. Lieber Gott, wie dünn sie war.

»Also, können wir miteinander reden oder nicht?« Ihre Stimme klang müde. Sie schloss die Augen und hob eine Hand, rieb sich die zarte Haut an ihrer rechten Schläfe. Es sah aus wie eine leichte Verletzung, ein blauer Schatten auf all dem Pergamentgrau.

»Ich weiß nicht.« Ich biss leicht in den Unterarm und saugte an der Haut. Ich hatte keine Ahnung, was ich sagen sollte.

»Na schön.« Sie schwieg einen Augenblick, ließ die Hand dann sinken und richtete sich etwas auf. »Ich glaub schon, dass wir's können. Ich glaub, wir müssen. Es gibt 'n Haufen Sachen, die ich nicht mehr tun kann, aber zum Teufel …«

Sie streckte die Hand nach mir aus und winkte mich zu sich.

»Rutsch mal näher.«

Ich zögerte, schob mich dann aber zum Sofa hinüber, bis ich mich zwischen ihren Beinen befand. Mit dem Rücken lehnte ich an einem ihrer Schenkel, den anderen hatte ich unter meinen Kniekehlen. Sie legte den Arm um mich und zog mich an die Brust. »Süße«, flüsterte sie, und einen Augenblick lang drückte sie mich nur an sich.

»Du hast Recht, Mädel. Glen mag dich nicht besonders. Er ist eifersüchtig, glaub ich.« Sie ließ die Finger über mein Gesicht gleiten, schnippte die Tränen weg und streichelte mir die

Wangen. »Irgendwo ist er selber nur 'n kleiner Junge, will mehr von deiner Mama als du, will lieber ihr Baby sein als ihr Mann. Und das ist gar nicht so selten, das kann ich dir sagen.«

Ich schaute sie an. Ihr Mund war zu einem unbeholfenen Grinsen verzogen.

»Männer«, sagte sie ernst, »sind einfach nur kleine Jungs, die sich an Busen hängen, sooft sie können. Deine Mama weiß das genauso gut wie ich. Alle wissen wir das. Und Glen...«

Sie schwieg einen Augenblick und ließ den Blick durchs Zimmer schweifen, als suchte sie etwas. Er landete wieder bei mir. Sie zog mich enger an sich.

»Knöchelchen, hat Daddy Glen dich je... na ja... angefasst?« Auf ihren grauen Wangen erschienen gleichmäßige rosa Streifen. »Hat er dir jemals wehgetan, mit dir rumgemacht?« Sie ließ die Hand an mir heruntergleiten und tätschelte mich zwischen den Beinen. »Da unten, Süße. Hat er dir jemals da unten wehgetan?«

Ich erforschte aufmerksam Tante Ruths Gesicht. Ich wusste, was sie meinte, nämlich das, was Männer mit Frauen machen. Ich wusste, wie die Sache funktionierte, ich hatte es gelesen, kannte den Witz: »Was ist 'ne Jungfrau von South Carolina? 'ne Zehnjährige mit schnellen Beinen.« Das hatte er aber nicht getan. Oder? Ich drückte die Zunge gegen den Gaumen. Das Rosa auf Tante Ruths Wangen wurde stärker, fast rot. Ich ließ den Kopf sinken.

»Nein«, flüsterte ich.

Ich dachte daran, wie seine Hände über meinen Körper glitten, unter meine Bluse, in meine kurzen Hosen, über meinen Hintern, wie die Schwielen kratzten, wie sein Atem über mir schnell und schwer ging, während er mich enger und enger an sich drückte, dachte an das Geräusch seines Gürtels, wenn er ihn in der feuchten Stille des Badezimmers aus den Schlaufen seiner Hose zog. Ich erschauerte.

»Nein.« Ich sprach diesmal lauter. »Er schaut mich nur bös

an. Packt mich manchmal. Schüttelt mich.« Ich zögerte und schaute zu ihren geröteten, eingefallenen Wangen hoch. »Du weißt schon, wenn ich schlecht bin.« Sag's ihr, dachte ich. Sag ihr alles. Sag's ihr. »Aber wie er mich anschaut, wie er die Hände verdreht, wenn er mich anschaut, das macht mir Angst, Tantchen. Er macht mir Angst.«

Tante Ruth wiegte mich an ihrer Brust.

»Ach, Süße«, hauchte sie. »Was sollen wir nur mit dir machen?«

An den Nachmittagen, während Tante Ruth ab und zu kurz einschlief, kratzte ich die alte Farbe von ihrer Veranda, behielt sie dabei aber durch die Fliegengittertür im Auge für den Fall, dass sie mich brauchte. Onkel Earle hatte versprochen, die Veranda und die Vorderseite des Hauses neu zu streichen, und gesagt, er würde mir im Herbst die Schulkleidung zahlen, wenn ich das Holz für ihn abkratzte und sauber machte. Alle paar Tage kam er mittags vorbei, um leise mit Tante Ruth zu reden und meine Fortschritte zu begutachten. Die Hälfte der Zeit, wenn er da war, schlief Tante Ruth, dann setzte er sich zu mir auf die Veranda, rauchte den Tabak von Onkel Travis und erzählte mir Geschichten, während ich arbeitete. Es kam mir vor, als erinnerte ihn Tante Ruths Krankheit an die Zeit, als sie jung und gesund war, als sie alle noch Kinder waren und zusammen auf dem Land im Norden von Greenville lebten und als die beiden als Erste heirateten und eigene Familien gründeten – Tante Ruth mit Onkel Travis und Earle mit Teresa. Er redete wie Tante Ruth, so als setzte er ein Gespräch fort, das ihm die ganze Zeit im Kopf herumging, grübelte, schwelgte in Erinnerungen, redete ohne Unterlass.

»Hat dir deine Mama schon mal was von unserem Vater erzählt?«, begann er eines Nachmittags, während er sich eine Zigarette drehte. »Das war vielleicht einer! Bei den Leuten hieß er nur ›dieser Boatwright-Junge‹, bis zu dem Tag, an dem er starb. Hat sich mehr um seine Hunde gekümmert als um seine Frau oder seine Kinder – nicht dass Mama jemand gebraucht hätte, der sich um sie kümmert. Deine Oma ist zäher als alle ihre Söhne zusammen. Von Daddy hat sie sich, glaub ich, nie viel erhofft. Die Sache ist nur die: Ich glaub, wir alle, wir sind genau wie er. Dein Onkel Beau ist 'n Säufer. Das weißt du ja, aber dein Onkel Nevil ist auch einer und ich auch, nehm ich mal an. Aber von uns ist keiner so hilflos wie unser Daddy, sieht auch keiner so gut aus, und deswegen kommen wir nicht so gut damit durch wie er. Deswegen hat mich auch Teresa verlassen. Sie hat immer gesagt, sie will 'nen Mann, der wie 'n großer, kühler Fluss ist. Hört nicht damit auf, wie Frauen eben sind, wenn sie in den Armen liegen, ganz weich und zum Reden aufgelegt, redet immer nur über diese kristallklare Quelle, diese reine, lebenswichtige Flüssigkeit.«

Er stieß ein kurzes, abruptes Lachen aus, obwohl ich keine Belustigung in seinen Augen entdecken konnte, nur ein Funkeln, das hart und wütend wirkte. Er rollte das Papier fest um den zusammengedrückten Tabak, und dann führte er die Zigarette zum Mund, um das Papier abzulecken und zuzukleben.

»Reden, das konnte Teresa. Herr im Himmel!« Er schaute zur Seite, als kämen ihm Dinge in den Sinn, mit denen er sich nicht auseinander setzen wollte.

Ich senkte den Kopf. Ich wollte nicht, dass er zu reden aufhörte.

»Teresa hat mir immer erzählt, dass ich sie ausfülle, dass ich ihre Seele befriedige. Und jedes Mal musste ich an unseren Daddy denken – wie Mama ihm immer wieder einen Schluck hat abjagen müssen, also hat der Mann sie nie ausgefüllt, ihren Durst nie wirklich gelöscht. Die Frau hat immer abgehärmt und vertrocknet ausgesehen. Das wollte ich Teresa nie antun. So wollte ich nie sein. Wie ein Fluss voller Liebe wollte ich diese Frau überfluten. Scheißdreck! Als sie mich verlassen hat, hat sie gesagt, ich wär nicht mal ’n Mund voll Spucke. Ich, ihr großer, kühler Fluss! Verdammt!«

Onkel Earle fegte Tabakkrümel von seinem Schoß.

»Ich versteh manchmal einfach nicht, wie alles so schief gehen kann, Knöchelchen, die einfachsten Sachen – Teresa und ich, Mama und Daddy, deine Mama und Glen. Verflucht noch mal, sogar Ruth und Travis. Wirklich, Travis hat Ruth mal verlassen, als die Kinder noch klein waren, ist einfach für zwei Monate abgehauen und hat nie einen Ton gesagt. Aber jeder kann es sehen, wie sehr er sie liebt. Manchmal versteh ich’s einfach nicht.«

Er wollte sich die Zigarette anzünden, aber sie löste sich auf. Er betrachtete den feuchten Tabak, der auf seine Hose gerieselt war, indem er sich mit der Hand auf der Treppe abstützte. »Traurig, was?«, sagte er. »’n Mann, der nicht mal ’ne Zigarette richtig hinkriegt. Verdammt traurig.« Er ging davon und wischte sich beim Gehen die Jeans ab.

Tante Ruth setzte alles daran, dass ich verstand, wer unsere Leute waren und was sie getan hatten. Zwei volle Tage widmete sie der Geschichte von Großonkel Haslam Boatwright, der Lastwagenfahrer bei der JC-Penney-Spinnerei gewesen war, bis er seine Frau und ihren Liebhaber bei einem Wochenendausflug nach Atlanta erschoss. Seitdem war er im Staatsgefängnis von Georgia eingesperrt. Sie erzählte mir von meinem richtigen Vater und von Lyle Parsons und die ganze Geschichte über Daddy Glen und Mama, wie er sie ein volles Jahr lang hofiert hatte, immer zum Mittagessen in das Lokal gekommen war, bis sie endlich einmal mit ihm ausging. Die beste Geschichte war, wie Onkel Beau und Onkel Earle versucht hatten, sich während des Koreakriegs freiwillig als Soldaten zu melden, aber wieder hochkant aus der Rekrutierungsstelle auf die schlammige Straße flogen, nachdem der Sergeant dort ihre Vorstrafenliste gesehen hatte. In ihrem Suff und ihrer Entschlossenheit hatten sie einen solchen

Krach geschlagen, dass die Jungs von der Army den Bezirkssheriff holten, damit er sie einsperrte.

»Mal ehrlich, mein Sohn«, soll Beau zu dem Sergeant gesagt haben, nachdem er den Hilfssheriff k.o. geschlagen und einem unschuldigen Irren, der den Fehler beging, helfen zu wollen, das Ohr zerbissen hatte. »Nirgends in dem ganzen County findest du besseres Soldatenmaterial. Zum Teufel noch mal, du siehst doch, wie wir kämpfen können!«

Als sie die Geschichte erzählte, schnarrte und näselte Tante Ruth genau wie Onkel Beau, wenn er getrunken hatte. Sie machte ihn so gut nach, dass ich kichern musste.

»Wetten, dass sie in Wirklichkeit überhaupt nicht zur Army wollten«, sagte ich zu ihr. »Wetten, dass sie da nur hin sind wegen 'ner Mutprobe oder so was?«

»Na ja, sind alle zwei nicht gerade der Typ fürs Soldatspielen«, stimmte sie mir zu, »aber ihnen hätte die Aussicht, Fremde abzuschießen, Lastwagen zu fahren und an Maschinen rumzubasteln, bestimmt gefallen. War ja nicht recht viel anders als das, was sie jetzt tun, bis auf die Uniform halt. Die Geschichte mögen sie aber, macht ihnen anscheinend gar nichts aus, dass die Army ein solches Pack, das so viel Zeit im Gefängnis verbracht hat und nicht mal 'n richtigen Schulabschluss hat, nicht haben wollt.«

»Sie sind Säufer«, sagte ich, und Tante Ruth nickte nur.

»Irgendwie schon. Irgendwie nicht anders als Travis. Aber sie machen sich nie Gedanken darüber. Das ist wie mit dem Gefängnis. Sie glauben, dass es für 'nen arbeitsfähigen Mann ganz normal ist, wenn er ab und zu im Gefängnis landet, genau wie sie, und glauben, dass es ihr gutes Recht ist, vom Sonnenuntergang am Freitag bis zur Morgendämmerung am Montag besoffen zu sein. Beau behauptet ja selber steif und fest, dass es ihm immer gut ging, bis er angefangen hat, unter der Woche zu trinken.« Sie schüttelte den Kopf und strich sich dann mit zitternder Hand das dünne Haar zurück. »Die lassen sich einfach nichts sagen.«

»Beau hat das Bier schon als kleiner Junge entdeckt«, erzählte uns Tante Ruth eines Samstagmorgens. Sie saß auf der Veranda, während ich das Geländer abkratzte und Earle das Getriebe der alten Wäscheschleuder, die sie verkaufen wollte, von der klebrigen Schmiere befreite.

»Er ist immer mit Raylene zu dem Rasthaus drüben an der Stadtgrenze, wo's nach Greer geht, gezogen, als sie von der Schule runter ist und er gerade dreizehn war. Sie haben sich dort mit Fegen und Putzen und indem sie die Kühlschränke mit Bier und Cola aufgefüllt haben, 'n bisschen Geld verdient. 'n paar Flaschen haben sie sich immer als Belohnung mitgenommen. Raylene hat's nie geschadet, aber ihr hat's auch nicht geschmeckt. Hat Cola lieber gehabt, ehrlich, und das Bier nur deswegen genommen, damit sie's an Beau verkaufen konnte. Dem Jungen aber war das Bier lieber als die Muttermilch, und er hat auch sein Leben lang fast nichts anderes getrunken, egal, was die Frau von ihm sagt. Mit Bier kann man genauso von innen raus verfaulen, Bier macht die Leber kaputt und verwandelt das Hirn in gebleichten Haferschleim. Ehrlich. Den klaren Schnaps, den sie drüben in dem Laden verkaufen, den hat er gar nicht gebraucht.«

»So ein Mist!« Earle versetzte dem öligen Metall der Schleuder einen Schlag. Er verabscheute es, wenn jemand etwas Schlechtes über seinen Bruder Beau sagte. Er hörte es nicht einmal gern, wenn die Leute Dinge wiederholten, die er selbst gesagt hatte. »Beau hat in seinem Leben schon schlimmeres Zeug abgekriegt als Bier. Bier ist nichts. Bier und Saubohnen, das ist die richtige Mischung. Wenn Beau mit dem Biertrinken aufhören würde, dann würde er wahrscheinlich anschwellen und explodieren.«

Mit unsteten schwarzen Augen forderte er Tante Ruth heraus, ihm zu widersprechen.

»Die Frau von ihm, diese Maggie, das ist das Problem in Beaus Leben. 'n kleines, weißgesichtiges Ding, weiße Augen, weißer Kopf, kriegt sofort 'nen blauen Fleck, sobald der

Wind mal schärfer weht. Die Frau macht Kinder, wie andere Brötchen backen. Die ganze Zeit schwanger mit so 'nem kleinen käsigen glubschäugigen Kind Gottes. Verdammte Scheiße, Beau könnt keinen Fuß auf den Boden kriegen, und wenn er alles aufgeben würde bis auf schwarzen Kaffee und harte Arbeit. Sieben Kinder! Schlimm genug, dass Alma so viele hat, aber sie kriegt ihre wenigstens satt und sauber. Die kleine Maggie da kann nicht mal 'ne Windel wechseln, ohne dass ihr schlecht wird, weil sie schon wieder 'nen Braten in der Röhre hat. Die Frau hat Beau bei lebendigem Leib aufgefressen. Wie so 'n Vampir den ganzen Saft rausgesaugt. Du brauchst das Mädel bloß aufzuschneiden, dann siehst du, wie ihr Herz mit Beaus Blut schlägt.«

»Madeline ist nicht der Grund, dass Beau noch mal 'n schlimmes Ende nehmen wird«, fuhr ihn Tante Ruth an. »Sie zwingt ihn nicht, dieses Gift zu saufen.«

»Das tut sie nicht?« Earle warf die Schleuder auf die Stofffetzen, die er zum Schutz über die Verandabretter gebreitet hatte. »Mal ehrlich, Ruth. Glaubst du wirklich nicht, dass sie was damit zu tun haben könnte, dass Beau die ganze Zeit über sturzbesoffen ist?«

Tante Ruth drehte sich herum und schaute Earle gerade in die Augen. »Das klingt, als würdest du glauben, dass genau das in deinem Leben schief gelaufen ist, Earle Boatwright. Deine Frau frisst dir das Herz aus dem Leib? Die Mutter von deinen Töchtern treibt dich dazu, dass du trinkst und nur noch Gelegenheitsjobs hast und am helllichten Tag auf meiner Veranda rumfluchst?«

Ich umfasste meine Knie enger und beobachtete Earles Gesicht. Er stritt sich häufig mit Tante Ruth, aber selten waren sie so gemein zueinander. Ich biss mir auf die Lippen und sah, wie er den Kopf hängen ließ. Als Earle wieder aufschaute, hatte er ein rotes Gesicht, und seine Augen glänzten.

»Ja, Ruth«, flüsterte er. »Das Schlimme dran ist, dass ich genau das glaube.«

Tante Ruth schnaubte einmal kräftig, stemmte sich aus dem Schaukelstuhl hoch und ging dann auf wackligen Beinen zu ihm und fasste ihn um den Hals. »Es tut mir Leid, Kleiner.« Sie hatte selbst etwas wässrige Augen. »Das war schäbig von mir. Ich weiß. Ich weiß, wie sehr dir deine Mädels fehlen. Weiß, wie sehr du dich nach dem sehnst, was nicht mehr ist. Darfst nicht denken, dass es mir nicht auch wehtut, Kleiner. Darfst nicht denken, dass ich nicht weiß, wie weh's dir tut.«

»Ach, Ruth!« Earle wollte sie abschütteln, aber Tante Ruth hielt ihn fest. Ich biss stärker zu, nahm den metallischen Blutgeschmack in meinem Mund wahr, spürte, wie meine Augen sich mit heißen Tränen füllten, erstickte dabei aber fast an dem unbändigen Bedürfnis, laut zu lachen. Tante Ruth sah so komisch aus, wie sie, spindeldürr und zerbrechlich, an ihrem großen starken rotgesichtigen Bruder hing, sich so fest an ihn klammerte, dass sie ihn beinah erwürgte. Aber er war immer schon ihr Kleiner gewesen wie Beau und Alma und Raylene und Mama. Ruth hatte sie zur Hälfte selber aufgezogen und benahm sich immer noch wie ihre Mutter, mehr als Oma es je getan hatte. Ich beobachtete, wie sich Tante Ruths bläuliche Finger in Earles Arme krallten, während er sich bemühte, mit seinen schmierigen schwarzen Händen nicht an ihr gelbes Chenillekleid zu kommen.

»Ach, Ruth«, stöhnte er und gab es auf, sich zu wehren. Er umarmte sie und hob sie hoch. »Wein nicht über mich. Wir werden noch beide krank, wenn du anfängst, mich voll zu heulen.« Er stolperte über die Veranda und kniete sich dann mit einem Bein auf, um sie wieder in den Schaukelstuhl zu setzen. »Das ist nicht fair. Ich hab noch nie mit 'ner Frau streiten können, wenn sie zum Weinen anfängt.«

Ich lehnte am Geländer und beobachtete, wie sich die beiden ganz fest umarmten. Ich konnte mir nicht vorstellen, dass ich Reese so umarmte, ihr erzählte, wie ich mich wirklich fühlte, mit ihr weinte. Es machte mich eifersüchtig, weckte in mir den Wunsch, Teil dieser Umarmung zu sein, Teil dieser Generation, die genauso schnell brüllte und fluchte, wie sie weinte und sich wieder versöhnte. Daddy Glen hat gesagt, ich sei eine hartherzige Hexe, und vielleicht war ich das auch. Vielleicht war ich das.

An dem Morgen, als Mama in Beaus Laster vorfuhr, war ich mit vier kleinen Tontöpfen und Tante Ruths großem Kübel mit Ampelkraut auf der Veranda. Am Tag zuvor hatte sie den Einfall gehabt, dass sie diese Töpfe gerne an die Dachtraufe der Veranda hängen mochte, und hatte gemeint, ich könnte ja die Hälfte im Blumenkübel lassen und den Rest des rot-blau-grünen Blättergewirrs auf die kleinen Töpfe verteilen.

»Was meinst du, Schwester?«, rief Tante Ruth Mama zu. »Werden die nicht schön aussehen da oben unter der Traufe? Das Zeug ist so robust, das wächst noch bis aufs Dach rauf.«

»Könnte schon sein«, stimmte Mama zu und umarmte mich flüchtig. »Wächst auf jeden Fall ganz schön schnell.«

»Die Leute behaupten ja, es ist bloß Unkraut, aber mir hat's immer schon gefallen, vor allem weil man sich überhaupt nicht drum kümmern muss.« Tante Ruth klopfte auf den Sitz des Rohrstuhls neben ihrem Schaukelstuhl. »Komm, setz dich her zu mir. Hab dich ja schon wochenlang nicht mehr gesehen.« Sie beugte sich vor und schaute Mama geradewegs ins Gesicht, als sie sich hinsetzte. »Du siehst irgendwie anders aus, beinah erholt. Wie hast du das denn geschafft, viel geschlafen?«

Mama lachte und schüttelte den Kopf. »Ich schlaf jetzt nur besser, seit's kühler geworden ist.« Sie deutete auf den Haufen aus nassem Moos und Lehm, den ich mit schwarzer Erde vermischte. »Alles schaut jetzt frischer aus, wo die schlimmste Hitze vorbei ist. Ich könnte schwören, Knöchelchen, dass du in dem Monat mindestens drei Zentimeter gewachsen bist.«

Ich grinste nur und entwirrte weiter sanft die fest ineinander verflochtenen Wurzeln der alten Pflanze. Tante Ruth hatte gemeint, ein paar würden sicher absterben, aber wenn ich aufpasste, dass ich die feinen Härchen an den Wurzeln nicht verletzte, würde das meiste am Leben bleiben. Also musste ich die langen, blassen Triebe behutsam voneinander lösen.

»O ja, Knöchelchen wird mal 'n richtig langer Lulatsch.« Tante Ruth nahm einen Schluck Tee und schüttelte das Glas. »Magst du was zum Trinken, Anney? Knöchelchen hat mir heut Morgen 'nen ganzen Krug voll gemacht mit haufenweise Zucker und Zitrone drin.«

»Gott, ja. Es ist zwar vielleicht 'n bisschen kühler geworden, aber es ist immer noch ganz schön heiß.« Ich sprang auf und schlug die schmutzigen Hände an der Hose ab. »Aber tu nicht zu viel Eis rein«, rief sie mir nach.

Das brauchte sie mir nicht zu sagen. Ich wusste, wie Mama ihren Eistee haben wollte. Ich schnitt sechs hauchdünne Scheiben vom mittleren Teil einer Zitrone ab, gab sie in ein Glas und drückte die restliche Frucht darüber aus. Dazu drei Eiswürfel und dann das Glas bis zum Rand mit süßem Tee gefüllt. Ich probierte einen Schluck, während ich es auf die Veranda trug. Ich hörte sie schon, bevor ich durch die Tür trat.

»Glaubst du, das hält an?« Tante Ruths Stimme war leise, aber Mamas Antwort kam sogar noch leiser.

»Das hoff ich doch. Du weißt, wie sein Daddy ist, aber Glen ist wie ein neuer Mensch, seit er mit dem Job angefangen hat. Dass sein Daddy ihn eingestellt hat und ihm eine eigene Tour gegeben hat, beweist, wie viel ihm an seinem Sohn liegt. Davon ist Glen überzeugt. Scheint ihm egal zu sein, dass er weniger Geld kriegt als die anderen Ausfahrer, meint sogar, das soll nur zeigen, dass er keine Sonderbehandlung kriegt.«

»Klingt schon nach 'ner Sonderbehandlung, wenn du mich fragst, klingt ziemlich gemein. Die ganze Bagage ist mir zuwider.«

»Ach, Ruth. Ich weiß nicht.«

Ich lehnte den Kopf gegen das Gitter und wartete.

»Glen hat so viel Ärger gehabt, hat so viele Jobs ausprobiert. Es gibt nicht mehr viel Leute, die ihn jetzt überhaupt noch nehmen würden, und, weiß Gott, er gibt sich wirklich Mühe. Im Morgengrauen ist er schon aus dem Haus, um erst nach Sonnenuntergang wieder zurückzukommen, geht am Wochenende rein, um seinen Laster zu warten. Er will gut sein, er will sich beweisen. Er ist echt wie umgewandelt.«

»Na schön.« Tante Ruth klang nicht so überzeugt wie Mama. »Fragt er nach Knöchelchen?« Es entstand eine Pause. Ich nagte am Rand von Mamas Glas.

»Er hat nicht ein einziges Mal über sie geredet, seit sie hier ist.«

Mamas Stimme war noch leiser geworden. Jetzt war sie nur noch ein Flüstern. »Bei Reese ist er der reinste Vorzeigevater. Aber bei Knöchelchen ist es so, als ob er sich an sie nicht mal erinnern würde, als wär sie davongejagt worden oder tot, jemand, über den wir gar nicht reden dürfen. Ach, Ruth, manchmal weiß ich einfach nicht, was ich tun soll.«

»Klingt nicht gerade so, als hättest du die große Auswahl, Süße.«

Tante Ruths Stimme klang freundlich, aber entschlossen.

»Als du zu ihm zurückgegangen bist, hast du gewusst, wo das Problem liegt. Ich kann nicht sagen, ob er 'n guter oder 'n schlechter Mensch ist. Ich weiß, dass du ihn liebst, genauso wie ich weiß, dass mir selber nicht viel an ihm liegt…«

»Ruth…«

»Nein, hör mir zu. Ich werd dir nicht raten, dass du ihn verlassen sollst. Er ist dein Mann, und jeder kann sehen, dass er glaubt, dass mit deinem Lächeln die Sonne auf und untergeht. Ich bin allerdings nicht sicher, ob er auf Knöchelchen verrückt vor Eifersucht ist, wie Oma meint, oder ob's was anderes ist… Jedenfalls wird er bei ihr nie normal sein, und sie wird bei ihm nie sicher sein.«

»Er liebt sie. Ich weiß es.« Mamas Flüstern klang bestimmt.

»Vielleicht. Trotzdem, wenn ich mir Glen so ansehe, sehe

ich, dass er nie so geliebt worden ist, wie er's gebraucht hätte. Aber der Junge ist dermaßen verschlossen und unergründlich, da muss ich passen. Du bist diejenige, um die ich mir wirklich Sorgen mache. Ich weiß, zu was für 'ner Liebe du fähig bist. Ich weiß, was du für Glen empfindest. Du würdest dein Leben hergeben, um ihn zu retten, und vielleicht wär das auch das Einzige, was hilft, vielleicht aber auch nicht. Das muss Gott entscheiden. Nicht ich.«

»Ruth, ich glaube, es stimmt, was du über ihn gesagt hast. Jeder kann sehen, wie gebrochen Glen ist, was sein Daddy ihm alles angetan haben muss. Ich hab noch nie 'nen Jungen gesehen, der die Liebe von seinem Daddy so sehr gebraucht hätte und doch so wenig davon gekriegt hat. Glen muss einfach nur wissen, dass er geliebt wird, dann kann er die Gemeinheit von seinem Daddy überwinden.«

Von dem kalten Eis in Mamas Glas taten mir die Zähne weh. Ich wusste, ich sollte endlich hinausgehen, sie wissen lassen, dass ich sie hören konnte, aber ich blieb unbeweglich stehen, um Mama weiter zuzuhören.

»Du hast nie mitbekommen, wie er immer zum Lokal gekommen ist und gewartet hat, bis ich mit der Arbeit fertig war. Damals hab ich angefangen, ihn zu lieben, als ich nämlich gesehen hab, wie er Knöchelchen und Reese anschaut – so offen und ehrlich, dass ich direkt in seine Seele reinschauen konnte. Man hat ganz genau sehen können, was für ein Mann er sein möchte. Wie man 'nen kleinen Jungen anschaut, 'nen kleinen Jungen, der verzweifelt und verletzt ist. Da hab ich gewusst, dass ich ihn liebe.«

»Ach, Anney.«

Ich stieß die Tür mit dem Fuß auf und trat hinaus. Die beiden drehten sich zu mir. Mama saß nach vorn gebeugt auf dem Stuhl, den Kopf nah an Ruths geneigtem Hals. Ruth sah blasser und abgehärmter aus als zuvor.

»Hast ganz schön lang gebraucht.« Tante Ruth sah mich durchdringend an.

»Ich hab die Zitrone so geschnitten, wie's Mama gern hat. So, dass man durch die Scheiben durchschauen kann.« Mein Gesicht fühlte sich an wie erfroren. Ich gab Mama das Glas und ging wieder zu dem ausgeleerten Blumentopf und dem Durcheinander aus Wurzeln. Ich riss die Hälfte des Haufens ab und warf sie in den großen Topf zurück, und genauso grob begann ich dann, vier gleich große Teile Wurzeln samt Pflanzen abzutrennen. Während der Arbeit hielt ich den Kopf gesenkt, den Blick auf das Ampelkraut gerichtet.

»Ich hab deiner Tante gerade erzählt, dass Daddy Glen 'nen neuen Job hat, drüben bei der Sunshine-Molkerei. Er ist wirklich froh, dass er für seinen Daddy arbeiten kann, und es schaut so aus, als ob sich der Job ganz gut anlässt.«

»Schön.« Ich schüttelte von einem der Wurzelballen die getrocknete Erde ab und setzte ihn dann in die feuchte Mischung in dem Tontopf. »Soll ich zum Aufhängen die geflochtene Kordel da nehmen, Tante Ruth?«

»Ja, die braune Kordel, die Travis aus dem Kaufhaus mitgebracht hat. Die hält bestimmt gut.«

Ich nickte, ohne sie anzuschauen.

»Während du das fertig machst, Knöchelchen, könnten wir doch drüber reden, wann du wieder heimkommst. Reese vermisst dich sehr.«

»Ich hab gedacht, ich soll hier bleiben, bis die Schule wieder anfängt.« Ich versuchte ganz normal zu klingen, hielt den Kopf aber weiterhin gesenkt. »Tante Ruth kommt doch ohne mich nicht klar. Sie braucht mich.«

Nach einer langen Pause räusperte sich Tante Ruth. »Knöchelchen hat Recht, Anney. Ich weiß nicht, wie ich meinen jämmerlichen Hintern noch aus dem Bett heben soll, wenn Knöchelchen mich nicht aufweckt. Kaum steht sie auf, schon singt sie die Lieder im Radio mit. Klingt manchmal fast wie Kitty Wells.« Sie wollte vielleicht lachen, aber heraus kam ein Husten.

Jetzt schaute ich endlich auf, vorsichtig, um möglichst

mein Gesicht im Schatten zu halten. Mama war nach vorn in die Sonne gebeugt und hatte die Finger auf den Knien verschränkt. Mit den Augen blinzelte sie gegen das Licht, sie waren aber fest auf mich gerichtet. Tante Ruth hatte sich in den Schaukelstuhl zurückgelehnt und hielt die Hand dicht vor den Mund. Mama entflocht die Finger und ließ die Hände sinken, um sie vor den Knien wieder zu verschränken.

»Na schön, den Verlust wirst du wahrscheinlich kaum verschmerzen können, Ruth, das seh ich ein. Aber vielleicht bring ich samstags einfach mal Reese raus. Ich möchte nicht, dass sie noch vergisst, wie ihre große Schwester aussieht.«

Ich schaufelte lockere Erde in den kleinen Topf und spritzte dann den Dreck auf der Pflanze mit Wasser ab. Der Ableger ließ schon die Blätter hängen, als bereitete er sich darauf vor, die Hälfte davon abzuwerfen. Aber der Stängel fühlte sich feucht und biegsam an. Stark. Eines Tages würde er wieder stark sein.

Im August wurde etwa eine halbe Meile von Tante Ruths Haus entfernt, auf der anderen Seite der White Horse Road, das Zelt der Erweckungsbewegung aufgestellt. An manchen Abenden, wenn Travis und Ruth leise redend beieinander saßen, ging ich allein dorthin, setzte mich davor und hörte zu. Der Prediger war ein Schreihals. Er wütete und drohte, und man hatte nicht den Eindruck, er würde je zur Anrufung kommen. Ich saß im Dunkeln, dachte möglichst an nichts, vor allem nicht an Daddy Glen oder Mama oder daran, dass ich mir immer mehr als Ausgestoßene vorkam. Ich glaubte ständig, meinen Onkel Earle bei den Männern zu sehen, die neben dem Highway standen und eine Flasche in einer Papiertüte herumreichten, schwarzhaarige Männer mit ausgedörrten, grobschlächtigen Gesichtern. War Hass oder war Kummer der Grund, warum sie so aussahen, warum ihr Hals so steif und ihre Augen so kalt waren?

Würde ich so aussehen, wenn ich erwachsen war?

Ich musste daran denken, wie Tante Alma mir ihre großen Hände über die Ohren legte, mein Gesicht ins Licht drehte und sagte: »Schon gut, dass du schlau bist. Aus dir wird nämlich nie 'ne Schönheit.«

Wenigstens war ich nicht so hässlich wie Kusine Mary-Mary, hatte ich zu Reese gesagt, mich dafür aber sofort geschämt. Mary-Mary war die bekannteste hässliche Frau von Greenville County: Sie hatte ein breites, flaches Gesicht, eine krumme Nase, winzige Augen, fast keine Haare und nur noch drei Zähne im Mund. Trotzdem war sie freundlich, und an Halloween spielte sie bei der Heilsarmee immer freiwillig die Hexe. Ihr Gesicht hatte es nicht vermocht, ihre Seele hässlich werden zu lassen. Wenn ich mir also weiterhin Sorgen machte, dass ich keine Schönheit war, würde ich mir noch alles verderben. Mama sagte immer, im Gesicht kann man die Seele ablesen, kann man sehen, wie abscheulich und wie selbstsüchtig jemand ist. Bei all der Abscheulichkeit, die ich zu verbergen versuchte, war es ein Wunder, dass ich nicht noch hässlicher war als eine Kröte während der Regenzeit.

Die Leute fingen an zu singen. Ich verlagerte das Gewicht auf die Zehenballen, umschlang die Knie mit den Armen und summte mit. Erweckungen sind lustig. Die Leute gehen ziemlich begeistert mit, nur vergessen sie manchmal, welche Hymne sie gerade singen. Ich grinste, als das unverständliche Gestammel erklang, und sah den Männern neben der Straße zu, die sich freundschaftlich in die Seite boxten und sich dabei beschimpften.

Du Bastard.

Du Hurensohn.

Der Prediger sagte etwas, was ich nicht verstand. Es gab eine kurze Pause, und dann erhob sich ein reiner Tenor in den nächtlichen Himmel. In meinem Mund zog sich alles zusammen. Sie hatten einen richtigen Sänger da drinnen, einen richtigen Gospelchor!

Swing low, sweet chariot … coming for to carry me home … swing low, sweet chariot … coming for to carry me home.

Die Nacht schien mich wie eine warme Decke einzuhüllen. Meine Eingeweide fühlten sich an, als wären sie geschmolzen und ich konnte den Wind schmecken. Die wunderbare Gospelmelodie, gesungen von der durchdringenden Stimme eines kleinen Jungen, durchströmte mich, und das Herz wurde mir schwer, so klar erkannte ich meine Boshaftigkeit, meine Eifersucht und meinen Hass. Tante Ruths Finger fielen mir ein, wie sie vogelgleich vor ihrem Gesicht flatterten, die geröteten Wangen und die glatten schwarzen Haare von Onkel Earle, als sie beide auf der Veranda weinten, Mamas spitzes, von Sorgen gezeichnetes Gesicht und Daddy Glens kalte, zornige Augen. Die Welt war zu groß für mich, die Musik zu stark. Ich wusste, ich wusste, ich war das widerwärtigste Geschöpf auf Erden. Ich verdiente es nicht, noch einen einzigen Tag länger zu leben. Ich fing an, zu schlucken und zu weinen.

»Es tut mir Leid. O Gott, es tut mir Leid.«

Wie konnte ich mit mir selbst weiterleben? Wie konnte Gott mich ertragen? War das der Grund, warum Christus nicht zu meinem Herzen sprach? Die Musik überflutete mich … *Softly and tenderly, Jesus is calling*. Die Musik war ein Fluss, der mich rein waschen wollte. Ich schluchzte und grub die Fersen in den Dreck, trunken vor Kummer und dieser reinen, so reinen Stimme, die sich über den Chor emporschwang. Tante Alma behauptete immer, alle Gospelsänger seien Trinker, aber in diesem Augenblick war mir das egal. Ob es Whiskey hinter der Bühne war oder ein Zungenkuss in der Garderobe, alles, was dieses Lebenselixier hervorbrachte, war notwendig, war gut. Ich trocknete mir die Augen und fluchte laut. Besorgt dem Jungen noch ’ne Flasche, hätte ich am liebsten geschrien. Sucht dem Mädel ’nen dickschädeligen Mann. Aber, Gott verdamm mich, macht, dass sie weitersingen. Herr, mach mich trunken vor Musik.

Ich schaukelte vor und zurück, bohrte die Fersen tiefer in die rote Erde, die Fäuste in meinen Bauch, schmachtete die dunkle Nacht an und den Widerschein der Lichter aus dem Zelt. Ich weinte, bis keine Tränen mehr in mir waren, und dann lachte ich. Ich legte den Kopf in den Nacken und lachte, bis ich heiser war und der feuchte Nebel die Lichter der Erweckungsversammlung schluckte. Wäre Tante Ruth damals zu mir gekommen, ich hätte mich für alles entschuldigt, dafür, dass ich lebte und sie nicht genug liebte, um sie vor dem Krebs, der sie bei lebendigem Leib auffraß, retten zu können. Oder so. Für irgendetwas, doch, bestimmt, irgendetwas gäbe es bestimmt, wofür ich mich entschuldigen müsste, dafür, dass ich jung und gesund war und, erfüllt von Musik, einfach dasaß. Genau das soll ein Gospel bewirken – dass man sich selbst gleichzeitig hasst und liebt, dass man sich schämt und verklärt. Bei mir funktionierte es. Bei mir funktionierte es perfekt.

KAPITEL 10

Das Erweckungszelt war schon eine Offenbarung gewesen, aber die »Sunrise Gospel Hour« wurde zur Obsession. Jeden Morgen, noch bevor Tante Ruth und Onkel Travis auf waren, setzte ich mich ganz nahe vor das Radio im Wohnzimmer und hörte mir die »Sunrise Gospel Hour« an. In der Stille des Morgengrauens kroch ich fast in den Lautsprecher und setzte meinen heimlichen Wunsch in die Tat um, stützte das Kinn auf die Finger, neigte den Kopf leicht nach hinten und sang mit, flüsternd, damit mich niemand hören konnte. Leise sang ich alles mit, nicht nur die Kirchenlieder, auch die Country-Hits danach – Marty Robbins, Kitty Wells, Johnny Cash, Ruth Brown, Stonewall Jackson, June Carter, Johnny Horton. Ich sang so leise, dass ich die eigene Stimme kaum hören konnte, aber in meiner Fantasie stieg mein Gesang kraftvoll und schön empor.

Tante Ruth lächelte immer, wenn sie sah, wie ich den Kopf ans Radio presste. »Mach's doch lauter«, sagte sie. »Du bist hier nicht die Einzige, die Musik mag.« Manchmal summte sie sogar selbst mit. An einem Wochenende überredete sie Earle einmal, seinen Plattenspieler vorbeizubringen, und dann hörten wir uns zwei Tage lang ihre Lieblingslieder an. Wie sich herausstellte, hatte Tante Ruth in einer Kiste unter ihrem Bett einen ganzen Stapel eigener Platten, alle Originalaufnahmen der Carter Family, Patsy Montana und ihr »I Want to Be a Cowboy's Sweetheart«, den Clinch Mountain Clan und seine Version von Hank Williams' »Are You Walking and a-Talking for the Lord«, Roy Acuffs »Wabash Cannonball« und Roy Acuff selbst mit »The Wreck on the Highway«. Ihr absoluter Knüller war eine Scheibe von Al Dexter and the Troopers und ihrer »Pistol Packing Mama«. Jedes Mal, wenn der Refrain kam, klopfte sie mit der Hand auf das Sofa, sang laut mit und bedeutete mir winkend, ich solle mit einstimmen. Und wir brüllten aus vollem Hals: »Pistol packing mama, lay that pistol down«, bis wir Onkel Travis vertrieben, der sich dann mit einer Flasche Jack Daniel's auf die Stoßstange seines Autos setzte.

Einmal kam er herein, um sich ein großes Stück Käse zu holen, und beschwerte sich. »Ihr verscheucht ja selbst die Hunde. Macht doch mal Pause.«

»Lass uns in Ruh, alter Mann.« Tante Ruths Gesicht strahlte vor Glück. »Wir sind vom Geist erfüllt.«

»Aber ihr klingt furchtbar«, sagte er betrübt. »Ihr könnt einfach nicht singen.«

»Ach, zum Teufel, Travis, das wissen wir doch selbst.« Tante Ruth sah so zufrieden aus, dass sie gar nicht beleidigt sein konnte, aber ich war entsetzt. Ich war davon ausgegangen, dass wir ziemlich gut geklungen hatten. »Wir wissen's, aber es ist uns egal. Es macht einfach Spaß. Warum machst du nicht mit? Komm schon. Knöchelchen, leg die eine noch mal auf, die uns Earle geliehen hat. Du magst doch Stonewall Jackson, oder, Travis?«

»O nein. Mich kriegst du nicht zum Singen. Ich mach mich doch nicht zum Narren.« Er ging rückwärts durch die Tür hinaus, als hätte er Angst, von irgendwas angesprungen zu werden. Ich zuckte mit den Achseln und legte den Song von Jackson auf. Wenn ich das Kinn fest nach unten drückte, bekam ich Stonewalls tiefen, traurigen Ton beinah hin. Meine Stimme klang rau und dunkel wie seine, wie ein Mann, der in einem Bergwerksschacht singt.

Tante Ruth strahlte über meinen Versuch und lachte, bis sie fast erstickte. »O Gott, Knöchelchen! Du meine Güte, du bist vielleicht eine. Du bist einfach zu viel für mich.« Geschwächt sank sie auf das Sofa zurück, aber die Finger ließ sie weiterhin im Takt der Musik tanzen. »Heiliger Herrgott, das bist du. Einfach zu viel für mich. Heiliger Herrgott, spiel's noch mal.«

An dem Wochenende, bevor die Schule wieder anfangen sollte, sagte Mama, ich müsse heimkommen und die Pflege von Tante Ruth deren Tochter Deedee überlassen. Deedee hatte sich erst dann dazu bereit erklärt, nach Hause zu kommen, nachdem Travis versprochen hatte, ihre heiß geliebte Chevy-Limousine abzuzahlen. Sie zögerte ihre Ankunft aber bis zu dem Abend hinaus, an dem ich fahren sollte, und als sie endlich auftauchte, war sie gereizt und beschwerte sich, dass sie überhaupt hatte kommen müssen. Sie benahm sich, als wäre die Krankheit ihrer Mama ein Kreuz für sie. Ich war entsetzt.

»Sie kann jeden Moment sterben«, sagte ich am nächsten Morgen zu Deedee. »Denkst du da nie dran?«

Wir waren draußen auf Tante Ruths Veranda und warteten darauf, dass Mama mich abholte. Deedee saß im Schaukelstuhl, während ich am Geländer lehnte. Deedee machte nur ein verächtliches Gesicht, zündete sich noch eine der Chesterfields an, die Tante Ruth nicht ausstehen konnte, und warf mir das erloschene Streichholz vor die Füße. »Sie stirbt nicht, auf jeden Fall nicht jetzt, nicht, bevor ich völlig durchdreh vor Langeweile und so weit bin, dass ich sie selber umbring. Du kennst das nicht, du Schafskopf. Du hast keine Ahnung, wie lang Mama schon damit rumzieht. Mein ganzes Leben lang hab ich hinter ihr und hinter meinen lahmarschigen Brüdern hergeräumt. Und die Leute jammern mir ständig die Ohren voll, was für 'ne Tragödie das ist, die Mama so krank und dass sie wahrscheinlich bald stirbt. Also gut, hab ich immer gesagt. Zuerst waren's Frauengeschichten, und sie hat nichts heben können, dann war's die Lunge, und im ganzen Haus hat keiner rauchen dürfen. Hab nach Sonnenuntergang nie das Radio aufdrehen oder den kleinsten Krach machen dürfen, alles nur, damit sie ihre heilige Ruhe hat. Kein Freund hat vorbeikommen und hupen dürfen und mich ausführen. Keine neuen Kleider, weil ihre Medizin immer so viel gekostet hat. Nichts als Gestöhn und Gejammer und mich rumkommandieren.«

Deedees Gesicht sah widerwärtig aus, ihre Augen waren hart und stechend. Sie streckte den Arm aus, packte mich am Handgelenk und zog mich zu sich heran.

»Du hast keine Ahnung, wie das ist, Knöchelchen. Aus eigener Kraft rauskommen und dann wieder heim müssen. Wart noch 'n paar Jahre, bis du 'nen Schatz hast, 'nen Job, wo du dein eigenes Geld verdienst, bis du machen kannst, was du willst, auch wenn's genau das ist, was deine Mama für verrückt und verkommen hält.« Sie ließ mich los und gab dem Schaukelstuhl einen Schubs. »Mein Gott, so ungefähr alles, was mir auf dieser Welt Spaß macht, ist verrückt oder verkommen. Verrückte, verkommene Deedee, so nennen sie mich. Und wenn schon, scheiß drauf, ist mir egal. Ich hab mein Auto, und ich hab Pläne, und sobald das Auto abgezahlt ist, bin ich wieder weg, da kannst du deinen Arsch drauf wetten. Und wenn ich das nächste Mal von hier wegkomm, dann bringt mich nicht mal der Teufel persönlich wieder her.«

Mir sträubten sich die Haare. Ich wusste nicht, was ich sagen, was ich denken sollte. Letztes Wochenende hatte Earle die Veranda fertig gestrichen, und jetzt glänzten die weißen Bretter in der Sonne, warfen das Mittagslicht in Deedees dunkle Augen. Ich erinnerte mich daran, wie Earle am Geländer lehnte und den Kopf schüttelte, wie er mit heiserer und trauriger Stimme sagte, er verstehe es einfach nicht, dass alles so schief gehen könne. Die einfachsten Dinge, dachte ich. Ich ging die Treppe hinunter und hockte mich auf die unterste Stufe, die Finger über den Knien gefaltet, als würde ich beten. Deedee hörte sich an, als hasste sie ihre Mama, als wünschte sie ihr den Tod. Ich konnte das nicht verstehen, konnte allein den Gedanken daran nicht ertragen. Während ich nach Mamas Wagen Ausschau hielt, ging mir ununterbrochen eine Liedzeile im Kopf herum: »Sun's gonna shine, sun's gonna shine, in my back door, someday.« Singen war Beten. Beten war Singen. Gab es denn kein Lied, das sowohl Deedee als auch mir zu Herzen ging, das uns beide gleichzeitig trösten konnte?

Jeden Nachmittag nach der Schule sollte ich eigentlich mit Reese bei Tante Alma bleiben, aber immer öfter ging ich hinüber zum West Greenville Café am Eustis Highway. Die Jukebox dort besaß ebenso viele alte wie neue Songs – Loretta Lynn, Teresa Brewer, Patsy Cline und Mamas Liebling, Kitty Wells. Die Lastwagenfahrer schienen diese Musik genauso gern zu mögen wie ich. Ich setzte mich draußen unter die Fenster des Cafés und begleitete summend all die näselnden Mädchenstimmen, stellte mir vor, dass ich selbst hingebungsvoll jene rauen und verzweifelten Töne sang. Es war allgemein bekannt, dass die Stars der Grand Old Opry in Nashville immer als Gospelsänger angefangen hatten. All die Frauen, die in ihren Songs von ihren treulosen Männern erzählten, hatten zuerst über die Gewissheit der Liebe Gottes gesungen. In der Sonne dösend, eingelullt vom vertrauten Geruch des Bratfetts, machte ich Gott dann Versprechungen. Wenn Er mich nur Sängerin werden ließe! Ich wusste, dass ich, wie alle anderen, wahrscheinlich bei Whiskey und Rock 'n' Roll enden würde, aber erst nach vielen Jahren, versprach ich. Erst nach vielen Jahren, Herr. Erst wenn ich Seinen Namen gepriesen und Mama einen gelben Cadillac und ein Haus in der Old Henderson Road gekauft hatte.

Mehr als alles auf der Welt, so beschloss ich, wollte ich eines der kleinen Mädchen in den weißen, mit silbernen und goldenen Kreuzen bestickten Fransenwesen sein – diejenigen, die bei der Gospeltour durch verschiedene Städte sangen und im Frühstücksfernsehen auftraten. Ich wollte, dass grauhaarige Ladys weinten, wenn sie meine rosigen Wangen sahen. Ich wollte, dass die Leute wegen des Schluchzens in meiner Stimme stöhnten, wenn ich von dem Wunder in meinem Leben sang. Ich wollte ein Wunder in meinem Leben. Ich wollte eine Gospelsängerin sein und von der ganzen weiten Welt geliebt werden.

Herr Jesus Christus, mach mich zu einer Gospelsängerin, betete ich, während Teresa von jemandem sang, der Gott hätte sein können und dann auch wieder irgendein schwarzäugiger Mann. Aber Jesus muss mit Teresa beschäftigt gewesen sein, denn meine Stimme wurde jedes Mal hoch und schrill, wenn ich mich hineinsteigerte, und rau und heiser, wenn ich versuchte, leise und schmachtend zu singen. Der Prediger der Baptistenkirche von Bushy Creek erlaubte mir nicht einmal, mich neben den Chor zu stellen und die Seiten des Gesangbuchs umzublättern. Aber ohne eine Stimme wie die von Teresa oder June Carter konnte ich keine Gospels singen. Ich konnte nur zuhören und mir anschauen, wie die grauhaarigen Ladys weinten. Es war eine Ungerechtigkeit, die ich weder begreifen noch verzeihen wollte. Es musste einen Weg geben, meine Stimme zu verbessern, damit ich so singen konnte, wie ich es mir erträumte. Ich betete und übte und hielt stur an meiner Hoffnung fest.

Auf der Fahrt von Greenville zum Sunshine-Parkplatz am Highway 85, vorbei am Kaufhaus Sears, Roebuck, am Luftwaffenstützpunkt, an der hügeligen, grün und lehmrot gescheckten Landschaft – ein Ausflug, den wir fast jede zweite Woche machten, seit Daddy Glen für seinen Vater arbeitete –, fingen wir manchmal zu singen an wie eine Gospelfamilie auf Reisen. *While I was sleeping somebody touched me, while I was sleeping. Oh! Somebody touched me… musta been the hand of the Lord…*

Unser Gesang, aus vollem Hals, ohne Skrupel, ließ das Auto erzittern, was die uns entgegenkommenden Autofahrer zu verunsichern schien. Reese johlte und kreischte, Mamas Stimme war so brüchig, als träumte sie ebenfalls von Teresa

Brewer, und Daddy Glen gab Geräusche von sich, die sogar Kühe erschreckt hätten. Keinem machte es was aus, und ich versuchte, so zu tun, als ob ich gar nicht so schlecht wäre. Ich streckte den Kopf aus dem Fenster und knödelte auf Teufel komm raus. Mein Mund war voller Wind, und die Tatsache, dass ich genauso schlecht sang wie alle anderen, ging im Dröhnen des Wagens unter.

Einmal war ich so hingerissen, dass ich, als wir nach Hause kamen, vor dem Ventilator weitersang. Meine Stimme vibrierte und zitterte wie eine Hawaiigitarre, ein Klang, den ich besonders mochte. Mama beklagte sich, sie bekomme Kopfschmerzen davon, und wenn ich nicht damit aufhörte, würde ich bald selbst Ohrenschmerzen haben.

»Was zum Teufel macht sie da?« Daddy Glen benahm sich, als sänge ich nur, um ihn wütend zu machen. »Will sie, dass die Farbe von den Wänden runterbröckelt, oder soll nur die Milch sauer werden?« Mit einer seiner großen Hände griff er an dem Ventilator vorbei nach mir.

»Glen.« Mama sagte das nur sanft, aber er ließ die Hand trotzdem sinken. Er schaute sie an, als hätte sie ihm eine Nadel ins Herz gestoßen.

»Du darfst ihr nicht alles durchgehen lassen«, sagte er zu Mama. »Sie glaubt sonst noch, sie kann jeden verdammten Scheiß machen, der ihr einfällt, und wo bleiben dann wir? Sie treibt sich ja jetzt schon jeden Nachmittag in der Gegend rum.«

Mama legte Daddy Glen den Arm um die Hüften. »Ich weiß, dass du dir Sorgen machst, aber vertrau mir, Schatz. Ich weiß jede Minute, wo Knödelchen ist. Ich werd doch nicht zulassen, dass meinem kleinen Mädchen was passiert.«

Unter Mamas Berührung entspannte sich Daddy Glen und lächelte sogar fast.

»Knödelchen, hol deinem Daddy 'nen Eistee«, sagte sie zu mir. »Und tu noch 'n Löffel Zucker extra rein, so wie er ihn am liebsten mag.«

Ich holte den Tee und dann noch einen kalten Waschlappen, den Mama dann Daddy Glen auf den Nacken legte, während sie beieinander saßen. Die ganze Zeit schaute Mama mich kein einziges Mal an, aber Daddy Glen schon. Er tastete mich mit seinen Blicken ab, als wäre ich eine fremde Kreatur, als wäre ihm klar geworden, dass er herausfinden musste, wie er diese Kreatur zähmen konnte. Es war lange her, dass er mich allein erwischt hatte, und manchmal konnte ich mir fast einreden, dass er mich nie an sich gepresst, nie seine Hände unter meine Kleider gesteckt hatte. Ich tat so, als wäre alles nur ein böser Traum gewesen, der nie mehr wiederkehren würde, aber ich passte auf, dass ich ihm nicht zu nahe kam.

Ich rannte davon, bevor Daddy Glen noch etwas von mir verlangen konnte, und nahm den Ventilator mit auf die hintere Veranda. Ich sang so leise, wie ich konnte, summte in das Gerät hinein, dachte daran, dass Gospelsänger immer unterwegs waren. Selbst wenn ich kein Star wurde, könnte ich vielleicht als Backgroundsängerin in einer »Familie« landen – alle gleich angezogen, knatschblaue Fransenblusen mit silberner Stickerei, leben und reisen in einem großen Bus und aus verschiedenen Städten zu Hause anrufen. Aber besser wäre es, Solist zu sein und ständig Auftritte zu haben. Ich brauchte nur ein einziges Mal meine seelenvollen schwarzen Augen auf ein Zelt voller Gläubige zu richten, mit meiner traurigen Stimme das kleine Zwischensolo zu singen. Ich wusste, ich konnte sie dazu bringen, dass sie mich liebten. Es war zwar ein Geheimnis dabei, aber ich würde es herausfinden. Wenn denen das bei mir gelang, dann würde ich einen Weg finden, es bei der ganzen Welt zu schaffen.

»Scheiß mit Apfelmus.« Oma lachte grausam, als ich ihr schließlich erzählte, dass ich jeden Morgen den Gospelsängern zuhörte und sein wollte wie sie. »Du machst doch Witze, Knödelchen! Du kannst nicht singen, Mädel. Du kannst überhaupt nicht singen.«

»Jetzt noch nicht«, sagte ich zähneknirschend. »Aber ich arbeite daran. Ich werde schon noch besser. Und stell's dir doch bloß mal vor, Oma. Stell dir vor, wie das wär.«

»O ja, ich weiß.« Omas Gesichtsausdruck wurde sanft, ihre Stimme behutsam. »Ich kenn die Macht der Gospelsänger. Manche christlichen Frauen glauben einfach alles, nur wegen so 'nem Gospelsänger.«

»Einfach alles.« Es gefiel mir, wie sie das sagte. Die »christlichen Frauen« kamen aus ihrem Mund wie frische Spucke an einem staubigen Morgen, rein und kostbar und zutiefst befriedigend.

»Einfach alles«, wiederholte ich, und sie schenkte mir ihr zahnloses, schiefes Grinsen. Wir saßen nah beieinander auf Mamas Liegestühlen im Garten. Oma beschwerte sich zwar immer, weil Mama nicht in einem Haus mit Veranda und Schaukelstuhl wohnte, aber Mamas Liegestühle gefielen ihr. Jetzt legte sie mir die Hand in den Nacken, drückte zu und lachte.

»Manchmal schaust du wie dein Opa.« Sie zwickte mich und lachte wieder. »Der Bastard war noch hinterlistiger als 'ne Schlange, aber er hatte auch seine guten Seiten. Und was hab ich die geliebt, Herr im Himmel!« Sie lehnte sich zurück und schob den Tabak in ihrem Mund herum.

»Es gibt nur zwei Sachen, die ich bei dem Mann nicht ausstehen konnte. Der hätte nicht mal gearbeitet, um sein Leben zu retten, und er ist jedem Gospelsänger hinterher gelaufen. Hat immer vorm Hintereingang der Erweckungszelte rumgestanden und ihnen den besten selbst gebrannten Whiskey von ganz Greenville County angeboten. Und mir hat er dann die Brühe aus den Zapfhähnen mitgebracht. Bastard!«

Sie richtete sich auf und schaute über die Schulter, ob uns Mama auch nicht hören konnte. Mama erlaubte niemandem, dieses Wort in ihrem Haus auszusprechen.

»Scheiß drauf.« Sie spuckte seitlich aus. »Du hast auch 'n

bisschen was davon abgekriegt, was? ’n bisschen von der Verrücktheit, von dem Erweckungsquatsch?«

»Kusine Temple sagt, du bist ’n Heide.«

»Ach, Temple, pah. Temple ist ’n Vollidiot.«

Ich sagte nichts darauf. Oma wischte sich das Kinn ab.

»Geh bloß nicht zu deiner Mama, um ihr alles zu erzählen, was du hörst.«

»Nein, Ma’am.«

»Und nimm dieses Gospelzeugs nicht so ernst. Ab und zu ist es ja ganz nett, räumt einen richtig auf, aber es ist nicht echt. Es ist wie schlechter Whiskey. Läuft schnell durch, und danach tut einem alles weh.« Sie wischte sich wieder das Kinn ab und seufzte, wie sie es in letzter Zeit oft tat. Ich verabscheute dieses Seufzen. Ich mochte sie lieber, wenn sie gemein war. Wenn sie zu seufzen anfing, konnte es auch sein, dass sie zu weinen anfing. Dann zog sich ihr Gesicht auf eine Art zusammen, vor der ich mich fürchtete.

»Ich bin kein Idiot.« Ich schaukelte in meinem Stuhl vor und zurück und stieß mich mit den bloßen Füßen fest vom Boden ab. In Omas Gesicht zuckte es, und ich sah, wie das Licht in ihre Augen zurückkehrte.

»Du weißt, was deine Mama von dem Wort hält.« Da hatte sie Recht. Als ich zu Reese einmal »Idiot« gesagt hatte, hatte mich Mama, was sie selten tat, ausgeschimpft. Sie hasste das Wort fast ebenso sehr wie »Bastard«.

»Bin kein Idiot und bin kein Bastard.« Ich schaukelte weiter und beobachtete dabei Omas Gesicht.

Oma lachte und schaute nervös über die Schulter. »O Knöchelchen, du wirst für deine Mutter noch der Tod sein, und was werd ich dann traurig sein.«

Sie sah keineswegs traurig aus. Sie sah sogar vergnügt aus. Ich sagte es noch einmal.

»Bin kein Idiot und bin kein Bastard.«

Oma musste so heftig lachen, dass sie sich an ihrem Tabak verschluckte.

»Du bist beides, und du bist einfach verrückt nach der Musik, genau wie dein Opa.« Sie klang, als würde sie vor Lachen ersticken. »Und, gottverdammich, er war auch beides.«

Die Gospelgeschichte ging Mama nach einiger Zeit ziemlich auf die Nerven, aber Tante Alma beruhigte sie. »Es ist lästig, aber es ist normal, Anney, und das weißt du genau. Früher oder später ist noch jedes Mädel in unsrer Familie auf die Religion gekommen.« Mama nickte abwesend. Sie schien sich nicht so sicher zu sein, ob die Sache wirklich so einfach war. Mama ging fast nie in die Kirche, aber Gott und die meisten Glaubensfragen nahm sie völlig ernst.

»O ja. Anney ist ’ne christliche Frau«, hatte Onkel Earle zu Tante Alma am Morgen nach der Nacht gesagt, in der Mama ihn hinauswarf, weil er Schnaps auf ihren Küchentisch gekotzt hatte. »Aber es macht mich fertig, dass sie die ganze Zeit so eisern ist. Man könnte meinen, sie hätte in ihrem ganzen Leben noch nie ’nen Schluck Whiskey getrunken oder ’nem feschen Mann schöne Augen gemacht.«

»Sie ist so halsstarrig, wie’s nur geht«, stimmte Kusine Deedee ihm zu. Sie sollte zwar bei Tante Ruth sein, aber es sah so aus, als wäre sie öfter bei Alma oder Raylene als zu Hause. »Also, Knöchelchen, deine Mama gehört überhaupt zu denen, die uns alle in Schwierigkeiten bringen. Wie so ’ne Figur aus den Geschichten, die in der Sonntagsschule erzählt werden und mit denen sie einem ’ne Lektion erteilen wollen.« Sie grinste mich an. »Bitte um nichts, vertrau in Gott. Handle recht. Recht so! Und er wird dir Bastarde und die Tollwut schicken, bevor er fertig ist. Ich schwör’s dir«, sagte Deedee, »schon die Vorstellung von ’ner christlichen Frau und ihrem blank geschrubbten, mageren, steifen und knochigen Hals ist mir zuwider.«

»Sie ist sich selber zuwider«, sagte Mama, nachdem Reese vor ihr wiederholt hatte, was Deedee gesagt hatte. »Und ich wüsste nicht, dass Gott damit irgendetwas zu tun hätte.« Sie warf mir einen jener scharfen, beinah Furcht einflößenden Blicke zu, die sie sich im Laufe des Sommers angeeignet zu haben schien. »Die Leute handeln nicht deswegen recht, weil sie Gott fürchten oder lieben. Man handelt recht, weil die Welt sonst keinen Sinn hat.«

Ich nahm nicht mehr alles, was Mama sagte, als Evangelium, aber ich verstand, was sie damit meinte. Wenn man recht handelte, sollte das mit Neigung oder Liebe oder Güte oder Jesus Christus zu tun haben, auch wenn die meisten Leute behaupteten, Jesus habe mit allem irgendwas zu tun. Ich wusste, dass Mama sehr wohl an Jesus glaubte, obwohl sie nicht darüber reden wollte, und ich sagte mir, dass sie im Grunde ihres Herzens genau verstand, was ich tat. Ich gab mich dem Geheimnis des Blutes unseres Herrn hin, las nach dem Abendessen am Küchentisch in der Bibel und ging zu den Mittwochabendgottesdiensten für junge Leute. Mama sagte nichts dazu, Reese zog mich auf, und Daddy Glen feixte.

Tante Alma fand die Sache eher lustig. »Na ja, wenigstens schreibt sie nicht seitenweise Bibeltexte ab und versteckt sie dann in deinen Schubladen, wie das meine Temple tut. Du musst einfach abwarten, bis es vorbei ist. Als meine Temple so weit war, hab ich sie bloß 'n bisschen aufgezogen, obwohl mir das Mädel dabei fast den Kopf abgerissen hätte. Hätte nicht viel gefehlt, und sie hätte den Prediger geholt – als ob ich nicht 'n guter Baptist wär –, bloß weil ich nicht eingesehen hab, dass ich jeden Sonntag meines Lebens in die Kirche gehen soll.«

»Aber du solltest in die Kirche gehen«, entgegnete ich ungerührt. Es machte mich wütend, dass sie so redete, als nähme ich meinen Glauben nicht ernst. »Du solltest deinen Glauben bekennen und Onkel Earle dazu überreden mitzugehn. Er hält große Stücke auf dich und würde dir bestimmt zuhören, wenn du richtig mit ihm redest.«

»Wenn ich anfangen würde, mit Earle über Sonntagsgottesdienste und Glaubensbekenntnisse zu reden, dann würde er denken, ich hätte den Verstand verloren.« Alma lachte und kniff mich ins Kinn. »Du gehst für uns hin, Mädel. Du bekennst. Falls es wirklich morgen mit der Welt zu Ende geht, dann reite ich lieber dich als irgendeinen von deinen betrunkenen Onkeln. Und probier bloß nich, mit Earle über Jesus zu reden. Mit dem Mann kannst du über Gott und Religion überhaupt nicht reden.«

Ich verstand Tante Almas Warnung als Herausforderung und redete fortan mit Onkel Earle über Glauben und gute Taten. Ich spielte ihm Mamas rührseligste Gospel-Country-Musik vor und erzählte ihm die dramatischsten Seelenrettergeschichten aus den Heftchen, die die Christian Ladys' Aid Society herausgab. Earle hatte seinen Spaß daran, an meiner Ernsthaftigkeit, an den Bibelversen und den kaum verschleierten Drohungen ewiger Verdammnis. Aber am schönsten fand er das Streiten. Während ich ihm zu beweisen versuchte, dass Gott die Liebe war und Jesus der Retter, legte er mir dar, dass die Welt unrettbar verdorben und verloren war.

»Vergiss die neunundneunzig behüteten Schafe aus dem Evangelium, reden wir lieber über das arme verlorene Schaf in dieser County«, begann Onkel Earle meistens. Ein Gläschen Whiskey und ein großes Glas Bier, und er war bereit, das Thema Jesus in Angriff zu nehmen, wobei er allerdings auch gelegentlich das Thema Teresa streifte. Den Verlust seiner Frau Teresa lastete er natürlich Jesus an – Jesus, der die Katholiken erschuf, den Katholiken, die so eigen waren in Bezug auf den außerehelichen Geschlechtsverkehr und es einem anständigen Baptisten so schwer machten, sich scheiden zu lassen. Er hatte eine komische Einstellung zu Katholiken, verfluchte sie, weil sie ihm das Leben so schwer machten, bewunderte sie aber gleichzeitig.

»Katholiken«, sagte er zu mir, »sind wenigstens interessant, die haben das mit dem Aufstehen und Hinsetzen, Singen, Samtteppiche auf den Kirchenbänken und richtigen verwässerten Wein für die Kommunion. Und was zum Teufel haben die Baptisten? Traubensaftkommunion, blödsinnige Regeln gegen Tanzen und Kino, haufenweise Selbstgerechtigkeit, Vollidioten in glänzenden Anzügen als Prediger und beschränkte Gemeindemitglieder! Von den Katholiken könnten die Baptisten noch einiges lernen.«

Manchmal brachte Onkel Earle Teresa, die katholische Kirche und die Bezirksmarshals in seiner Argumentation etwas durcheinander. Mit genügend Whiskey intus ließ er sich darüber aus, wie sie sich alle verbündet hatten, um ihm das Leben zu vergällen. Wenn es einen Gott gäbe, dann stünde Er, davon war Earle überzeugt, auf der Seite von Teresa, den Katholiken und den Marshals. Aber es gab keinen Gott, sagte Earle zu mir, keinen Gott und keine Hoffnung durch irgendwelche Kirchen. Den Leuten würde es besser gehen, wenn sie lernten, sich auf sich selbst und aufeinander zu verlassen, anstatt herumzulaufen und um etwas zu beten, was sie nie bekommen würden.

»Ich hab die Kirchen aufgegeben – alle Kirchen –, weil ich gesehen hab, was sie sind«, sagte er. »Schau dir bloß mal die Ölgemälde an, die in jeder Sonntagsschule in South Carolina an der Wand hängen. Jesus in den Bergen. Jesus in der Wüste. Jesus vor dem Nachthimmel. Jesus hält die verlorene Seele in den Armen. Jesus will dich, jeden Einzelnen von euch. Er wird Berge erklimmen, den heißen Sand durchschreiten, den nächtlichen Winden trotzen, unter den vielen nach dem einen Verirrten suchen. Und nie bist du so wertvoll, als wenn du außerhalb der Herde stehst, der eine, den Gott will. Ach, wie gut ich das kenn! Kenn ich das nicht? Sie wollen dich, o ja, sie wollen dich. Bis sie dich haben. 's gibt nichts Nutzloseres auf der Welt als 'nen schwer arbeitenden, gläubigen Idioten. 's ist nicht so, dass du die Religion hast. Die Religion hat dich, und dann saugt sie dich aus. Erlaubt dir nicht den kleinsten Schluck Whiskey. Erlaubt dir nicht, dass du fettärschige Mädels zum Grinsen und zum Kichern bringst. Erlaubt dir rein gar nichts, du darfst nur arbeiten für das, was du im Jenseits kriegst. Ich leb hier und jetzt, und ich brauch meinen Schlaf am Sonntag in der Früh. Aber ich werd dir was sagen, Knöchelchen, es gefällt mir, dass sie mich wollen, die Katholiken und die Baptisten und die Zeugen Jehovas und die Methodisten und die Adventisten vom Siebenten Tag, wie sie alle gieren nach meiner dreckigen weißen Haut, nach meiner erbärmlichen menschlichen Seele. Der Teufel soll mich holen! Keine von denen würde auch nur zwei Tropfen Pisse für mich hergeben, wenn ich schon Mitglied in ihrer Hängearschgemeinde wär.«

Onkel Earle trank und schob sein glänzendes schwarzes Haar zurück. Je mehr er trank, desto mehr redete er. Und perverserweise, je mehr er redete, desto mehr wollte ich von ihm hören, obwohl jedes Wort aus seinem Mund Blasphemie war. Was mir wirklich gefiel, war, wie er über Jesus redete. Er redete über Jesus auf eine Art, die ich verstand, auch wenn ich sie nicht mit allem, was er sagte, in Einklang bringen konnte. Er redete über Jesus wie ein Mann, der vor Sehnsucht nach ihm stirbt, aber zu stur ist, als dass er sich an den gedeckten Tisch setzen würde. Earle redete in der Sprache der Gospelmusik, mit ihrem Rhythmus und ihrer Kraft. Aus seinen verschliffenen Erklärungen hörte ich das Gleiche heraus, wie wenn ich der Musik lauschte, der Verzweiflung, die harte, raue Stimmen anschwellen ließ, den rotgesichtigen Männern und den blassen, schwitzenden Frauen, die in den hinteren Bänken stöhnten. »Herr, Herr!« Stöhnten und warteten, warteten und beteten. »Erbarme dich unser, Lamm Gottes! Erlöse uns durch das Blut unsres Herrn.« Der Hunger, die Gier und die Sehnsucht waren greifbar. Ich verstand diesen Hunger besser als alles andere, obwohl ich nicht sagen konnte, ob das, wonach ich in Wahrheit hungerte, nun Gott oder Liebe oder Absolution war. Erlösung war eine komplizierte Sache.

Ich legte Earle die Hand auf den Arm und spürte verwirrt,

wie angespannt und heiß seine Haut war, als würde sich jeder einzelne Muskel in ihm gegen Gott wehren. Wenn ich nicht so sicher gewesen wäre, dass ihn Höllenfeuer und ewige Verdammnis erwarteten, hätte ich mir etwas darauf einbilden können, dass ich miterlebte, wie sehr Earle Gottes Geduld auf die Probe stellte. So aber konnte ich nur daran denken, wie wundervoll es wäre, wenn er endlich Gott durch mich sprechen hören und spüren würde, dass Jesus in sein Leben trat.

Ich tat, was ich konnte, um meine armen Onkel aus ihrer heidnischen Lebensart zu erretten, aber wenn ich versuchte, sie zum Sonntagsgottesdienst zu überreden, lachte Earle mich bloß aus, Nevil brummte und Onkel Beau steigerte sich in einen Hustenanfall hinein. »Ihr gottverdammten Weiber mit eurem gottverdammten Kirchengerenne«, brüllte Onkel Beau Oma an, als hätte sie mich auf die Idee gebracht. »'n Mann hat's nicht nötig, dass Gott dauernd hinter seinem Arsch her ist, damit er weiß, was er tun soll. 'n Mann hat's nicht nötig, dass ihm 'ne Frau die ganze Zeit Predigten hält.«

»Hör auf, so rumzufluchen«, entgegnete Oma erstaunlich sanft. »Du bist der größte Idiot in ganz Greenville County, und nicht die Frauen haben dich zu dem gemacht, was du bist. Seit deiner Geburt suchst du jemand, dem du die Schuld an deinem Leben geben kannst.« Sie spuckte Tabaksaft aus und befahl mir, in die Sonne hinaus zu gehen.

Ich tat wie geheißen. Wenn ich störrisch war, musste ich bloß wieder die Haut irgendwo an ihrem Bein zusammendrücken, damit sie sich ihre Insulinspritze geben konnte. Immer, wenn sie böse auf mich war, musste ich das tun, und das war Grund genug, sie nicht zu verärgern.

»Wenn Gott in 'ner Whiskeyflasche leben würde«, hörte ich Oma zu Onkel Beau sagen, während ich zur Tür hinausging, »hätte Er dich schon vor langer Zeit mit Seiner Liebe abgefüllt. Aber Er lebt nicht in 'ner Whiskeyflasche, und du wirst nie erlöst werden, also behalt deine Bosheit für dich.«

Onkel Earle bekam wieder Arbeit – er sollte einen Einstellplatz bauen – und besorgte Mama von einem Teil des verdienten Geldes einen kleinen Plattenspieler mit Netzanschluss und dazu vier Schallplatten. »Mehr gibt's nicht umsonst«, sagte er, während er eines ihrer Brötchen mit Bratensoße mampfte. »Ich hab dir sogar einen von diesen alten June-Carter-Songs gekauft, die du so magst. Wie heißt der lustige nochmal? ›Nickelodeon‹, stimmt's?«

Er schaufelte und tunkte und schüttete süßen Tee hinunter, als wär's Whiskey. Mama sagte, inzwischen habe er schon so viele ihrer Brötchen gegessen, dass er ihr vorkomme wie eines ihrer eigenen Kinder.

»'n Mann gehört zu der Frau, die ihn ernährt.«

»Scheißdreck«, widersprach Tante Alma. »Es ist genau andersrum, und das weißt du auch. Die Frau gehört zu denen, die sie ernährt.«

»Kann sein. Kann sein.«

Von den vier Platten gefiel Mama nur eine, und die spielte sie fast kaputt. »The Sign on the Highway« hieß der Song, und nach einer Weile konnte ich ihn auswendig. *The sign on the highway, the sence of the crash... the people pulled over to let the hearse pass... their bodys were found 'neath the singboard that read – Beer, Wine and Whiskey for sale just ahead.*

Was mich überraschte, war, dass Mama, die nicht zur Kirche ging und nie auch nur Jesu Namen nannte, genauso auf diese Musik reagierte wie ich. Sie weinte jedes Mal, wenn sie sie hörte, und sie wollte sie ständig hören. Es war ein Gospel, natürlich, eine Art Gospel. Mama spielte ihn immer wieder, und ich setzte mich zu ihr, während sie lauschte, sie mit einem Glas in einer Hand, die andere über den Augen, und ich so nah bei ihr, wie sie mich nur ließ. Beide weinten wir leise vor uns hin und lächelten uns dann an und spielten die Platte noch einmal. Onkel Earle lachte uns immer aus, wenn er hereinkam und uns so sah.

»Ihr müsstet euch mal sehen, ihr zwei. Verrückter geht's nicht mehr. So was. Heulen da wegen irgendwelchen Leuten, die gar nicht wirklich gestorben sind. Das ist bloß 'ne Hawaiigitarre und 'n paar bescheuerte Typen, die sich ihren Lebensunterhalt nicht anders verdienen können als damit, dass sie vor Leuten wie euch den Idioten spielen.«

Er stapfte durch die Fliegengittertür, während Mama sich das Gesicht abwischte und ich still dasaß. Beim Hinuntergehen verpasste er jeder Stufe einen Tritt.

»Diese Familie hat verflucht noch mal nur Scheiße im Hirn.«

Da ich mit der Errettung meiner Onkel nicht vorankam, griff ich auf das einzige Kapital zurück, das ich hatte – meine eigene Seele. Die Vorstellung, gerettet zu werden, faszinierte mich, nicht nur Jesus in meinem Herzen willkommen zu heißen, sondern die Ernsthaftigkeit des Kampfes zwischen Erlösung und Verdammnis, zwischen Gut und Böse, Leben und Tod. Gott und der Teufel waren die höchsten Richter, und jeder wusste, worum gekämpft wurde. Es war genau so, wie Onkel Earle es mir erzählt hatte: Wenn man nicht gerettet, nicht ein Teil der Gemeinde war, dann war man der alleinige Grund für die Anrufung Gottes. Es hatte etwas Berauschendes und Aufregendes, der Gegenstand all dieser Aufmerksamkeit zu sein. All das Publikum folgte jedem einzelnen Atemzug mit Spannung. Ich konnte nicht widerstehen.

Ungefähr vierzehnmal war ich nahe dran, gerettet zu werden – an vierzehn Sonntagen in vierzehn verschiedenen Baptistenkirchen. Meine Unschlüssigkeit, die tränenreiche Ergriffenheit und die tumbe Verwirrung, die mich jedes Mal überfielen, wenn der Prediger seinen Blick auf mich richtete, waren nicht gespielt. Wie sein Gesicht aussah, wenn er all jene, die den »Ruf« in sich spürten, mit dröhnender Stimme aufforderte, nach vorn zu treten, das hatte schon etwas, und auch, wie die alten Frauen in den vorderen Reihen sich umdrehten und an den Gängen entlangschauten. Dann setzte die Musik ein, und der Chor fing an, »Softly and Tenderly, Jesus Is Calling« halb zu summen, halb zu singen, und in meinen Schläfen pochte das Blut. In meinen Augenwinkeln sammelten sich Tränen, und in meinem Mund schien die Zunge anzuschwellen. Ich wollte, ich wollte, ich wollte etwas – Jesus oder Gott oder Orangenblütenduft oder bittersüße Furcht in meiner Kehle. Etwas tat mir weh, schmerzte in meinem Inneren. Ich konnte nicht sagen, ob es die Musik oder die Augen oder der Bohnerwachsgeruch der Holzfußböden waren, aber alles wirkte zusammen und zog mich den Gang entlang zur ersten Reihe, wo mir der Prediger die Hand auf den Kopf legte und ein paar halsstarrige alte Frauen aufstanden, um mir die Hand zu drücken.

War ich einmal dort, dann weinte ich leise und setzte mich hin, während noch ein paar andere nach vorn kamen. Wir beteten gemeinsam. Ich hätte es nicht erklären können, aber was ich wollte, war in Wirklichkeit nicht der Baptismus oder die Aufnahme in die Gemeinde oder gar die atemlose Hingabe des Predigers. Es war vielmehr der Augenblick, in dem ich auf der Trennlinie zwischen Erlösung und Verdammnis saß, während der Prediger und die alten Frauen leibhaftig an meiner armen, verfinsterten Seele zerrten. Ich wollte, dass dieser Augenblick ewig dauerte, wollte, dass der Chor immer weiter diese leise, bedächtige Melodie sang. Ich wollte, dass die Kirche voll war von all den Leuten, die ich kannte. Ich wollte, dass die Art, wie ich mich fühlte, etwas bedeutete und dass sich deswegen alles in meinem Leben veränderte.

Wenn die Musik aufhörte und der verschwitzte Prediger sich mit seinem kleinen Notizbuch zu mir setzte und zu reden anfing, erstarrte mein Gesicht, und meine Stimme sank zu einem beschämten und vor Angst nervösen Flüstern herab. Jedes Mal war dieser Augenblick gleich. Der Geruch von Salmiakgeist vertrieb die Orangenblüten, und gleichgültig, welche alte Frau mich umarmte, jede hinterließ schmierige

Make-up-Flecken auf meinen bloßen Armen. Ich fing an zu würgen und musste in die Damentoilette im Keller rennen und mir das Gesicht waschen. Dann schaute ich in die Augen meines Spiegelbildes und wusste, dass ich noch nicht bereit war. Es war nicht richtig. Der Zauber, der mich eigentlich zusammen mit Jesu Blut überfluten sollte, war nicht da, der Augenblick kalt und leer. Ich stolperte schuldig, immer noch unerlöst, hinaus ins Sonnenlicht und ging am nächsten Sonntag in eine andere Kirche.

Ich hatte mir schon überlegt, die Zeugen Jehovas oder die Heilige Kirche der Schüler Jesu auszuprobieren, als Mama einschritt. Sie nahm mich in Tante Ruths Kirche in Bushy Creek mit und ließ mich unter dem Bild von Jesus am Jordan taufen. Als mein Kopf untergetaucht wurde, schnürte sich mir die Kehle zu, und die Ohren wurden taub. Trübes Wasser durchnässte mein Kleid, die Augen hatte ich zu, und ich konnte weder den Chor hören noch den harten Griff des Predigers spüren. Egal, welchen Zauber Jesu Gnade verhieß, ich spürte ihn nicht. Ich schnellte wieder hoch, heraus aus diesem dreckigen Wasser, zitternd, mir brach der Schweiß aus, und ich spürte, wie meine Temperatur anstieg.

Ich nieste und hustete eine gute Woche lang, lag schlaff in meinem Bett und weinte bei jedem Gospel, der im Radio kam. Es war, als trauerte ich über den Verlust von etwas, was ich nie wirklich besessen hatte. Ich sang die Lieder mit und betete auf Teufel komm raus. Jesu Blut und Countrymusik – es musste noch etwas anderes geben, es musste mehr geben, auf das man hoffen konnte. Ich biss mir auf die Lippen und las wieder in der Offenbarung des Johannes, fand Trost in der Hoffnung auf die Apokalypse, Gottes Strafe für die Gottlosen. Mir gefielen die Offenbarungen, ich liebte die Hure Babylon und die verheißenden Ströme aus Blut und Feuer. Es faszinierte mich wie Gospelmusik, es verhieß Rache.

KAPITEL 11

Am ersten Montag des neuen Schuljahres erkannte ich Shannon Pearl sofort wieder. Ich hatte sie mit ihrer Familie im Erweckungszelt gesehen. Ihr Daddy heuerte Sänger für die Gospeltournee an, und ihre Mama führte die christliche Buchhandlung, ein Laden für religiöses Zubehör im Zentrum, südlich der Main Street, ein Ort, an dem man geprägte Bibeln bekommen konnte, Lesezeichen mit dem 23. Psalm als blaues Relief, Warmhalteplatten mit dem Bild von der Bergpredigt und Jesus und dieses verdammte Lamm auf allem, was man sich nur vorstellen kann – auf Schonbezügen, Tischdecken, sogar auf Plastikhöschen, die über Babywindeln getragen wurden.

Shannon stieg zwei Haltestellen nach Reese und mir in den Bus und ging gleichgültig an einer Horde johlender Jungs und einer Horde tuschelnder und aufgeregter Mädchen vorbei. Während sie sich den Gang entlangkämpfte, sah ich, dass alle Jungs zum äußeren Rand der Sitzbank rutschten, damit sie sich nicht neben sie setzen konnte, und dass alle Mädchen zurückzuckten, als hätte sie irgendwas Ansteckendes. Auf dem Sitz vor uns beugte sich Danny Yarboro weit in den Gang hinaus und machte Würgegeräusche.

»Seuche im Anmarsch! Seuche im Anmarsch!«, plärrte jemand, als der Bus mit einem Ruck anfuhr, Shannon aber noch immer keinen Sitzplatz gefunden hatte.

Ich beobachtete ihr Gesicht – unbewegt, arrogant und stur; sie erinnerte mich an mich selbst oder zumindest daran, wie ich mich selbst inzwischen sah. Auf ihrem Kleid zeigten sich Schweißspuren, aber in ihrem Gesicht zeigte sich nichts, außer in den Augen. Feuer lag in jenen rosaroten Augen, ein abgründiges Feuer, das ich wieder erkannte, eingedämmt und lodernd. Bevor ich wusste, was ich tat, war ich auf den Beinen und beugte mich vor, um sie am Arm zu packen. Ich zog sie auf unsere Bank, ohne ein Wort zu sagen. Reese starrte mich an, als wäre ich verrückt geworden, aber Shannon machte es sich bequem und begann ihre dicken Brillengläser zu putzen, als wäre überhaupt nichts vorgefallen.

Ich funkelte Danny Yarboro und seinen offen stehenden Mund an, bis er sich wieder nach vorn drehte. Reese nahm eine Strähne ihres dünnen blonden Haars in den Mund und tat so, als säße sie allein in der Bank. Einer nach dem andern wandten die Jungs in unserer Nähe sich ab und begannen leise miteinander zu reden. Einmal zischte jemand kurz »verfluchte Hexe« in meine Richtung, aber niemand sagte etwas laut. Keiner wusste so recht, warum ich an Shannon Gefallen gefunden hatte, aber Reese und ich waren wieder in der Grundschule von Greenville, und jeder dort kannte mich und meine Familie – vor allem meine Vettern Grey und Garvey, die jeden, der eine von uns beleidigte, gegen die Wand schmeißen würden.

Shannon Pearl putzte gute fünf Minuten lang ihre Brille und saß die restliche Fahrt zur Schule dann schweigend da. Unwillkürlich begriff ich, dass sie nichts sagen würde, dass sie sogar großzügigerweise so tun würde, als wäre sie zufällig auf unsere Bank geraten. Ich saß neben ihr und beobachtete die verkniffenen Gesichter meiner Klassenkameraden, die sich immer wieder nach uns umdrehten. Schon die Art ihrer Blicke ließ mich all meine erneuerten Vorsätze vergessen, mich wie eine gute Christin zu benehmen: Ihre verächtlichen, zornigen Gesichter weckten in mir den Wunsch, mit Shannon ein Gespräch anzufangen, um sie alle zu schocken. Ich musste fast grinsen, als ich mir vorstellte, wie Shannon und ich all unsere gemeinsamen Feinde durchhechelten, während der halbe Bus die Ohren spitzte. Aber ich brachte es nicht über mich, mir fiel nicht einmal ein, was ich zu ihr hätte sagen können. Erst als der Bus über die Bahngleise an der südlichen Ecke der Grundschule fuhr, schaffte ich es, den Mund so weit aufzumachen, dass ich meinen und Reese' Namen sagen konnte.

Sie nickte unbefangen und flüsterte »Shannon Pearl«, bevor sie ihre Brille abnahm, um sie noch einmal rundherum zu putzen. Wenn sie die Brille nicht aufhatte, schloss sie die Augen halb und zog die Schultern hoch. Viel später erst sollte ich entdecken, dass sie immer dann ihre Brille putzte, wenn sie einen Augenblick Ruhe brauchte, um ihre Fassung wiederzuerlangen oder, was noch öfter der Fall war, sich ihrer Umgebung zu entziehen. Ohne Brille wurde die Welt zu einem weichen, verschwommenen Fleck, aber sie benahm sich auch so, als wäre es ihr nur mit Brille möglich, irgendetwas zu hören. Tumult oder Beleidigungen schienen überhaupt nicht zu zählen, wenn sie ihre Brille putzte. Ein Trick von unschätzbarem Wert, wenn man Gegenstand von so viel Spott war wie sie.

Knapp zwanzig Zentimeter kleiner als ich, hatte Shannon die weiße Haut, das weiße Haar und die blassrosa Augen eines Albinos, obwohl ihre Mama darauf bestand, Shannon sei nichts dergleichen. »Mein kostbarer Engel ist einfach nur ein Wunderkind«, erklärte Mrs. Pearl. »Zu früh geboren, das ist alles. Du meine Güte, bei ihrer Geburt war sie so zart, dass wir nie gedacht hätten, der Herr würde sie bei uns lassen. Und schau sie dir jetzt an. Bei meiner Shannon kann man richtig sehen, wie Gott Seine Hand über uns alle hält.«

Shannons dünne blaue Blutgefäße leuchteten vor dem Elfenbein ihres Schädels. Blaue Fäden im Leinen, sagte ihre Mama immer. Manchmal kam mir Shannon auf seltsame Art schön vor; wie sie es zweifelsohne für ihre Mutter war. Manchmal, aber nicht oft. Überhaupt nicht oft. Bei jeder sich nur bietenden Gelegenheit nahm Mrs. Pearl ihre Tochter auf die Knie und brach in Entzücken aus über dieses hauchdünne Haar und diese aufgedunsene blasse Haut. »Mein kleiner Engel«, gurrte sie dann, und mir drehte sich fast der Magen um.

Es war eine Lektion über die Macht der Liebe. Wenn sie von den Knien ihrer Mutter auf mich herabschaute, war Shannon ganz und gar scheußlich, eine schwankende, zusammengekrümmte Kreatur, glänzend vor Schweiß und Selbstgefälligkeit. Irgendetwas konnte nicht stimmen mit mir, da war ich mir sicher, so wie ich zwischen Ehrfurcht und Ekel hin und her schwankte, wenn es um Shannon ging. Saß Shannon auf den Knien ihrer Mama oder kaute sie Lakritzstangen, die ihr Daddy ihr hinhielt, dann hasste ich sie bloß. Aber kaum schauten andere Leute sie verächtlich an oder nannten sie die Jungs vom Lee Highway »Schweinsauge«, schon verspürte ich eine heftige und fürsorgliche Liebe zu ihr, als wäre sie mehr meine Schwester als Reese. Es kam mir vor, als gehörte ich auf eine komische Art zu ihr, als stünde ich wegen ihres »Gebrechens« tief in ihrer Schuld. Es war ein Geheimnis, sagte ich mir, ein Zeichen der Gnade, von dem Tante Maybelle dauernd redete. Hexerei.

Gehorchte ich christlicher Nächstenliebe, das wusste ich, dann würde ich Shannon zwar anlächeln, sie aber meiden wie alle anderen. Es war nicht christliche Nächstenliebe, was mich dazu brachte, ihr einen Platz im Bus anzubieten, mein Foto der fünften Klasse gegen ihres einzutauschen, an ihrem Küchentisch zu sitzen, während ihre Mama wieder einmal ein Experiment mit ihren fedrigen Haaren unternahm – »Ei und Maismehl, das wird helfen. Wir kriegen Locken in diese Haare rein, Liebling, oder ich heiße nicht mehr Roseanne Pearl« –, oder ihr in den Laden am Bushy Creek Highway zu folgen und mir das blaue Eis am Stiel mit ihr zu teilen, das sie für uns beide kaufte. Die Faszination, die ich empfand, war am ehesten mit der nervösen Unruhe zu vergleichen, mit der ich die Krätze an meinen Knöcheln betrachtete. So widerlich es auch sein mochte, ich konnte das Bedürfnis, meine Knöchel zu kratzen, genauso wenig unterdrücken wie das Bedürfnis, bei, wie Oma sagte, »diesem komischen und hässlichen Kind« herumzuhängen.

Andere Leute stürzte Shannon nicht in solche Verwirrung. Außer ihrer Mutter und mir konnte sie niemand ausstehen. Kein noch so hoher Anteil an Jesu Gnade würde sie auch nur ansatzweise erträglich machen, und es soll schon Leute gegeben haben, denen plötzlich das Mittagessen wieder hochkam angesichts des feuchtkalten Glanzes ihrer Haut, des blauweißen Schädels und jener wässrigen rosa Augen, die ständig hin und her flackerten und immer wieder die Richtung verloren.

»Guter Gott! Das Kind ist aber hässlich!«

»Das ist 'ne Last, weiß Gott, 'ne Last für die armen Eltern.«

»Sie sollten sie zu Hause lassen.«

»Aber, aber, Schatz. So kenn ich dich gar nicht. Denk dran, der Herr liebt die Barmherzigen.«

»Ist mir doch egal. Der Herr wollte bestimmt nicht, dass mir mitten im Sonntagsgottesdienst schlecht wird. Das Kind schlägt einem aber auch so dermaßen auf die Verdauung.«

Ich hatte die Vorstellung, weil sie äußerlich so hässlich war, wäre es nur recht und billig, wenn Shannon sich, kannte man sie erst einmal näher, als heiligmäßig entpuppen würde. So wäre es zumindest in jedem jener Bücher gewesen, die ich beim kirchlichen Frauenbund ausleihen durfte. Ich dachte an *Betty und ihre Schwestern*, *Eine glückliche Zeit* und all die Romane über arme englische Familien zur Weihnachtszeit. Du lieber Himmel, Tiny Tim zum Beispiel! Shannon, da war ich mir sicher, würde genauso sein. Hinter diesen blassen, verschwitzten Gesichtszügen musste eine geduldige und sanfte Seele versteckt sein. Sie würde großzügig sein, einsichtig, verständnisvoll und über ihre Jahre hinaus weise. Sie würde die Freundin sein, die ich immer gebraucht hatte.

Dass sie nichts davon war, war etwas, was ich nie so recht

akzeptieren konnte. Hatte sie erst einmal mir gegenüber ihre Scheu aufgegeben, erzählte Shannon ausnahmslos schaurige Geschichten, von denen die meisten den grauenhaften Tod unschuldiger Kinder zum Thema hatten.

»... *Und dann setzte der Traktor zurück und fuhr über ihn drüber, schnitt seinen Körper in drei Teile, aber niemand hat's gesehen und gehört, klar, wegen dem Lärm, den die Dreschmaschine gemacht hat. Und dann ist also seine Mama mit dem Eistee für alle rausgekommen. Und sie ist mit dem Fuß genau mittenrein in seinen kleinen aufgerissenen Bauch gestiegen. Und, o Herr, dann ...* «

Ich konnte aber nicht anders. Immer wieder ging ich zu Shannon rüber, um mich zu ihr zu setzen und zuzuhören, fasziniert, mit offenem Mund, während dieses helle Wesen sich in einem fort über Enthauptungen, Zerstückelungen, Massaker und Mord ausließ. Ihre Geschichten waren bemerkenswert, es waren keine Fantasiegebilde, so wie ich sie erfand. Shannons Geschichten hatten die Aura des Realen – Zeitungsschlagzeilen und Autopsieberichte –, und am liebsten waren ihr kleine Kinder, die großen Maschinen in die Quere kamen. Das war eine Sache, von der kein Erwachsener auch nur das Geringste wusste, obwohl ich hin und wieder eine viel kürzere, viel zahmere Version einer der Geschichten Shannons von ihrer Mutter hörte. In solchen Momenten grinste Shannon mich selbstzufrieden und stolz an. Nach und nach gestand ich mir ein, was sich hinter Shannons unbewegten rosa-weißen Gesichtszügen verbarg. Shannon Pearl hasste schlicht und einfach jeden, der sie jemals verletzt hatte, und verbrachte jetzt die meiste Zeit damit, über Strafen nachzugrübeln, mit denen entweder sie oder Gott die Übeltäter heimsuchen würde. Das Feuer, das in ihren Augen loderte, war das Feuer der Empörung. Wäre sie kräftiger oder klüger gewesen, dann hätte Shannon Pearl eine Gefahr sein können. Aber halb blind, kränklich und geächtet, stellte sie für niemanden eine sonderliche Bedrohung dar.

Mr. und Mrs. Pearl waren genauso klein wie Shannon und fast genauso blass. Keiner von ihnen setzte seinen zarten Teint dem grellen Licht der Sonne aus. Mr. Pearl trug stets einen dunklen Webfilzhut und einen dazu passenden Anzug. Mrs. Pearl hielt sich fern von der Sonne im Laden auf und trug, falls sie ihn doch verließ, sowohl Hut als auch Handschuhe. Sie sahen immer verschlossen und zugeknöpft aus, den strengen Mund fest zusammengepresst. Es war unmöglich, sich die beiden nackt vorzustellen, wie sie aus der Badewanne stiegen, oder wenn sie sich ins Schlafzimmer zurückgezogen hatten, ihre schwammigen Körper aneinander drückten. Sie sahen aus wie Kinder in den Kleidern ihrer Eltern, und ihre diversen Unternehmungen schienen mir in keiner Weise das zu sein, womit erwachsene Leute sonst ihren Lebensunterhalt verdienten. Mrs. Pearl gab zu, dass es für Shannons Medikamente nie ganz reichte, und so veranstalteten sie Sammlungen in mitfühlenden Gemeinden.

Ich konnte mir zwar nicht vorstellen, Fremde zu bitten, meine Rechnungen zu bezahlen, aber ich sagte nichts. Ich ging so vorsichtig mit den Pearls um, war so still und zurückhaltend und aufmerksam, dass ich eine Verwandte von ihnen hätte sein können. Und das, was ich dafür bekam, dass ich spielte, eine der Ihren zu sein, war es mir wert. Mit Shannon und ihrer Familie traf ich endlich all die Leute, von denen ich geträumt hatte – die Blue Ridge Mountain Boys, die Tuckerton Family, die Carter Family, Little Pammie Gleason (von Gott gesegnet), die Smoky Mountain Boys und ab und zu – jedes Mal, wenn er wieder einmal errettet war – Johnny Cash. Sonntagmorgen, Sonntagabend, Mittwochsandacht, Erweckungswochen, und Mr. Pearl mietete einen Saal, eine Kirche oder einen lokalen Fernsehsender. Da ich Shannons Freundin war, durfte ich mit auf die Reise, traf die Stars sowohl der Country-and-Western- als auch der Gospel-Tourneen. Das genügte mir, um meine Sorgen über die Faszination, die Shannon auf mich ausübte, zu vertreiben. Ich konnte das ganze Unternehmen einfach meinem merkwürdigen, aber verständlichen Verlangen nach Gospelmusik zuschreiben.

Shannon kannte von jedem Lied im Gesangbuch der Baptisten den Text, und jede Gospelgruppe, die die Opry-Tournee machte, war ihr vertraut. Gospel war ihrer Familie Leben, und sie wusste alles, was es darüber zu wissen gab, obwohl die Musik sie nicht so unmittelbar zu packen schien wie mich. Shannon machte sich über Prediger und Chorsänger lustig, und ihre wüstesten Witze riss sie über die »Halleluja-Springer«, die sich völlig vergaßen, wenn sie sangen und auf den Zehenballen zu hüpfen begannen und die Arme kreisen ließen. Nie hätte ich ihr von meinem geheimen Ehrgeiz erzählen können, nie erzählen können, dass ich weinen musste, wenn ich spätabends im Radio den Erweckungsversammlungen lauschte.

»Mit deinen Augen könntest du sogar Gott das Herz brechen«, sagte Mrs. Pearl zu mir, während sie mir heftig über meine schwarzen Haare strich. Ich blinzelte und versuchte, sie für sie noch weiter aufzureißen. »Die Wimpern, ach! Bob, schau dir nur die Wimpern von diesem Kind an. Wenn du groß bist, kannst du Kosmetikwerbung im Fernsehen machen, Schätzchen. 'türlich wirst du das gar nicht wollen. Lass dir bloß von niemand einreden, dass du dir das Zeug ins Gesicht schmieren sollst. Deine Augen sind ein Geschenk Gottes!« Sie rückte näher und legte mir eine Hand auf den Kopf, drehte mich zu sich herum, sodass ich ihr direkt in die Augen sah. Ihre karamellbraunen Augen waren riesige flache Spiegel, die nichts reflektierten; ihre Stimme war honigsüß und ernst. Ich konnte nicht sagen, ob sie sich über mich lustig machte oder ob es aufrichtig gemeint war.

»Mama hat so viel verschiedene Arten ›Gott‹ und ›Jesus‹ zu sagen, da kannst du jeden Prediger daneben vergessen.« Shannon blinzelte mich mit ihren rosa Augenlidern an. »Sie hat echt 'n Talent dafür. Einmal redet sie sanft und leise, sagt

›Gout‹, und da kann man ihn richtig vor sich sehen wie so ’nen alten Onkel, ganz ruhig und höflich wie ’n alter Mann. Sie kann es aber auch lang gedehnt und laut aussprechen – ›Gaaaaatt‹ – und einen damit zu Tode erschrecken. Wenn sie richtig auf Touren kommt, dann hat sie so ’n hohl klingendes Stöhnen, das haut einen glatt vom Hocker. Ihr ›Jesus‹ ist sogar noch besser. Bei uns sagt jeder so oft ›Jesus‹, dass man manchmal vergisst, wer das eigentlich war, aber Mama teilt sich ihre Jesusse ein. Wenn du hörst, wie sie ›Jesus‹ sagt, dann weißt du mit Sicherheit, dass Jesus ’n echter Mensch war, dieser kleine Junge, der immer die Tauben ins Leben zurückgeholt hat, dieser stille junge Mann, der angeblich nie geflucht oder Unzucht getrieben hat. Du kannst ihn richtig vor dir sehen – ’n Mann, vielleicht wie dein Daddy, gealtert durch die Sünden der Welt, ein Leben, das für dich persönlich geopfert wurde.«

Shannon ließ ihr raues, gackerndes Lachen ertönen. »Ich sag dir was. Als ich klein war, hab ich’s nicht ausstehen können, aber als ich älter wurde, hab ich mich dran gewöhnt. Und jetzt lieb ich’s, wie die Leute ganz nervös und blass werden, wenn Mama anfängt, über ›Gaaaaatt‹ zu reden.«

Mit der Buchhandlung war kein Geld zu verdienen. Das Rückgrat des Familienunterhalts waren deshalb Mrs. Pearls Spezialnäharbeiten. Wie man leicht erahnen kann, war sie berühmt für goldgestickte Bilder auf den maßgeschneiderten Ärmeln und Jacken der Gospelsänger. Bald konnte ich ohne weiteres in der »Sunrise Gospel Hour« im Fernsehen die Kreationen von Mrs. Pearl ausmachen. Immer stickte sie neben den Sockel des Kreuzes kleine Schnörkel, die Gras andeuten sollten, aber für jeden, der sie kannte, war das die Signatur der Künstlerin.

Es gab keinen Zweifel, dass Mrs. Pearl ihre Arbeit liebte. »Ich hab das Gefühl, dass mein ganzes Leben eine Freude für den Herrn ist«, sagte sie eines Tages zu mir, umgeben von ihren Nähmaschinen und Regalen voller Stickgarn. Sie knüpfte gerade Quasten an eine rote Seidenbluse für eines der jüngeren Carter-Mädchen. »Meine Näherei, Mr. Pearls Arbeit, der Laden, meine schöne Tochter.«

Sie warf Shannon einen Blick zu wie Maria dem Jesuskind in dem großen Porträt auf dem *Illustrierten Neuen Testament*, das unten im Laden immer im Angebot war.

»Alles, was uns widerfährt, ist ein Segen oder eine Prüfung. Das ist alles, was du in diesem Leben wissen musst... einfach die Gewissheit, dass Gott Sein Auge auf dir ruhen lässt, dass Er weiß, woraus du gemacht bist, was du fürs Leben brauchst. Ja, zweifeln ist 'ne Sünde, und es ist sinnlos. Er wird dir deinen Weg schon zeigen, und zwar dann, wenn Er's für richtig hält. Und solange ich das nicht vergess, geht's mir gut. Es ist wie in dem Lied, das Mr. Pearl so gut gefällt – ›Jesus ist der Maschinist, trau Seiner Hand am Hebel... ‹«

Shannon kicherte und winkte mich auf die Veranda hinaus. »Manchmal braucht Mama 'ne kleine Hand an ihrem Hebel. Weißt du, was ich damit meine?« Sie lachte und verdrehte die Augen wie eine kaputte Babypuppe. »Daddy muss sie auf 'ne menschliche Ebene runterdrosseln, sonst hebt sie ab wie 'n Heliumengel.«

Ich konnte nicht anders, als auch zu lachen, musste dabei aber daran denken, was Tante Raylene über Mrs. Pearl gesagt hatte – »Wenn sie nur einmal richtig gevögelt worden wär, hätte sie nie dieses merkwürdige Kind geboren.« Ich puffte Shannon in einen ihrer schwabbligen Arme, nur für den Fall, dass sie in meinen Augen lesen konnte.

»Deine Mama is ein Ennn-gel«, flüsterte ich krächzend und ahmte dabei Mrs. Pearls Redeweise nach. »Ein Ennn-gel von Gaaaaatt.«

»Gaaaaatt verdammt richtig«, flüsterte Shannon zurück, und ich sah, wie ihr Hass rosa und heiß in diesen Augen loderte. Es beängstigte und faszinierte mich zugleich. War es möglich, dass sie das Gleiche in meinen Augen sah? Hatte ich auch so viel Hass in mir? Ich schaute zu Mrs. Pearl hinein, die mit den Nadeln im Mund vor sich hin summte. Ein Schauer überlief mich. Hasste ich Mrs. Pearl? Ich betrachtete die Veranda, die Körbe und die beiden Schaukelstühle mit den handgestickten Kissen, alles eingehüllt von süßlichem Babygeruch. Shannons Zähne reflektierten das Sonnenlicht und blendeten mich geradezu.

»Du siehst aus, als würde gerade der Teufel über dein Grab gehen.« Ich schüttelte mich und spuckte dann aus wie Oma. »Das Grab, in dem ich mal lieg, ist noch nicht ausgehoben.« Das hatte ich Oma mal sagen hören. Shannon packte mich am Arm.

»Sag das nicht. Es bringt Unglück, wenn man über sein eigenes Grab redet. Es heißt, dass meine Großmutter McCray am Ostermorgen über ihre Grabstätte gewitzelt hat, und beim Abendgottesdienst ist sie dann tot umgefallen.« Sie zerrte mich heftig am Arm. »Denk schnell an was anderes.« Ich betrachtete ihre Hand auf meinem Arm, weiße Wurstfinger, die mein dünnes braunes Handgelenk umklammerten.

»Das Kind verwest schnell, wenn's mal hin ist«, hatte Tante Raylene einmal über Shannon gesagt. Mir war übel.

»Ich muss nach Hause.« Ich holte, so tief ich konnte, Luft. »Mama will, dass ich ihr heut Nachmittag beim Wäscheaufhängen helf.«

»Deine Mama schafft dir dauernd Arbeit an.«

Und deine nie, dachte ich.

»Ich mag deine Familie«, sagte Shannon manchmal, aber ich wusste, dass das nur eine höfliche Lüge war. »Deine Mama ist 'ne feine Frau«, stimmte Roseanne Pearl dann zu, während sie mein zu enges, zerlumptes Kleid beäugte. Sie erinnerte mich an die Art, wie James Waddell uns anschaute, an die selbstzufriedenen, überheblichen Gesichter seiner Töchter, die über die lockeren Zähne meiner Mama lachten und über Reese' auf Papierfetzen gewickelte Locken. Daddy Glen arbeitete immer noch für die Sunshine-Molkerei und fuhr mit uns alle paar Wochen zu seinem Vater oder einem seiner Brüder, obwohl ihre Freude, uns zu sehen, nie recht viel größer wurde. Ihre Verachtung hatte meine Haut dünn werden lassen, und ich konnte die Bagage einfach nicht mehr ertragen. Sobald die Pearls über meine Leute redeten, machte ich mich aus dem Staub und kam wochenlang nicht wieder zu Besuch.

Ich holte noch einmal tief Luft, um meinen Magen zu beruhigen. Manchmal konnte ich Shannon wirklich nicht ausstehen.

»Wir gehen heut Abend zum Essen ins Lokal. Da gibt's zurzeit Pfirsichpastete.«

»Mein Daddy macht heut Abend frisches Eis.« Shannons Lächeln war purer Stolz auf die Stellung ihrer Familie. »Und dazu gibt's schwarze Walnüsse.«

Ich sagte nichts. Ja. Sie würde sehr schnell verwesen.

Die Gospeltournee führte von North Carolina nach South Carolina, Tennessee, Georgia, Alabama. Die Sänger reisten hin und her, eine Flut von goldbestickten Fransenjacken, parallel und quer zur Country-and-Western-Tournee. Manchmal konnte man keinen Unterschied ausmachen, und da die Zeiten schwerer wurden, machte auch Mr. Pearl mit Sicherheit keinen Unterschied mehr und buchte jede Nummer, mit der er beim Publikum ein bisschen Kasse machen konnte. Immer häufiger schickte Mama mich mit den Pearls in ihrem alten gelben DeSoto weg, den Kofferraum voll gestopft mit religiösem Zubehör in diversen Kisten und Mrs. Pearls Nähmaschine, den Rücksitz voll gepackt mit Shannon und mir und stapelweise Nähzeug. Wir liefen immer nachmittags in den kleinen Städten ein, damit Mr. Pearl den Aufbau überwachen und Mrs. Pearl Risse flicken und durchgescheuerte Stickereien ausbessern konnte, während Shannon und ich allein loszogen und ein Picknick mit kaltem Hühnchen und eingelegtem Gemüse machten. Mrs. Pearl hatte immer einen Steinkrug mit Tee dabei, aber Shannon rieb sich so lange die Augen und klagte über Kopfschmerzen, bis ihre Mama nachgab und uns Cola kaufte.

Die meisten Sänger verspäteten sich immer.

Es kam mir vor wie ein Wunder, dass Mr. und Mrs. Pearl die ganzen Widrigkeiten nie zur Kenntnis nahmen. Gleichgültig, wer alles über die Schachteln hinter der Bühne stolperte, sie bekamen nie mit, dass die gesamte Tuckerton Family zu den Mikrofonen dirigiert werden musste oder dass Little Pammie Gleason – »Herr im Himmel, erst dreizehn!« – die Ärmel ihrer Rüschenbluse nicht hochkrempeln konnte, weil ihre Arme von oben bis unten voller blauer Flecken waren von dem rothaarigen Jungen, den ihr Vater sie nicht heiraten ließ. All die »Jungs«, die hinter der Bühne Bourbon in Pappbechern herumreichten, oder auch dass ihre Engelstochter um »bloß 'nen Schluck« bettelte, schienen sie nie zu sehen. Vielleicht hielt Gott ihnen die Augen zu, genauso wie er den alten Schadrach, Meschach und Abed-Nego im brennenden Feuerofen beschützte. Auf jeden Fall kamen sie nicht so wie Shannon und ich mit der Sünde in Berührung. Beide hatten wir gelernt, uns hinter der Bühne vorsichtig zu bewegen wegen all der Hände, die uns über die Schenkel strichen und in die Brustwarzen kniffen, die wir noch kaum hatten.

»Verspielte Jungs«, sagte Mrs. Pearl nur lachend und nähte die Ärmel wieder an ihre Jacken an, flickte die Risse in ihren Hosen. Ich war erstaunt, dass sie den Whiskeyatem, der sich in ihrer feinen Stickerei festgesetzt hatte, nicht roch, aber ich würde auf keinen Fall die Sünde begehen, ihr etwas zu sagen, was Gott sie mit Sicherheit nicht wissen lassen wollte.

»Manchmal könnte man meinen, Mama ist beschränkt«, sagte Shannon eines Nachts und kicherte merkwürdig. Ich wünschte mir, sie würde den Mund halten, und die Musik finge endlich an. Ich hatte immer noch Hunger. Mrs. Pearl hatte weniger zu essen mitgenommen als sonst, und Mama hatte mir gesagt, ich müsse immer etwas auf dem Teller liegen lassen, wenn ich bei Shannon aß. Ich sollte die Pearls nicht auf den Gedanken bringen, sie müssten mich durchfüttern. Nicht dass die Taktik funktionierte. Ich ließ ein halbes Brötchen liegen, und verflucht soll ich sein, wenn es nicht augenblicklich in Shannons Mund verschwand.

»Vielleicht ist es nur das ganze Gezerre an ihrem Hebel.« Shannon kicherte wieder, und da wusste ich, dass irgendjemand ihr endlich einen Schluck aus einem Pappbecher gegeben hatte. Jetzt, dachte ich, jetzt wird ihre Mama die Augen aufmachen müssen. Aber nachdem Shannon über die Nähmaschine gestolpert war, brachte Mrs. Pearl sie lediglich mit einem nassen Lappen auf der Stirn zu Bett.

»Das ist die Hitze«, flüsterte sie mir über Shannons nasse Augenbrauen hinweg zu. Es war so heiß, dass Jesus und das Lamm von den Papierfächern, die das Begräbnisinstitut vor Ort zur Verfügung gestellt hatte, abfärbten. Aber ich wusste, wenn bis zu den Radkappen hoch Schnee gelegen hätte, dann hätte Mrs. Pearl gesagt, es sei die kalte Luft. Eine Stunde später verschüttete einer der Tuckertons einen Pappbecher auf Mrs. Pearls Ärmel, und ich sah, wie sie tief und schmerzlich durchatmete. Als sie meinen Blick auffing, sagte sie nur: »Man kann von dieser zarten Seele nicht erwarten, dass sie ohne ein bisschen Unterstützung zurechtkommt.«

Ich sagte ihr nicht, dass ich den Eindruck hatte, all diese »Jungs« und »Mädels« würden verteufelt viel »Unterstützung« bekommen. Ich murmelte nur ein kaum hörbares »Ja, ja« und verschloss meine sündigen Augen vor allen um mich herum. Wenn sie mich nur singen ließen, dann würde ich mich nie so schamlos benehmen.

»Wir könnten uns unter die Bühne setzen«, schlug Shannon vor. »Ist echt nett dort.«

Es war nett, eng und dunkel und voll von den Stampfgeräuschen der Leute auf der Bühne. Ich legte den Kopf zurück und ließ mir den Staub aufs Gesicht rieseln, genoss das Gefühl, versteckt und geborgen zu sein, fern der großen Menge.

Die Musik schien mir in den Knochen zu vibrieren. *Taking your measure, taking your measure, Jesus and the Holy Ghost are taking your measure…*

Die neue Musik, die sie sangen, gefiel mir nicht. Sie war ein bisschen zu verspielt. *Two cups, three cups, a teaspoon of righteous. How will you measure when they call out your name?* Shannon fing zu lachen an. Sie nahm mich in die Arme und schaukelte mit dem Kopf vor und zurück. Die Musik war mir viel zu laut, und überall um uns herum roch es nach Whiskey. Auf einmal tat mir der Kopf fürchterlich weh, und der Geruch von Shannons Haaren drehte mir den Magen um.

»Äh-äh-äh.« Verzweifelt schubste ich Shannon weg und kroch unter Würgen, so schnell ich konnte, zu einer Seite der Bühne. Luft, ich brauchte Luft.

»Äh-äh-äh.« Ich rollte unter der Bühne hervor und stieß gegen die Zeltwand. Bereits kotzend, riss ich die Plane auf und schlängelte mich hindurch. Draußen in der feuchten Abendluft ließ ich den Kopf nach unten hängen und übergab mich, die Hände unter dem Schwall gespreizt. Hinter mir keuchte und kicherte Shannon.

»Dir ist schlecht, arme Kleine.« Ich spürte, wie sie mir tröstend den Rücken tätschelte.

»Gütiger Herr im Himmel!«

Ich schaute hoch. Ein sehr großer Mann in einem purpurroten Hemd stand vor mir. Ich ließ den Kopf sinken und kotzte weiter. Er hatte silberne Stiefel mit gerissenen Absätzen an. Ich sah, wie er außer Reichweite trat.

»Gütiger Herr im Himmel!«

»Alles in Ordnung.« Shannon rappelte sich neben mir hoch, die Hand immer noch auf meinem Rücken. »Ihr ist nur ein bisschen schlecht.« Sie hielt inne. »Wenn Sie ihr ’ne Coca-Cola holen, beruhigt sich ihr Magen vielleicht wieder.«

Ich wischte mir den Mund ab und die Hand dann am Gras. Ich schaute noch einmal hoch. Shannon stand ruhig da, der Schweiß rann ihr in die Augen, und sie musste blinzeln. Mir war klar, dass sie auf zwei Colas hoffte. Der Mann stand noch immer mit offenem Mund da und war sichtlich entsetzt.

»Gütiger Herr im Himmel«, sagte er noch einmal, und noch bevor er weiterredete, wusste ich, was er sagen würde. Nicht ich hatte ihn verblüfft. »Kind, du bist das Hässlichste, was ich je gesehen hab.«

Shannon erstarrte. Ihr fiel die Kinnlade herab, und während ich sie beobachtete, schien sich ihr Gesicht nach innen zu kehren. Ihre Augen schrumpften zu kleinen Punkten zusammen, und ihr Mund wurde zu einem Kelch des Leides. Ich gab mir einen Ruck.

»Du Bastard!« Ich taumelte nach vorn, aber er wich zurück und wippte auf seinen kleinen silbernen Absätzen. »Du verdammter Hurensohn, du feiger!« Sein Blick huschte ständig zwischen meinem Gesicht und Shannons immer kleiner werdender Gestalt hin und her. »Glaubst du, du bist so schön? Du hässlicher Sack Scheiße! Du arschgesichtiger, Scheiße fressender …«

»Shannon Pearl!«

Mrs. Pearl kam ums Zelt herum.

»Mädels …« Sie schlang die Arme um Shannon. »Wo wart ihr denn?« Der Mann wich noch weiter zurück. Ich hechelte heftig, obwohl mir gar nicht mehr so schlecht war. Ich fühlte mich wütend und hilflos und bemühte mich sehr, nicht zu weinen. Mrs. Pearl schnalzte mit der Zunge und strich über Shannons dünnes Haar. »Was habt ihr denn gemacht?«

Shannon stöhnte und vergrub ihr Gesicht im Kleid ihrer Mam. Mrs. Pearl wandte sich an mich. »Was hast du da eben gesagt?« Ihre Augen glitzerten im Licht der Bogenlampen vor dem Zelt.

Ich wischte mir noch einmal den Mund ab, sagte aber nichts. Mrs. Pearl sah zu dem Mann in dem purpurroten Hemd hinüber. Die Verwirrung in ihrem Gesicht verflüchtigte sich, wich schnell einer Mischung aus Aufregung und Interesse.

»Ich hoffe, die beiden haben Sie nicht belästigt«, sagte sie zu ihm. »Sind Sie nicht als Nächstes dran?«

»Äh, ja, ja.« Er sah aus, als wäre er sich dessen nicht so sicher. Er konnte den Blick nicht von Shannon abwenden. Er schüttelte sich. »Sie sind Mrs. Pearl?«

»Aber ja, das ist richtig.« Mrs. Pearls Gesicht glühte. »Hab schon von Ihnen gehört. Ich hab nur Ihre Tochter noch nie vorher gesehen.«

Mrs. Pearl fing am ganzen Leib zu zittern an, fasste sich dann aber wieder. Shannon, an den Bauch ihrer Mama gedrückt, fing an zu heulen.

»Shannon, was ist denn bloß los mit dir?« Sie schob ihre Tochter von sich, zog ein blaues besticktes Taschentuch hervor und wischte ihr das Gesicht ab.

»Ich glaub, wir haben uns alle irgendwie gegenseitig überrascht.« Der Mann trat einen Schritt nach vorn und lächelte Mrs. Pearl zaghaft an, aber sein Blick kehrte immer wieder zu Shannon zurück. Ich wischte mir noch einmal den Mund ab und unterdrückte das Verlangen, vor allem auszuspucken. Mrs. Pearl hörte nicht auf, ihrer Tochter übers Gesicht zu streichen, aber sie schaute dabei zu dem Mann hoch.

»Ich verehre Ihren Gesang«, sagte sie und kicherte dabei fast. Shannon machte sich von ihr los und starrte zu den beiden hoch. Der Hass, der ihr im Gesicht stand, war fürchterlich. Einen Augenblick lang liebte ich sie aus ganzem Herzen.

»Tja«, sagte der Mann. Er wippte auf den Stiefeln auf und ab. »Also dann …«

Ich streckte die Hand nach Shannon aus. Sie schlug sie aber weg. Ihr Gesicht loderte. Mir war, als würde ein riesiges Feuer neben mir brennen, das den ganzen Sauerstoff um uns herum verzehrte, sodass ich keuchend Luft holen musste. Ich verschränkte die Finger ineinander, legte den Kopf in den Nacken und schaute zu den Sternen hinauf. Wenn es einen Gott gab, dann gab es auch Gerechtigkeit. Wenn es Gerechtigkeit gab, dann würden Shannon und ich sie alle brennen lassen. Wir gingen vom Zelt zu Mrs. Pearls zerbeultem DeSoto.

»Eines Tages«, flüsterte Shannon.

»Ja«, flüsterte ich zurück. »Eines Tages.«

Mit Mr. Pearl auf Erkundungstour ins Hinterland zu fahren hieß, kleine ländliche Kirchen, die einen Gospelchor hatten, zu besuchen, schäbige Zelte mit ein, zwei Solisten und gelegentlich eine Gebetsversammlung in einem Wohnzimmer, wo eventuell ein außerordentlicher junger Sänger im Verborgenen blühte. Mr. Pearls Tipps nachzugehen war eine langwierige, anstrengende Arbeit, die große Geduld und ebensolches Taktgefühl erforderte. Allzu viele Sänger konnten überhaupt nicht singen, und ihr Gehör war nicht so gut, als dass sie es merkten, wenn sie den Ton nicht trafen. Einige waren so enthusiastisch, dass Mr. Pearl sie behutsam ermutigte, es bei einer der vorhandenen Gospelgruppen zu versuchen. Aber meistens fand er nur einen Abklatsch des einzig Wahren, einen wässrigen Verschnitt aus harmonischen Tönen und Atemtechnik.

»Ist es nicht traurig?« Shannon klang ganz wie die Tochter ihres Vaters. »Diese alte Orgelmusik kann's mit 'ner Hawaiigitarre nicht aufnehmen.«

Ich nickte widerstrebend. Ich hielt mich immer noch an dem Glauben fest, dass der göttliche Geist Entschlossenheit und harte Arbeit selbst die irdischste Stimme in die dünne Atmosphäre innigster Gospelmusik erheben konnte.

Es war nicht vorhersehbar, wen die Hand Gottes berühren, wo die Fanfaren erschallen würden. Manchmal stach eine reine Stimme heraus, ein einzelnes kleines Mädchen, eine Gruppe von Brüdern, die beim Singen den Blick an die Decke hefteten. Das waren die, bei denen man am liebsten dumpf aufbegehrt hätte gegen all die Dunkelheit auf der Welt. »Die ist es«, flüsterte Shannon dann selbstgefällig, aber sie brauchte es mir gar nicht zu sagen. Ich wusste immer, wen

Mr. Pearl zur Seite nehmen und zur Erweckungswoche nach Gaston einladen würde.

»Kind!«, sagte er. »Das ist ein Geschenk Gottes, was du da hast.«

Äh-häm, ja.

Manchmal konnte ich es nicht länger aushalten. Ich konnte nicht in noch eine Kirche gehen, nicht noch einen Chor hören. Pfeif auf die Liebe zur Musik – warum hatte Gott mir keine Stimme gegeben? Um dicke Wimpern hatte ich Ihn nicht gebeten. Um Gospel hatte ich gebeten, ja gebettelt. War es Gott denn, verdammt noch mal, scheißegal, was ich wollte? Wenn Er schon angeblich Bastarde in den Himmel aufnahm, warum konnte Er mich dann nicht nach vorn holen zu den heißen Scheinwerfern und allem, was dazugehört? Gospelsänger hatten stets Geld in der Tasche und eine zweite Flasche unterm Sitz. Gospelsänger hatten Liebe und Geborgenheit und die ganze weite Welt, in die sie sich zurückfallen lassen konnten – Frauen und die Kirche und roten, festen Lehm unter den Füßen. Alles, was ich wollte, flüsterte ich, alles, was ich wollte, war ein Stück, ein Stück, ein kleines Stück davon.

Shannon hörte mich und warf mir einen mitfühlenden Blick zu.

Sie weiß es, dachte ich, sie weiß, wie es ist, etwas zu wollen, was man nie bekommen wird. Ich habe sie offenbar unterschätzt.

In jenem Juli fuhren wir auf die andere Seite von Lake Greenwood, in einen Teil der County, den ich kannte, weil wir hier gelegentlich einen Verwandten besucht hatten, der am Luftwaffenstützpunkt arbeitete. Wir machten an einer Raststätte abseits vom Highway Halt, damit Mrs. Pearl sich etwas von der Hitze erholen konnte.

»Habt ihr je daran gedacht, dass Gott vielleicht was dagegen haben könnte, dass wir sonntagnachmittags Auto fahren? Ich könnte schwören, es ist immer heißer als am Samstag oder Freitag.«

Mrs. Pearl setzte sich in den Schatten, während Mr. Pearl wegging, um sich den Mann, der die Rhythm Ranch vermietete, zur Brust zu nehmen. Shannon und ich zogen allein los, überquerten ein Feld und schauten uns die Grabsteine neben einer Pappelgruppe an. Wir lasen immer mit Freude die Inschriften, und die guten merkten wir uns, damit Mrs. Pearl sie auf Tücher sticken und im Laden verkaufen konnte. Mir waren die abartigen am liebsten, so wie »Jetzt weiß er Bescheid« oder »Das war's«. Shannon gefielen die Steine von kleinen Kindern am besten, mit kleinen lockenköpfigen Puppen mit Engelsflügeln und herzzerreißenden Sprüchen wie »Wieder mit Mama vereint« oder »Heimgekehrt«.

»Blödsinn.« Ich trat gegen die Tonscherben, die überall herumlagen. Shannon drehte sich zu mir um, und ich sah Tränen auf ihren Wangen.

»Nein, nein, es wühlt mich einfach auf. Stell dir das doch mal vor, die eigene kleine Tochter zu verlieren, deinen kleinen Engel. Ach, ich halt's nicht aus. Ich halt's einfach nicht aus.« Sie schluchzte heftig und zufrieden und wischte sich die Hände an den Taschen ihres blauen Baumwollrocks ab.

»Am liebsten würd ich einen davon mit nach Hause nehmen. Hättest du nicht auch gern einen, den du bei dir aufstellen kannst? Du könntest den Babys dann Geschichten erzählen.«

»Verrücktes Huhn.«

Shannon schniefte. »Du willst das einfach nicht verstehen. Mama sagt immer, ich bin sehr zartfühlend.«

»Mhm.« Ich ging weg. Es war zu heiß für einen Streit. Es war auf jeden Fall zu heiß zum Weinen. Ich trat gegen ein paar Plastikblumen und ein ramponiertes grünes Pappkreuz. Das war einer der langweiligsten Ausflüge, die ich jemals mit den Pearls unternommen hatte. Ich versuchte, mich daran zu erinnern, warum ich überhaupt mitkommen wollte. Zu Hause würde Mama frischen Eistee machen, dazu Zuckerwasser aufkochen. Reese würde Pfirsiche aufschneiden. Daddy Glen wäre uns nicht im Weg, weil er den Rasen mähte. Ich schlug nach den Mücken und hoffte, dass ich keinen Sonnenbrand im Gesicht bekam. Ich hatte Shannon satt, hatte die endlosen albernen Liebesbezeugungen ihrer Mama satt, hatte die blasierte Verachtung ihres Daddys satt, und am sattesten hatte ich die eigene Eifersucht.

Ich blieb stehen. Die Musik, die von den Pappeln her kam, war Gospelmusik.

Gewaltige, kraftvolle Stimmen von tief unten aus dem Bauch strichen schwer durch das trockene Laub und die heiße Luft. Das war das einzig Wahre. Ich spürte den Whiskey, den Kummer und das Aufbegehren, die nachtschwarze Angst und Entschlossenheit echter Gospelmusik.

»Mein Gott«, hauchte ich, und es war das beste »Mein Gott«, das ich jemals hervorgebracht hatte, ein gedehntes, erschrockenes Flüstern, das zu bedeuten schien, ich könnte glatt noch daran glauben, dass Er sich in Palmenwäldern versteckte. Es stand eine kleine Kirche dort, mit Schindeln verkleidete Wände auf verputzten Sockeln, aber keine bunten Pseudokirchenfenster. Nur gelbes Glas, das das Sonnenlicht reflektierte, alle Fenster geöffnet, damit die leichte Brise hinein- und diese Musik herauswehen konnte.

Amazing grace... how sweet the sound... that saved a wretch like me... Eine Frauenstimme erhob sich über die tieferen Männerstimmen, stieg empor, laut und gewaltig, so gewaltig, dass die Blätter an den Pappeln ihretwegen zu zittern schienen.

Amen.

Lord.

»Heiliger Jesus, die kann aber singen.«

Shannon pflückte weiter Blumen und beachtete mich nicht weiter.

»Hast du das gehört? Das müssen wir deinem Daddy erzählen.«

Shannon drehte sich um und schaute mich merkwürdig wütend an. »Er macht keine Geschäfte mit Farbigen. Springt kein Geld dabei raus.«

Da wurde mir schlagartig bewusst, dass eine solche Kirche neben einer solchen unbefestigten Straße genau das sein musste – eine Kirche für Farbige. Und ich wusste, was das bedeutete. Natürlich. Trotzdem hörte ich mich selbst, wie ich flüsterte: »Das ist nicht nur 'ne einzelne gute Stimme. Das ist 'ne ganze Kirche voll.«

»Es sind Farbige. Es sind Nigger.« Shannons Stimme war so laut wie noch nie, richtig schrill vor Empörung. »Mein Daddy macht keine Geschäfte mit Niggern.« Sie warf die Blumen nach mir und stampfte mit dem Fuß auf. »Und du bist schuld, dass ich das gesagt hab. Mama sagt, ein guter Christ nimmt das Wort ›Nigger‹ nicht in den Mund. Jesus sei mein Zeuge, ich hätt's nicht gesagt, wenn du mich nicht dazu gebracht hättest.«

»Du spinnst. Du bist einfach total verrückt.« Meine Stimme zitterte. Der Tonfall, in dem Shannon »Nigger« sagte, traf mich tief: Es war genau der gleiche wie in Tante Madelines ewig in mir nachhallendem »Dreckspack«, das sie höhnisch hinwarf, wenn sie dachte, ich könnte sie nicht hören. Ich fragte mich, was Shannon aus meiner Stimme herausgehört hatte, das sie so wütend machte, wie ich es selbst war. Vielleicht war es die Hitze, vielleicht war es die Scham, die wir beide empfanden, vielleicht war es aber einfach auch nur so, dass Shannon Pearl und ich einander regelrecht satt hatten.

Shannon warf noch eine Hand voll Blumen nach mir. »Ich spinne? Ich? Was glaubst du denn, wer du bist? Du und deine Mama und deine ganze Familie. Jeder weiß doch, dass ihr alle miteinander ein Haufen Säufer und Diebe und Bastarde seid. Jeder weiß, dass du bloß deswegen zu uns kommst, damit du dir bei meiner Mama den Bauch voll schlagen und dir die Reste erbetteln kannst, die von uns keiner mehr will. Jeder weiß, was für eine du bist … «

Ich konnte mich nicht länger zurückhalten. Ich klatschte direkt vor ihrem Gesicht in die Hände – ein Versuch in letzter Minute, sie nicht zu treffen. »Du Sau, du weißärschige Sau.«

Ich hielt krampfhaft meine Hände fest, damit ich ihr nicht in ihr teigiges Gesicht schlug. »Schlag ja niemand ins Gesicht«, sagte Mama immer.

»Vergiss dich, du jämmerlicher Scheißhaufen.« Die Worte kamen mir genauso geschmeidig und schnell über die Lippen wie meinen Onkeln. Shannons Kinnlade klappte herunter. »Verpiss dich bloß!« Ich trat gegen die rote Erde, dass es bis zu ihrem Kleid hoch staubte.

In Shannons Gesicht zuckte es. »Du wirst nie wieder mit uns zu irgendeiner Gospelshow fahren! Ich sag meiner Mama, was du mir für Schimpfnamen gegeben hast, und sie wird dafür sorgen, dass du nie wieder auch nur in meine Nähe kommst.«

»Deine Mama, deine Mama. Du würdest in 'ne Colaflasche pissen, wenn's deine Mama von dir verlangt.«

»Schon wie du redest. Du … du Dreck. Du bist nichts als Dreck. Deine Mama ist Dreck und deine Oma und deine ganze dreckige Familie …«

Da holte ich mit flacher Hand aus, zielte geradewegs auf ihr Gesicht. Aber ich war zu wütend. Ich war blind vor Wut, und deshalb stolperte ich und fiel mit vorgespreizten Händen auf die rote Erde. Meine rechte Hand kam auf einem zerbrochenen Tontopf auf. Es tat so weh, dass ich Shannons schweißnasse, gerötete Wangen kaum mehr wahrnahm.

»Oh … Scheiße. Du … Scheißhaufen.« Wenn ich hätte hochspringen und sie erwischen können, dann hätte ich ihr ein paar Büschel ihrer Zuckerwattehaare ausgerissen. Shannon stand reglos da und schaute zu, wie ich mich aufrappelte und mir die rechte Hand mit der linken hielt. Ich merkte, dass ich weinte. Die Tränen rannen mir übers Gesicht, während der Chor hinter uns immer noch sang. Wie zuvor dröhnte die

Stimme der Frau durch die Pappeln. *Was blind but now I see…*

»Du bist hässlich.« Ich schluckte die Tränen hinunter und zwang mich, ganz ruhig zu sprechen. »Du bist das hässliche Kind Gottes, und du wirst ’ne hässliche Frau sein. ’ne einsame, hässliche alte Frau.«

Shannon begann zu zittern und schob die Lippen schmollend vor, sodass sie noch hässlicher war, als ich sie jemals gesehen hatte, eine Puppe aus kaltem Fett, das in der Hitze schmolz.

»Du hässliches Ding«, fuhr ich fort. »Du Ungeheuer, du fettiges, schielendes, stinkendes, schweißtropfendes hässliches Ding!« Ich zeigte mit allen Fingern auf sie und spuckte auf ihre Lackschuhe. »Du bist so hässlich, dass dich nicht mal deine eigene Mama liebt.«

Shannon wich vor mir zurück, drehte sich um und fing an zu laufen.

»Mamaaaaa!«, heulte sie noch im Laufen. Ich schrie ihr nach, nicht so sehr, um sie zu verletzen, sondern um nicht selbst zu weinen.

»Hässlich… hässlich… hässlich.«

KAPITEL 12

Nichts auf Gottes grüner Erde hätte mich dazu bringen können, je wieder mit Shannon Pearl zu reden. Ich wollte nicht einmal mehr in die Kirche gehen. »Bushy Creek ist sowieso blöd«, sagte ich zu Reese. »Keiner von den Idioten da kann richtig singen, und der Prediger ist so was von eingebildet, dass er die ganze Luft selber braucht – jedenfalls das, was noch davon übrig bleibt, wenn diese alten, aufdringlichen Weiber ihren Puder und ihr Parfüm rausgeschwitzt haben.«

»Hör dir das an!« Reese schlug mit den Knöcheln gegen meine Gürtelschnalle und schnappte sich dann die Flasche mit dem kleinen Rest Cola hinter mir, die ich gerade abgestellt hatte. »Klingt, als hättest du glatt deinen Glauben verloren.«

Reese und ich hatten uns über Nacht von absoluten Verbündeten in Rivalen verwandelt, stritten die ganze Zeit und über alles, angefangen bei der Frage, wer den Hühnermagen bekam, bis zu der, welche von uns die Stärkere war. Nach Jahren der Korkenzieherlocken und Rüschenkleidchen war Reese auf einmal zu einem Wildfang geworden, raufte und fluchte mit den Jungs und weigerte sich, die Sachen anzuziehen, die Mama ihr kaufte. Sie hatte Deedee ein paar von Butchs alten Latzhosen abgebettelt und trug sie nun ununterbrochen, aber was sie eigentlich wollte, war eine Blue Jeans wie die, die ich mir von meinem Tellerwäschergeld gekauft hatte. Zutiefst neidisch war sie auch auf den geflochtenen Ledergürtel, den Onkel Earle mir geschickt hatte, mit seiner hellglänzenden Schnalle in Form eines Hufeisens, und ständig versuchte sie, ihn in die Finger zu bekommen. Ich musste höllisch aufpassen, sonst hätte sie ihn sich bei der nächsten Gelegenheit »geborgt«.

»Du brauchst gerade zu reden«, fuhr ich sie an. Ich wünschte mir, sie würde einfach weggehen und mich in Ruhe lassen. »Du gehst doch bloß in die Kirche, damit du nach der Sonntagsschule Limo und Kekse kriegst.«

»Da schäm ich mich gar nicht. Ich hab noch nie gesehen, dass du zu irgendwas Nein sagst, was du umsonst kriegen kannst. Außerdem bist du bloß eifersüchtig, weil in der Sonntagsschule jeder nur von mir was will, und früher warst du im Mittelpunkt.«

Ich schnaubte verächtlich, sagte aber nichts darauf. Mit Reese konnte man nicht streiten, sie genoss es zu sehr. Ich hakte die Daumen hinter der Gürtelschnalle ein, lehnte mich zurück, starrte sie an und verweigerte eine Antwort. Schweigen war die einzige Möglichkeit, Reese fertig zu machen. Sie hielt es einfach nicht aus, wenn man nicht mit ihr redete.

»Oh, fang bloß nicht wieder damit an, du gemeine alte Ratte.« Reese stampfte mit dem bloßen Fuß auf dem Boden auf und zeigte mit der Colaflasche auf mich. »Ich kenn dich, Knöchelchen. Ich kenn deine ganzen Tricks, und ich werd nie mehr mit dir spielen. Setz dich doch drauf auf deinen verdammten alten Gürtel. Hoffentlich erstickst du dran. Wenn's so weit ist, komm ich und schau zu.«

Um diese Zeit herum entdeckte ich, dass Reese fast genauso oft masturbierte wie ich. Mitten in der Nacht wachte ich auf, weil das Bett leicht wackelte. Statt ausgestreckt, Arme und Beine weit gespreizt, am Ende des Bettes zu liegen wie sonst, war Reese auf der anderen Seite der Matratze, den Körper gekrümmt und von mir abgewandt. Ich hörte, wie sie atmete, schnell und flach. Ich wusste sofort, was sie machte. Ich blieb still liegen, mein eigener Atem ging ruhig und regelmäßig. Nach einiger Zeit hielt sie den Atem an, und dann hörte das Wackeln auf. Ganz leise ließ ich dann meine rechte Hand zwischen die Schenkel gleiten und hielt mich fest. Ich wollte es auch machen, aber ich ertrug den Gedanken nicht, dass sie es hören könnte. Und was, wenn sie es wirklich hörte? Ich spürte, wie Reese sich entspannte und wieder Arme und Beine von sich streckte. Ich hielt den Atem an, ich bewegte meine Hand, ich brachte das Bett fast überhaupt nicht zum Wackeln.

Jeden Tag, wenn wir von der Schule heimkamen, ging Reese allein in unser Schlafzimmer. Wenn sie herauskam, ging ich hinein. Manchmal bildete ich mir sogar ein, ich könnte riechen, was sie getan hatte, aber das konnte eigentlich nicht sein. Sie war ein kleines Mädchen und roch wie ein kleines Mädchen. Keine von uns roch wie Mama, nach jenem reifen, fleischigen Geruch einer erwachsenen Frau. Ich zog die Unterhosen aus und überzeugte mich davon, wusch mich jedes Mal, wenn ich das tat, wovon ich wusste, dass meine Schwester es auch tat, gewissenhaft mit warmem Wasser und Seife.

Eines Nachmittags ging ich hinaus und lauschte, welche Geräusche Reese allein im Schlafzimmer machte. Sie war leise, sehr leise, aber ich konnte hören, wie der Rhythmus ihres Atems allmählich schneller wurde, und ich hörte auch das leichte Stöhnen, bevor es wieder langsamer wurde. Das Stöhnen gefiel mir. Wenn sie es mitten in der Nacht machte, gab sie überhaupt keinen Ton von sich. Aber schließlich war ich selbst genauso vorsichtig, sogar wenn ich allein und sicher war. Ich überlegte, ob Reese es tagsüber anders machte. Ich überlegte, ob sie sich auf den Rücken legte und die Beine spreizte, so wie ich es gern machte, wenn ich allein war, anstatt auf den Bauch, beide Hände darunter, so wie ich es nachts machte. Es gab aber keine Möglichkeit, sie auszuspionieren, keine Möglichkeit, es herauszufinden. Ich stellte mir jedoch manchmal Reese vor, wenn ich es selbst machte, sah sie ausgestreckt auf unserem großen Doppelbett liegen, nur leicht schaukelnd, und nichts außer ihrem Atem verriet, dass sie eine Sünde beging.

Ich überraschte Reese eines Nachmittags, als sie mit einer

von Mamas Unterhosen auf dem Gesicht im Bett lag. Ihre Gesichtszüge zeichneten sich durch den hauchdünnen Stoff deutlich ab, aber über den Lippen hatte die Seide eine kleine Wölbung. Hektisch riss sie sich die Unterhose vom Gesicht und stopfte sie sich unter den Rücken. Ich nahm ein Buch, das ich gerade las, von der Kommode und tat so, als hätte ich nichts mitbekommen.

Im Wald hinterm Haus spielte Reese selbst ausgedachte Geschichten. Ich beobachtete sie eines Nachmittags von dem Baum aus, an dem Mama immer ihr Vogelhäuschen aufhängte. Sie hatte mich nicht hinaufklettern sehen und wusste also nicht, dass ich deutlich sehen konnte, wie sie herumrannte, während sie sich ein altes Leintuch wie ein Cape um den Hals gebunden hatte. Sie schien sich gegen irgendwelche Angreifer zu wehren. Dann fiel sie zu Boden und tat so, als würde sie mit jemandem ringen. Sie rollte sich im Gras und im nassen Laub herum und schrie immer wieder: »Nein! Nein!« Ihr hochmütiger Gesichtsausdruck wich gespielter Furcht, während sie den Kopf heftig hin und her warf wie die Heldin in einem Abenteuerfilm.

Ich klammerte mich fest an den Baum und stieß leicht mit den Hüften gegen den gleichgültigen Stamm. Ich stellte mir vor, ich wäre an die Äste über und unter mir gefesselt. Irgendwer hätte mich mit trockenen Zweigen geschlagen und die Hände unter meine Kleider geschoben. Irgendwer, irgendwer, träumte ich. Irgendwer hatte mich hoch oben an dem Baum gefesselt, mich geknebelt und allein gelassen, damit ich hier verhungerte, während die Amseln an meinen Ohren pickten. Ich schaukelte vor und zurück, drückte die Schenkel gegen die raue Rinde. Unter mir drückte Reese die Hüften ins Laub und stöhnte. Irgendwer, irgendwer, träumte sie, machte schrecklich aufregende Sachen mit ihr.

Reese und ich redeten nie über unsere geheimen Spiele oder die jeweiligen Stunden allein im Schlafzimmer. In jenen Tagen redeten wir überhaupt kaum miteinander. Aber wir sorgten dafür, dass kein anderer ins Schlafzimmer ging, wenn eine von uns dort allein war.

Es war die denkbar schlechteste Zeit zum Streiten für Reese und mich. Keine hätte je ohne die andere nachmittags zu Hause sein sollen, aber ich konnte nicht vorhersagen, wann sie von mir genug haben und anderswohin rennen würde. Daddy Glens Ausfahrrouten waren geändert worden, und er war nicht mehr den ganzen Tag beschäftigt. Er kam nachmittags oft nach Hause und sah wieder die ganze Zeit verdrossen aus. An einem Tag brüllte er mich an, ich sei zu groß, um in einem T-Shirt ohne BH herumzurennen, und am nächsten beschuldigte er mich, ich tue so, als wäre ich schon erwachsen. Mama sagte, er habe Streit mit seinem Daddy, und wir sollten ihm aus dem Weg gehen, bis sich die Lage wieder beruhigt habe. Aber Tante Alma und Onkel Wade hatten auch Streit, also konnte ich nicht zu ihnen gehen, und Tante Ruth war inzwischen wirklich krank.

»Du gehst zu Tante Raylene raus«, sagte Mama schließlich.

»Du hast mich noch nie zu Tante Raylene geschickt«, protestierte ich. »Ich hab gedacht, du willst nicht, dass ich zu ihr rausgeh.« Ich hoffte, sie würde mich wieder in das Lokal mitkommen und in der Küche arbeiten lassen. Es gefiel mir dort. Es machte mir Spaß, wie die Kellnerinnen herumalberten und die Lastwagenfahrer mit Mama flirteten, als wäre sie immer noch die hübscheste Frau in der ganzen County.

»Das hab ich nie gesagt. Ich hab zu dir nie was über Raylene gesagt.« Ich wusste, dass Mama wütend war, wenn sie eine so hohe Stimme bekam. »Hat etwa irgendjemand anders wegen Raylene was zu dir gesagt?«

»Nein, Mama.«

»Sicher?« Mama umklammerte mich so fest am Handgelenk, dass die Haut brannte. »Bist du dir da sicher?«

»Was kann denn irgendwer über Raylene schon gesagt haben?«

Mama ließ mich wieder los.

»Ich hab ja nur gefragt. Erfind du bloß keine Geschichten, Kleine. Du bist noch nicht zu groß für 'ne Tracht Prügel.«

»Entschuldigung. Aber du hast mich wirklich noch nie zu Raylene rausgeschickt.«

»Na ja, vielleicht hab ich gedacht, du bist noch nicht alt genug, dass du beim Fluss draußen bleiben kannst.« Mama war aufgebracht und ungeduldig. Sie strich sich mit beiden Händen die Haare aus dem Gesicht und wischte sich über die Lippen. »Garvey hilft zurzeit nach der Schule bei Mr. Berdforth in der Werkstatt aus. Er kann dich mitnehmen, und ich will hoffen, ich kann mich drauf verlassen, dass du keine Schwierigkeiten machst, während du da draußen bist.«

Garvey war hocherfreut, dass er mich zu Raylenes Haus fahren durfte, besonders nachdem Mama ihm einen Dollar Benzingeld gegeben hatte. »Ich verdiene fast kein Geld, wenn ich bei Mr. Berdforth sauber mache«, erzählte er. »Der Typ ist so geizig wie nur was. Aber wenigstens lern ich dabei was. Daddy sagt, 'n Mechaniker findet immer 'nen Job.«

»Ja, ja.«

Ich war unruhig, und Garveys Probleme interessierten mich nicht die Bohne. Tante Alma witzelte immer, die Zwillinge seien so faul, dass sie nicht mal aus eigenem Antrieb furzen konnten, und manchmal dachte ich, dass sie Recht hatte. Doof genug waren sie jedenfalls. Keiner von beiden las je ein Buch oder redete über irgendetwas anderes als darüber, wie reich sie »eines Tages« sein würden. Mama sagte, daran, wie beschränkt sie geworden seien, könne man erkennen, dass sie allmählich erwachsen wurden, weil Teenager immer erst dumm und dann schlau wurden. Ich fragte mich, ob mit mir zurzeit das Gleiche geschah, ob ich bereits dumm wurde und es nur nicht merkte. Nicht dass das etwas ausmachte. Dumm oder schlau, was mit mir oder Grey oder Garvey oder irgendeinem von uns passieren würde, da gab es keine große Auswahl. Erwachsenwerden war, wie in ein Loch zu fallen. Die Jungs würden von der Schule runtergehen und früher oder später wegen irgendeiner Dummheit im Gefängnis landen. Ich hörte vielleicht nicht mit der Schule auf, nicht solange Mama bei der Sache irgendetwas mitzureden hatte, aber was machte das schon aus? Was würde ich in fünf Jahren machen? In der Spinnerei arbeiten? Zusammen mit Mama im Lokal? Für mich sah alles trostlos aus. Kein Wunder, dass die Leute durchdrehen, wenn sie erwachsen werden.

Gleichgültig, was Mama sagte, ich wusste, dass ich nicht nur deswegen selten bei Tante Raylene gewesen war, weil sie so weit draußen wohnte. Obwohl sie eine echte Boatwright war, hatte es immer Züge an ihr gegeben, die sie von ihren Schwestern unterschieden. Sie war ruhiger, zurückgezogener, lebte allein mit ihren Hunden und Angelschnüren und war offensichtlich glücklich dabei. Sie hatte immer außerhalb der Stadtgrenze gewohnt und ihr Haus war dasjenige, wohin die älteren Vettern gern gingen. Bei Raylene draußen konnten sie rauchen und fluchen und Radau machen, ohne dass sich jemand einmischte. Kinder durften bei ihr so ziemlich alles machen, was sie wollten. Raylene war davon überzeugt, dass es am besten war, ihnen ihren Kopf zu lassen.

»Sie sind nicht von sich aus böse«, sagte sie immer. »Sie sind genau wie junge Hunde. Ab und zu müssen sie sich einfach austoben.«

Raylenes Haus war über den Eustis Highway leicht zu erreichen, aber es stand allein auf einer kleinen Anhöhe. Der Greenville River machte eine Biegung um den Gesteinsaufschluss, auf dem ihr verwittertes altes Holzhaus stand, und von der Veranda aus, die um drei Seiten führte, konnte man den Fluss und den dahinter entlanglaufenden Highway sehen. Raylenes Bäume und Sträucher wurden regelmäßig gestutzt. »Ich mag keine Überraschungen«, sagte sie immer. »Ich mag sehen, wer zu mir rauskommt.«

Als Raylene jung war, so erzählte es mir Onkel Earle, war sie ziemlich wild. Mit siebzehn rannte sie mit einem Kerl davon, der zum Jahrmarkt ging, aber sie hat ihn nie geheiratet. Zwei Jahre später kam sie wieder nach Hause, fand Arbeit in der Spinnerei und mietete das Haus, in dem sie jetzt noch wohnte. Bevor Butch nach Oklahoma ging, erzählte er mir, dass Raylene beim Jahrmarkt wie ein Mann gearbeitet hat, sich die Haare abschnitt und Arbeitshosen anzog. Sie nannte sich Ray, und wenn ich sie mir vorstellte, mit ihrer kleinen, stämmigen Figur, den breiten Schultern und kleinen Brüsten, konnte ich gut verstehen, warum niemand Verdacht schöpfte. Die Idee, einfach so davonzulaufen, war beeindruckend, und ich hing ihr oft mit wehmütigem Verlangen nach. Grey oder Garvey redeten immer über ihre Pläne, wohin sie reisen würden, wenn sie erst einmal die Schule hinter sich hätten, aber für ein Mädchen war das Herumziehen nicht so einfach. Raylene hatte es trotzdem gemacht, und ich stellte mir gern vor, wie ich es ihr gleichtat. Wenn ich mir die Haare richtig kurz schneiden, das Rauchen und derbe Reden angewöhnen würde, könnte ich es vielleicht schaffen. Tante Raylene hatte aber auch ein paar hässliche Narben hinter einem ihrer Ohren, über die sie nicht reden wollte, und manchmal einen so traurigen und nachdenklichen Blick, dass ich zu dem Schluss kam, ihre Reisen seien womöglich gar nicht diese romantischen Abenteuer gewesen, die sich die Jungs ausmalten. Wenn ich ihrem Beispiel folgte, kam ich vielleicht mit noch schlimmeren Narben zurück; oder überhaupt nicht.

Sie war heimgekehrt, um ihr Leben allein zu leben, hörte nach zwanzig Jahren in der Spinnerei auf, schnitt die grauen Haare immer noch kurz und trug genauso oft Hosen wie Röcke. Sie hatte nur wenige Freunde, alles ebenso ruhige, zurückgezogene Menschen. Ihre einzige gesellschaftliche Aktivität war das wöchentliche Kartenspiel mit dem verwitweten Chorleiter und zwei Lehrern der hiesigen Schule. Deedee hatte sie einmal eine einsame alte Frau genannt, aber Ruth war ihr über den Mund gefahren, hatte gesagt, eine Frau sei nur einsam, wenn sie mit sich allein nicht glücklich ist, und Raylene sei wahrscheinlich die einzige uns jetzt und in Zukunft bekannte Person, die mit ihrer eigenen Gesellschaft absolut zufrieden sei. Nicht dass irgendjemand sie allein ließ. Die Onkel schauten ständig um die Mittagszeit herum vorbei, und Grey und Garvey waren bestimmt genauso oft dort draußen wie zu Hause.

Es hieß, Raylene sei der beste Koch in der Familie und verdiene sich ein festes Zubrot durch den Verkauf von selbst eingemachtem Gemüse und Obst. »Die Frau macht die besten Essiggurken im ganzen Bundesstaat«, prahlte Onkel Beau gern. »Und den zweitbesten Selbstgebrannten.« Ihren Whiskey hatte ich nie probiert, aber von ihrem eingemachten Gemüse nahm ihr Mama immer so viel ab, wie Raylene ihr nur gab. Es hatte einen ganz eigentümlichen rauchigen, pfeffrigen Geschmack, süß und würzig zugleich. Als ich die ersten Male zu ihr rausfuhr, hatte ich vor, Mama eine Freude zu machen und Raylene ein paar Gläser mehr abzuschwatzen. Nie hätte ich gedacht, ich würde da draußen am Fluss plötzlich feststellen, dass ich genauso fasziniert von meiner einsiedlerischen Tante war wie zuvor nur von der Gospelmusik.

»Dreck steigt nach oben«, sagte Tante Raylene grinsend am ersten Nachmittag, den ich bei ihr verbrachte. »Hier draußen, wo niemand dazwischenpfuschen kann, steigt der Dreck ununterbrochen.« Sie lachte laut und begeistert und spuckte zur Seite aus, wie ich es bei einer erwachsenen Frau bisher noch nie erlebt hatte.

In den Sommernächten zündete Raylene alte Lastwagenreifen vom Müllabladeplatz des Bezirks an und ließ sie im Garten vor sich hin schwelen, um die Mücken zu vertreiben. Der Rauch stieg als dicker, stinkender brauner Nebel hoch, trieb zum Fluss, wo die Männer in der Abendkühle angelten und wo Tante Raylene den Wildwuchs immer wieder stutzte, um Ungeziefer fern zu halten und eine klare Sicht auf die Ufer zu haben.

»Ich schau gern zu, wie die Sachen vorbeigehen«, sagte sie in ihrem trägen schnurrenden Singsang. »Zeit und Männer und der Dreck draußen im Fluss. Ich schau einfach gern zu, wie alles wegtreibt.« Sie redete leise, roch leicht nach Alkohol und Pfeffer, Essig und Selbstgebranntem und nach dem scharfen Beigeschmack von rauchendem Holz, der ständig an ihrer Haut haftete. Ich beobachtete, wie sie in ihrer Latzhose die Hüften bewegte. Sie war rundherum genauso dick wie Tante Alma, bewegte sich jedoch leicht und anmutig wie ein Junge, hockte sich zum Unkrautjäten breitbeinig hin und schlenkerte mit den Armen, wenn sie in ihrem Garten herumging. Onkel Earle hatte gesagt, sie habe leidenschaftlich gern getanzt, als sie noch jung war, aber sie sah aus, als könnte sie es noch immer.

Tante Raylenes Haus war sauber geputzt, aber an den Wänden standen lauter Regale voll Krimskrams, alte Werkzeuge und Vogelnester, seltenes Geschirr und absonderlich geformte Steine. Eine regelrechte Kuriositätenschau sammelte sich am Flussufer unterhalb ihres Hauses an. Die Leute von Greenville warfen ihren Müll ein paar Meilen flussabwärts vom Highway hinunter. Dort versank er zunächst im Schlamm und bahnte sich dann allmählich seinen Weg zu Tante Raylenes Haus, wo der Fluss eine Biegung machte, stieg dann hoch und fing sich in den Wurzeln der großen Bäume am Ufer. Tante Raylene sagte, der Müll ziehe die Fische an, und es stimmte auch, dass bei ihr der beste Angelplatz in der ganzen County war. Die Onkel fingen bei Tante Raylene Karpfen und Welse und große braune namenlose Fische mit angefaulten Augen und schon ganz gelben Flossen, die sich die Leute nicht zu essen trauten. Onkel Earle und Onkel Beau steckten ihre Ruten in den Boden, kleine Glocken an der Schnur, und standen im Reifenrauch herum, tranken Whiskey und erzählten sich schmutzige Geschichten.

Ab und zu klingelten die Glöckchen, aber nicht immer gingen die Männer sofort los, um sich ihren Fang zu holen. Manchmal waren der Whiskey und die Geschichten einfach zu gut.

Als ich auftauchte, gab mir Raylene ein Glas Zitronentee und schickte mich dann schnell an die Arbeit. Ich sollte das reife Gemüse in ihrem Garten neben dem Haus ernten, damit sie sich nicht so viel bücken musste. »In dieser verdammten Spinnerei hab ich mir den Rücken ziemlich kaputtgemacht«, sagte sie, grinste und seufzte dazu. »Dauernd nach vorne beugen und zupacken. Jetzt lauf ich lieber, als dass ich mich bück. Pass bloß auf deinen Rücken auf, Knöchelchen, sonst ist er verflucht steif, wenn du alt wirst.« Sie sagte mir, ich solle zum Fluss hinuntergehen und alles an Müll rausholen, was sich zwischen den Baumwurzeln angesammelt hatte. Ich kam nach Hause mit frischen Tomaten, Gumboschoten, zwei Gläsern Eingemachtem und dem Kopf einer Betsy-Wetsy-Puppe, der mit der dämlichen Plastiklocke auf der Stirn. Raylene sagte zu Mama, ich gehörte zu der Sorte Mädchen, die sie mochte, ruhig und tüchtig, und sie würde in Naturalien zahlen, wenn ich ihr ein paar Tage in der Woche half. Und so verbrachte ich bald die ganze Zeit bei Raylene, während Reese nachmittags in die Bibelschule in der Jesus Love Academy ging. Jeden Tag zerrte ich die verschiedensten Sachen vom Fluss hoch – Kinderwagenbezüge, Dreiradreifen, Schuhe, Plastikgeschirr, Springseile, zerlumpte Kleider und einmal sogar den Scheinwerfer einer Harley Davidson.

»Das sind gute Sachen«, sagte Tante Raylene meistens. »Du hast 'n Auge dafür, Mädel. Die Kleider da kann ich waschen und flicken. Das Geschirr tauchen wir in Bleiche, und den Rest schrubben wir ab. Am Samstag in der Früh legen wir Decken raus und verkaufen's neben der Straße. Du überredest deine Mama, dass sie dich am Wochenende rüberschickt, und ich geb dir 'n Zehntel von allem, was wir verdienen.«

Ich genoss ihr Lob mehr als das Geld, genoss es, in irgendeiner Sache gut zu sein, genoss es zu hören, wie Tante Raylene Onkel Beau erzählte, was für ein Arbeitstier ich sei. Manchmal kam sie zum Fluss herunter und schaute zu, wie ich auf den Baumwurzeln herumkletterte. »Du hast 'nen ziemlich sicheren Stand«, sagte sie. »Schaut aus, als hättest du gar keine Angst, dass du reinfällst.«

»Warum auch?« Ich schaute zu, wie sie sich eine Zigarette anzündete, genau wie Onkel Beau, indem sie das Zündholz am Daumennagel anriss. »'n bisschen Flusswasser tut mir nicht weh.«

»Nee, das tut es nicht. Bestimmt nicht. Aber du wärst überrascht, wenn du sehen könntest, wie sich manche Leute nur bei der Vorstellung aufführen, dass sie da reinfallen könnten oder sich die Hosen nass machen oder sich an 'nem alten Flussfelsen stoßen. Almas Mädel Temple war einmal hier, nachdem sie von der Schule runter ist, und es hat sich rausgestellt, dass sie Angst vor bissigen Schildkröten hat. Das Mädel war davon überzeugt, dass sie da unter der Wasseroberfläche auf sie warten, drauf warten, dass sie ihr die kleinen Zehen abbeißen und sie auffressen könnten! Kannst du dir das vorstellen?«

Sie zog an ihrer Zigarette, die sie wegen der frischen Brise am Fluss in der hohlen Hand hielt.

»Ach Gott.« Sie krümmte den Rücken und ging dann auf der Uferböschung in die Hocke; ihr schwarzer Sergerock bauschte sich unter ihren Schenkeln. »Ich hab die Leute so satt, die dauernd jammern, was ihnen alles passieren könnte, die nie was riskieren oder irgendwas Neues machen. Ich bin froh, dass du mal nicht so sein wirst, Knöchelchen. Ich bau drauf, dass du hier rauskommst und was machst, Mädel. Die Leute nervös und deine alte Tante froh machst.«

Sie schlang die Arme um die Knie und schaute den Fluss entlang. Ich sah sie oft so, wie sie dort draußen saß und in die Ferne starrte. Sie schien sich stets völlig wohl dabei zu fühlen, die Ellbogen um die Knie gehakt, eine Hand erhoben, um zu rauchen. Manchmal summte sie dabei leise, aber keine Melodie, die ich je gehört hätte. Tante Raylene verabscheute fast alles, was im Radio gespielt wurde. Ihre größte Verachtung galt den Country-Balladen, die über den treulosen Geliebten wehklagten und in deren Refrain immer ein kurzer gesprochener Text enthalten war. »Grässlich gefühlsduseliger Mist«, war ihr Kommentar. »Dir gefällt das doch nicht etwa, Knöchelchen?«

Ich versicherte ihr, nein, es gefalle mir nicht, natürlich nicht, und ich erwähnte nicht, dass es mir zuvor schon gefallen hatte. Ich wollte auf gar keinen Fall, dass sie glaubte, ich sei nicht ganz bei Sinnen. Zu meinem eigenen Schutz redete ich mit ihr nie über Gospelmusik. Ich hätte es nicht ertragen, wenn Raylene über die Musik, die ich in meinen Träumen sang, gelacht hätte.

Tante Almas Mädchen Patsy Ruth kam zu Tante Raylene raus, um nicht dauernd auf Kaulquappe aufpassen zu müssen. Man hatte endgültig ein Herzleiden bei der Kleinen festgestellt, obwohl sie nicht krank aussah, nur sehr klein und leicht bläulich. Mit vier Jahren passte sie immer noch in Tante Almas Wäschekorb und musste die ganze Zeit im Auge behalten werden. »Kaulquappe schläft ein, und es schaut aus, als würde sie nicht mehr atmen. Mama dreht total durch, glaubt, sie ist tot oder was, und schüttelt sie, bis sie plärrt. Es geht mir auf die Nerven«, beschwerte sich Patsy Ruth. »Lieber jäte ich jeden Tag bei Tante Raylene Unkraut.«

Patsy Ruth wollte mir zwar helfen, die Sachen aus dem Fluss zu ziehen, sich selbst dabei aber auf keinen Fall dreckig machen. Sie blieb auf den frei liegenden Baumwurzeln stehen und holte selten etwas heraus, was den Aufwand wert war. Trotzdem war sie diejenige, die die Haken sah – zwei Stück, mit einer rostigen Kette zusammengebunden, große vierzackige Dinger, an denen noch kurze Seilreste hingen.

»Schau doch, da glänzt was!«, schrie sie und rutschte dabei fast in den Schlamm hinunter. »Schau doch, da. Da ist irgendwas, wetten? Irgendwas.«

Ich kletterte auf einer der Wurzeln hinaus, bis ich mit der Hand die geschwungene Metallspitze erreichen konnte, die aus dem braunen Wasser ragte. Es war schwer, die Haken von dem schmierigen Abfall und Dreck zu lösen. Als ich sie endlich frei bekommen hatte, war ich heruntergerutscht und stand mit einem Bein bis zum Schenkel im Schlamm.

»Beweg deinen Arsch runter und hilf mir«, schrie ich zu Patsy Ruth hoch, aber sie dachte nicht daran, sich in den Fluss zu wagen. Immerhin rannte sie zum Haus zurück und holte Grey und Garvey.

»Mein lieber Gott, die sind ganz schön riesig.« Grey nahm mir die Haken aus der Hand, noch bevor ich sie die Uferböschung hochziehen konnte. »Der Scheißdreck ist ja länger als mein Arm.«

»Was ist es denn?«

»'n Haken, 'n ganzer Satz Haken.«

»Jeder Trottel kann das sehen. Aber wofür sind die gut?« Garvey war auch mitgekommen, und er war genauso gierig darauf, die Haken in die Finger zu bekommen, wie Grey. Er stritt sich ständig mit seinem Bruder und stellte ständig alles in Frage, was Grey sagte.

»Bergsteigen, die sind zum Bergsteigen«, erklärte Grey.

Ich glaubte das ebenso wenig wie Garvey, aber Grey beharrte so fest darauf, dass wir nichts weiter sagten und nur die Finger über die rostigen Zinken gleiten ließen.

»Schaut euch bloß mal die Spitzen an den Zinken da an. Die bohren sich ohne jede Schwierigkeit in jeden Felsen.«

»Für die Berge hier in der Gegend braucht man gar nichts in der Richtung.« Garvey zog an der herunterbaumelnden Kette. »Überhaupt nichts.«

»Mein Gott, na und, wahrscheinlich hat sie irgend 'n Yankee mitgebracht, hat nicht gewusst, wie unsere Berge sind.«

Grey war stur. Er würde keine Ruhe geben, bis wir ihm zustimmten, dass die Haken zum Klettern da seien, gleichgültig, wie dumm die Vorstellung war, Yankees würden hier herunterkommen und mit diesen Haken auf unsere Berge steigen. Aber Garvey gab nicht so leicht auf.

»Du hast nicht mal mehr den Verstand, mit dem du geboren bist«, fauchte er. »Nicht mal Yankees sind so blöd.«

»Du sagst, ich bin dumm?«

»Mein Gott, reg dich ab.«

Ich schnappte mir die Haken, bevor sie jemandem in den Leib gerammt werden konnten. Sie waren schwer, aber nicht so schwer, dass ich nicht einen davon im Kreis schwingen und werfen konnte, wenn ich musste. In einer Sache hatte Grey Recht. Diese Spitzen unter der Rostschicht waren scharf, und das nicht nur an den Enden, sondern die ganze Länge der u-förmig gebogenen Zinken lang. Graugrüne Algen verbargen größtenteils den metallischen Glanz, aber sie ließen sich leicht abkratzen. Der Rost war härter, aber auch der ging ab, als ich mit meinem Taschenmesser an den Zacken auf und ab fuhr. In der Mitte jedes Hakens, wo die vier Zinken zusammenliefen, befand sich eine zähe Masse aus klebrigem Flussschlamm, Gräsern und Fischteilen. Ich setzte mich hin, um alles abzukratzen, und machte die Jungs so neugierig, dass sie eine Zeit lang zu streiten aufhörten. Mit einem Brecheisen sprengten sie die Kette und lösten die beiden Haken voneinander. Jeder nahm dann einen davon an sich, als hätte er vor, ihn zu behalten.

»Wenn sie erst mal sauber sind, dann zeig ich euch, was die Bergsteiger damit machen.« Grey wollte uns also immer noch unbedingt davon überzeugen, dass er genau wusste, was es mit den Haken auf sich hatte.

Garvey lachte ihn aus. »Wenn du das Scheißteil in ’nen Baum raufschmeißt, stichst du damit noch jemand ’n Auge aus. Braucht sich bloß die Kette in ’nem Zweig zu verfangen.«

»Ich schmeiß das Ding doch nicht in ’nen Baum rauf.«

Grey schaute ihn verächtlich an. »Ich zieh mich damit senkrecht an der Hauswand hoch. Ich werd euch vom Dach aus winken, und dann könnt ihr mir sagen, dass ich verrückt bin.«

Und er tat es auch, band ein starkes langes Seil an die Kette, die von seinem Haken herunterbaumelte, schwang ihn im Kreis herum, bis er hoch genug war, und schleuderte ihn dann auf das Haus. Die Zinken gruben sich in das Holz unterhalb der Dachkante und steckten auch tief genug, dass sie Greys Gewicht tragen konnten, aber als er dann hinaufgeklettert war, konnte er trotzdem nicht genügend Schwung holen, um ein Bein über die Dachrinne zu hieven. Garvey versuchte es als Nächster, der Streit war vergessen, aber er hatte das gleiche Problem. Er schaffte es zumindest, sich am First fest zu halten, während er den Haken herauszog, um ihn wieder hinunterzuwerfen. Dann rutschte er hinterher, brach sich dabei aber wie durch ein Wunder keinen einzigen Knochen. Keiner sah, wie ich mir Garveys herumliegenden Haken schnappte, um mich schrittweise zur anderen Seite des Hauses zu stehlen.

»Diesmal zielen wir aufs Dach«, sagte Garvey. »Werfen ihn direkt aufs Dach. Dann können wir ganz raufklettern, brauchen uns nur am Seil hochzuziehen.«

»Das wirst du nicht tun!« Tante Raylene war hinter mir aufgetaucht, während wir alle Garvey zugeschaut hatten. Sie entriss mir den einen Haken und Grey den anderen.

»Willst du unbedingt eins von den Kindern umbringen?«

Dann schaute sie hoch und entdeckte die Löcher, die der Haken in die Wand gebohrt hatte.

»Oh mein Gott!« Ihre linke Hand schoss vor und versetzte erst Grey, dann Garvey eine Ohrfeige. »Ihr durchlöchert mein Haus! Ihr habt wohl vor, einfach abzuhauen und alles zu lassen, wie’s ist. Egal, ob’s reinregnet und meine Wand verfault.« Die von der anderen Hand herunterbaumelnde Kette

schlug gegen den Rock des gemusterten Kleides, das sie für einen Stadtbesuch angezogen hatte. »Es wundert mich nur, dass ihr euch nicht schon gegenseitig umgebracht habt. Nein.« Sie schüttelte den Kopf und spuckte seitlich Tabaksaft aus. »Nein. Was einen wundert, ist, dass *ich* euch nicht schon umgebracht hab.«

»So tief sind die Löcher nicht«, versuchte Grey einzulenken. »Da kommt kein Regen rein.«

Tante Raylenes Gesicht verfärbte sich, und ihre Augen wurden glasig. Ich musste kurz daran denken, wie Onkel Beau erzählt hatte, dass Tante Raylene an den Fluss gezogen war, nachdem sie beim Jahrmarkt in Schwierigkeiten geraten war und einen Mann aufgeschlitzt hatte, weil er versucht hatte, sich mit ihr anzulegen. Jetzt sah sie aus, als würde sie einen von diesen Haken Grey in den Bauch schleudern. Die anderen Kinder rannten davon, und Grey stolperte rückwärts außer Reichweite.

»Tante Raylene«, flehte er, und der Schweiß brach ihm aus, »Tante Raylene, komm. Tante Raylene, warte …«

»Du irrer, kleiner Bastard«, fauchte sie ihn an. Sie packte ihn mit einer Hand am Arm und schüttelte ihn hin und her wie einen Fisch an der Angel. »Ihr alle. Wisst ihr denn nicht, was das ist?« Sie fuchtelte mit den Zacken dicht vor Greys Gesicht herum. »Glaubst du vielleicht, das ist 'n großer alter Angelhaken? Da hast du dich aber getäuscht. Das ist 'n Schleppanker, 'n Suchanker. Geh du mal im Fluss unter, dann nehmen sie so was her, um dich in Einzelteilen wieder rauszuziehen. Ziehen dich raus aus dem ganzen Abfall in diesem tiefen Schlamm. Ziehen dich in kleinen Stücken raus, kapiert? Widerliche Brocken von dir, mein Kleiner, über denen deine Mama dann weinen kann.«

Tante Raylenes Geschichte machte uns eigentlich nicht richtig Angst. Wenn ich versuchte, mir meine Leiche zerstückelt vorzustellen, war es wie ein Comic, völlig unrealistisch, aber nachts schwebten dann doch fürchterliche zerfranste

Fleischbrocken durch meine Träume. Auch die Haken gingen in meine Träume ein, triefend von Blut und Flussschlamm. Vielleicht waren das, was ich da abgeschabt hatte, gar keine Fischreste gewesen. Es konnte alles Mögliche gewesen sein. Ich dachte mir Geschichten aus, woher diese Haken gekommen waren, wer sie verloren hatte, bis Patsy Ruth Albträume bekam. Sie träumte, sie sei im Fluss ertrunken und die Leichenbestatter müssten nun Stücke von ihr wieder zusammennähen, damit sie wie ein Mensch aussah. Nur dass sie die Stücke von verschiedenen Leuten zusammennähten, weil sie zumindest einen einigermaßen vollständigen Körper brauchten, um ihn vor dem Begräbnis ihrer Mama zu zeigen. Als sie es Tante Alma erzählte, befahl mir Alma, damit aufzuhören, solch grauenhafte Geschichten zu erfinden.

Tante Raylene brachte an ihrer Kellertür ein Schloss an, damit keiner von uns an die Haken herankam, und sie schienen auch in Vergessenheit zu geraten. Ein paar Wochen später fing ich jedoch wieder an, von ihnen zu träumen. Diesmal pfiffen ihre messerscharfen Spitzen, wenn der Wind hindurchblies, und die Stahlkanten spiegelten Licht wider, wo keines war. Aus diesen Träumen erwachte ich mit schmerzenden Zähnen, in meinen Ohren pochte es, als stünde ich ungeschützt im Wind, einem stinkenden, kalten und beständigen Wind. Ich wollte einen von diesen Haken haben, wollte ihn für mich allein, jenes kalte scharfe Metall an einem Ort, wo ich die Hand ausstrecken und es jederzeit berühren konnte.

Bald ging ich bei jeder sich bietenden Gelegenheit zu Tante Raylene, trieb mich dort herum und half, wo ich konnte. Ich jätete Unkraut und pflückte Tomaten, Mais und Paprika. Als es mit dem Einmachen losging, war ich da und kochte die Tonkrüge aus und schmolz das Wachs, während Raylene an ihrem Küchentisch schnitt und hackte. Ich holte die Einweckgläser aus dem Keller. Ich holte das Wachs, die Gummiringe und die Metallklammern herauf, und als Tante Raylene eines Tages nach draußen ging, um den Nacken unter die alte Wasserpumpe auf der anderen Seite des Hauses zu halten, holte ich einen der Haken herauf. Ich versteckte ihn unter der Veranda, bevor irgendjemand etwas mitbekam, lachte, weil es so einfach gewesen war. Als ich wieder in die Küche kam, stand Mama vor den sprudelnden Kesseln.

»Willst du etwa, dass die Pfirsiche überkochen?«, fuhr sie mich an. »Bei dem Zeug musst du dabei bleiben. Du kannst nicht einfach auf und davon und im Garten rumrennen, wenn die Töpfe aufm Feuer stehen.« Sie drückte mich auf einen Stuhl neben dem Herd. »Da setzt du dich hin und hältst die Augen offen, Kleine.«

Tante Raylene kam lachend herein und drückte mir die Schulter. »Ach, Anney, Knöchelchen ist das Beste, was du je gekriegt hast, arbeitet wie ein Vieh, jawohl, genau wie du und ich.« Ich ließ die Schultern hängen und starrte in den Topf mit den köchelnden Pfirsichen.

Drei Tage hintereinander saß ich dann neben diesem Herd, während Tante Raylene und Mama tratschten und kochten.

»Wie geht's Glen?« Raylenes Stimme klang höflich, als wäre es ihr ziemlich egal, ob Mama ihr antwortete oder nicht.

»Ach, dem geht's gut. Seine Milchtouren haben sich zwar anscheinend nicht so entwickelt, wie er's gehofft hat, und ich glaub, er und sein Daddy haben sich 'ne Zeit lang deswegen gestritten. Aber seit kurzem schafft er mehr in der Verarbeitungsfabrik selber. Er redet nicht viel drüber. Will, glaub ich, nicht, dass ich mitkriege, wie er sich über seinen Daddy beklagt, aber wenigstens ist es wieder 'n Ganztagsjob. Nur Geld könnt er mehr kriegen.«

»Ich kenn das.«

»Du kennst es wirklich, ja. Als du am Anfang in der Spinnerei gearbeitet hat, da hast du ja nicht mal genug Geld gehabt zum Draufspucken.«

»Ach, die wollten nie, dass ich das mache, was ich am besten kann. Wollten lieber, dass ich am Fließband arbeite, statt ihre Maschinen zu reparieren. Wollten es nie wahrhaben, dass ich als Mechaniker besser bin wie als Fabrikarbeiter. Nach 'ner Zeit hab ich dann einfach aufgegeben, mich mit denen deswegen rumzustreiten. Hab es nicht mehr ausgehalten, so arm zu sein, besonders weil meine Gläubiger es kaum noch aushalten wollten, für meine ganzen Schulden geradezustehen.« Raylene grinste verschlagen. Sie schenkte sich heißen Kaffee ein und beugte sich näher zu Mama hinüber.

»Weißt du noch, wie Alma sich aufgeführt hat, als der Sheriff ihre Möbel abholen wollte?«, sagte sie. »Wie sie nach den Nachbarn geschrien und behauptet hat, dass sie ausgeraubt wird?«

»Gott, ja.« Mama lachte. »Und der Sheriff hat sich fast in die Hose gemacht, als er gesehen hat, wie sie die Kleider ausm Fenster wirft und brüllt: ›Nimm doch gleich alles mit, nur zu. Nimm die Kinder auch noch, nimm alles mit.‹ Oh, du lieber Gott, ja.«

»Wade sagt immer, sie hat ihm die Kittelschürze ins Gesicht geschmissen und stand dann in der Unterwäsche da, und danach hat er sich nicht mehr in ihre Nähe getraut.«

»O nein, Schätzchen. Das sagen die Leute bloß so. In Wirklichkeit hat sie das nicht gemacht. Sie hat nur damit gedroht.«

»So ist es jedenfalls 'ne bessere Geschichte, und deswegen heißt's wahrscheinlich auch, sie hätte sich bis auf die Unterhose ausgezogen, was?«

»Passt aber auch zu ihr. Weder Hölle noch Hochwasser können Alma Angst einjagen.«

»Ganz anders als bei ihren Mädels.«

»Stimmt.«

Mama schaute zu mir herüber. »Gib dem Kessel mal 'nen Ruck«, sagte sie. »Das Zeug in den Gläsern darf sich nicht so stark setzen.« Sie reckte den Hals, um etwas zu sehen, ohne aufstehen zu müssen. »Ich glaub nicht, dass die Gläser tief genug im Wasser stehen.«

Tante Raylene schenkte Mama Eistee nach. »Ach, Anney. Knöchelchen macht das schon richtig. Wenn sie mal groß ist, weiß sie übers Einmachen und Kochen und Tratschen in der Küche alles, was sie wissen muss.«

Mama schüttete noch einen zusätzlichen Löffel Zucker in ihren Tee. »Raylene, du verwöhnst sie. Du hättest selber 'n paar haben sollen, dann würdest du 'n bisschen genauer hinschauen.«

»Also, ich hab zwar keine geboren, aber ich hab auf jeden Fall das Gefühl, als hätte ich 'ne ganze Schule großgezogen. Mir ist, als hätte ich jetzt schon seit Jahren die Kinder von anderen Leuten zwischen den Beinen. Mit seinen Kindern ist in unsrer Familie noch nie jemand geizig gewesen. Menschenskind, ich bin schon oft in der Früh aufgestanden, und die ganze Veranda war voll von den Kleinen, die in der Nacht jemand dort abgesetzt hat.«

»Meistens die von Alma.«

»Ach komm, hack nicht dauernd auf Alma rum. Sie hat 'n gutes Herz, trotz ihrem Temperament und vielleicht sogar deswegen. Und, verdammt noch mal, sie hat wirklich 'ne schwere Zeit gehabt und vor allem mit ihren Mädels. Wundert mich nicht, dass das kranke Baby von ihr 'n Mädel ist. Mit ihren Mädels hat sie kein Glück gehabt. Seit Temple von zu Hause weg ist, ist sie sauer geworden wie schlechter Whiskey.«

»Alle behaupten, dass Temple nach Alma kommt, aber ich find das nicht«, sagte Mama. »Ich könnte schwören, das Mädel hat sich noch nie in ihrem Leben gehen lassen. Der war immer schon nichts und niemand was wert, bis auf ihren Stolz.«

Tante Raylene hatte schon ihr Teeglas angesetzt, fing dann aber zu kichern an. »Weißt du eigentlich, dass sie gerade im Garten war, als damals der Sheriff gekommen ist und die ganze Brüllerei anfing? Steht da draußen und tut so, als wär nichts los, kein Sheriff im Garten mit 'ner Beschlagnahmungsurkunde, kein Hämmern an der Tür, keiner, der Kleider ausm Fenster wirft. Das Mädel ist ziemlich einmalig.«

»Was hat sie denn gemacht, hat sie ihm 'n Glas Wasser angeboten?«

»Ach, Quatsch, sie hat versucht, Alma aus dem Haus zu kriegen, damit sie in Ruhe die Möbel rausgeben konnte. War ihr egal, was passiert, war ihr egal, dass der Möbelverkäufer wirklich vorgehabt hat, ihre Mama übers Ohr zu hauen, wollte nur nicht, dass die Nachbarn glauben, sie können die Raten nicht mehr bezahlen.«

»Als ob das nicht schon jeder gewusst hätte. So was kann man nicht geheim halten.«

»Tja, du und ich, wir probieren's ja nicht mal. Und Alma mit Sicherheit auch nicht. Sie weiß, wer sie ist. Aber für die Kinder ist das anders. Schaut so aus, als würden sie dauernd genau das haben wollen, was sie nich kriegen können, und so 'nen komischen Stolz haben sie auch noch.«

»Überhaupt keinen Stolz oder zu viel davon, manchmal kann ich's gar nicht sagen.«

»Anders als wir jedenfalls, vielleicht ist es das.« Tante Raylene setzte ein ernstes Gesicht auf und senkte die Stimme. »Schau dir doch bloß mal deine Mädels an, Anney. In denen steckt's auch drin. Nicht wie bei Temple. Nein. Aber irgendwas. Irgendwas Hartes und Wütendes, das nur ab und zu zum Vorschein kommt.«

Sie wurden still und schauten zu mir herüber. Ich bemühte mich, so zu tun, als hätte ich nicht zugehört, konzentrierte mich ganz darauf, den Dampf wegzuwedeln, damit ich in den Topf hineinschauen konnte. Aber wenn ich den Blick zur Seite gleiten ließ, konnte ich sie immer noch deutlich sehen. Durch den Dampf hindurch sahen beide ziemlich alt aus – zwei abgehärmte, müde Frauen, die sich ständig dieselben alten Geschichten erzählten und dabei versuchten, sich nicht zu sehr über Dinge aufzuregen, die sie sowieso nicht ändern konnten. Und da fiel mir auf, dass sie ja eigentlich viel jünger waren, als sie aussahen, keine von ihnen war so alt wie Madeline, Mama noch keine sechsundzwanzig und Tante Raylene nur knapp zehn Jahre älter. Trotzdem waren sie so ganz anders als ich, fast so, als kämen sie aus einem anderen Jahrhundert. Damals wünschte ich mir, ich wäre mehr wie sie, ungezwungener und nicht dauernd so wütend. Zu viel Stolz oder zu wenig? Was stimmte nicht mit mir? Das fragte ich mich damals.

Nachdem alle Pfirsiche eingemacht waren, die Tomaten und die Brechbohnen auch, verarbeitete Tante Raylene die restlichen Früchte, Pflaumen und Äpfel und Brombeeren. Die Tage waren voller Schweiß und Dampf und brodelnden Töpfen. Jede Minute, die ich nicht in der Schule war, verbrachte ich auf einem Stuhl in ihrer Küche, schälte oder putzte oder behielt die Töpfe im Auge, während mir Tante Raylene Geschichten erzählte und ich vor lauter Unruhe fast einen steifen Hals bekam. Ich hatte Angst, jemand würde meinen Haken unter der Veranda entdecken, konnte ihn aber auch nicht hervorholen, bevor wir mit dem Einmachen fertig waren. Falls einer der Onkel den Haken fand, konnte sich Tante Raylene sicherlich denken, dass ich diejenige gewesen war, die ihn aus dem Keller heraufgeholt hatte.

Eines Nachmittags, als wir fast damit fertig waren, das eingemachte Obst in die Regale einzuräumen, kam Grey in die Küche mit einem Strahlen im Gesicht, das mir sofort in die Augen stach. Er grinste so breit, dass ich ihm einen Schubs gab, bevor Tante Raylene es bemerkte.

»Du hast ihn gefunden!«, zischte ich.

Er starrte mich einen endlosen Augenblick lang an und grinste dann noch breiter. »Du, was, Knöchelchen? Du bist diejenige, die die ganze Zeit im Keller ein und aus geht, was? Raffiniert, Kleine, raffiniert.«

»Halt bloß den Mund, sonst versteckt ihn Tante Raylene so, dass wir ihn nie mehr finden.«

»Ich sag's keinem.«

»Wenn du weiter so schaust, merkt sie aber, dass irgendwas los ist.«

Grey lachte und ließ einen Finger in einem Brombeersaftfleck kreisen, den ich noch nicht weggewischt hatte. »Red noch 'n bisschen lauter, und sie wird's von dir selbst hören.«

Ich schaute durch die Diele in das Zimmer am anderen Ende. Tante Raylene legte Handtücher zusammen und summte vor sich hin. Ich drängte Grey auf die Veranda hinaus und schlang ihm dort einen Arm um den Hals. Wenn ich ihn herumkommandierte, würde er einfach mit dem Haken abhauen, und ich würde ihn nie mehr zu Gesicht bekommen, das wusste ich. Ich überlegte mir also, wie Mama Daddy Glen immer um den Bart ging, und bewusst redete ich langsam und mit weicher Stimme.

»Ich hab 'ne Idee«, flüsterte ich Grey ins Ohr. »'nen Plan, für was man den Haken hernehmen könnte, wo keiner sonst drauf kommen würde.«

Grey grinste mich an, als wäre mir ein zweites Gebiss gewachsen. »Was Gutes, hm?«

»Was ganz Tolles, und ich möchte, dass du mir dabei hilfst.«

Ich setzte dazu an, ihm über den Nacken zu streichen, aber er schüttelte meine Hand ab.

»Erzähl.«

Ich zögerte und schaute zur Tür, in der jeden Moment Tante Raylene auftauchen konnte. Greys Gesicht war ausdruckslos, ließ nichts erkennen außer Geduld. Er war ganz anders als sein Bruder. Von den beiden war er derjenige, der etwas machte, der selten Geheimnisse verriet, selbst wenn er jemanden beeindrucken wollte. Ich knirschte mit den Zähnen und schüttelte dann den Kopf. Ich konnte es ihm genauso gut erzählen und mir anhören, was er tun würde. Ich trat einen Schritt zurück und stopfte die Hände in die Taschen meiner Shorts.

»Ich will in der Nacht aufs Dach vom Woolworth rauf. Ich

hab 'ne Idee, wie man da reinkommt, ohne dass es jemand merkt.«

Jetzt drehte Grey den Kopf und schaute zur Tür zurück. »Ist das dein Ernst?«, flüsterte er. Es war keine Frage. Ich rührte mich nicht und wartete ab. »Mensch, o Mann, o Mann, Knöchelchen! Du hast Tante Raylene und ihr Misstrauen ausgetrickst, aber 'n richtiger Diebstahl ist da was ganz andres. Wieso glaubst du, dass du damit durchkommst?«

Ich wippte auf den bloßen Füßen nach hinten und strengte mich an, zuversichtlich zu wirken. »Ich hab Sachen gemacht, von denen du nich das Geringste weißt, Grey. Sachen, von denen ich dir nie was erzählen werde. Genau wie ich nie jemand erzählen werde, was du und ich vorhaben.« Ich versuchte, die Augen zu Schlitzen zu verengen, wie Onkel Earle es immer machte, wenn er Poker spielte.

Grey spitzte die Lippen, pfiff und lehnte sich über das Verandageländer. »In Ordnung, Knöchelchen, in Ordnung. Aber wenn wir erwischt werden, sag ich, dass es deine Idee war. Besser, wenn du's gleich weißt.«

Ich konnte nicht anders. Ich musste lachen. Grey grinste, sah aber ein kleines bisschen verwirrt aus. »Keine Angst, Grey«, sagte ich, »falls wir erwischt werden, sag ich's selber. Versprochen.« Ich erwähnte nicht, dass uns diese Geschichte mit hundertprozentiger Sicherheit kein Mensch glauben würde – Grey war älter als ich und noch dazu ein Junge. Falls wir wirklich erwischt wurden, steckte ich in Schwierigkeiten, aber er noch mehr. Ich hatte allerdings nicht die Absicht, mich erwischen zu lassen. Ich erlaubte ihm, den Haken kurz unter der Veranda hervorzuholen, während ich in der Küche blieb und Tante Raylene beschäftigte.

»Erzähl ja niemand was davon«, forderte ich noch einmal auf.

»Keiner Menschenseele, Knöchelchen«, versprach er. »Keiner Menschenseele.« Er grinste so breit, dass ich ihm einfach glauben musste.

In jener Nacht schlief ich bei Tante Raylene. Nachdem sie eingeschlafen war, stahl ich mich hinaus, um den Haken zu holen. Ich trug ihn in mein Zimmer, hakte die Kette aus und putzte und polierte sie. Als sie glatt und glänzend war, stieg ich wieder ins Bett und legte sie mir zwischen die Beine, zog sie hin und her. Ich zitterte und gleichzeitig wurde mir heiß. In einem der Taschenbücher, die Daddy Glen in der Garage versteckte, hatte ich gelesen, dass es Frauen gab, die Sachen in sich hineinstecken. Ich hielt die Kette in der Hand und dachte darüber nach, strich mir damit über die Haut und summte vor mich hin. Ich war nicht so wie die Frauen in diesen Büchern, aber es war ein gutes Gefühl, dieses Metall in der Hand zu halten, diese Glieder hin und her gleiten zu lassen, bis sie glitschig waren. Ich nahm das Schloss, das ich am Flussufer gefunden hatte, und befestigte damit die Kette um meine Hüften. Sie war warm von der Sonne und prickelte auf meiner Haut, glänzte wie der Schweiß auf Onkel Earles sommersprossigen Schultern, war so erregend wie das flammende Licht hinter meinen Augen. Sie gehörte mir. Sie war geborgen. Jedes Glied an dieser Kette hatte in meiner Hand magische Kräfte.

Ich legte den Kopf zurück und lächelte. Die Kette bewegte sich unter der Decke. Ich war eingesperrt und geborgen. Was ich wirklich war, konnte keiner berühren. Was ich wirklich wollte, davon gab es noch keine Vorstellung. Irgendwo in der Ferne schrie ein Kind, aber in diesem Augenblick war es nicht ich.

KAPITEL 13

Mit den letzten Zucchini und Gurken aus Tante Raylenes Garten trug ich auch meine Haken in einem Rupfensack nach Hause. Ich hatte aber nicht genügend Vertrauen zur Reese, dass ich riskieren wollte, ihn mit hineinzunehmen, und so versteckte ich ihn in einer von Mamas Umzugskisten, die auf den Dachsparren über der Waschmaschine gestapelt waren. Da oben war er sicher und gut versteckt, ein Talisman gegen die Dunkelheit und alles, was in der Dunkelheit wartete. Schon das Wissen, dass er da war, machte mich größer, gab mir das Gefühl, ich wäre plötzlich auf wundersame Weise älter, stärker, ja fast gefährlich geworden. Ich schaute jedes Mal hinauf, wenn ich Mama bei der Wäsche half, schaute hoch, als wäre ich in Gedanken versunken oder träumte von der Zukunft.

»Du hast dich verändert, Knöchelchen.« Mama zog Handtücher und Bettlaken aus der Waschmaschine und ließ sie in den Korb fallen, den ich hielt.

»Nein, Ma'am, eigentlich nicht.« Ich senkte den Kopf.

»Doch. Ich würde sagen, du bist sogar 'n bisschen größer geworden. Du hältst öfter den Kopf hoch. Ich kann sogar ab und zu deine Augen sehen.« Mama grinste mich an und ließ die letzten Handtücher in den Korb fallen. Sie musste sich über die Waschmaschine beugen, um zum Wäscheklammerbeutel zu kommen, ein altes T-Shirt, das sie unten zugenäht und auf einen Kleiderbügel gehängt hatte. Während ihr Gesicht abgewandt war, schaute ich nach oben und versicherte mich, dass meine Kiste immer noch an ihrem Platz war.

»Hat Reese dir eigentlich erzählt, dass Shannon Pearl angerufen hat?«

Ich war schon auf dem Weg zur Wäscheleine im Garten, aber bei Mamas Worten blieb ich stehen. »Echt?«

»Mhm. Ich hab nicht mit ihr geredet, aber Reese sagt, sie hat nur gefragt, ob du da bist. Überleg's dir doch, ob du sie nicht mal zurückrufen willst.«

»Ich weiß nicht, Mama. Ich weiß nicht, ob ich das machen soll.«

»Also, ich werde dir nicht sagen, dass du's tun musst, aber du solltest darüber nachdenken, Knöchelchen. Es hat keinen Sinn, so hartherzig zu sein, und es wird dich nicht gleich umbringen, wenn du mit ihr redest. Vielleicht will sie sich ja entschuldigen.«

»Ja, Ma'am.« Ich nahm ein Laken, schüttelte es aus und hängte es dann auf die Leine. Ich wollte nicht, dass Mama mein Gesicht sah. Ich dachte nicht im Traum daran, Shannon Pearl anzurufen.

Mama fragte mich nie, warum Shannon Pearl und ich uns eigentlich zerstritten hatten. Nur ein einziges Mal erwähnte sie es, und zwar, als sie Tante Raylene zustimmte, dass es wahrscheinlich besser sei, sich aus den Zankereien zwischen Kindern herauszuhalten. Ich platzte mitten im Gespräch herein und wusste sofort, worum es ging, also machte ich auf dem Absatz kehrt und ging wieder hinaus. Mama war damals wütend geworden, als Mrs. Pearl anrief und ihr erzählte, dass ich mich für den Schwinger, den ich Shannon versetzt hatte, nie entschuldigt hätte, allerdings nicht, weil sie fand, ich hätte mich entschuldigen müssen. Ihre Wut richtete sich vielmehr gegen meine unvorsichtige Dummheit.

»Weißt du nicht, dass du jemand am Auge verletzen kannst, wenn du ihm ins Gesicht schlägst?«

»Doch, Mama.«

»Gibt sowieso keinen Grund, andere Leute zu schlagen.«

»Nein, Ma'am.«

»Tja...« Sie sah mich prüfend an. Ich wusste, dass sie eine

längere Antwort von mir erwartete, aber ich hielt den Blick auf den Tisch gerichtet. »Ich kenne die Pearls nicht. Sie hätten dich gleich heimbringen sollen, anstatt dich im Auto sitzen zu lassen, während sie überall hinrennen.« Sie kramte in ihrer Handtasche nach den Zigaretten. »Und ich habe auch keine Ahnung, warum sie jetzt wieder anruft, wo doch alles schon lang vorbei ist.«

»Nein, Ma'am.« Ich wollte nicht über Shannon Pearl reden. Inzwischen, da war ich mir sicher, sehnte sie sich nach jemandem, mit dem sie reden konnte, und hatte ihre Mama dazu gebracht, bei uns anzurufen.

Mama seufzte müde. »Also, pass einfach auf, dass du nicht in irgendwelche Schwierigkeiten kommst. Ich hab keine Lust, anderen Leuten dauernd dein Benehmen zu erklären.«

»Nein, Ma'am.«

Es war kurz vor Thanksgiving, als Shannon Pearl wieder bei uns anrief und mich am Telefon erwischte. »Ich entschuldige mich nicht«, sagte sie gleich, als wäre überhaupt keine Zeit seitdem vergangen. Ihre Stimme klang irgendwie seltsam, nachdem ich sie so lange nicht gehört hatte.

»Ist mir egal, was du machst«, sagte ich. Ich klemmte den Hörer unters Ohr und zupfte an meiner Nagelhaut herum.

»Hör auf damit«, sagte Mama, als sie auf dem Weg in die Küche an mir vorbeiging.

»Ja, Ma'am«, sagte ich automatisch.

»Was ist los?« Shannon klang hoffnungsfroh.

»Ich hab mit meiner Mama geredet. Warum rufst du denn an?«

Ein Seufzen, und dann räusperte sich Shannon ein paar Mal. »Also, ich hab gedacht, ich sollt's einfach tun. Ist doch sinnlos, dass wir uns streiten, noch dazu wegen so 'nem Blödsinn. Ich wette, du kannst dich nicht mal mehr daran erinnern, worum's ging.«

»Ich erinnere mich schon«, sagte ich mit einer Stimme, die

sogar in meinen Ohren kalt klang. Einen Augenblick lang schämte ich mich dafür, aber dann wurde ich wütend. Warum sollte es mir etwas ausmachen, wenn ich ihre Gefühle verletzte? Was bedeutete sie mir schon?

»Meine Mama hat gesagt, ich darf dich anrufen«, flüsterte Shannon. »Sie hat gesagt, ich könnte dich fragen, ob du diesen Sonntag rüberkommst. Wir machen ein Grillfest für ein paar von Daddys Leuten aus Mississippi. Sie bringen uns Pfirsiche aus Georgia mit und Pekannüsse, die mit den dünnen Schalen.«

Ich biss auf meinem Daumennagel herum, sagte aber nichts.

»Du könntst deine Mama doch fragen, ob du kommen darfst.«

Shannon klang atemlos und verzweifelt, sie piepste beinah. »Nur wenn du willst«, fügte sie hinzu. Ich fragte mich, was sie ihrer Mama erzählt hätte, damit diese einverstanden war, dass ich wieder vorbeikam.

Draußen auf der Veranda schrie Reese gerade Patsy Ruth an. »Du weißt ja nicht mal, wie das Spiel geht!«

Warum sollte ich zu den Pearls gehen und zuschauen, wie sich ihre fetten Verwandten voll stopfen, bis ihnen schlecht wurde?

»Mama hat mir ’nen Plattenspieler geschenkt«, sagte Shannon plötzlich. »Ich hab ’nen ganzen Stapel Platten.«

»Echt?«

»Massenhaft.« Ich hörte, wie im Hintergrund ihre Mutter etwas sagte. »Ich muss weg. Also, kommst du?«

»Vielleicht. Ich weiß nicht. Ich überleg’s mir.« Ich legte den Hörer auf und sah, dass mich Mama von der Küche aus beobachtete. »Shannon will, dass ich am Sonntag zu ihnen komme. Sie machen ein Grillfest.«

»Willst du hin?«

»Vielleicht. Ich weiß nicht.«

Mama nickte und drückte mir ein Geschirrtuch in die

Hand. »Komm, hilf mir. Und überleg's dir, aber sag mir noch vorm Sonntag Bescheid, ob du hingehst. Am Sonntagmorgen will ich keine Überraschungen haben. Könnte gut sein, dass ich den ganzen Tag im Bett bleiben will, wer weiß?« Sie lächelte, und ich umarmte sie. Ich liebte es, wenn sie so aussah. Man fühlte sich dann im ganzen Haus warm und geborgen.

»Vielleicht mach ich auch 'nen Ausflug.« Mama gab mir eine Klaps auf den Hintern. »Aber bevor wir nicht mit dem Geschirr fertig sind, geh ich nirgendwohin, und du bist dran mit Abtrocknen.«

»Ja, Ma'am.«

Ich hatte nicht vor hinzugehen. Wirklich nicht. Ich rief Shannon auf jeden Fall nicht zurück und sagte auch nichts zu Mama. Aber am Sonntagnachmittag ging ich dann doch wie zufällig zu Shannons Haus, mit Reese' Blechkübel am Arm, als wäre ich auf der Suche nach späten Weintrauben. Unterwegs schüttelte ich die verwelkten graugrünen Reben, die, sobald der erste richtige Frost kam, absterben würden. In dem Film schwangen die Leute sich immer an solchen Reben durch die Gegend, aber jedes Mal, wenn Reese oder ich es ausprobierten, landeten wir auf dem Hintern. Vielleicht hatten sie in den Wäldern, wo die Filme gemacht wurden, eine andere Sorte Reben, aber wahrscheinlich wuchsen dort auch keine Weintrauben.

Ich summte beim Gehen Bruchstücke aus Mamas und meinen Lieblingsgospeln, abwechselnd aus »Somebody Touched Me« und »Oh Sinner Man«. Reese sang immer »Au, Sinner Man«, worauf Onkel Earle immer in sein Eselsgeschreilachen ausbrach. Ich vermisste Earle. Wir würden ihn erst im Frühling wieder sehen. Man hatte ihn in die Bezirksstrafanstalt gesteckt, nachdem er einem Mann das Kinn zerschmettert und unten beim Gracker Blue Café ein Fenster kaputtgemacht hatte. Tante Alma sagte, in der Strafanstalt habe er sich auch schon wieder geprügelt, und ein Haufen

Männer habe ihn festgehalten und ihm die schwarzen Haare vollkommen abrasiert. Ich versuchte, ihn mir kahlköpfig vorzustellen.

»Das wird ihm seine Schürzenjägerei fürs Erste austreiben.« Tante Alma hatte richtig zufrieden geklungen.

»Was ist das, Schürzenjägerei?« Reese hatte noch nicht begriffen, dass man nur nach draußen geschoben wurde, wenn man Fragen stellte, während die Tanten redeten. Ich versuchte ihr zu erklären, dass sie nur dann jemals etwas lernen würde, wenn sie den Mund hielt und zuhörte und sich erst später selbst einen Reim darauf machte.

»Was soll denn das, sich die Geschichten von anderen Leuten anhören?« Mama war richtig wütend geworden. »Raus mit euch, alle miteinander.«

»Das hast du jetzt davon.« Ich war rechtschaffen empört. Ich war es nicht gewohnt, mit den kleinen Kindern hinausgeschickt zu werden. »Jetzt werden wir nie erfahren, warum sie ihm den Kopf rasiert haben.«

»Ach, das weiß ich eh schon.« Reese grinste überheblich und legte den Arm um Patsy Ruth. »Oma sagt, er wollte irgendeinem Kerl den Schwanz abschneiden.«

Ich war noch nie von der Rückseite her zum Haus der Pearls gegangen. Normalerweise kam ich von Sears' Reifenhandel die Straße lang, aber an jenem Sonntag durchquerte ich die Gärten der großen Häuser am Tyson Circle und den Parkplatz vor der Drive-In-Milchbar der Roberts'. Die ganze Länge des Gartens war mit Magnolien und Blumen bepflanzt, damit man den Parkplatz nicht sah, und ich musste mich an den Chrysanthemen vorbeischlängeln, die nah am Zaun wuchsen.

Eine Menge Leute waren da, und alle sahen sie aus wie die Pearls. Kleine, aufgedunsene, übertrieben elegant gekleidete Männer standen mit schweren Teegläsern in der Hand herum und grinsten dürre, blasse Frauen mit rosarotem Lippenstift und flatternden Haaren an. Kleine Kinder rannten in der Nähe der Auffahrt herum, wo sich ein paar größere Jungs an der Kurbel einer Eismaschine abwechselten. Zusätzlich zu dem großen Picknicktisch, auf dessen Erwerb Mrs. Pearl letztes Jahr so stolz gewesen war, hatte man zwei Kartentische aufgestellt. Es sah so aus, als hätte man bereits gegessen, aber die Holzkohle im Grill glühte noch, und daneben stand Shannon Pearl und sah aus wie das erbärmlichste menschliche Wesen auf Erden.

Ich blieb stehen und beobachtete sie. Sie mühte sich mit einer langstieligen Gabel ab und schaute hin und wieder zu den anderen Kindern. Ihr Gesicht war rosarot und schweißnass, und in ihrem orange-weißen Spitzenkleid sah sie richtig aufgebläht aus. Mir fiel ein, dass Mama einmal gesagt hatte, Mrs. Pearl wisse einfach nicht, wie sie ihre Tochter anzuziehen habe.

»Sie sollte sie nicht ständig in diese aufwendigen Stoffe stecken. So fett, wie das Kind ist, schaut's damit nur noch dicker aus.«

Ich musste ihr jetzt zustimmen. Shannon sah aus wie eine Wurst, die man in eine zu enge Hose gestopft hatte. Sie sah außerdem so aus, als hätte sie geweint. Neben den Tischen saß Mrs. Pearl mit einem halben Dutzend dünner schmächtiger Frauen, von denen zwei Babys im Arm hielten.

»Goldschatz, Goldschatz«, hörte ich eine schrille Stimme rufen.

»Du fette alte Sau.« Einer von Shannons Vettern rannte zu ihr hin; sein Bühnenflüstern war deutlich zu verstehen. »Du hast bestimmt seit deiner Geburt noch nie was anderes gefressen als Schweinefleisch. Deswegen bist du auch so 'ne Mastsau geworden.« Er lachte und rannte weiter. Shannon nahm die Brille ab und putzte sie mit ihrem Rock.

»Heilige Scheiße«, murmelte ich.

Ich hatte immer schon vermutet, dass ich für Shannon Pearl die einzige Freundin auf der ganzen Welt war. Zum Teil war ich mir deswegen in ihrer Nähe so gemein und böse vorgekommen; es war mir bewusst, dass ich mir viel mehr aus ihr hätte machen müssen, wenn ich wirklich ihre beste Freundin gewesen wäre. Aber als ich ihren Vetter so mit ihr reden hörte, fiel mir wieder ein, wie ich sie das erste Mal getroffen hatte, wie ich ihren eigensinnigen Stolz geliebt hatte, den selbstgerechten Zorn, mit dem sie ihre Peiniger bedachte. In diesem Augenblick sah sie nicht selbstgerecht aus. Sie sah müde und verletzt und beschämt aus. Bei ihrem Gesichtsausdruck empfand ich Ekel und Wut und dasselbe vollkommene Schuldgefühl ihr gegenüber wie früher.

Ich stieß ein paarmal mit dem Fuß gegen den niedrigen Lattenzaun und schwang dann ein Bein darüber, um auf die andere Seite zu klettern. Gut und schön, sie war ein kleines Ungeheuer, aber sie war meine Freundin und außerdem die Art Ungeheuer, die ich verstehen konnte. Ein paar Meter von mir entfernt zog Shannon die Nase hoch und griff nach der Spiritusflasche neben dem Grill. Sie hatte mich nicht einmal gesehen.

Danach fragten mich die Leute ständig, was genau passiert sei. »Wo warst du?«, fragte Sheriff Cole zum dritten oder vierten Mal. »Und was genau hast du gesehen?« Er gab mir keine Gelegenheit zu antworten. Vielleicht weil es schwierig war, etwas zu hören – außer dem Geschrei von Mrs. Pearl. »Ähm, also, wo warst du?« Er schaute immer wieder über die Schulter zum Grill, wo das Fett im Feuer zischte.

Ich wusste, dass er kein Wort von dem gehört hatte, was ich bereits gesagt hatte. Aber Mrs. Pearl. Sie hatte mich klar und deutlich gehört, und sie drosch auf die Leute ein, die sie festhielten, wollte mich unbedingt in die Finger bekommen. Immer wieder schrie sie: *»Du!«*, als hätte ich etwas getan, aber ich hatte nichts getan, außer zuzuschauen. Da war ich mir sicher. Ich war nicht weiter gekommen als zwei Schritte vom Zaun weg.

Shannon hatte die Brille wieder aufgesetzt. Sie hielt die Spiritusflasche in einer Hand, und mit der anderen griff sie nach der langstieligen Gabel. Sie stocherte mit der Gabel in der Holzkohle herum und spritzte den Spiritus darüber. Jedes Mal, wenn sie die Plastikflasche drückte, gab es einen dumpfen Knall. Es sah so aus, als wollte sie die Kohlen besser zum Brennen bringen. Oder vielleicht gefiel es ihr einfach, wie die Flammen hochschossen. Sie spritzte ein ums andere Mal, trat dann einen Schritt zurück und spritzte wieder.

Shannon schüttelte die Hand mit der Flasche. Ich hörte, wie der Spiritus herausspritzte und die Flasche sich dann mit Luft füllte. Ich sah, wie die Flamme genau bis zur Düse tanzte und ausging. Dann kam sie mit einem lauten Donnern wieder. Die Flasche explodierte, und ein riesiger Feuerball loderte auf.

Shannon schrie nicht einmal. Ihr Mund stand weit offen, und sie atmete einfach die Flammen ein. Ihre Brille wurde trüb, ihre Augen verschwanden, und rings um ihren Schädel standen die Haare ab wie ein brennender Heiligenschein. Ihr Kleid knisterte und blähte sich und wurde zu orangegelben rauchenden Flammen. Ich sah die Gabel fallen, den brennenden Holzgriff. Ich sah, wie Mrs. Pearl aufstand und auf ihre Tochter zurannte. Ich sah, wie alle Männer ihre Eisteegläser abstellten. Ich sah Shannon taumeln und hin und her stolpern, dann in sich zusammenfallen. Ihr Kleid war nicht mehr da. Ich sah den Rauch schwarz und ölig werden. Ich sah, wie Shannon Pearl vom Erdboden verschwand.

Das Begräbnis fand in der Baptistenkirche von Bushy Creek statt. Mrs. Pearl bestand darauf, eine reich bestickte Babydecke auf den Sarg zu legen. Ich warf einen kurzen Blick darauf und hielt dann den Kopf gesenkt. Mrs. Pearl hatte einen Engel mit rosa Wangen und gelbem Haar an die Stelle gestickt, die wahrscheinlich Shannons schwarz verfärbte Gesichtszüge bedeckte. Ich ließ Mamas Hand nicht los und presste die Lippen fest zusammen. Reese hatte mitkommen wollen, aber Mama hatte es nicht erlaubt und sie zu Raylene geschickt, wo sie den ganzen Tag bleiben sollte. Mama war auch nicht allzu glücklich darüber, dass ich zu dem Begräbnis gehen wollte, aber nachdem ich zu weinen anfing, hatte sie sich bereit erklärt, mich zu begleiten. Daddy Glen war wütend geworden, weil Mama meinem »Schwachsinn«, wie er es nannte, nachgab, und war mit Beau und Nevil angeln gegangen. In den letzten Monaten hatte er zu trinken angefangen, hielt bei Familientreffen Bier um Bier mit ihnen Schritt und schlief dann immer zu Hause auf dem Sofa.

»Der Junge kann nicht saufen«, sagte Beau grinsend. Er amüsierte sich königlich, wenn Glen nach ein paar Schnäpsen einen hochroten Kopf bekam und abdriftete. »Hat einfach nicht die richtige Verfassung dafür.«

»Den Bauch«, korrigierte Onkel Nevil.

»Stimmt, den Bauch.« Darüber lachten sie alle. Dass Glen plötzlich zu trinken angefangen hatte, schien ihnen merkwürdigerweise irgendwie zu gefallen.

»Verdammte Idioten«, hatte Raylene aufgebracht gesagt.

»Macht nichts«, hatte Mama darauf gemeint. »Glen wird nie 'n Säufer, und wenn er sich noch so anstrengt.« Was auch stimmte. Konnten Beau und Nevil stundenlang trinken und wurden dabei nur laut und gemein, so schlief Daddy Glen unweigerlich ein, während die anderen immer noch die Gläser hoben. Er wachte mit Kopfschmerzen und einem sauren Magen auf, wenn Beau und Nevil schon längst wieder Kaffee tranken, um sich für einen arbeitsreichen Tag vorzubereiten, beide noch halb betrunken von der Nacht davor, aber das hatte sie noch nie gestört. Das Ganze machte mich nervös, aber wie Mama fiel mir nichts ein, was man dagegen hätte tun können.

»Haben Sie sie mal gesehen?«, sagte Mrs. Pearl zu dem Prediger, den sie von ihrer alten Kirche in Mississippi hergeholt hatten. »Sie war wie ein Engel des Herrn.«

Der Prediger nickte und umfasste die Hände von Mrs. Pearl, die einen riesigen Strauß gelber Chrysanthemen an sich presste. Hinter ihnen stand der Chorleiter, der Mr. Pearl am Ellbogen stützte. Mr. Pearl war grau wie ein Toter. Mit gesenkten Wimpern beobachtete ich, wie der Chorleiter Mr. Pearl einen Pappbecher in die Hand drückte und ihm etwas ins Ohr flüsterte. Mr. Pearl nickte und trank in kleinen Schlucken. Immer wieder schaute er zu seiner Frau und den Blumen hinüber, die sie so fest umklammerte.

»Sie hat Babys geliebt, wirklich. Sie ist immer ein Freund der weniger Begnadeten gewesen. Alle ihre kleinen Freunde sind heute da. Und singen konnte sie! Ach! Sie hätten sie singen hören sollen.«

Ich dachte an Shannons krächzende, wacklige Stimme, wenn sie auf dem Rücksitz des Autos ihres Vaters vor sich hin summte, nachdem sie mir eine besonders grausige Geschichte erzählt hatte. War es denn möglich, dass Mrs. Pearl ihre Tochter nie hatte singen hören? Ich schaute zu Mr. Pearl und sah, wie sein Kopf wieder nach unten sank. Wenn ich in diesem Feuerball gestanden hätte, wären sie dann auch zu meinem Begräbnis gekommen?

Mrs. Pearl hob das Gesicht aus den Blumen. Mit ihren wässrigen, flackernden Augen suchte sie die Bänke ab. Sie begreift gar nichts, dachte ich. Mrs. Pearls Blick streifte mich, aber sie sah mich nicht, ihre Hände quetschten die Blumen zusammen. Plötzlich stöhnte sie, leise, tonlos, wie ein Vogel, der sich in einem Brombeerstrauch verfangen hat, und der Prediger drückte sie behutsam auf einen Sitz in der ersten Reihe. Die Frau des Chorleiters lief zu Mrs. Pearl und legte ihr den Arm um die Schultern, während der Chorleiter dem Chor verzweifelt bedeutete, endlich anzufangen. Weich erhoben sich die Stimmen, aber Mrs. Pearls Stöhnen hörte nicht auf, stieg empor in die stickige, schweißige Luft, ein Lied ohne Takt, ohne Rhythmus – aber Gospel war es, der reinste Gospel, ein Lied vollkommen hoffnungsloser Trauer.

Ich wandte mich ab und versteckte mein Gesicht in Mamas Kleid. Meine hartherzige Wut war verflogen. Als verstünde sie alles, strich mir Mama über den Hals und den Rücken, während sie ganz, ganz leise ihr eigenes Lied sang – stumm, tonlos, ein Summen, das ich kenne, seit ich lebe.

KAPITEL 14

Shannons Tod verfolgte mich. Plötzlich fühlte ich mich nicht mehr so erwachsen. Ich wollte mich mit Reese aussöhnen, aber sie hatte irgendwie beschlossen, dass Patsy Ruth der einzige Mensch auf der Welt war, dem sie vertrauen konnte, und ließ sie die ganze Zeit bei sich schlafen. Die beiden steckten dauernd die Köpfe zusammen, kicherten und zeigten auf mich und rannten dann davon. Sogar Mama war böse auf mich. Der Anstrengung müde, mir fünf Tage in der Woche etwas Neues zum Anziehen einfallen zu lassen, war ich eines Tages mit Jeans in die Schule gegangen, nur um mit einer Ermahnung wieder nach Hause geschickt zu werden.

»Deine Sachen sind alle sauber. Du brauchst dich für nichts zu schämen«, hatte Mama mich angeblafft. Zu jeder anderen Zeit hätte sie wahrscheinlich mit mir gefühlt, weil die Mädchen in der Schule mich wegen meiner wenigen, immer gleich aussehenden, ausgestellten Röcke und Hemdblusenkleider auslachten, aber es war kein Geld da für neue Kleider und niemand, der uns etwas leihen konnte. Onkel Earle war immer noch in der Strafanstalt, Tante Alma war aus ihrem Halbtagsjob in der Wäscherei gefeuert worden, und Tante Ruth war so krank, dass Travis schon eine Krankenschwester anheuern musste, damit sie Deedee bei der Pflege half. Jeder hatte Sorgen und war gereizt.

Meine Kehle war ständig wie zugeschnürt. Der Haken in der Waschküche draußen sang kein Lied mehr für mich. Beim Gedanken an seine scharfen spitzen Zacken wünschte ich mir, ihn wieder zu berühren, aber ich konnte mich nicht überwinden, hinaufzuklettern und ihn herunterzuholen. Sogar der Fluss bei Raylene draußen machte mich ängstlich und traurig, das träge dahinfließende dreckige Wasser erinnerte mich an den regennassen Schlamm bei Shannons Begräbnis. Ich musste immer wieder daran denken, wie sie mit gesenktem Kopf dagestanden hatte, das ganze Leben noch vor sich, daran, was geschehen, was aus ihr hätte werden können. Ich dachte nicht an das Feuer, sondern an den dumpfen Knall, mit dem ihr Leben endete, alles aufhörte.

In meinem Leben war alles genauso ungewiss. Auch ich könnte irgendwo herumstehen und auf einmal merken, dass ich gegen die Wand meines eigenen Todes rannte. Ich begann zu zittern, sobald Daddy Glen seine dunkelblauen Augen auf mich richtete, ein Beben, das tief in mir verborgen war und von dem ich hoffte, dass er es nicht sehen konnte. Nein, flüsterte ich in der Nacht. Nein, ich werde nicht sterben. Nein. Ich biss die Zähne zusammen. Nein.

Ich betrachtete mich häufiger im Spiegel, um zu sehen, was die anderen sahen, um herauszufinden, woran sie erkannten, wer ich wirklich war. Was sah Daddy Glen? Tante Raylene? Onkel Earle? Meine Haare waren heller geworden, bekamen statt des blauen einen roten Glanz, doch meine Augen waren immer noch schwarz wie die Nacht. Im Badezimmerspiegel betrachtete ich meine Wangenknochen. Anders als Reese' weiche, sanfte Züge, waren meine Wangenknochen hoch und ausgeprägt. Vielleicht hässlich. Wahrscheinlich hässlich. Ich drehte den Kopf. Meine Zähne waren weiß und hart, scharf und strahlend. Ich war durch und durch stark. Verwandelte Sonnenschein in Muskeln, wie Mama immer behauptete. Sie war stolz darauf, wie robust ich war, was ich alles heben und wie schnell ich laufen konnte, aber ich wurde mit einemmal unsicher und linkisch. Im letzten Jahr war ich in die Höhe geschossen, so stark, dass mir die ganze Zeit die Knochen wehtaten.

»Wachstumsschmerzen«, sagte Tante Raylene. »Mach so weiter, und du wirst mal richtig groß sein, Mädel.«

Ich wollte nicht groß sein. Ich wollte schön sein. Wenn ich

allein war, schaute ich an meinem widerspenstigen Körper hinunter, lange Beine, keine Hüften und nur die allerkleinste Wölbung, wo Deedee und Temple große runde Brüste hatten. Es gab nichts an mir, worauf ich stolz sein konnte, und ich hasste es, wenn Tante Raylene darüber witzelte, dass wir alle von Bauern abstammten, Nachfahren von Frauen seien, die ihre Kinder auf dem Feld bekommen hätten und gleich danach wieder an die Arbeit gestolpert seien. Bäurisch, stark, hässlich – warum konnte ich nicht hübsch sein? Ich wollte lieber so aussehen wie die Mädchen in den Märchenbüchern, Prinzessinnen mit blasser Haut und sanftem Herzen. Ich hasste meine kurzen Finger, das breite Gesicht, die knochigen Knie, hasste es, so ganz anders zu sein als die hübschen Mädchen mit ihren feinen Gesichtszügen und ihrer schmalen, schutzbedürftigen Figur. Ich sah störrisch aus, unauffällig, eben wie ein Brett und so dunkel wie Walnussrinde. Dieser Körper war wie die Körper meiner Tanten dazu geschaffen, sich zu Tode zu schuften, aufgebraucht und weggeworfen zu werden. In meinen Büchern hatte ich solche Sachen zwar schon gelesen, aber nicht wahrhaben wollen. Diejenigen, die auf diese Weise starben, zu Tode geschuftet oder von sinnlosen Unfällen ausgelöscht, waren fast nie die Heldinnen. Tante Alma hatte mir *Vom Winde verweht* gegeben, ein dickes Taschenbuch mit Farbbildern aus dem Film, und gesagt, ich würde es bestimmt mögen. Zuerst war es auch so, aber eines Abends sah ich von Vivien Leighs rosaroten Wangen hoch, weil Mama von der Arbeit heim kam, die Haare dunkel von Schweiß und das Arbeitskleid voller Flecken. Es durchfuhr mich wie ein Blitz. Emma Slattery, dachte ich. Das werde ich sein, das sind wir. Nicht Scarlett mit ihren Backpulverwangen. Ich gehörte zu dem Pack unten in den Hütten voller Schlamm und Dreck, das sich mit den Negern herumstritt und undankbarerweise seine Herren bestahl, dumm, unflätig, zu Schande und Tod geboren. Ich bebte vor Angst und Empörung.

»Was zum Teufel macht das Mädel so lang im Bad?« Daddy Glen war so gereizt, wie es nur ein Mann sein konnte, der die Nacht davor getrunken hatte. Ich sperrte vor seiner Nase zu und versuchte, nicht auf das zu hören, was er hinter der Tür brüllte.

»Knöchelchen, du kommst jetzt da raus und hilfst mir bei den Kartoffeln.« Ich wusch mir das Gesicht und ging zu Mama, die immer noch ihr Servierkleid und die flachen weißen Schuhe anhatte. Sie lächelte und reichte mir einen Topf. »Schneid die Augen raus, aber lass die Schale dran. Wir machen Kartoffelbrei, wie ihn dein Daddy besonders mag.«

Aus dem Wohnzimmer ertönte Daddy Glens Gebrummel, und dann hörte man, wie sich die Hintertür öffnete und wieder schloss. Mama legte mir die Hände auf die Schultern und zog mich an sich. »Ich will, dass du für ein paar Tage nach der Schule zu Alma gehst. Ich hol dich und Reese ab, wenn ich mit der Arbeit fertig bin. Ich will, dass du für Alma auf die Kinder aufpasst, damit sie 'n bisschen Zeit hat und zu Ruth gehen kann.«

Mama machte eine Pause, und als sie weiterredete, war ihre Stimme auf einmal ruhiger als vorher.

»Daddy Glen macht sich Sorgen wegen Weihnachten und wegen dem Geld. Er möchte was Besonderes machen. Gestern Abend hat er wieder mal erwähnt, dass wir die ganzen Jahre noch nie seine Brüder zum Essen eingeladen haben.«

Ich schaute in den Topf mit den Kartoffeln hinunter, dachte an das letzte Mal, als wir bei den Waddells waren, daran, wie Daddy Glen jedes Mal stotterte, wenn sein Vater etwas zu ihm sagte. Der alte Mann war fürchterlich, und für ihn zu arbeiten musste die reinste Hölle sein, das wusste sogar ich. Mama beugte sich vor, sodass ihr Mund fast meine Wange berührte.

»Ich weiß es nicht. Ich kapier einfach nicht, warum sein Daddy ihn so schlecht behandelt. Glen tut, was er kann, damit der alte Mann zufrieden ist, aber der nützt jede Gelegenheit, um Glen als Idioten hinzustellen. Das frisst Glen einfach auf, es frisst ihn auf.« Sie seufzte. »Wir sollten 'ne Zeit lang vorsichtig sein, Knöchelchen. Sei ganz vorsichtig, Kleines.«

Sie zögerte, als wollte sie noch mehr sagen, aber schließlich drückte sie mir nur noch einmal die Schultern und ging dann ins Schlafzimmer, um sich umzuziehen. Ich schaute ihr nach, sah, wie sie den Kopf hängen ließ. Wie lange war es her, dass ich Mama anders erlebt hatte als müde, traurig, verängstigt? Eine Ewigkeit. Es kam mir vor wie eine Ewigkeit.

Ich gab die Suche nach etwas Besonderem in mir, etwas Einmaligem, nicht auf. Schließlich wurde ich allmählich erwachsen. Aber das Einzige, was sich an mir veränderte, war meine Wut, dieser unbändige Zorn, der tief in meinem Innern kochte. Vielleicht ein Erbe der Cherokees, die Wut der wilden Indianer, wie Shannons Wut, bodenlos und grauenhaft. Ich fletschte die Zähne. Auch wenn bei jeder dritten Familie in Greenville ein Cherokee mitgemischt hatte, immerhin war ich mit einem ganzen Schopf schwarzer Haare geboren worden. Ich hab das Blut meines Ururopas in den Adern, sagte ich mir. Ich bin die Tochter der Nacht, das kriegerische Kind meines Ururgroßvaters. Ich hielt mir die Haare hoch und suchte in meinen Pupillen nach den roten Glanzlichtern, die in der Tiefe funkelten, ein leuchtendes Dunkelrot wie von Rubinen oder frischem Blut. Gefährlich, sagte ich mir. Ich kann gefährlich werden, o ja, ich kann gefährlich werden. Daddy Glen kann Mama ruhig weiter anbrüllen, ihr wehtun, mir wehtun, nur zu. Aber er sollte lieber vorsichtig sein. Er hat keine Ahnung, wozu ich fähig war. Wenn ich ein Rasiermesser hätte, würde ich ihm mit Sicherheit mitten in der Nacht die Kehle durchschneiden, dann davonlaufen und nackt und allein in den westlichen Hügeln leben wie eine Figur aus einem Roman von Zane Grey. Ich musste nur noch ein bisschen wachsen, in mich selbst hineinwachsen.

Beim Abendessen brüllte Daddy Glen mich an: »Das Bad ist ein einziger Saustall. Wenn deine Mama schon arbeiten gehen muss, kannst du wenigstens ab und zu sauber machen und im Haus 'n bisschen mithelfen.« Mama seufzte und schob ihren Teller zur Seite, und Reese aß mit gesenktem Kopf weiter. Ich sagte nichts. Mama hatte gesagt, ich solle vorsichtig sein. Vorsichtig hielt ich also den Kopf abgewandt, beobachtete, wie sich die Lichter vom Highway in den Küchenvorhängen spiegelten, schaute Daddy Glen aber nicht an.

Nach dem Abendessen schrubbte ich die Badewanne und nahm ein langes, heißes Bad. Ich suchte in meinem Nabel nach schwarzen Haaren und nach Flaum zwischen meinen Beinen. Ich war glatt und sauber. Ich nahm Mamas Handspiegel und steckte ihn mir schräg zwischen die Beine. Mein Kinn war rosarot und picklig, der Hals darunter blass, sodass ich die blauen Adern sehen konnte, die zu den Ohren hochliefen. Ich legte mir die Hände flach auf die Wangen und machte mir dann Schlitzaugen. Mein Gesicht blieb ausdruckslos, meine Augen waren leer und silbrig wie zuvor. Mein Gesicht ließ nichts erkennen. Es war unheimlich, finster und nichts sagend. Ich bog den Kopf zurück, schaute auf meine rötlich braunen Brustwarzen hinunter, meinen runzligen Bauchnabel, die langen Schenkel und die verschorften Knie. Der Hals tat mir weh, die Zähne, das Steißbein und der Hintern. Alles an mir war hässlich, käsig und gefühllos – nicht zu vergleichen mit Onkel James' Mädchen mit ihren weißen Nylonunterröcken und blauen Satinhaarbändern. Das war die Sorte kleiner Mädchen, die die Leute eigentlich haben wollten. Kein einziger Teil von mir gehörte jenem anbetungswürdigen, verträumt dreinblickenden, kindlichen Mädchen aus dem Märchen an, kein einziger Teil von mir war schön. Ich begriff, warum Daddy Glen ekelhaft zu mir war. Beim Abendessen, als Mama ins Schlafzimmer gegangen war, um ihren Pullover zu holen, hatte er darauf bestanden, mir zu erklären, dass ich keinerlei Grund hatte, stolz zu sein.

»Du glaubst, du bist so was Besonderes«, hatte er höhnisch gesagt. »Tust, als würdest du Rosenwasser und Honig pissen. Glaubst, du bist zu gut dafür, dass man dich zurechtbiegt. Deine Mama hat dich verzogen. Sie weiß nicht, was für 'n faules, dickköpfiges Gör du bist, aber ich schon. Ich kenne dich. Ich kenne dich, und ich lass nicht zu, dass du so wirst wie deine nichtsnutzigen Vettern und Kusinen, jedenfalls nicht, solang du unter meinem Dach wohnst.«

»Ekelhafter Mann«, flüsterte ich. »Ist mir egal, ob sein Daddy ihn schlecht behandelt. Ist mir egal, warum er so gemein ist. Er ist einfach nur ekelhaft.«

Ich rollte auf den Bauch und tauchte das Gesicht ins Wasser. Ich war kein Cherokee. Ich war kein Krieger. Ich war nichts Besonderes. Ich war nur ein ängstliches und wütendes Mädchen. Wenn ich mich in Daddy Glens Augen sah, wollte ich sterben. Nein, ich wollte am liebsten schon tot sein, kalt und steif. Alles war dann hoffnungslos. Er schaute mich an, und ich schämte mich. Es war, als glitte ich in ein abgrundtiefes Loch hinunter, sähe mich selbst da unten liegen, dreckig, zerlumpt, arm, dumm. Aber ganz unten, am dunkelsten Punkt kam dann meine Wut, und ich wusste, dass er keine Ahnung hatte, wer ich war, dass er in mir nie das Mädchen sah, das bei Tante Raylene schwer arbeitete, das gute Noten bekam, gleichgültig, wie oft ich die Schule wechselte, das Besorgungen für Mama erledigte und gut auf Reese aufpasste. Ich war nicht dreckig, nicht dumm, und wenn ich arm war, wessen Schuld war das denn?

Ich wurde so wütend auf Daddy Glen, dass ich mit den Zähnen knirschte. Ich träumte davon, ihm das Herz herauszuschneiden, dieses böse, jähzornige, pechschwarze Herz. Im Traum war es ein gutes Gefühl, ihn zu hassen. Aber das Schreckliche war, wie ich mich fühlte, wenn ich wach war und nicht vor Wut kochte. Das Schlimmste auf der Welt war das Gefühl, das ich hatte, wenn ich mir wünschte, wir wären wie die Familien in den Büchern aus der Leihbibliothek, wenn ich mir nur wünschte, Daddy Glen würde mich so lieben wie der Vater in *Robinson Crusoe* seinen Sohn. So ähnlich musste er sich auch fühlen, wenn er vor dem Haus seines Daddys stand und den Kopf hängen ließ.

Die Liebe würde mich schön machen; die Liebe eines Vaters würde mein Herz läutern, meine bittere Seele süß und meine Cherokee-Augen heller machen. Wenn er mich lieben würde, wenn er mich nur liebte. Warum liebte er mich nicht? Ich hämmerte mit den Fäusten gegen die Porzellanwände der Badewanne, schüttelte den Kopf und heulte unter Wasser, kam hoch, um Luft zu holen, und tauchte wieder unter, um zu flennen. Falls jemand hereingekommen wäre, hätte er nicht gemerkt, dass ich weinte, und ich war mir sicher, dass nicht einmal Gott mich fluchen hörte.

Während der Weihnachtsferien bei Tante Alma vertrieb ich mir die Zeit, indem ich mit meinen Vettern und Kusinen komplizierte Geschichten einstudierte, wobei wir die Hälfte davon aus Fernsehsendungen übernahmen. Solange jeder machte, was ich sagte, war ich der beste Babysitter, den Tante Alma je zu Gesicht bekommen hatte.

»Du darfst Francis Marion sein«, sagte ich zu Klein-Earle. »Reese und ich sind Cherokee-Krieger, Patsy Ruth kann den Anführer der Briten spielen, Garvey ist der feige Siedler, und Grey darf der Siedler sein, der auf unserer Seite ist.«

»Swamp Fox, Swamp Fox, wo bist du gewesen?«, fing Klein-Earle zu singen an, aber Patsy Ruth fiel ihm ins Wort.

»Warum muss ich den Anführer der Briten spielen? Warum kannst nicht du der Böse sein und mich ’nen Cherokee spielen lassen?«

»Weil du auf keinen Baum klettern kannst, der größer ist als ’n Haufen Hühnerkacke. Jeder weiß, dass Indianer auf Bäume klettern können.«

»Dann darf ich aber aufm Pferd reiten, und ich will Greys Fahrrad haben, nicht das alte von Klein-Earle.«

»Wenn sie mein Fahrrad kriegt, dann will ich deine Kappe aufsetzen.«

»In dem hier brauchen wir meine Kappe nicht. Wir nehmen meine Kappe nur her, wenn wir Johnny Yuma spielen.« Ich verlor die Geduld, und auf keinen Fall wollte ich die Rebellenkappe hergeben, die Onkel Earle mir aus dem Laden in Fort Sumter mitgebracht hatte. Sie war wunderschön – grau, weich, mit herabhängendem Schild, und mit gelbem Faden waren die Stars and Bars eingestickt, die erste amerikanische Flagge.

»Johnny Yuh-ma«, fing Klein-Earle wieder zu singen an. Er bemühte sich redlich, Johnny Cashs tiefe Stimme nachzumachen. »Er streifte durch den Westen… *Johnny Yuh-ma, der Rebell…* er zog allein umher…«

»Du hast sie dauernd auf.« Grey klopfte Klein-Earle auf den Hintern und sah mich dann freundlich, aber bestimmt an. »Egal, ob wir Frankensteins Monster oder sonst was spielen, und du weißt genau, dass in dem Frankenstein-Film keiner mit so 'ner Kappe rumläuft.«

»Das ist ja zum Aus-der-Haut-Fahren!« Ich überließ Grey meine Kappe, aber ich verlor das Interesse am Swamp Fox. Wer hatte denn je von ihm gehört, bevor er bei Walt Disney auftauchte?

Grey und Garvey spielten nicht immer mit uns mit. Sie hatten zu rauchen angefangen und übten fleißig Münzen flippen. Wenn die Schule wieder losging, wollten sie das Essensgeld der halben Abschlussklasse einstreichen. Bis dahin blieben sie auf Distanz, außer wenn ich eine Geschichte vorschlug, die sie wirklich mochten.

»Spielen wir doch noch mal die Dalton-Brüder«, schlug Grey immer wieder vor. Er hatte den Trick, sich tot zu stellen und dann von seinem Fahrrad herunterzuhechten, perfektioniert und gab gern damit an.

»Es heißt Dalton-*Schwestern*«, beharrte ich jedes Mal. Reese und ich hatten den Film gesehen und allen in solcher

Ausführlichkeit die Handlung erzählt, dass sie, obwohl sie ihn gar nicht gesehen hatten, darüber stritten, was nun passierte oder nicht passierte. Wir Mädchen waren ganz vernarrt in die Vorstellung, dass eine Bande von Schwestern Banken ausraubte und ihre toten Brüder rächte, aber die Jungs spielten lieber Jesse James oder die Younger-Gang.

»In dem Film vielleicht, aber jeder kennt nur die richtigen Dalton-*Brüder.*« Garvey hatte den Film auch gesehen und noch nicht verwunden, dass die Dalton-Brüder bereits in der ersten Szene umgebracht wurden, damit die Frauen lernen konnten, wie man mit Gewehren umging und Banken ausraubte. »Ich glaub sowieso nicht, dass der Film echt war. Ich wette, die Schwestern von denen haben nie 'ne Bank ausgeraubt.«

»Was willst du wetten?«, forderte ihn Reese heraus. Sie war vernarrt in diesen Film. »Glaubst du etwa, 'n Mädel kann dich nicht fertig machen? Glaubst du, ich kann dich nicht fertig machen?« Sie riss Grey die Kappe von mir vom Kopf.

»Du könntest nicht mal 'n Küken von 'nem Nest mit Mokassinschlangen verscheuchen!«

Grey wollte sich die Kappe zurückholen, aber Reese hüpfte und rannte ihm immer wieder davon, während sie über die Schulter nach hinten schrie.

»Du bist derjenige, der Angst vor Mokassinschlangen hat. Tante Alma sagt, du hast dir in die Hose geschifft, als sie dich zum Brombeerpflücken mitgenommen hat, nur weil du neben 'ne kleine grüne Schlange getreten bist und geglaubt hast, es wär 'ne olle Mokassinschlange.«

»Halt bloß dein doofes Maul.« Grey schnappte sich die Kappe.

»Halt doch du deins!« Reese trat ihm gegen das Schienbein. *»Schwestern!«*

»Brüder!«

»Gib mir meine Kappe wieder.« Ich entriss sie Grey, während er gerade Reese' harten kleinen Füßen auswich. Ich hoffte, dass sie ihm gehörig wehtat, aber da kam Tante Alma und beendete den Streit. Sie schickte die Jungs zum Spielen in den Garten nach hinten und befahl uns Mädchen, vor dem Haus zu bleiben.

»Wenn ihr nicht zusammen spielen könnt, dann trenn ich euch eben.«

»Ich will sowieso nicht mit den blöden Jungs zusammen sein.« Reese spuckte Grey hinterher. Manchmal konnte ich jedes Wort aus dem Mund meiner kleinen Schwester unterschreiben.

»Aber was spielen wir jetzt?«, quengelte Patsy Ruth. »Vorm Haus können wir nicht Rad fahren. Vorm Haus können wir so gut wie gar nichts machen.«

Ich drehte meine Rebellenkappe in den Fäusten, und plötzlich hatte ich eine Idee. »Wir spielen böse Schwestern.«

»Was?« Patsy Ruth wischte sich den Rotz von der Oberlippe. Mama behauptete immer, Patsy Ruth laufe schon seit ihrer Geburt ständig die Nase. »Sie wird sich den Rotz abwischen, wenn sie heiratet, und sie wird sich den Rotz abwischen, wenn sie stirbt.« Ich gab Patsy Ruth das Taschentuch, das ich zur Verwendung als Halstuch aus Daddy Glens Schublade stibitzt hatte.

»Wir spielen böse Schwestern«, wiederholte ich, und vor meinem inneren Auge sah ich Shannon Pearls verzerrtes böses Gesicht. »Zuerst spielen wir Johnny Yumas böse Schwestern, dann Francis Marions böse Schwestern, dann die von Bat Masterson. Und dann überlegen wir uns noch andere.«

Reese sah verwirrt aus. »Was machen denn böse Schwestern?«

»Alles, was ihre Brüder auch machen. Nur schneller und schlimmer.«

Reese sah immer noch verwirrt aus, aber Patsy Ruth juchzte. »Au ja! Ich will die böse Schwester von Rifleman sein!«

Patsy Ruth rannte los, um sich Greys altes kaputtes Plastikgewehr zu holen. Den ganzen Nachmittag gab sie vor, es wäre eine abgesägte Schrotflinte wie die in *Der Kopfgeldjäger*. Reese kam schließlich auch auf den Geschmack und spielte, sie würde auf der Veranda erschossen werden und herunterfallen. Ich nahm mir Tante Almas Fleischmesser und verkündete, ich sei Jim Bowies böse Schwester, und es solle sich bloß keiner mit mir anlegen.

Ich übte Messerwerfen auf der Veranda und belauschte die Jungs, wie sie im Garten fluchten. Ich war böse, beschloss ich. Ich war böse und hinterhältig, und am liebsten hätte ich dieses Messer auf Daddy Glen geworfen.

Am Abend amüsierten sich Alma und Wade über Patsy Ruth, die auf und ab rannte und dabei »Roger, Roger« schrie, bis sie Tante Almas Glas umstieß.

»Was um Gottes willen soll denn das werden, Kind?«

»Ich war Broderick Crawfords böse Schwester«, heulte Patsy Ruth und wischte sich die Nase.

»Seine was?« Onkel Wade lachte in sein Glas hinein. »Seine was?« Er schwang auf dem Rohrschaukelstuhl nach hinten und drückte die Zigarette auf der Veranda aus. Tante Alma schüttelte den Kopf und schaute Patsy Ruth an, als wäre sie verrückt geworden.

»Broderick Crawfords böse Schwester! Mein Gott, auf was die alles kommen.«

Patsy Ruth schien gedemütigt zu sein und war wütend. Sie zeigte auf mich. »Sie hat's gesagt. Sie hat gesagt, ich darf das spielen.«

Wade holte aus und schlug mir auf den Hintern. »Mädel, vor deiner Fantasie kann man richtig Angst kriegen.« Er versetzte mir noch einen Klaps, aber einen leichten, und hörte dabei nicht auf zu grinsen. »Broderick Crawfords böse Schwester, ts.«

Es war mir egal. Ich spielte auf Teufel komm raus böse Schwestern.

KAPITEL 15

Mama erlaubte, dass Tante Raylene mich und Reese mitnahm, um Onkel Earle in der Strafanstalt zu besuchen. Tante Raylene sagte, er würde noch drei Monate dort bleiben, und er habe Sehnsucht nach seinen Nichten und Neffen.

»Warum nimmst du nicht Grey und Garvey mit?«, fragte Mama. »Zeig ihnen, was mit ihnen passiert, wenn sie weiter Telefonzellen aufbrechen.«

»Ach, zum Teufel damit.«

Tante Raylene war empfindlich wegen Grey und Garvey, weil die beiden genau in der Nacht beim Drag Racing in Onkel Beaus Laster von der Highway-Streife aufgegriffen worden waren, in der sie bei ihr hätten bleiben sollen. Alma hatte sich aufgeregt, weil Raylene nicht besser auf sie aufgepasst hatte, und Raylene hätte Garvey beinahe eine Ohrfeige gegeben, nachdem er damit geprahlt hatte, sei seien die Jüngsten in der Familie, die jemals verhaftet worden seien. Jetzt legte Tante Raylene saubere Unterwäsche von Onkel Earle zusammen und steckte sie in eine Papiertüte, während ihr Gesicht rot vor Wut wurde.

»Wenn die beiden noch mehr anstellen, braucht das Gesetz sie gar nicht mehr wegschicken. Ich bring sie so weit weg, dass sie nicht mehr heimfinden.«

»Eine Scheiße wirst du tun.« Oma ließ einen Korb mit Essen auf Tante Raylenes Küchentisch krachen. »Du wirst sie jeden Monat besuchen und ihnen süßes Maisbrot mitbringen, genau wie Earle.«

»Wirst schon sehen, was ich tu.«

»Hab ich schon gesehen.«

Ich wartete schon darauf, dass sie richtig zu streiten anfingen. Stattdessen beugte sich Oma aber vor und drückte ihre Lippen mit einem lauten Schmatz auf die von Raylene. Tante Raylene schnappte überrascht nach Luft, und Oma lachte, bis ihr die Tränen kamen.

»Oh, oh, oh! Du müsstest dich sehen. Raylene, jetzt hab ich's dir endlich mal gezeigt. O Gott! Herrlich.« Sie ließ sich auf einen Küchenstuhl fallen und wischte sich die Augen. »Ach, vergiss es, sag Earle einfach, dass ich ihn lieb hab. Und dann sagst du ihm, wenn ich ihm öfter den Arsch versohlt hätte, als er noch 'n Junge war, dann wär er nicht da, wo er jetzt ist.«

»Du hättest machen können, was du willst, Earle wär trotzdem 'n Schläger geworden.« Raylene wollte sich sichtlich von dem Schock von Omas Kuss erholen. »Earle ist schon mit 'nem bösen Charakter geboren worden.« Ich beobachtete, wie Tante Raylene ihre grauen Haarsträhnen wieder unter die Haarnadeln zurückschob. Hatte ich einen bösen Charakter?, fragte ich mich. Es kam mir jedenfalls so vor. Seit Wochen kam es mir so vor. Vielleicht war ich nicht damit geboren worden, aber er war mir zugeflogen, wie Oma sagen würde. Er war mir schon ziemlich früh zugeflogen.

Earle war ein bisschen dünner und um die Augen herum ein bisschen grauer geworden. Seine Haare waren schon wieder etwas nachgewachsen, und er hatte jetzt eine kurze schwarze Bürste, die am ganzen Kopf senkrecht in die Höhe stand. Er strich sich immer wieder mit den Händen über den Schädel, als könnte er nicht glauben, dass sein dichtes schwarzes Haar nicht mehr da war. Als wir uns schließlich zu unserem Picknick ins Gras setzten, hatte er für jeden ein Geschenk – Schlüsselanhänger und Gürtel für alle Jungs und Geldbörsen und Haarspangen für die Mädchen, alles selbst gemacht und reich verziert. Tante Raylene bekam eine Handtasche, so groß wie ihr Essenskorb. Für Mama hatte er eine Lederbrieftasche mit aufgesetzten Rosenranken.

»Gib ihr das, und sag ihr, dass ich die ganze Zeit an sie denke.« Er lachte sein abgründiges Lachen. »Ich denk an ihre Brötchen. Die Köche hier machen welche, die kann kein Mensch fressen.«

Ich spielte mit der Brieftasche und beobachtete die anderen Familien um uns herum. Alle Frauen hatten Lederhandtaschen mit aufgesetzten Rosen. Kleine, aus Leder gearbeitete Ranken schlangen sich um die Schulterriemen und die Ecken der Brieftaschen. Ich strich mit den Fingern über Mamas Brieftasche und fragte mich, wie das wohl gemacht wurde.

Wie bearbeiteten sie das Leder?

Ich öffnete Mamas Brieftasche und strich über das unbehandelte Leder. Um uns herum stillten die Frauen ihre Kinder und saßen nahe bei ihren Ehemännern. Der glühend heiße Garten roch nach verdorbenem Essen, Schweiß und sauren Babywindeln. Ich schaute zu Onkel Earle hoch und sah, dass er die Frauen beobachtete. Der Schweiß rann ihm über die Stirn in die Augen.

»Wie hast du das denn gemacht?«, fragte ich ihn und hob die Brieftasche, damit er herschaute. »Musst du das nicht alles ausschneiden?«

Er nahm mir die Brieftasche aus der Hand und fuhr mit den Fingern über die Lederrosen und die eingravierten Ranken. »Wir haben Stanzeisen. Da haut man mit 'nem Holzhammer drauf, stanzt ein Muster nach dem andern aus, stundenlang. Genau das Richtige für Männer im Gefängnis. Sie haben was zu tun und gehen sich nicht gegenseitig an den Kragen.« Er grinste.

Ich starrte ihn an und wusste nicht so recht, wie ich ihn fragen sollte.

Da lachte er. Offenbar hatte er mich auch so verstanden.

»Sie zählen alles nach – die Stanzen, die Rasierklingen. Wenn die Zahl am Abend nicht stimmt, müssen wir in der Zelle essen. Natürlich verzählen sie sich manchmal, und manchmal gehen die Rasierklingen auch kaputt.« Er wischte sich den Schweiß an der Jeans ab und streckte die Hand dann mit der Handfläche nach oben aus. Eine dünne Stahlklinge blitzte im Sonnenlicht auf. Er lachte wieder jenes tiefe grollende Lachen, während ich mit offenem Mund dastand.

»Die glauben, wer weiß wie schlau sie sind.«

Er spuckte in Richtung Zaun. Ohne seine langen schwarzen Haare sah er anders aus, härter und älter. Nur seine Augen waren gleich geblieben, dunkel und voll Schmerz. Jetzt funkelten diese Augen zu den Wachen hinüber, die auf der anderen Seite des Zauns hin und her marschierten.

»Die glauben, sie sind so verdammt schlau.«

Mir ging das Herz über. Er strich mit der Hand wieder über die Jeans, und ich wusste, dass die Klinge wieder weg sein würde. Er war mein Onkel. Ich war seiner Lieblingsschwester Lieblingskind. Mir war absolut klar, dass ich zu ihm gehörte und er zu mir, und plötzlich war ich wahnsinnig stolz auf ihn und auf mich auch.

»Ich liebe dich«, flüsterte ich.

»Klar tust du das, Sonnenschein.« Er lachte. »Klar tust du das.«

Onkel Earle hob mich hoch und umschlang mich fest mit beiden Armen. Ich schaute über seine Schulter zum Zaun und kniff die Augen zusammen. Wir sind schlau, dachte ich. Wir sind schlauer, als ihr denkt. Ich fühlte mich böse und mächtig und war so stolz auf uns alle, all die Boatwrights, die jemals im Gefängnis waren, sich wehrten, obwohl sie keine Chance hatten, und trotzdem ihren Stolz nicht verloren. Als Tante Raylene nach mir rief, ging ich sehr langsam zum Auto zurück.

»Warum muss er nur so stur sein?« Raylene beugte sich vor und stützte die Hände auf dem Lenkrad des Pontiacs ab. »Warum muss dieser Mann ständig Ärger suchen?«

»Er sucht keinen Ärger.« Ich war noch ganz erfüllt vom

Zauber der versteckten Klinge. »Er weiß nur, wie er damit umgehen muss, wenn der Ärger ihn findet.«

»Soso.« Tante Raylene drehte sich zu mir um. »Wenn er weiß, wie er damit umgehen muss, wie hat er dann seinen Arsch ins Gefängnis reingekriegt? Wieso kann er mit sich selber nicht so gut umgehen, dass er ausm Gefängnis draußen bleibt? Wieso kann er mit seinem Temperament nicht so gut umgehen, dass er dem besten Freund, den er in der ganzen County hat, nicht gleich den Unterkiefer bricht?«

Sie schüttelte den Kopf und stopfte ihre neue Handtasche unter den Sitz.

»Ihr Kinder denkt alle, eure Onkel wären so schlau. Wenn sie so schlau sind, warum sind sie dann aber so verdammt arm, hä? Sag mir das mal einer.«

Nachdem wir von der Strafanstalt zurück waren, suchte ich Grey und sagte zu ihm, es sei langsam an der Zeit, den Haken zum Einsatz zu bringen. Ein langsames, zufriedenes Grinsen war die Antwort und das Versprechen, sich »jederzeit, an jedem Ort« mit mir zu treffen. Sein Blick war der gleiche wie der, den ich in Earles Augen gesehen hatte, der gleiche, wie ich ihn mir in meinen Augen vorstellte. Erregung begann in mir zu schlagen wie eine kleine Trommel, und der Rhythmus wurde nur noch schneller, als ich den Haken dann herunterholte. Ich gab ihn Grey, als er in jener Nacht vorbeikam, auch wenn es mir schwer fiel. Er konnte ihn eher zum Woolworth transportieren, ohne Aufsehen zu erregen. Ein Junge mit einem Sack über der Schulter konnte völlig unschuldig aussehen, während ich bestimmt gefragt werden würde, was ich da schleppte. Ich knirschte verärgert mit den Zähnen, tröstete mich aber mit dem Gedanken, dass ich ihn bald wieder zurückbekommen würde. Wir wollten uns Freitagnacht beim Woolworth treffen, wenn Mama Tante Ruth besuchte und ich bei Alma schlafen sollte.

Grey und Garvey stritten sich in diesen Tagen besonders oft, boxten und rauften so beiläufig, wie andere Leute spuckten, und mir war klar, dass Greys Erregung über unser Vorhaben zum Teil daher rührte, dass sein Bruder davon ausgeschlossen war. Sie waren keine eineiigen Zwillinge – in der ganzen Familie gab es keine eineiigen Zwillinge –, aber Almas Jungs sahen sich ähnlicher als Tante Carrs Mädchen. Sie waren beide groß und schlaksig, wurden schnell braun und bekamen in der Sonne rotbraune Haare. Garvey sah besser aus, hatte kristallklare blaue Augen und ein tiefes kleines Grübchen im Kinn, das merkwürdig liebenswert war. Grey hatte irgendwie eine böse Ausstrahlung. Er kniff zu schnell die Augen zusammen und runzelte die ganze Zeit die Stirn, auch nachdem Alma ihm eine Nickelbrille besorgt hatte. Er hasste diese Gläser und trug sie nur, wenn einer der Onkel in der Nähe war und er dafür, dass er das Geld seiner Mama verschwendete, geschlagen werden konnte.

»Der Grey entwickelt schlechte Gewohnheiten«, sagte Onkel Beau einmal zu Reese und mir. Wir sagten nichts, weil wir beide Grey lieber hatten. Er sah vielleicht böser aus, aber er hatte eine liebenswerte Art, die Garvey abging. Er hatte uns immer gestohlene Bonbons geschenkt und uns nie wie Garvey herumgeschubst. Aber im Gegensatz zu seinem Bruder hatte Grey einfach kein Glück. Als er dreizehn wurde, wuchs ihm auf einmal auf Brust und Armen ein dicker Pelz rotbrauner Haare. Er versuchte ihn mit dem Rasiermesser seines Vaters abzuschaben, aber dadurch wurde er nur noch dichter. Garvey machte sich darüber lustig, und zur Verteidigung behauptete Grey stur, er sei stolz auf seinen »männlichen Haarwuchs«, darauf, wie er sich »in einen Bär verwandelte«. Und er sah dadurch auch anders aus als Garvey – sowieso ein lebenslanger Ehrgeiz. Das Problem war nur, dass die Haare nicht überall gleich dicht wuchsen, sondern unregelmäßig, außerdem juckten sie ihn. So wie er immer dastand und die rötlich-braunen Haare auf Unterarmen und Handrücken kratzte, war das Bild des zähen Burschen ruiniert. Manchmal schien er in eine Art Trance zu fallen, schaute dann in die Ferne, sah missmutig drein und kratzte sich.

So fand ich ihn auch Freitagnacht hinter dem Woolworth. Es war spät – schon nach Mitternacht –, und ich hatte Schwierigkeiten gehabt, mich leise genug aus Almas Haus zu schleichen, um Reese nicht aufzuwecken, weshalb ich jetzt selbst nervös und gereizt war. Grey machte mir Angst, wie er da mitten auf dem Parkplatz stand, wo alles vom Schein des Texaco-Schilds auf der anderen Straßenseite hell erleuchtet war. Weil ein Schatten auf den Kartoffelsack zu seinen Füßen fiel, glaubte ich einen Augenblick lang, er hätte meinen Haken vergessen.

»Krieg dich wieder ein«, sagte er lachend, als ich nach dem Haken fragte. »Da ist er doch.« Er ging in die Hocke, öffnete den Sack und zog den vierzackigen Gegenstand an der Kette heraus, der jetzt aber völlig geschwärzt aussah.

»Du hast ihn kaputtgemacht!«, fauchte ich.

»Ich hab ihn bloß hergerichtet!«, brüllte er geradezu, schaute dann über die Schulter und suchte den Parkplatz ab. »Mit der Farbe sieht man ihn nicht, wenn wir ihn an der Wand hochwerfen.«

Ich schnitt eine Grimasse und fuhr mit der Hand über einen der farbverschmierten Zinken. Er war immer noch scharf, aber das beängstigende Stahlklingengefühl stellte sich nicht mehr ein. Ich schluckte heftig. Wo ich diesen Glanz doch so geliebt hatte.

»Die Dinger haben so dermaßen geglänzt, das wär zu riskant gewesen.« Es klang, als wäre er stolz auf sich, weil er daran gedacht hatte. »Vor allem, nachdem ich die Spitzen noch ’n bisschen gewetzt hab.« Er ließ eine Schulter hängen und beugte sich nah zu mir. »Ich hab nur die Seite matt gemacht, die’s Licht einfängt. Ist alles immer noch scharf. Das Schwierige war nur, die Kette anzumalen. Hab jedes Glied einzeln gemacht, damit nicht alles verklebt und steif wird.

Das ist echt 'ne Schwermetallkette. Geschweißt, glaub ich.« Er grinste und kratzte sich glücklich die Hände.

Ich wusste, dass er sich nur wichtig machen wollte, er, der Mann und so weiter, aber es fiel mir schwer, meine Wut hinunterzuschlucken und ihm zuzunicken. »Schon in Ordnung«, brachte ich schließlich heraus. Er sah sauer aus, also strich ich über die Kette und nickte noch einmal. »Gute Arbeit.«

»Allerdings, verdammt noch mal!«

Scheißkerl, dachte ich, sagte aber nichts mehr. Es war egal, was er zu tun glaubte. In Wirklichkeit ging es bei der ganzen Sache darum, was ich tat. Es war mein Plan, und wichtiger als der Haken war es, in das Kaufhaus hineinzukommen, und da wusste ich etwas, was er nicht wusste. Der Weg hinein führte über das Dach und durch den Lüftungsschacht. Es gab nicht die geringste Chance, dass mein großer, behaarter, mannesstolzer Vetter durch den Schlitz passte. Er würde seinen Stolz zügeln und unten darauf warten müssen, dass ich ihm die Tür öffnete. Und wenn er mich allzu wütend machte, konnte er meinetwegen die ganze Nacht herumstehen und seine Hände kratzen.

Als es so weit war, dachte ich einen Augenblick lang, ich würde es nicht schaffen. Grey hatte zunächst keine Mühe damit, den Haken hoch genug zu schleudern, dass er sich in das rückwärtige Dach des Woolworth-Gebäudes bohrte, und es fiel mir auch nicht allzu schwer, das Seil hochzuklettern, indem ich die Füße gegen die Mauer stemmte. Oben, wo Glasscherben an der Dachkante angebracht waren – wahrscheinlich, um Leute mit ähnlichen Ideen wie mich abzuschrecken –, wurde es allerdings ein bisschen komplizierter. Aber das Seil hielt, und den Sprung über die Scherben schaffte ich recht locker. Ich bildete mir etwas darauf ein, fühlte mich richtig gut. Da oben auf dem Dach war es still und kühl und klar. Zum Osten hin breitete sich Greenville aus, in Richtung Flughafen und Highway wurden die Gebäude immer höher. Ich sah zwei Straßen weiter Leute unter einer Straßenlampe stehen, und auf der Überführung über der Texaco-Tankstelle und dem Rangierbahnhof sah ich Autos fahren. Ich spuckte vom Dach hinunter und hörte Grey unter mir fluchen.

»Alles okay?«, rief er mit verhaltener Stimme.

»Bestens. Jetzt sei still, sonst bringst du uns noch in Schwierigkeiten.« Ich ging auf loser knirschender Teerpappe zum Lüftungsgehäuse hinüber. Irgendwann hatte man das Gebläse mal mit feinmaschigem Draht und einem Gitterfenster aus Holzleisten verkleidet. Der Draht war jetzt aber verrostet und ließ sich ziemlich schnell lösen. Ich trat gegen die Holzleisten, bis zwei davon auseinander brachen.

Nur die Ventilatorflügel machten mir Sorgen. Ich konnte an ihnen vorbeischlüpfen, das schon, aber der Motorblock war groß und ölverschmiert. Das würde der kritische Punkt sein. Ich hockte mich einen Augenblick lang hin und schaute mich um. Ich fühlte mich seltsam und stark, als hätte ich von Onkel Beaus selbst geschnitzten Pfeifen gezogen. Das Dach funkelte und glänzte im Licht der Straßenlaternen.

Die Idee war mir gekommen, als ich das Gebläse beim Versammlungsgebäude der Kriegsveteranen gesehen hatte. Aber es hatte weder Holzleisten noch einen Drahtzaun gehabt, und der Motor war kleiner gewesen. Ich hatte gesehen, wie Onkel Beaus Mädchen am Wochenende, als die Baptistenmission ihr Fischfest machte, hindurchkletterten. Myer Johnson hatte die Mädchen weggescheucht und sich beklagt, dass er ständig Arbeit mit diesen Ventilatoren habe – die einzigen, um die er sich nie kümmern müsse, seien die auf dem Woolworth-Gebäude. Eigentlich wollte sich Myer nur vor meiner Kusine Deedee wichtig machen, weshalb ich nicht richtig zuhörte. Aber später fiel es mir wieder ein, und zwar so unvermittelt, dass ich plötzlich, mitten beim Abendessen, zu zittern anfing und Mamas Blick auffing.

»Alles in Ordnung mit dir, Süße?« Ich nickte und ging allein ins Badezimmer. Während ich dastand, mir den Nacken nass machte und im Spiegel in die Augen schaute, dachte ich mir den Plan aus. Ich war tatsächlich seit Jahren nicht mehr in den Woolworth hineingegangen, seit Mama mich beim Stehlen der Süßigkeiten erwischt hatte, aber ich hatte alles glasklar im Gedächtnis – die langen Reihen der Theken und die trägen Ventilatoren, die sich hoch oben an der Decke drehten, das große Abzugsloch hinten über der Kurzwarenabteilung. Die Sommer in Greenville waren heiß und stickig, und das Woolworth-Gebäude mit seinen hohen Decken und Ventilatoren war entsprechend entworfen worden. Der Lüftungsschacht hatte eine Abdichtung, die sie im Winter ein- und Ende April wieder ausbauten, aber ich erinnerte mich, dass ich einmal gesehen hatte, wie sie herausfiel. Es war nur ein locker sitzender Rahmen mit Baumwollisolierung obendrauf. Die Isolierung musste ziemlich oft ersetzt werden, da die Lüftung undicht wurde, wenn es stärker regnete.

Dieser Schacht würde sich mit einem kräftigen Stoß öffnen lassen. Ich sah es genauso klar vor mir wie das Gesicht des Mannes, der den Laden immer noch führte – Tyler Highgarden. Ich kannte seine verschüchterten, mageren Kinder aus der Grundschule. Wenn sie nicht solch traurige, erbärmliche Kreaturen gewesen wären, hätte ich meine Vettern schon längst dazu überredet gehabt, sie für die Sünden ihres Vaters zu verprügeln, aber sie waren den Aufwand gar nicht wert. Trotzdem hatten mich Tyler Highgarden und die Demütigung im Woolworth jahrelang gepiesackt, waren nie aus meinem Hinterkopf verschwunden. Die Erkenntnis, dass ich etwas dagegen tun konnte, war viel zu erregend, um sie nicht in die Tat umzusetzen.

Die Ventilatorenflügel waren nicht scharfkantig, nur schmierig und voller Staub. Ich nahm vorsichtig Maß und ging dann zum Wasserturm zurück und zog meinen Haken heraus. Ich rollte das Seil auf und band es an den Zacken fest.

Ich würde ihn vor mir in die Dunkelheit stoßen. Ich glaubte nicht, dass er irgendwo hängen blieb, ebenso wenig wie ich selbst. Nicht einmal als Waffe sah ich ihn. Alles, um was es mir ging, während ich zwischen den dreckigen Flügeln hindurchkletterte und mich an dem Motorblock vorbeizwängte, war, dass ich diese scharfen Spitzen bei mir haben wollte. Ich war ein bisschen ängstlich und fast davon überzeugt, dass man mich erwischen würde, aber diese Spitzen waren hart und verlässlich und spürbar gefährlich, so wie ich auch sein wollte. Ich konnte sie nicht zurücklassen.

Das Lüftungsrohr wurde auf der anderen Seite des Ventilators breiter, und an einem Filter dort aus stachligem Material zerkratzte ich mir die Finger. Ich löste ihn auf meiner Seite von der Wand, krabbelte durch den Schlitz, drückte ihn hinter mir wieder fest und schob den Haken vor mir her ins Dunkel. Ich war überhaupt nicht vorgewarnt, als der Haken plötzlich gegen eine scharfe Biegung des Rohrs knallte und mir aus der Hand glitt. Ich fiel hinterher, schlug mit der Schulter auf einem dicken Kissen aus Baumwollwatte und einer Ecke des Rahmens auf, der die Isolierung hielt und den Lüftungsschacht verschloss. Der Rahmen ächzte und verrutschte, löste sich auf einer Seite aus der Verankerung und klappte nach unten auf. Der Haken fiel vor mir mit einem lauten Scheppern hinunter. Ich erwischte gerade noch die Kante der Lüftungsabdeckung, hielt mich einen Augenblick lang fest und folgte dann dem Haken. Unterm Fallen biss ich mir auf die Zunge, und es war ein Wunder, dass ich nicht schrie. Ich schrammte an dem Regal entlang, auf dem die Schnittmusterbücher ausgestellt waren, und krachte auf eine Glastheke, die mit einem dumpfen Knacken unter mir zersprang. Ich schnappte nach Luft und registrierte im selben Augenblick, dass die Zinken des Hakens aus einem anderen der Glasgestelle herausragten, nur Zentimeter von meinem Hinterteil entfernt.

»O mein Gott«, flüsterte ich. »Heiliger Heiland.« Mir tat

die Hüfte an der Stelle, wo ich aufgeschlagen war, weh, aber ich schien mir nichts gebrochen zu haben.

Plötzlich war ich schweißnass und zitterte. Ich rollte mich von der Theke herunter und zerbrach mit den Turnschuhen noch mehr Glas, während ich versuchte, geschickt auf den Füßen zu landen. Als ich endlich im Gang stand, sah ich, dass meine Hände mit einem feinen Staub überzogen waren, der in dem Dämmerlicht hier wie Diamanten glitzerte. Ich atmete tief durch und schaute mich um. Über mir hing die Lüftungsabdeckung herunter, am Rahmen klebte noch die Baumwollisolierung. In der Nähe des Eingangs glaubte ich, die Bewegung eines Schattens zu erkennen. Das war wahrscheinlich Grey, der darauf wartete, dass ich ihn hereinließ. Im Laden selbst war alles völlig still, die Luft war abgestanden, und es roch nach süßem Parfüm und billiger Kleiderstärke.

Ich zog meinen Haken aus dem Glasgestell heraus und machte mich auf den Weg zur Eingangstür. Die Glassplitter der Kurzwarentheke knirschten unter meinen Sohlen. Ich blieb stehen und sah zu Boden. Plastikfingerhüte, Garnrollen und Nähnadeln lagen um mich herum verstreut. Ein halbes Dutzend Taschenspiegel lag in einer ordentlichen Reihe da, einer auf dem anderen. Ein Lichtreflex fing meinen Blick ein. Ich lächelte und trabte los. Der Süßigkeitenstand war näher an den Eingang gestellt worden. Ich erkannte die beiden übereinander gestapelten Kasten mit Nüssen gleich neben der Popcornmaschine. Ich schwenkte den Haken vor und zurück, während ich darauf zuging, spürte, wie sich das Grinsen in meinem Gesicht ausbreitete und mein ganzer Körper vom Rückgrat aus lockerer wurde. Wie lange war es her, seit ich hier gewesen war? Wie lange, seit ich vor der Süßigkeitentheke gestanden und den speziellen Woolworth-Geruch nach Staub und billigen Waren eingeatmet hatte? Ich schwenkte den Haken vor und zurück, vor und zurück, ließ das lose Ende des Seils durch die Finger gleiten, vor und zurück – und ließ schließlich ganz los, direkt in die Kasten mit den Nüssen hinein. Das Glas splitterte, und die Nüsse rieselten. Ich spürte, wie mir ein elektrischer Stoß durch den Arm schoss, bis zur Schulter hoch; ein Fluss aus Nüssen ergoss sich aus dem Kasten, eine Flutwelle aus Nüssen, eine wahre Lawine. Als das Geräusch aufhörte, sah ich, dass die Kasten ein Schwindel waren. Nicht mehr als eine Hand breit Nüsse waren in jedem gegen die gläserne Vorderscheibe gedrückt, der Rest war mit Pappe gefüllt.

»Billige Schleimscheißer«, sagte ich laut. Eine dünne Lage Nüsse bedeckte den Boden, manche rollten noch ein Stück. »Verdammt billig.«

Ich hörte, wie Grey gegen die Doppeltür am Eingang hämmerte, und rannte zu ihm. Er war so ungeduldig, dass ich schon befürchtete, er würde noch das Glas durchschlagen. »Hör auf«, brüllte ich und rannte zum Schaufenster, in dem ein Wagenheber ausgestellt war. Während ich das Werkzeug zur Tür schleppte, bearbeitete Grey weiter die Glasscheiben. »Blöder Trottel«, fauchte ich ihn an, aber er grinste nur. Ich zwängte die Fußstütze und den Hebel jeweils in den Spalt zwischen der Mittelstrebe und den beiden Türflügeln. Zwei Kurbeldrehungen, ein Knacksen, und die Flügel schwangen auf. Grey schoss an mir vorbei wie ein Hund, dem der Schwanz brannte, während ich den Wagenheber aus dem Weg räumte. Am liebsten wäre ich wieder zu dem Lüftungsschacht hochgeklettert und hätte die Klappe wieder geschlossen, aber es gab keine Möglichkeit, dort hinaufzukommen. Ich hatte mir vorgestellt, dass Tyler Highgarden den Kopf schüttelte und sich fragte, wie wir ihm das angetan hatten. Wenn natürlich wie jetzt die Isolierung herunterhing, würde jeder wissen, wie wir in den Laden gekommen waren.

»O Mann, o Mann!«, krähte Grey, worauf ich wieder Glas splittern hörte. Er hatte die Scheibe der Messertruhe zertrümmert und stopfte sich jetzt glücklich die Taschen mit Klappmessern aller Größenordnungen voll. Ich schlang die

Arme um mich, umfasste meine Schultern und zuckte nur mit den Achseln. Eine Brise wehte durch die offene Eingangstür herein und wirbelte den Staub auf dem Boden auf. Ich ließ den Blick über Grey hinweg auf all die ausgestellten *Sachen* schweifen. Überall Schrott: Schuhe, die im Regen zu Papier wurden, Kleider, die an den Nähten aufplatzten, fade Süßigkeiten, Make-up, von dem man Pickel bekam. Was gab es hier, das ich brauchen konnte? Ich erinnerte mich an die Gläserreihen mit eingemachtem Gemüse und Obst in Tante Raylenes Haus – Reihen mit Tomaten und Gumboschoten, Pfirsichen und grünen Bohnen, Brombeeren und Pflaumen, die sich Regal um Regal in ihrem Keller ausbreiteten. Das war schon etwas wert. Das ganze Zeug hier kam mir dagegen geschmacklos und nutzlos vor. Ich biss mir auf die Lippen und ging meinen Haken holen.

Grey rannte die Gänge auf und ab, griff nach irgendwelchen Sachen und ließ sie wieder fallen. »O Mann, o Mann, was sind wir für ein Team«, flüsterte er mir zu, schüttelte den Kopf und lachte. Er schnappte sich in der Bettwäscheabteilung einen Kissenüberzug, lief damit zum Eingang vor und füllte ihn mit Zigaretten.

»Ja«, flüsterte ich. Ich trat gegen das Gestell vor mir. Es war voller Bilderrahmen – Holz, Plastik und glänzendes Metall. Die großen sahen genauso aus wie die, in denen James und Madeline ihre Familienfotos aufbewahrten. Einen Augenblick lang verspürte ich den Wunsch, sie zu zertrümmern, aber es waren ja nicht ihre, auch wenn es die gleiche billige Marke war, die sie allerdings nie zugeben würden, gekauft zu haben. Ich schwenkte den Haken wieder vor und zurück und überlegte angestrengt, was ich wirklich wollte, wen ich wirklich verletzen wollte. Die Augen taten mir weh, und die Handflächen, die ich aufgerieben hatte, brannten. Ich fühlte mich, als würde ich gleich zu weinen anfangen. Grey juchzte noch einmal »O Mann, o Mann«, und ich spürte, wie sich in meiner Kehle etwas Hartes und Böses nach oben schob.

Ich drückte mir den Haken fest gegen den Bauch, rannte wieder zur Tür und rief unterwegs nach Grey. Er nahm immer noch Sachen in die Hand und warf sie wieder weg, den Kissenbezug hatte er inzwischen an den Gürtel seiner Jeans geknotet. Es dauerte bestimmt noch zwanzig Minuten, bis er endlich zu mir kam. Er zitterte. Sein braun gebranntes Gesicht war gestreift von Schweiß und Staub. Er bewegte den Mund, öffnete und schloss ihn, aber es kam kein Ton heraus. Er hatte sich die Hemdzipfel eng um die Taille gebunden, um das Zeug, das er nicht tragen konnte, verstauen zu können. Ich legte ihm die Hand auf den Arm.

»Komm jetzt. Nur blöd, dass wir die Tür nicht zusperren können.« Ich drückte seinen Arm und spürte an dem harten Muskelstrang, den ich fühlte, wie aufgeregt er war. »Du kannst jetzt eh nichts mehr tragen.«

Er zwinkerte mir zu und kam mit dem Gesicht ganz nah an mich heran. »Das werd ich nie vergessen, Knöchelchen«, sagte er. »Nie im Leben.« Ich nickte feierlich, und auf seinem Gesicht breitete sich wieder ein Lächeln aus. »O Mann, o Mann!«, flüsterte er noch einmal, als er hinausging, und diesmal klang er wie ein glückliches Kind.

Ich zog die Türflügel so hin, dass sie wie geschlossen aussahen, und rannte dann Greys Schatten nach. In der State Street kamen wir unmittelbar vor der Texaco-Tankstelle an einer kleinen Gruppe graugesichtiger Männer vorbei, die alle meinen Onkeln dermaßen glichen, dass ich schlucken musste. Ich schrie ihnen im Vorbeilaufen zu: »Die Tür von dem verdammten Woolworth steht offen. Es ist offen. Der ganze Laden ist sperrangelbreit offen.«

Sie schauten uns an, mich mit dem Haken, den ich fest gegen den Bauch drückte, und Grey, der unter dem Gewicht seiner Tüten stolperte und dem die Sachen aus dem Hemd quollen. Ich sah, wie sich einer der Männer umdrehte und die State Street hoch zum Woolworth-Gebäude blickte. Ein anderer ließ seine Zigarette fallen und fing zu laufen an. Ich war mir sicher, dass es am Morgen nicht einen Schaukasten geben würde, der nicht geöffnet worden, nicht eine Theke, die nicht abgeräumt worden war. Das war es, was mich glücklich machte, der Klang dieser Stiefel auf der Straße und der Gedanke daran, was diese Männer alles nach Hause tragen würden. Meine alte Empörung über Tyler Highgarden kam mir im Vergleich dazu lächerlich vor.

Unter meinen verschwitzten Fingern spürte ich, dass die schwarze Farbe von der Eisenspitze eines der Zinken allmählich von allein abblätterte. Den Rest konnte ich bestimmt abkratzen. Die Wut pochte immer noch in mir. Vielleicht würde ich, wenn das Metall wieder sauber und rein und glänzend war, eine Nacht auf den Kopf stellen. Vielleicht würde ich den ganzen Weg zu Onkel James' Haus zu Fuß gehen und meiner Mama ein oder zwei Rosensträucher ausgraben.

KAPITEL 16

Am nächsten Tag war ich ziemlich schläfrig – und nervös. Das Hochgefühl war verflogen. Ich wartete ständig darauf, dass etwas passierte, dass jemand hereinkam und mich mit dem, was Grey und ich getan hatten, konfrontierte. Es war so leicht gewesen, zu Tante Alma und zu Reese ins Bett zurückzukehren, ohne dass irgendjemand etwas merkte – viel zu leicht. Die ganze Nacht schreckte ich immer wieder hoch, bis schließlich das Zimmer von Tageslicht überflutet war. Reese lag nahe der Bettkante noch in tiefem Schlaf, aber nebenan hörte ich Temple bereits reden. Ich stand auf, zog mich an und bemühte mich, so auszusehen, als hätte ich all den Schlaf, den ich brauchte, auch gehabt.

Tante Alma war mit Mama bei Tante Ruth geblieben. Patsy Ruth beschwerte sich, weil sie ganz allein gewesen war und es nicht einmal gewusst hatte. Garvey und Klein-Earle war es egal. Sie stritten heftig darüber, ob Klein-Earle in Garveys neue Mundharmonika gespuckt hatte oder nicht. Ich schaute immer wieder in Greys strahlendes Gesicht und wunderte mich, warum niemand sonst bemerkte, wie selbstzufrieden er grinste, aber es herrschte ein zu großes Durcheinander. Die anderen schauten ihn nicht einmal an.

Temple war vorbeigekommen, damit wir alle etwas zum Frühstück bekamen. An ihrem dicken Bauch konnte man sehen, wie bald sie schon ihr erstes Kind haben würde. Sie richtete sich immer wieder auf und stemmte die Hände in die Hüften, als hätte sie Schmerzen. Jeder bekam von ihr eine Schüssel Hafergrütze mit Käse, und in die Mitte stellte sie eine Platte mit gebratenem Rückenspeck.

»Patsy Ruth und Klein-Earle.« Sie sprach die Namen aus,

als wären die beiden streunende Hunde. »Ich hab Mama versprochen, dass ich dafür sorg, dass ihr rechtzeitig in der Schule seid, also beeilt euch ’n bisschen.« Sie wischte Fettspritzer vom Rand der Platte ab und stellte eine Schüssel mit Butter daneben. »Knöchelchen, deine Mama hat gesagt, ihr sollt dableiben, bis sie euch abholt. Aber vielleicht wird es Nachmittag, bis sie herkommen kann, also lass Reese so lange schlafen, wie sie will.«

»Warum müssen wir in die Schule und Knöchelchen und Reese nicht?« Klein-Earle war beleidigt.

»Ich weiß es nicht, und es ist mir auch egal.« Temple hörte sich an, als wäre sie schon seit zwanzig Jahren verheiratet. »Ich weiß nur, dass ihr hingeht. Wenn ihr wissen wollte, warum, dann könnt ihr Mama ja fragen, wenn sie heut Abend wieder nach Hause kommt. Und jetzt muss ich mich um Kaulquappe kümmern, die kommt heut mit zu mir.«

Ich steckte mir ein Stück Rückenspeck in den Mund und ging mit dem Buch, das ich von Tante Raylene bekommen hatte, *Der König von Narnie* von C. S. Lewis, ins Wohnzimmer. Ich mochte die Geschichte, aber ich war so müde, dass ich einschlief und erst wieder aufwachte, als mir Mama die Hand auf die Schulter legte.

»Wo is Reese, Knöchelchen?« Ihre Stimme klang merkwürdig.

»Ich glaub, sie schläft noch, Mama.« Ich stand vom Sofa auf und folgte ihr in Almas Küche. Sie warf die Handtasche auf den Küchentisch und ließ sich schwer auf einen der Metallstühle fallen. Sie hatte gerötete Augen, die Wimperntusche war verschmiert. Still saß sie da und schaute mich an. Ich konnte ihren Gesichtsausdruck nicht deuten.

»Mama, hab ich irgendwas falsch gemacht?«

»Nein. Nein, Kleines.« Sie schüttelte den Kopf, sah mir einen kurzen Moment lang in die Augen und dann wieder weg. »Du hast nichts damit zu tun.« Sie öffnete die Handtasche, nahm ihre Packung Pall Mall heraus, zündete sich eine an und fuhr sich mit der anderen Hand durch die Haare. Ich holte ihr einen Aschenbecher.

»Soll ich Kaffee machen?«

»Nicht nötig, Kleines.«

Ich setzte mich an den Tisch. »Ist Alma noch bei Ruthy?«

Sie nickte, hielt inne und schaute mich an. »Knöchelchen, deine Tante Ruth ist heute früh gestorben.« Ihre Augen glitzerten. Ich wartete darauf, dass sie zu weinen anfing, aber sie weinte nicht. Sie saß nur da und rauchte. Ich schaute meine Hände an. Ich konnte nicht glauben, was sie gesagt hatte. Tante Ruth war tot? Nein.

Mama räusperte sich. »Alma ist noch bei Travis und Raylene. Ich bin nur gekommen, um dich und Reese zu holen. Es gibt 'nen Haufen zu erledigen. So viel, dass ich noch gar nicht klar denken kann.«

»Es tut mir Leid, Mama.« Meine Stimme zitterte. Ich schluckte schwer, wollte weinen, aber es kamen keine Tränen. Sogar nach all der langen Zeit hatte ich nicht erwartet, dass Tante Ruth wirklich sterben würde. Alle hatten gesagt, sie würde es durchstehen, so wie bisher auch. Mama hatte so geredet, als wäre diese Krankheit etwas, was man einfach nur abwarten musste, als brauchte Ruth einfach nur Zeit und Ruhe, um wieder gesund zu werden. Jeder hatte so geredet. Dann erinnerte ich mich daran, wie dünn sie gewesen war, als ich bei ihr wohnte, wie gebrechlich und schwach, wie es sie geschüttelt hatte, wenn sie lachte, wie sie mich angeschaut hatte, als sie mich fragte, ob sie wohl sterben würde. Ich hatte es gewusst, natürlich hatte ich es gewusst. Der Tod war es gewesen, woran Tante Ruth die ganze Zeit gedacht hatte. Der Tod war der Grund gewesen, warum sie so viel geredet hatte, so eifrig, und das Feuer, das sie von innen her verbrannte, auch das war der Tod gewesen. Bei jedem Atemzug und jedem Lachen und jeder weggewischten Träne war sie ein Stück gestorben. Ich hatte es gewusst, aber trotzdem hatte ich mir vorgestellt, Tante Ruth würde immer so weitermachen, ihr Sterben ewig vor sich haben. Das Märchen erhielt dadurch Nahrung, dass ich sie, anders als im Sommer, nicht mehr jeden Tag gesehen hatte. Alle diese Monate über hatte ich gewusst, was da drüben in jenem Haus vor sich ging, es gewusst und gleichzeitig geleugnet, weil ich nichts anderes tun konnte.

»Ruth war nie richtig hübsch.« Mamas Stimme überraschte mich. Ich schaute auf die Küchenuhr, aber das Licht über dem Herd war nicht an. Im Aschenbecher lag ein halbes Dutzend Kippen, und Mamas Wimperntusche war noch schlimmer verlaufen. Ich fuhr mit der Zunge über die Lippen.

»Tante Alma sagt, sie war was Besonderes.«

»Ach.« Mama zuckte mit den Achseln. Sie wischte sich über die Wangen, schmierte die Wimperntusche wieder zu den Schläfen hoch. »Das sagen sie immer, wenn 'n Mädel 'n auffälliges Gesicht hat und nicht hässlich, aber auch nicht hübsch ist. Als wir noch klein waren, da hätte Ruth, glaub ich, so ungefähr alles dafür hergegeben, nur damit sie hübsch ist. Wenn sie gedacht hat, dass sie keiner sieht, hat sie immer vor dem Garderobenspiegel von Oma gestanden und sich angeschaut, aber ich hab sie nie damit aufgezogen. Das haben schon zur Genüge die Jungs besorgt.« Mama drückte ihre Zigarette aus. »Eigentlich war sie es, die mich großgezogen hat. Daddy war damals schon weg, und Oma lief ständig hinter den Jungs oder deiner Tante Alma her, die immer in irgendwelchen Schwierigkeiten steckte. Ruth war diejenige, die für mich da war, mit der ich reden konnte. Einmal hat sie mir erzählt, dass sie immer so getan hat, als wär ich ihr Kind. Ich war das Baby, hatte gerade erst mit der Schule angefangen, als sie Travis geheiratet hat und 'n Stück weiter die Straße runtergezogen ist. Sie war fast genauso oft bei uns wie bei sich zu Hause, hat für Oma gekocht und hinter uns hergeräumt. Travis ist immer wütend geworden und hat gegen die Tür gehämmert und gebrüllt, sie soll ihren Arsch bewegen und zu ihm heimkommen.« Mama zog die Lippen zwischen die Zähne und biss sich leicht auf die Unterlippe. Das hatte ich oft bei Tante Ruth gesehen, auch ich machte es, wenn ich nervös war. Jetzt brachte es mich fast zum Weinen. Ich wischte mir über die Augen und konnte beobachten, wie sich auch Mama mit dem Handrücken über die Augen wischte.

»Aus irgendeinem Grund hat Ruth geglaubt, dass sie keine Kinder kriegen könnte. Sie war so glücklich, als sie schwanger geworden ist. Ich hab damals nie verstanden, warum sie unbedingt Kinder haben wollte. Jede andere hat nur geheult und gejammert, wenn's so weit war, aber Ruth hat ein Riesentheater drum gemacht, gelacht und gesungen und Babykleider genäht. Dann hab ich sie mal gefragt, warum sie eigentlich so glücklich drüber ist, da starrt sie mich an, als wär ich völlig übergeschnappt. Sagt zu mir, das ist der Beweis. Die Schwangerschaft ist der Beweis, dass irgendein Mann dich irgendwann mal für hübsch gehalten hat, und je mehr Kinder sie kriegt, desto eher weiß sie, dass sie was wert ist. Ich hab fast geflennt, und gleichzeitig hätte ich ihr am liebsten eine gescheuert, weil sie so daherredet, so redet, als wär sie selber gar nichts wert. So redet, als hätte meine Liebe gar nichts damit zu tun, ob sie was wert ist oder nicht!«

Ich musste daran denken, wie oft ich in den Badezimmerspiegel starrte und erkannte, dass ich nicht hübsch war; wie ich dieses Gefühl hasste. Ein kalter Schauer lief mir über den Rücken, als hätte Tante Ruth gerade mein Rückgrat berührt. Mama schüttelte den Kopf, öffnete ihre Tasche, wühlte darin herum und zog eine Serviette heraus. Vorsichtig tupfte sie sich damit die Wimperntusche ab. »Geh und hol mir die Hautcreme, Knöchelchen. Ich muss die Schmiere wieder wegkriegen.«

Ich lief ins Badezimmer und schnappte mir die Cremedose. Reese stand im Bad, die Haare ganz verstrubbelt und die Augen vom vielen Schlaf verschwiemelt. »Warum hast du mich nicht aufgeweckt?«, jammerte sie. »Wo sind denn alle?«

»Alle sind weg, aber Mama ist da. Wasch dich und komm in die Küche.« Ich eilte davon. Mama würde es ihr sagen müssen. Ich konnte es nicht.

Als ich zurückkam, saß Mama noch genauso da wie zuvor, die Hand mit der Serviette vor den Augen, aber jetzt weinte sie wirklich. Große Tränen quollen hervor und rollten ihr übers Gesicht. Ich rannte zu ihr hin und schlang die Arme um sie. Einen Augenblick lang hielten wir uns umklammert, und dann, ganz verlegen, befreite sie sich und schob mich ein Stück von sich weg.

»Du hast sie auch lieb gehabt, Knöchelchen, oder?« Sie schaute mir fest in die Augen, als könnte sie in mich hineinsehen. »Weißt du auch, wie lieb sie dich gehabt hat?«

Ich nickte. Ich konnte nicht sprechen. Mama drückte mich an sich und wiegte mich an ihrer Brust. Sie drückte meine Schultern und schüttelte mich ein bisschen.

»Ach, mein kleines Mädel«, flüsterte Mama. »Ich würde so gern sagen können, dass Ruth gewusst hat, wie schön sie war.«

KAPITEL 17

Reese war zuvor noch nie auf einer Beerdigung gewesen, und ich wusste nicht genau, wie wir uns benehmen sollten. Aber Reese zerbrach sich nur den Kopf darüber, was wir anziehen würden. »Müssen wir uns jetzt nicht schwarze Kleider kaufen?«, fragte sie immer wieder. »Mama, wann kriegen wir unsre schwarzen Kleider?« Es klang, als stellte sie sich bereits vor, wie sie am Tag nach der Beerdigung in ihrem neuen schwarzen Kleid in die Schule ging. Es war noch nicht so lange her, da hätte ich das Gleiche gedacht. Jetzt konnte ich nur an Tante Ruth denken und daran, wie sie den ganzen letzten Sommer über mit mir geredet hatte. Wenn Mama Reese beschwichtigte und ihr sagte, sie könne doch einfach ihren dunkelblauen Rock und eine weiße Bluse anziehen, ging ich hinaus, setzte mich auf die Verandastufen und zog die Knie hoch bis zur Brust.

In meinem Inneren war eine harte, schmerzhafte Stelle, die mich drückte, nicht mein Herz, aber genau über dem Herzen. Ich erinnerte mich an den Blick von Tante Ruth, wenn sie mich anlächelte, wie dünn sie gewesen war mit ihren Vogelfingern und den fiebrigen Augen. Aber am besten erinnerte ich mich daran, wie sie mit Earle gelacht und dann all jene langen Stunden an den heißen Nachmittagen in die Ferne gestarrt hatte.

»Können wir miteinander reden oder nicht?«, hatte sie mich gefragt. Ich hatte es versucht, aber am Ende doch gelogen. Ich sagte ihr nicht, dass sie sterben würde, erzählte ihr nicht die Wahrheit über meine Angst vor Daddy Glen. Ich sagte ihr nicht, dass ich wusste, was er dachte, wenn er mich anschaute, dass ich in seinen Augen nicht nur Verwirrung und Wut erkennen konnte, sondern etwas noch Heißeres und Böseres. Ich sagte ihr nichts davon, wie er mich berührt hatte. Ich schämte mich zu sehr. Mama glaubte, die Antwort darauf sei, mich aus dem Haus zu schaffen und von Daddy Glen fern zu halten, glaubte, mit der Zeit würde alles gut werden, wenn wir nur Geduld hatten, ihn liebten und ihm das Gefühl gaben, stark und wichtig zu sein. Aber es änderte sich nichts, und nichts wurde wirklich gut, es wurde nur alles aufgeschoben. Jedes Mal, wenn Mama zu müde war, um seine Launen durch Schmeicheleien oder Neckereien zu vertreiben, wandten sich Daddy Glens Augen mir zu, und mein Blut erstarrte zu Eis. Das hatte ich Tante Ruth nie erzählt, keinem hatte ich das je erzählt. Ich wusste einfach nicht, wie.

Mein Kopf tat so weh, dass ich Daddy Glen gar nicht schreien hörte. Ich saß immer noch zusammengekauert auf der Veranda, als er durch die Vordertür herauskam.

»Ich hab dich gerufen, Mädel.« Er packte mich bei den Schultern. Er hatte noch keine Zeit zum Duschen gehabt, und sein Gesicht war schweißnass, seine Arbeitskleidung roch nach Milch. Ich schaute hasserfüllt zu ihm hoch und bemerkte, wie seine Pupillen klein und hart wurden.

»Ich hab dich nicht gehört«, sagte ich schlicht und kühl.

»Und ob du mich gehört hast.« Er zog mich auf die Füße hoch.

»Hab ich nicht!«, brüllte ich ihn an. Das Blut pochte mir bis in den Kopf. »Ich hab dich nicht gehört. Du hast nicht das Recht, mich 'nen Lügner zu nennen.« Durch die offene Tür hindurch konnte ich sehen, wie Mama aus der Küche kam und sich dabei die Hände an einem Geschirrtuch abwischte.

»Glen«, rief sie. »Glen.«

»Glaubst du etwa, nur weil deine Tante gestorben ist, kannst du mir patzige Antworten geben?« Daddy Glen spuckte fast vor Zorn. »Du glaubst wahrscheinlich, du kannst jeden verdammten Scheiß erzählen, der dir einfällt! Zeit, dass du auf andere Gedanken kommst.«

Er zerrte mich ins Haus. Reese sprang vom Sofa auf und rannte ins Schlafzimmer. »Glen«, rief Mama noch einmal und kam hinter uns her, aber er ließ sich nicht aufhalten. Ich knallte mit der Schulter gegen die Türklinke, als er mich vor sich her ins Badezimmer stieß. Ich stolperte und wäre auf den Boden gefallen, wenn er mich nicht immer noch am Arm festgehalten hätte. Die Tür krachte hinter uns zu.

»Glen! Tu das nicht, Glen!« Mama hämmerte gegen die Badezimmertür.

Ich stand da und schaute zu Daddy Glen hoch, den Rücken gerade und die Hände neben den Oberschenkeln zu Fäusten geballt. Sein Gesichtsausdruck war starr, sein Hals leuchtend rot. Er hielt mich mit einer Hand fest, und mit der anderen zog er seinen Gürtel aus den Hosenschlaufen. »Untersteh dich und sag noch ein Wort«, zischte er. »Wag es ja nicht.«

Nein, dachte ich. Bestimmt nicht. Kein Wort, kein Schrei, nichts diesmal.

Er schob mich mit der Hüfte gegen das Waschbecken, hob mich ein Stück hoch und drückte meinen Oberkörper nach unten. Ich streckte die Hände aus und bekam den Porzellanrand zu fassen, passte auf, dass ich nicht Daddy Glen erwischte, ihn nicht berührte. Nein. Nein. Nein. Er raste, schäumte, die Schläge trafen genauso oft die Wand wie mich. Hinter der Tür schrie Mama. Daddy Glen grunzte. Ich hasste ihn. Ich hasste ihn. Der Gürtel sauste auf und ab. Feuer an meinen Schenkeln. Schmerz. Hatte Tante Ruth einen Schmerz wie diesen gespürt? Hatte sie geschrien? Ich würde nicht schreien. Ich würde nicht, würde nicht, würde nicht schreien.

Danach war es so still, dass ich das eigene Herzklopfen hören konnte. Die Geräusche kehrten langsam wieder. Auf dem

Waschlappen, den Mama ausspülte, waren Blutflecken. Ich schaute ihr zu, dumpf und leer. Ich lag an ihrer Hüfte, auf dem Ehebett. Das Haus war kalt. Aus dem Radio ertönte leise die Stimme von Conway Twitty, der »But it's on-ly make be-lieve« sang.

»Warum nur, Süße? Warum hast du dich so aufführen müssen? Morgen ist die Beerdigung, Raylene erwartet, dass wir mit ihr zusammen bei Ruth sauber machen, bevor alle eintrudeln, Almas Baby ist krank, und ausgerechnet…« Sie legte mir den kühlen Waschlappen auf den Nacken. »Knöchelchen. Ist es wegen Ruth? Hast du Glen deswegen auf einmal angebrüllt? Süße, du weißt doch, dass du das nicht machen darfst.«

Ihre Haut war so blass und die Schatten unter ihren Augen so dunkel. Sie hatte sich den Lippenstift abgewischt, aber auf ihrem Kinn war noch ein kleiner Farbtupfer. Ihre Lippen bebten. Sie zündete sich mit zitternden Fingern eine Zigarette an, ließ dabei aber eine Hand auf meiner Schulter liegen. Ich spürte die Knochen. Ich hörte, wie sie flüsterte, als redete sie mit sich selbst: »Ich weiß einfach nicht mehr, was ich tun soll.« Ich schloss die Augen. Es gab nur eine Sache, die zählte. Ich hatte nicht geschrien.

Die Nacht vor der Beerdigung verbrachte ich mit Tante Raylene im Haus von Tante Ruth, half ihr, alles ein bisschen herzurichten und eine Schinkenkeule und zwei Aufläufe zuzubereiten, einen mit Nudeln und Käse und eine große Kasserolle mit verschiedenen Gemüsesorten im Teigmantel. Deedee hatte sich den ganzen Abend lang in ihrem Schlafzimmer eingesperrt und Radio gehört, und Travis war immer noch in der Leichenhalle, als Tante Raylene mich ins Bett schickte. Ich wachte erst spät wieder auf und musste mich beeilen, um noch baden zu können, während Tante Raylene zum Frühstück Hefebrötchen und gebratenen Schinken machte. Am Abend davor hatte ich darauf geachtet, dass

Raylene die Striemen auf meinen Beinen nicht sah, als sie mich in Butchs altem Zimmer ins Bett brachte. Sie war so abgelenkt gewesen, dass sie nichts bemerkt hatte. An diesem Morgen hatte ich keinen Appetit, aß aber gehorsam ein Schinkenbrötchen und trank den Rest von Tante Raylenes Kaffee aus, während sie sich fertig anzog. Dann ging ich auf die Veranda hinaus und wartete auf sie. Im Radio lief »Get a Job« von den Silhouettes, der Refrain klang abgehackt und gehetzt und hallte in der Morgenluft laut wider. Deedee saß im Nachthemd auf dem Schaukelstuhl, ihre Haare waren noch mit Klammern in Wellen gelegt.

»Ich hasse diese verdammte Hillbilly-Musik, schon immer«, sagte sie, als wollte sie ein ganz normales Gespräch mit mir anfangen. Ich starrte sie an.

»Du musst dich anziehen. Tante Raylene ist gleich fertig.« Ich schaute mich suchend um, aber Onkel Travis' Laster war noch nirgends zu sehen, und sonst war niemand da. Deedee sah aus, als hätte sie überhaupt nicht geschlafen. Sie rauchte eine Chesterfield ohne Filter, an der sie mit zitternder Hand gierig sog. Ihre Augen waren blutunterlaufen und gegen das Sonnenlicht zusammengekniffen.

»Aber das ist die einzige Musik, die Mama hören wollte.« Sie fuhr fort, als hätte ich kein Wort gesagt. »Ein einziges Geheul, Gejohle, Geplärr, absoluter Schund. Sie ist jedes Mal wütend geworden, wenn ich meinen Sender eingestellt hab, hat es Niggermusik genannt. Hat gesagt, die Musik würde mich verderben. Als hätte sie mir nicht schon vorher ständig gesagt, wie verdorben ich bin.« Deedee hatte ein Bein angezogen, auf dessen Knie sie den Arm so abgelegt hatte, dass die Zigarette genau vor ihrem Mund platziert war. In der anderen Hand hielt sie eine fast leere Zigarettenpackung und auf dem Boden lag eine Streichholzschachtel neben einer Untertasse voller Asche.

Im Radio gab es eine Pause, ein Knistern, und dann kam andere Musik. »Elvis Presley und die Jordanaires«, verkündete der Sprecher, »auf dem Festplatz in Spartanburg kommenden Sonntagnachmittag. Ich werde dort sein, da könnt ihr drauf wetten. Und hier ist der Mann selbst.« Die Musik, die leise im Hintergrund gespielt hatte, wurde jetzt lauter. »I got a woman mean as she can be…«

»Ich hab Elvis jetzt schon dreimal gesehen. Was hältst du davon, Schafskopf? Magst du Elvis?« Deedee schaute mich geradezu hasserfüllt an.

Ich zuckte mit den Achseln. »Geht schon. Ich hab ihn noch nie gesehen.«

»Du hast noch nie auch nur irgendwas gesehen?«

»Nein.«

Deedee warf die Kippe über das Verandageländer und funkelte mich an. »Sie hat dich geliebt, verdammt viel mehr als mich.«

Ich sagte nichts darauf.

Tante Raylene, die sich gerade die Handschuhe anzog, kam heraus. »Deedee, du frisierst dich jetzt lieber und ziehst dich an. Du hättest schon vor 'ner halben Stunde fertig sein sollen. Travis ist schon bei der Leichenhalle unten.«

»Der ist die ganze Nacht dort gewesen.« Deedee zog beide Füße hoch auf den Schaukelstuhl und legte sich eine Hand über die Augen. »Ich hab Grey mit seinem guten Anzug rübergeschickt, als mir klar war, dass er nicht nach Hause kommt.«

»Tja, das hätte ich mir eigentlich denken können.« Tante Raylene strich Deedee leicht über die Wange, und zum ersten Mal bemerkte ich den schwachen Glanz von Tränen. »War gut, dass du dafür gesorgt hast, dass er seinen Anzug hat. Jetzt komm, Mädel. Steh auf und zieh dich an. Wir haben keine Zeit dafür, dass du hier auf der Veranda Trübsal bläst.«

Deedee ließ die Hand in den Schoß sinken und schüttelte heftig den Kopf. »Ich geh nicht hin.« Sie fuhr sich mit der Zunge über die Lippen und räusperte sich. »Wirklich, Raylene, ich mach das nicht. Da hingehen und mich von jedem anjammern lassen. Mama wär's egal, und ich kann genauso gut hier weinen.«

»Deedee, steh auf.« Tante Raylene gab dem Schaukelstuhl einen Schubs, sodass Deedee das Gleichgewicht verlor und die Füße auf den Boden stellen musste, um nicht herunterzufallen. »Ich lass mir von dir nicht auf der Nase rumtanzen. Ich geb dir fünf Minuten zum Anziehen. Die Haarnadeln kannst du im Auto rausnehmen.«

»Ich hab dir doch gesagt, dass ich nicht hingeh. Und ich geh auch nicht!«

Die Ohrfeige kam für mich genauso überraschend wie offenbar für Deedee. Sie legte sich eine Hand vor die Wange, weil Raylene ein zweites Mal ausholte.

»Ich hab gesagt, steh auf.« Tante Raylenes Stimme war leise, aber ganz deutlich. »Damit kommst du bei mir nicht durch. Heut Abend oder morgen werd ich mit dir über deine Mama reden. Dann kannst du nach Herzenslust flennen und meckern, fluchen und schreien, kannst machen, was du willst. Aber jetzt, verdammt noch mal, jetzt gehst du zu ihrer Beerdigung, so wie sie's wollen würde. Wenn du das nicht machst, dann wirst du dich in zehn Jahren selber dafür hassen, und das werde ich verdammt noch mal garantiert nicht zulassen. Also beweg deinen Arsch von dem Stuhl da hoch und wasch dir das Gesicht, bevor ich dich dumm und blöd schlag.«

Deedee zögerte, die Kinnlade war ihr heruntergefallen. Raylene ließ die Hand sinken. Augenblicklich war Deedee auf den Beinen und im Haus. Wir hörten kurz das Wasser laufen und gleich darauf wieder ihre Schritte auf der Treppe. Tante Raylene seufzte und schob sich ein paar vorwitzige Haare wieder hinter die Ohren. Sie schaute mich aufmerksam an. »Geh und setz dich ins Auto«, sagte sie. »Wir haben keine Zeit für noch mehr Quatsch.«

Man hatte Earle vorzeitig aus dem Gefängnis entlassen, damit er zu Tante Ruths Beerdigung gehen konnte. Er erschien betrunken vor der Leichenhalle, hatte zu seinen alten Arbeitsstiefeln einen brandneuen dunklen Anzug an und klammerte sich an den Arm eines lächerlich jungen und knochigen Mädchens, das noch keiner von uns zuvor gesehen hatte. Ich stand mit Raylene und Alma vor dem Eingang, als wir ihn die Treppe heraufkommen sahen. Er nickte mir kurz zu, aber seine Aufmerksamkeit galt seinen Schwestern. Als Raylene nur wütend schnaubte, sagte er zu dem Mädchen, es solle in seinem Laster auf ihn warten.

»Sei nicht gemein, Raylene«, sagte er, nachdem das Mädchen weggegangen war. »Die Kleine ist das Einzige, was mich am Leben hält.«

»Und was tust du für sie?«

»Alles, was ich kann, Schwester, alles, was sie will.«

»Du heiratest sie also?« Tante Alma schaute müde und ungehalten aus.

»Ich werd's tun. Zum Teufel, ja. Bestimmt, ich werd's bestimmt tun.«

»Gottverdammich, Earle, du Narr. Irgendwann wird dich eine deiner Frauen ins Gefängnis stecken lassen.«

»Keine Frau lässt mich jemals ins Gefängnis stecken.« Earle schwankte ein bisschen. »Keine Frau würde das wagen.«

»Ach je, Earle.« Raylene schüttelte den Kopf und zuckte dann mit den Achseln. Sie schlang ihre dicken Arme um ihn und zog ihn an sich. »Ich bin einfach froh, dass du da bist.« Als sie ihn losließ, lächelte sie zum ersten Mal seit Ruths Tod. »Hat dir den Anzug die Kleine gekauft?«

»Warum? Gefällt er dir nicht?« Earle fuhr mit beiden Händen über sein Jackett. Er war so dünn, dass der dunkle Stoff wie Krähenflügel flatterte, als er die Arme abwinkelte. Seine Haare waren immer noch kurz wie Borsten, aber wieder dunkel, als hätte er sie gefärbt. Nur wenn er verlegen grinste, sah er aus wie der Alte. »Findest du nicht auch, dass sie mir 'n gutes Stück ausgesucht hat?«

»Doch, doch, aber das Beste daran ist, dass du's nicht selber hast zahlen müssen.«

Beau trug seinen besten dunklen Anzug, der ihm aber nicht sonderlich gut passte. Er hob ständig die eine und dann die andere Schulter, um es sich darin bequemer zu machen. Obwohl er nach Whiskey roch, hatte er seit Jahren nicht mehr so nüchtern gewirkt – nüchtern, gereizt und so nervös, dass er auf der Unterlippe herumkaute. »Warum, zum Teufel, stehen wir alle hier rum?« Er wandte sich an Raylene, als wäre sie dafür verantwortlich. »Die Beerdigung hätte schon vor zwei Tagen sein sollen, und jetzt stehen wir da auf der Treppe rum, als ob wir Ruth nie unter die Erde bringen wollten.«

»Beau!« Alma sah ihn angewidert an. »Red nicht so. Die Kinder könnten dich hören.«

Raylenes Stimme klang weich und abwesend. »Wir warten, weil Travis uns drum gebeten hat. Er hofft, dass Tommy Lee, Dwight und D. W. noch kommen und mit uns zum Grab gehen.«

»O Mann! Die Jungs kommen doch nie. Tommy Lee hat seit zwei Jahren keiner mehr gesehen, und das Letzte, was ich von D. W. gehört hab, ist, dass er nach Kalifornien unterwegs ist.« Beau räusperte sich und spuckte aus. »Travis kann anscheinend nicht mehr klar denken.«

»Nein, das kann er nicht«, fuhr Raylene im selben flachen Tonfall fort. »Und du könntest es auch nicht, wenn du an seiner Stelle wärst. Ruth wollte, dass alle ihre Kinder heimkommen, und Travis hat nur versucht, alles so zu machen, wie sie es wollte. Gib ihm noch ein paar Minuten, und dann wird eh der Bestattungsunternehmer eingreifen. Ich will jedenfalls nicht, dass du irgendwas zu Travis sagst.«

»Ich sag schon nichts.« Beau sah aufgebracht aus. »Bin doch kein Idiot.«

»Komm schon, Beau.« Earle legte Beau die Hand auf die Schulter. »Geh mit mir kurz zum Laster rüber.«

»O Gott!« Alma hörte sich an, als würde sie gleich zu brüllen anfangen. »Jetzt sind sie gleich alle beide besoffen.«

»Mir ist das egal.« Raylene kramte ihr Taschentuch aus der Handtasche und wischte sich damit den Mund ab. »Wenn Beau was trinkt, weiß ich, wie er sich benimmt. Ich kenn den Mann nüchtern überhaupt nicht. Wüsste nicht, was er dann tut. Aber wenn Earle ihm was zu trinken gibt, kann er vielleicht sogar weinen. Sollen sich die zwei ruhig umeinander kümmern.«

Beim Grab sah ich Butch. In dem dunklen Anzug, der ihm zu groß war, wirkte er linkisch. Später erzählte er mir, dass er schon drei Stunden vorher gekommen war und den Totengräbern dabei zugeschaut hatte, wie sie über den großen Treibhaussträußen und den mit Bändern verzierten Kränzen einen Baldachin aufgestellt und ihn mit Pflöcken gegen den Wind gesichert hatten. Es war kalt und grau, aber nichts deutete auf Regen hin, nur ein beständiger rauer Wind wehte und drückte die Blumen nieder. Auf einem Ständer lag ein herzförmiges Gesteck, auf dem in kursiver Schrift *Mutter* zu lesen war. Er stand daneben, die Hände vor dem Bauch ineinander verkrallt.

»Knöchelchen«, flüsterte er, als ich mich neben ihn stellte. »Besorg dir lieber 'nen Sitzplatz.«

»Ich will mich nicht hinsetzen.« Der Wind schaukelte das Herzgesteck, und wir streckten beide die Hände aus, um es festzuhalten.

»Ich hab gehört, du warst den Sommer über bei ihr.«

»Ja.«

»Ich bin nur einmal zurückgekommen, um sie zu besuchen, kurz vor Thanksgiving. War nur 'n paar Tage da. Bin leider nicht dazu gekommen, dich zu besuchen.« Seine Stimme war leise. Wir beobachteten, wie alle herkamen und ihre Plätze einnahmen. Mama, Raylene, Alma und Carr versammelten sich um Oma. Ich hatte Oma schon lange nicht mehr gesehen. Ihr Gesicht war grau, ihr Blick leer, ihr Kinn schlaff.

»Sie sieht aus, wie wenn ihr der Doktor was gegeben hätte«, flüsterte ich.

»Schaut schlimm aus«, stimmte Butch mir zu. Er straffte die Schultern, wandte sich einen Moment lang ab und betrachtete das weite Feld niedriger Grabsteine. Als er sich wieder umdrehte, sah ich, dass er den Mund zusammengekniffen hatte und seine Augen gerötet waren.

Nevil, Earle und Beau blieben in einiger Entfernung stehen, schauten zu, bis der Leichenwagen heranrollte und sich die Männer versammelten, um den Sarg zum Grab zu tragen. Ich sah, dass Dwight und D. W. dabei waren, aber von Tommy Lee keine Spur.

Der Wind war heftig. Beim Tragen des Sarges mussten die Männer aufpassen, dass die Blumen auf dem Deckel nicht davonflogen. Der Prediger ließ seine Zettel fallen, und Klein-Earle rannte ihnen hinterher. Patsy Ruth und Mollie saßen neben Reese, dahinter Grey und Garvey. Temple saß bei ihrem Mann, gleich hinter Mama. Die restlichen Plätze waren fast alle von den Frauen aus Bushy Creek besetzt. Als der Prediger mit »Brüder und Schwestern« begann, nickten alle gleichzeitig.

»Verdammt«, hörte ich Butch murmeln. »Verdammt.«

»Verdammt«, wiederholte ich.

»Es hätte Musik geben sollen«, sagte ich zu Butch, als wir wieder bei Tante Ruths Haus waren. Er saß neben mir auf den Rohrstühlen, die Onkel Travis in den Garten gestellt hatte, griff in seine Tasche und nahm verstohlen einen Schluck aus einer fast leeren Flasche Ancient-Age-Whiskey. Unter seinem Stuhl stand auch noch eine Flasche Pabst Blue Ribbon, Nevils Lieblingsbier, das er in eine blecherne Kaffeetasse goss und in aller Offenheit trank. Ich weiß nicht, wie viel er schon getrunken hatte, aber er wirkte trotz der Kälte gelöst und zufrieden, trug einen von Onkel Travis' alten Armeemänteln und um den Hals einen karierten Wollschal. Ich hatte mir Onkel Nevils Schaffelljacke und Lederhandschuhe ausgeliehen und fror selbst nicht allzu sehr, aber es war kein Wunder, dass sonst niemand bei uns saß.

»Was?«, murmelte Butch in meine Richtung. »'n bisschen Gejaule von der Carter Family wär doch was gewesen, oder? Vielleicht das mit dem Haus für den Herrn.« Er zog die Nase hoch und sang kurz und falsch den Refrain von »Will the Circle Be Unbroken«. Sein Atem stieg in hellen kleinen Wolken hoch.

»Du kannst nicht singen«, sagte ich.

»Scheiß drauf, keiner von uns kann singen.« Er reichte mir die Whiskeyflasche. »Magst du 'nen Schluck? Macht dir vielleicht warm.«

Ich sagte nichts, nahm nur einen großen Schluck. Der Whiskey schmeckte mir. Er war stark, ein bisschen bitter, aber er machte tatsächlich warm.

Butch lachte leise, leerte die Flasche und schenkte dann seine Tasse wieder mit Bier voll. »Sag bloß nichts deiner Mama. Die reißt mir sonst den Kopf ab.«

»Gib her.« Ich nahm ihm die Tasse weg, bevor er etwas dagegen einwenden konnte, und schüttete mir so viel Bier in den Mund, wie hineinpasste. Nach dem Whiskey schmeckte es mild, aber das Schlucken tat weh, entweder weil es so kalt war oder weil ich so viel davon in mich hineingeschüttet hatte, keine Ahnung. Soviel ich wusste, musste Bier beim Schlucken aber sowieso wehtun.

Butch musterte mich scharf. »Willst du dich besaufen?«

»Glaubst du, ich kann's?«

»Oh, ziemlich sicher sogar. Aber wenn du dir richtig einen ansaufen willst, muss ich vielleicht noch 'n paar Flaschen holen.«

»Earle ist auch da drin. Von ihm oder von Beau können wir bestimmt noch 'nen Whiskey besorgen.«

»Bah, Knöchelchen! Mädel, du bist ja richtig erwachsen geworden, während ich weg war! Trinkst Bier und klaust Whiskey?«

Ich leerte die Tasse aus und gab sie ihm zurück. »Es hätte wirklich Musik geben sollen. Tante Ruth hat Musik geliebt.«

»Ja.« Butch klopfte sich mit der Tasse gegen die Fingerknöchel, was einen dumpfen, hohlen Klang gab. »Ja. Das hat sie. Hat immer ihre verkratzten alten Platten gespielt. Und hat sie alle aufgehoben, obwohl D. W. ihr den Plattenspieler kaputtgemacht hat. Wollt ihr immer 'nen neuen kaufen, aber irgendwie hab ich nie genug Geld übrig gehabt. 'n paar Mal hab ich den von Earle für sie ausgeliehen, damit sie sich die Platten mal wieder anhören konnte.«

»Earle hat ihn ihr auch geliehen, als ich letzten Sommer da war. Wir haben 'n Haufen von dem Zeug gespielt.«

Butch lächelte. »Lass mich raten. ›Gospel Train‹, stimmt's? 'n bisschen Hank Williams, die Monroe Brothers, Hazel Cole und – wie hieß er noch? – ach ja, Blind Alfred Reed, stimmt's? Bestimmt hat sie auch noch ›Wabash Cannonball‹ rausgekramt und ›Where the Soul of Man Never Dies‹.«

»›Pistol Packin' Mama‹.« Ich holte die Bierflasche unter Butchs Stuhl hervor und trank sie leer. Er starrte mich ungläubig an. »Das hat sie am meisten geliebt. Wir haben's mal 'nen ganzen Nachmittag lang miteinander gesungen.« Ich stellte die leere Flasche wieder unter den Stuhl.

Sein Gesicht fiel langsam in sich zusammen. »Verdammt«, flüsterte er. »Das hab ich vergessen. Scheiße.« Er ließ den Kopf sinken und bedeckte sein Gesicht mit den Händen. Ich sah, wie er die Schultern anspannte, fühlte mich weit weg und ein bisschen betäubt. Mein ganzes Nervensystem war vom Alkohol wie in Watte gepackt.

»Herrgott noch mal«, fluchte Butch und stand auf. »Das darf nicht wahr sein.« Er stieß den Stuhl um, trat so dagegen, dass er ein Stück wegrutschte, ging ihm nach und versetzte ihm dann noch einen Tritt. »Ich hab nicht geglaubt, dass es mir so nah geht. Als ich mit Deedee geredet hab, haben wir uns beide geschworen, wir würden uns nicht so verhalten, und prompt liegt sie jetzt in Mamas Schlafzimmer oben, heult, als hätt's ihr das Herz gebrochen, als hätte sie den einzigen Freund auf der ganzen Welt verloren. Und, zum Teufel noch mal« – er schrie fast, als er sich mir wieder zuwandte –, »sie und Mama haben sich kaum ausstehen können.«

Ich nickte. »Ergibt keinen Sinn, was? Ich hab immer gedacht, Deedee hasst Tante Ruth, sie hat so schlecht über sie geredet. Aber heut früh …« Ich hielt inne und wischte mir übers Gesicht. »Es hat ganz anders ausgesehen.«

»Verdammt, du bist betrunken.« Butch kam zu mir her, bog mir den Kopf nach hinten und näherte sein Gesicht dem meinen. Er presste die Lippen auf meine, seine Zunge schlüpfte in meinen Mund und stieß gegen meine Zunge. Ich zog überrascht den Kopf weg.

»Wie alt bist du jetzt, Knöchelchen?«, fragte er mich.

»Im Mai werd ich dreizehn«, sagte ich.

»Dreizehn.« Butch nickte. »Ich hab dich schon immer gern gehabt«, flüsterte er. »Auch jetzt noch. Du bist kein so verdammter Idiot wie alle anderen.« Er richtete sich wieder auf. »Also mach nicht mehr draus, als es ist.«

Ich stand vorsichtig auf. Der Rock klebte mir hinten an den Beinen. Ich zog ihn mit einer Hand weg und spürte, wie von einem der Striemen der Schorf mitging. Ich zuckte zusammen, aber Butch hatte sich nach der Bierflasche gebückt und merkte nichts. Ich ging langsam ins Haus zurück und setzte dabei sehr bewusst einen Fuß vor den anderen. Irgendwie war es interessant, betrunken zu sein. Das mit dem Betäubtsein gefiel mir daran.

In dem überheizten Haus schien kein bisschen frische Luft mehr zu sein. Die Küche war voller Frauen, die alle herumstanden und redeten und den Herd überwachten. Mama und

Alma saßen am Tisch, Alma an Mamas Schulter gelehnt. Carr stand an der Anrichte, schnitt den Schinken auf und legte ihn auf eine Platte. Temple und Mollie waren neben ihr und richteten noch andere Sachen zum Essen her. Raylene sah ich nirgends. Ich schaute im Wohnzimmer nach, aber das war voller Rauch, dem Geruch nach Whiskey und Männern, die gedämpft miteinander redeten. Travis saß auf dem Sofa, den Kopf nach hinten gelehnt, die Wangen ganz rot, die Adern auf seiner Nase bläulich-purpurfarben.

Ich stapfte durch den Flur und ließ dabei die Hände an den Wänden entlanggleiten. Irgendwie ging es. Solange ich mich langsam bewegte und den Kopf gerade hielt, gab es keine Schwierigkeiten. Ich ging ins Badezimmer und schaute in den Spiegel. Mein Gesicht war verschwitzt, gerötet. Ich sah tatsächlich betrunken aus. Ich grinste. Es war zu heiß hier drin. Das Fenster über der Toilette sah aus, als wäre es seit dem letzten Anstrich nicht mehr geöffnet worden. Ich kletterte auf die Toilette, klopfte gegen den Rahmen, bis ich es knacken hörte, und öffnete dann das Fenster. Kühle Luft strich mir übers Gesicht. Ich bückte mich, hob den Rock und ließ mich, ohne mich herumzudrehen, rückwärts auf die Klobrille plumpsen. Pinkeln war noch nie zuvor ein so herrliches Gefühl gewesen. Ich legte die Wange gegen den kühlen Klodeckel und genoss die Erleichterung.

Die Tür hinter mir ging auf. Ich fuhr erschrocken hoch und rutschte aus, fiel auf den Klositz zurück, diesmal aber richtig herum. Wieder versuchte ich aufzustehen, aber ein heftiger Schluckauf beförderte mich erneut auf die Brille zurück. Raylene lachte.

»Wer hat dir heimlich was zu trinken gegeben, Knöchelchen?« Sie klang gar nicht verärgert. Sie drückte die Tür hinter sich zu und hielt mich mit einer Hand fest. »Du bist sturzbesoffen.«

»Nein, bin ich nicht. Ich hab nicht viel getrunken.«

»Aha. Ja, alles klar.« Sie lachte, riss Klopapier von der Rolle ab und gab es mir. »Komm. Jetzt stellen wir dich erst mal auf die Beine.« Sie stützte mich mit der Hand unter dem Ellbogen. Ich wollte mich an die Toilette lehnen, aber sie hielt mich fest.

»Tante Raylene.« Ich schaute zu ihr hoch, entschlossen, sie davon zu überzeugen, dass ich nicht richtig betrunken war. Ihr Gesichtsausdruck hielt mich zurück. Sie betrachtete meine Unterhose, die um meinen linken Schuh gewickelt war, und dann die braunen Flecken im Schritt, die im hellen Licht deutlich sichtbar waren. Sie schob mich etwas zur Seite und hob mit der linken Hand meinen Rock hoch. Ich wollte ihn mit meinen tauben Fingern wieder herunterziehen, aber sie hielt ihn fest.

»Heiliger Strohsack!«

Wie ein Schock durchfuhr es mich. Plötzlich bekam ich Furcht, unbegründete, entsetzliche Furcht.

»Nein«, bettelte ich. »Bitte nicht.« Die Tür war offen. Sie zerrte mich hinaus. Ich sträubte mich, aber sie ließ sich nicht aufhalten. Sie schob mich in Deedees Schlafzimmer.

»Earle.« Tante Raylene brüllte. »Earle, komm her. Du und Beau, ihr kommt beide her.«

»Nein.« Ich hörte nicht auf. »Bitte, bitte.«

»Ganz ruhig, Knöchelchen. Niemand wird dir wehtun. Ich schwör dir, niemand wird dir jemals wieder wehtun.«

Earle zwängte sich durch die Tür. »Raylene, was brüllst du denn so rum? Die Kinder schlafen oben schon, und du brüllst so laut, dass die Leute in der nächsten Stadt noch Angst kriegen.«

Raylene wirbelte zu ihm herum. »Halt den Mund und schau dir das an.«

Sie drehte mich herum und schlug meinen Rock hoch.

Ich begann zu stammeln: »Nein, nein.«

»Verdammt.« Earles Stimme war sanft – und gleichzeitig Furcht einflößender, als ich es mir jemals hätte vorstellen können. Ich verschlang die Finger im Nacken, ließ den Kopf sinken und zitterte am ganzen Körper.

»Lasst mich in Ruh«, bettelte ich. Die Unterhose hing immer noch an meinem linken Schuh.

»Pst, pst.« Tante Raylenes Arm umfing mich wie eine Decke. Sie setzte sich aufs Bett und zog mich zu sich auf den Schoß. »Pst.«

Earle war weg. Die Tür ging wieder auf, und Nevil und Beau waren da.

»Ist es wahr?«, wollte Beau wissen. »Dieser Hurensohn hat sie so geschlagen, dass sie blutet?«

»Wie 'nen Hund«, sagte Raylene. »Das Kind hat Striemen bis runter zu den Knien.« Sie zog die Unterhose von meinem Schuh herunter und warf sie ihnen zu. »Ich könnte ihn umbringen.« Sie sagte das in einem sehr sachlichen Ton, und ich glaubte ihr.

»Nein«, stöhnte ich.

»Scheiße!« Nevils Stimme war kaum wieder zu erkennen.

Vom anderen Ende des Flurs kam ein Schrei, ein lautes Krachen und dann Earls Stimme: »Ich bring dich um, du Hurensohn!«, schrie er.

Nevil und Beau drehten sich gleichzeitig um.

»Nein«, flehte ich. »Tante Raylene, bitte!« Aber sie hielt mich nur fest. Ich wand mich und fing an, sie zu boxen, um mich zu befreien. Mamas Arme umfingen mich so plötzlich, dass mir beinahe die Luft wegblieb.

»Mama! Es tut mir Leid. Es tut mir Leid.«

»Still, Knöchelchen.« Ihre Stimme klang genau so wie Raylenes zuvor. »Ganz still, Kleines. Es ist ja alles gut.« Ich klammerte mich an sie, immer noch voller Furcht. Das Poltern und Krachen drang bis zu uns her. Sie waren auf die Veranda gegangen. Raylene stand mit dem Rücken an der Schlafzimmertür, die Arme über der Brust verschränkt, als erwartete sie, dass wir versuchen würden, an ihr vorbei nach draußen zu kommen. Mama hielt mich nur fest und flüsterte wieder: »Es ist ja alles gut.«

Nach ein paar Minuten kam Raylene her und setzte sich

neben uns. »Anney.« Ihre Stimme war belegt. »Anney, hat er dich auch geschlagen? Sag's mir, hat er dir wehgetan?«

»Glen würde mir nie wehtun, Raylene. Das weißt du.« Mama drückte den Mund auf meinen Scheitel. »Er würde nie die Hand gegen mich erheben.« Sie seufzte und ließ den Kopf hängen.

»Ach, Anney.« Raylene griff nach Mamas Hand, aber Mama zog sie weg.

»Fass mich nicht an.« Mama spuckte beinah. Sie zog mich enger an sich. Ich zitterte in ihren Armen, und auch sie zitterte. »O Gott, Raylene. Ich schäm mich ja so. Ich konnte ihn nicht zurückhalten, und dann … Ich weiß auch nicht.« Ihr Kopf wackelte hin und her. Als sie weiterredete, klang ihre Stimme drängend, verzweifelt: »Er liebt sie. Wirklich. Er liebt uns alle. Ich weiß es nicht. Ich weiß es nicht. O Gott. Raylene, ich liebe ihn. Ich weiß, dass du mich dafür hassen wirst. Manchmal hasse ich mich ja selber, aber ich liebe ihn. Ich liebe ihn.«

Ich schaute hoch. Mamas Augen lagen tief in den Höhlen und glänzten. Ihr Mund stand offen, die Zähne waren entblößt, die Lippen gespannt, die Halsmuskeln traten hart hervor. Ihr Kinn bewegte sich auf und ab, als wollte sie weinen, könnte aber nicht. »Ich hab doch nur gewollt, dass alles wieder gut wird«, flüsterte sie. »So lang schon. Ich hab immer nur gehofft und gebetet, geträumt und so getan als ob. Ich hab abgewartet, einfach abgewartet.«

»Mama«, jammerte ich und versuchte, mich aufzurichten. »Ich hab ihn wütend gemacht. Ich war's.«

»Knöchelchen.« Raylene streckte die Arme nach mir aus.

»Nein!« Ich zuckte zurück und drückte das Gesicht an Mamas Arm.

»Pst. Pst«, hauchte Mama.

Ich bewegte mich nicht und hörte, wie Raylene die Hände in den Schoß sinken ließ. Wir lauschten den Geräuschen von der Veranda. Das dumpfe Poltern war Daddy Glen, wenn er gegen die Wand krachte. Die grunzenden Laute kamen von ihm. Die Flüche kamen von meinen Onkeln. Ich steckte mir die Finger in den Mund und biss zu. Ich schaute hoch. Über mir berührten sich Mamas und Raylenes Gesichter fast, beide zitterten sie und hielten sich aneinander fest, als hinge ihrer beider Leben voneinander ab.

KAPITEL 18

Was durch Lügen zusammengehalten wird, geht sehr leicht in die Brüche. So war es auch mit Mama und Daddy Glen. Tante Raylene bot uns an, dass wir alle bei ihr wohnen könnten, aber Mama wollte davon nichts hören. An dem einen Tag, den Daddy Glen im Krankenhaus verbrachte, zog sie mit uns in eine Mietwohnung über dem Fischmarkt, nur ein paar Straßen von den mit Brettern vernagelten Fenstern des Woolworth-Gebäudes entfernt. Jeden Morgen musste ich an diesen Fenstern vorbei zu der Kreuzung gehen, wo uns der Schulbus abholte. Ich sah, wie die Handwerker die zersplitterten Schaufensterscheiben durch neue Glasplatten ersetzten, und eines Tages auch, wie ein sehr gequält dreinblickender Tyler Highgarden die Aufsicht führte, während Kiste um Kiste mit Billigware durch die reparierten Türen hineingeschafft wurde. Er schaute zwar nie in meine Richtung, aber trotzdem spürte ich, wie sich mir die Nackenhaare aufstellten. Wenn nicht alles so drunter und drüber gegangen wäre, hätte ich Mama vielleicht erzählt, was ich getan hatte. Aber Mama und ich redeten überhaupt nicht miteinander.

Es war eine Zweizimmerwohnung, ein Schlafzimmer und ein größerer Raum, der für alles andere da war. Die Küche war ein Herd, ein Kühlschrank und eine Spüle in einer kleinen Nische neben der Schlafzimmertür. Das Bad roch nach Feuchtigkeit, Schimmel und Fisch, dessen Geruch von dem Laden unter uns hochstieg. Die Wohnung war dunkel und hatte dreckige Fenster, die wir mehrmals schrubben mussten, damit sie sauber wurden. Das einzig Fröhliche darin war die blau geblümte Tapete, die die Kochnische vom Rest des vorderen Zimmers abhob. Wenn ich über meinen Hausaufgaben am Tisch saß, setzte ich mich immer mit dem Gesicht zu dieser Tapete. Ich wollte nicht Reese anschauen, die samt Malbüchern und finsteren Blicken im Schlafzimmer untergebracht war, und auch nicht Mama, die wortlos auf dem Sofa saß, rauchte, sich über die Augen wischte und Radio hörte.

Mama hatte den Fernseher zurückgelassen, die Waschmaschine, den größten Teil ihres Mobiliars und Geschirrs, den ganz persönlichen Schnickschnack und das Familiensilber. Sie hatte die Nähmaschine mitgenommen, das Bügelbrett, unsere Kleider und fast alles von ihr. Da wir beim Packen nicht dabei gewesen waren, konnten wir uns kaum vorstellen, wie sie beschlossen hatte, was sie mitnehmen und was sie zurücklassen würde, und da sie ganz offensichtlich nicht reden wollte, war es auch unmöglich, sie zu fragen. Reese jammerte wegen des Fernsehers und ihres Rads, aber Mama sagte nur, sie würde uns irgendwann neue besorgen. Ich fragte sie nicht aus, beklagte mich nicht, sagte kaum etwas.

Es war meine Schuld, alles, Mamas Schweigen und Reese' Zorn. Wenn ich mich ins Bett legte, verknäulte ich die Hände unterm Kinn und zog die Knie bis zur Brust hoch. Immer wieder musste ich an die letzten paar Tage denken wie an einen gehetzten, verwirrten Traum, nicht daran, wie Daddy Glen mich geschlagen hatte, sondern an den Morgen, an dem mir Mama das mit Tante Ruth gesagt hatte, nicht an den Einbruch im Woolworth, sondern an das Gespräch mit Butch, und nicht an den Lärm und den Aufruhr, als Benny, Tante Fay und Tante Carr mit Daddy Glen ins Krankenhaus fuhren, sondern an jene kurzen, schrecklichen Augenblicke, als Tante Raylene Onkel Earle meine Schenkel zeigte. Immer wieder versuchte ich, mir vorzustellen, wie ich das alles hätte verhindern können, dieses Bier nicht trinken, nicht jeden alles sehen lassen, zu Mama gehen und sie hätte überzeugen können, dass ich diese Schläge verdient hatte – wie ich alles schön hätte vertuschen können.

In jener Nacht in Ruths Haus hatte Tante Raylene gesagt, ich solle mir keine Gedanken machen, Mama würde Zeit brauchen, sich selbst zu verzeihen. Was?, fragte ich mich. Mama hatte nichts falsch gemacht. Ich war diejenige, die Daddy Glen in Wut gebracht hatte. Ich war diejenige, die jeden verrückt machte. Nein, sagte Tante Raylene. Ich dürfe nicht so denken. Mit rauer, gepresster Stimme hatte sie mir zugeflüstert, dass sie mich liebe, dass Mama mich liebe, dass Earle und meine Onkel mich liebten. Sie redete mit Nachdruck, hielt mich eng umschlungen, aber ich hörte ihr nicht zu. Ich biss die Zähne zusammen und drückte die Zunge so fest gegen den Gaumen, dass mir die Kehle wehtat. Mama war aschgrau und still und schaute mich nicht an. Es war meine Schuld, alles meine Schuld. Ich hatte alles kaputtgemacht.

Daddy Glen tauchte im Lokal auf, um mit Mama zu reden, aber sie ballte ihre Schürze zusammen und versteckte sich im Waschraum, bis der Geschäftsführer sie hinauswarf. Sie kam nach Hause und setzte sich aufs Sofa, rauchte eine Packung Zigaretten und starrte ins Leere. Als Reese mit ihr zu reden versuchte, schickte sie uns beide früh zu Bett. Am nächsten Morgen, als Mama sich für die Stelle bei JG Stevens bewarb, musste ich dauernd daran denken, wie oft sie uns erzählt hatte, wie sehr sie Fabrikarbeit hassen würde. Als Reese und ich von der Schule heimkamen, fanden wir auf dem Geschirrtrockner einen Zettel von Mama, auf dem stand, dass sie bis halb acht arbeiten würde und wir uns zum Mittagessen eine Dose Fleisch mit Bohnen aufmachen sollten. Reese aß ihre Portion zwischen zwei Scheiben Brot als Sandwich und weigerte sich, mit mir zu reden. Ich ging hinunter, hinter den Fischmarkt, wo große, flache, salzverkrustete Körbe aufeinander gestapelt und leere Waschbottiche zum Trocknen und Auslüften zur Seite gedreht waren. Ich setzte mich auf einen der umgedrehten Waschbottiche zwischen die schiefen Stapel und weinte in meine Armbeuge, damit niemand mich hören konnte.

»Es wird alles wieder werden«, sagte Mama ständig zu Reese und mir, aber sie erklärte nicht, wie. Als Reese weinte und sagte, sie wolle heim, nahm Mama sie in die Arme und versprach ihr, dass sie diesen Sommer bei Patsy Ruth wohnen dürfe. Ich saß am Tisch und beobachtete sie, erinnerte mich an das letzte Mal, als Mama Daddy Glen davongelaufen war. Es hatte nur ein paar Tage gedauert. Jetzt war es schon über eine Woche her. Wie lange würde sie es noch aushalten? Eine Woche? Einen Monat? Ich grub meine Nägel in die weiche Haut meiner Armbeuge und schaukelte ein wenig auf dem Stuhl hin und her. Ich würde nicht weinen, nicht wenn Mama mich sehen konnte. Ich würde nicht weinen.

Für Reese war die ganze Sache ein Abenteuer gewesen, bis Mama ihr nicht erlaubte, zu Onkel Wade zu gehen und ihren Namen auf seinen Gips zu schreiben. Drei Tage nach der Beerdigung hatte sich Onkel Wade selbst in den rechten Fuß geschossen und musste nun zu Hause herumhumpeln, das Bein in einem dicken Gipsverband, den die Jungs über und über mit Öl- und Benzinplaketten beklebten, die sie von der Tankstelle holten. Wir erfuhren die ganze Geschichte in der Schule von Klein-Earle, aber Mama ignorierte Reese' Bitten und Betteln und brachte uns stattdessen ein paar Nummernbilder mit nach Hause.

»Ich will nicht, dass ihr irgendwo hingeht, wo ich euch nicht im Auge behalten kann«, sagte sie zu Reese. Als Tante Raylene vorbeikam, bat Mama sie nicht einmal herein, sondern redete mit ihr nur durch die Tür.

»Lass uns in Ruh, Raylene. Lass mich einfach 'ne Zeit lang in Ruh. Ich brauch Zeit zum Nachdenken.«

»Anney, du kannst nicht einfach untertauchen, als ob du 'n Verbrecher wärst.« Tante Raylenes Stimme klang ungehalten. »Du bist doch nicht der, der was falsch gemacht hat. Du hast doch keine Schuld.«

»Ist mir doch egal, wer Schuld hat«, brüllte Mama. »Ich muss einfach mal allein sein!«

Tante Raylene rief noch zweimal sanft Mamas Namen, ging dann aber schließlich langsam die Treppe hinunter und fuhr wieder davon.

Wir teilten uns zu dritt ein großes Bett, aber in den meisten Nächten schlief Mama auf dem Sofa ein, einen Arm über die Augen gelegt. In jener Nacht lag Mama auch auf dem Sofa und weinte so leise, dass ich sie durch die geschlossene Tür hindurch nur schwach hören konnte. Ich rollte mich am Rand des Betts zusammen und lauschte ihren gedämpften Schluchzern, bis ich einschlief und träumte, dass die Wände unserer Wohnung eingestürzt waren und man bis zu dem Haus sehen konnte, wo Daddy Glen saß und durch die offenen Fenster hinausschaute und darauf wartete, dass wir zurückkamen. Als ich frühmorgens aufwachte, ging ich hinüber, um nach Mama zu sehen. Ich versuchte, leise zu sein, aber sie war wach, lag da und schaute zur schmutziggrauen Decke hoch.

»Knöchelchen«, flüsterte sie. »Es ist noch viel zu früh. Warum bist du denn schon auf?«

Ich zögerte. Ich wollte ihre Arme um mich spüren, aber ich stand stocksteif da, den Mund fest zusammengepresst, die Augen trocken.

»O Knöchelchen«, seufzte Mama. Sie setzte sich auf und zog mich neben sich, sodass mein Kopf an ihrer Schulter zu liegen kam. Harte, scheußliche Schluchzer schüttelten mich, eine seltsame Art Weinen ohne Tränen. Mamas Hand bewegte sich wie automatisch, streichelte mir den Kopf, als wäre ich ein verwundeter Hund. Von der Art her, wie sie mich berührte, wusste ich, wenn ich nicht zu ihr gekommen wäre, mich ihr nicht aufgedrängt hätte, dann hätte sie mich nie in die Arme genommen. Ich erschauerte unter dieser gefühllosen Hand, schlug sie weg und rannte ins Schlafzimmer. Ich kroch neben Reese und zog mir die Decke über den Kopf. Reese wachte auf und beschwerte sich, und als Mama hereinkam, knäulte ich mich nur noch fester zusammen und antwortete nicht, als sie meinen Namen rief.

»Knöchelchen, mach nicht so was«, sagte sie. Ihre Stimme klang zornig und ungeduldig. Ich vergrub mich tiefer in die Laken. Nach einer Zeit lang sagte Mama: »Das reicht« und nahm Reese mit hinaus. Mein Kopf pochte vor Hitze.

Während ich allein in dem großen Bett lag, dachte ich an Daddy Glen und daran, wie er immer hinter mir auftauchte, mich in die Arme schloss und eng an sich zog. Während die Erinnerung in mir hochstieg, verschränkte ich die Hände zwischen den Beinen und spannte jeden Muskel an. Als ich so hart und steif war, wie es nur ging, versuchte ich mich zu erinnern, wie es angefangen hatte. Was genau hatte ich getan? Warum hatte er mich stets gehasst? Vielleicht war ich ein schlechtes Mädchen, böse, unanständig, eigensinnig, dumm, hässlich – alles, was er immer zu mir sagte. Vielleicht war ich es, aber es war egal. Ich hasste ihn, und in jenen Tagen hasste ich sogar Reese und Mama. Ich war bis oben hin voll Hass, zäh und schwarz und brodelnd wie kochender Teer.

So stolz war ich gewesen, dass ich bei jenem letzten Mal nicht geweint hatte, so sicher, dass das ganz wichtig war. Warum? Ob ich schrie oder mich wehrte oder still hielt, es änderte nichts. Ich rollte mich noch enger zusammen und dachte darüber nach, darüber, wie er mich schlug, wie ich an seinen Körper gepresst wurde und dagegen ankämpfen wollte, seinen Geruch und sein Geschlecht an meinem Bauch. Er hatte mich über den Oberschenkel gelegt und mich dort festgehalten, wenn er mich schlug. War es ihm dabei gekommen? Hatte er mich geschlagen, bis es ihm in der Hose kam? Bei der Vorstellung musste ich würgen. Ich drückte die Handgelenke immer fester gegen mein Geschlecht, bis es wehtat. Ich konnte mich an seinen Geruch erinnern, seinen Atem über mir, den heißen Schweiß, der von seinem Gesicht auf meine Haut tropfte, an seine grunzenden Laute und daran, wie er mich geschüttelt hatte. Nein, es war nicht wichtig, ob ich geschrien hatte oder nicht. Alles war genau so gewesen, wie er es wollte. Es hatte nichts mit mir zu tun oder mit irgendetwas, was ich getan hatte. Es war etwas Viehisches, er benutzte mich nur. Ich rollte mich auf den Bauch und biss ins Kissen. Ich versank in Scham wie ein Selbstmörder, der sich in einen Fluss stürzte.

Nach einiger Zeit weinte ich mich in den Schlaf. Ich träumte, dass ich wieder ein Kind war, fünf oder jünger, an Mamas Hüfte lehnte, ihre Hände auf meinen Schultern. Sie redete, ihre Stimme über mir wie Sternengeflüster. Alles war weich und klar. Alles war warm und ruhig. Sie hielt mich fest, und ich fühlte mich geliebt. Sie hielt mich fest, und ich wusste, wer ich war. Wenn ich die Hand zwischen die Beine steckte, war es keine Sünde. Es war wie ihr Gemurmel, wie Musik, wie ein Gebet im Dunkeln. Es sollte so sein, und es war etwas Gutes. Ich wachte auf, das Gesicht nass von Tränen, die ich nicht wissentlich geweint hatte, die Hände immer noch zwischen die Beine gedrückt.

»Mama«, flüsterte ich, aber sie war schon zur Arbeit gegangen. Ich war allein in dem stillen Schlafzimmer. Es war lange her, dass ich so aufgewacht war, mit diesem guten, süßen Gefühl zwischen den Beinen, fast schmerzhaft, aber auch tröstend.

Ich streckte die Hände hoch und betrachtete sie, spreizte die Finger und schaute in das Licht, das durch die schmuddligen Rollos drang. Ich rollte mich auf den Rücken und lockerte langsam die Muskeln im Oberkörper und in den Beinen, die Hände immer noch vorm Gesicht. Das Licht bewegte sich, wenn die Rollos im Wind schaukelten. Ich dachte an Feuer, ein läuterndes, wütendes Feuer, das über Greenville hinwegfegte und die Erde reinwusch. Ich ließ die Hände sinken und schloss die Augen.

»Feuer«, flüsterte ich. »Du musst alles verbrennen.« Ich rollte mich auf den Bauch, die Hände unter mir. Ich biss die Zähne zusammen und schaukelte auf meiner Hand auf und ab, sah im Geiste die lodernden Flammen, brennende Heuschober und kein Fluchtweg, die Leute bleiben hinter mir zurück und die Flammen kommen näher, mein Körper wie festgenagelt am Boden, und das Brüllen des Feuers wird lauter.

»Ja«, sagte ich. Ja. Ich schaukelte und schaukelte und hatte einen Orgasmus beim Traum vom Feuer.

Als ich aufwachte, war es Nachmittag, und die Wohnung war still und warm. Ich stieg vorsichtig aus dem Bett. Auf dem Herd stand kalter Kaffee, und auf einem Teller, eingewickelt in ein Geschirrtuch, lagen Brötchen. Ich trank Kaffee und kaute auf einem Brötchen mit einer Scheibe Käse herum. Auf dem Tisch lag ein Zettel mit Mamas Handschrift. »Geh nirgends hin«, stand darauf. »Bevor's dunkel wird, komme ich nach Hause, und dann reden wir.«

Mir schnürte sich die Kehle zu. Ich wollte nicht mit ihr reden. Ich wusste nicht, was ich alles sagen würde. Ich zog mir schnell Jeans und ein warmes Baumwollhemd an. Als ich ging, sperrte ich die Tür hinter mir zu. Auf der Straße unten fiel mir ein, dass Reese ja Mama in der Arbeit anrufen konnte, wenn sie die Wohnung nach der Schule leer vorfand. Sie würden sich aufregen. Wütend fing ich zu laufen an. Es war mir nicht mehr wichtig, wer böse auf mich war, was passierte. Vielleicht wurde ich ja auch draußen auf dem Highway umgebracht.

Fay war es gewesen, Nevils Frau, die Daddy Glen ins Krankenhaus gefahren hatte, nachdem sie ihm vom Rasen hochgeholfen und ihn wieder auf die Beine gestellt hatte. »Er stirbt zwar nicht daran«, hatte sie gesagt, »aber er sollte sich trotzdem von 'nem Doktor anschauen lassen. Der Riss über dem Auge da könnte jedenfalls ein paar Stiche vertragen.«

Tante Carr und Benny fuhren mit. »Man sollte 'nem Mann immer 'ne Chance geben«, sagte sie, bevor sie ins Auto stieg. Davor war sie auch die Einzige gewesen, die versucht hatte, die Schlägerei zu beenden, und hatte dafür selbst eins übergezogen bekommen.

»Meine Frau fährt tatsächlich los, was, und das mit meinem Auto.« Nevils Stimme klang lakonisch und sanft. »Das würde sie nicht machen, wenn ich dem Scheißkerl nicht noch 'ne Chance geben würde.« Er trank schwarzen Kaffee aus einem Suppenteller, seine Knöchel waren geschwollen und voller Blut wie die von Earle und Beau auch. Beau hatte es geschafft, sich in den Mund treten zu lassen, und dabei einen Zahn verloren. Er hing erschöpft in einem Stuhl und drohte, Glen alle Zähne auszuschlagen, sobald er wieder stehen und ihn verprügeln konnte.

Die ganze Zeit über sagte Daddy Glen nichts. Sein Gesicht war blutüberströmt und sah übel zugerichtet aus, und er konnte sich kaum auf den Beinen halten, aber er gab keinen Ton von sich, als Benny ihm ins Auto half. Er legte nur eine Hand über die Augen und lehnte sich in den Sitz zurück. Tante Carr holte seinen Mantel. »Ihr solltet euch schämen«, fauchte sie Earle an, als sie durch Tante Ruths Wohnzimmer ging.

»Also, ich nicht.« Earle trank in kleinen Schlucken aus einer Flasche Jack Daniel's und reichte sie zwischendurch Beau. »Ich schäm mich nicht, weil ich dieses Arschloch verprügelt hab. Ich schäm mich nicht, weil ich da sitz und sauf. Ich schäm mich überhaupt nicht, verdammt.« Er saß mit Beau und Nevil am Tisch, alle drei verschwitzt und übel zugerichtet, betrunken und aufgewühlt. Kaum einer schaute mich an, als ich mit Mama und Raylene an ihnen vorbeiging, aber Earle stand schwankend auf und nahm zuerst Mama und dann mich in die Arme. Er roch wie Blut, ein Geschmack nach Kupfer und Eisen, der den Whiskey abrundete. Ich wollte ihn wegstoßen, um mich zu befreien, aber er schien es nicht zu bemerken, sondern ließ mich erst los, als Mama mich seinen Armen entriss.

»Wir gehen«, sagte sie zu ihm.

Raylene und Nevil folgten uns bis zum Pontiac, wobei Raylene mehrmals wiederholte: »Komm doch mit zu mir«, aber Mama bis zum Schluss nicht stehen blieb, um auf den Vorschlag einzugehen. Es war dunkel und kalt, und Reese zitterte.

Tante Alma kam mit zwei Decken heraus. »Wir müssen darüber reden, Anney«, sagte sie. »Du wirst Hilfe brauchen, Anney, und es ist nicht gut, wenn du allein in das Haus zurückgehst.«

Nevil nickte.

»Anney«, sagte Raylene, »jetzt hör uns doch mal zu.«

Aber Mama wickelte nur in die eine Decke Reese ein und gab die andere mir. Jedes Mal, wenn ihr eine ihrer Schwestern zu nahe kam, hob sie abwehrend die Hand. »Nein«, sagte sie einmal. »Haltet mich nicht auf. Ich weiß, was ich zu tun hab.«

In jener Nacht schliefen wir im Auto, während Mama im ganzen Haus herumwühlte, die Sachen zusammenpackte, die sie mitnehmen wollte, und sie im Kofferraum verstaute. Sie stellte Kisten hinter die Vordersitze und legte mehrere Laken und Decken darüber, damit aus dem Rücksitz ein großes Bett wurde. Kurz vor Morgendämmerung fuhr sie mit uns zum Bahnhof und parkte das Auto unter einer der großen Bogenlaternen. Sie schlief auf dem Vordersitz, in Kissen und Wolldecken gepackt. Als es hell war, fuhr sie uns zu einem Esslokal in der Stadt und bestellte ein Frühstück, das wir aber ohne sie aßen, weil sie währenddessen die Wohnung mietete, die sie aus dem Anzeigenteil der Morgenzeitung ausgesucht hatte. Es war alles so schnell gegangen, so fließend, dass es nicht möglich war, mit ihr zu reden, sie zu fragen, was los war. Aber ich hätte sie sowieso nicht fragen können. Ich wusste es.

Ich brauchte fast den ganzen Tag, bis ich bei Tante Raylene ankam. Ich ging im gleichen Tempo, mit der gleichen entschlossenen Energie, wie ich sie seit Tante Ruths Beerdigung an Mama gesehen hatte. Ich sang beim Gehen, manchmal sogar laut. Ruth Browns »Mama, He Treats Your Daughter

Mean«. Patsy Clines »Walking After Midnight«. Bei der Kreuzung White Horse Road und Eustis Highway fing ich sogar mit Elvis Presley an. Das Singen hielt mich vom Weinen ab. Das Singen hielt mich am Laufen. Die Kraft des Bösen, die in mir aufgestiegen war, brach sich in Gesang und Bewegung Bahn. Ich fühlte mich abscheulich, aber stark, böse, mächtig.

Tante Raylene wirkte nicht allzu überrascht, als ich die Stufen zur Haustür hochstieg. Sie war auf der Seitenveranda, wo sie flache Kisten aufgestellt hatte, um Sämlinge zu ziehen. Ihre Hände waren voller Erde, die Haare mit einem Schal zurückgebunden, und auf einer Wange hatte sie einen dunklen Streifen. »Knöchelchen«, sagte sie flüchtig und vermischte weiter schwarze Erde und Pottasche. »Lange nicht gesehen.«

Ich wischte mir übers Gesicht. Der Schweiß lief mir den Hals herunter. Die Füße taten mir weh. Ich ließ mich auf einen Stuhl fallen.

»Hol dir aus der Küche irgendwas zum Trinken«, sagte Tante Raylene, aber ich rührte mich nicht. Nach einiger Zeit war das trockene, enge Gefühl in der Kehle nicht mehr so schlimm. Ich schaute Tante Raylene zu, wie sie die Erde in den Kisten verteilte und den Dünger dazugab. Sie mischte endlos, wühlte in der Erde herum und schaute mich dabei nicht an.

»Der Frühling kommt«, sagte sie schließlich.

Ich nickte.

»Dein Onkel Earle wohnt jetzt hier.« Sie wischte sich die Hände an den Lumpen ab und holte eine Zigarette aus der Brusttasche ihrer Latzhose, lehnte sich an den Tisch mit den Kisten und zündete sich die Zigarette an. »Er hat sich in der Stadt ’n Zimmer genommen, mit dem kleinen Mädel zusammen, das er zur Beerdigung mitgebracht hat, aber ’s schaut aus, als wär das eine seiner kürzeren Liebschaften, sie ist nämlich noch immer unten in der Stadt. Der Mann lebt aus zwei Koffern und schläft auf dem Sofa. Will aber nicht in mein freies Zimmer ziehen, sondern sagt ständig, so lang bleibt er nicht hier.«

Ich knöpfte meine Jacke auf. Als ich zu reden anfing, war meine Stimme genauso ausdruckslos und gleichgültig wie ihre. »Mama hat immer gesagt, Earle lebt von einer Frau zur andern. Sie hat Daddy Glen erzählt, dass Earle 'n richtiger Kinderschänder geworden ist, dass er in seinem Leben keinen Halt mehr hat außer Whiskey und Familie.« Ich verstummte, selbst überrascht, dass ich Daddy Glen erwähnt hatte. Plötzlich war es heiß auf der Veranda.

»Also, ich hab ihm gesagt, er soll sich das nächste Mal 'ne Witwe suchen, 'n fettes altes Ding, das ihm seine Hemden bügelt und den Rücken schrubbt. Aber Earle sind die jungen lieber, die einfach gestrickten, denen er was vormachen kann. Ich glaub, er ist wie alle Männer, mag am liebsten die anhänglichen Frauen und am allerliebsten eine, bei der er gar nichts tun muss, damit sie beeindruckt ist. Und die Mädels, die er aufgabelt – Herr im Himmel, es tut mir fast in der Seele weh, diese kleinen Streuner, die er daherbringt. Earle braucht nur was Freundliches zu sagen, und schon fallen sie ihm um den Hals. Die sind wie Obst in der Sonne, schwer und reif, warten nur drauf, dass sie jemand pflückt.«

Ich rutschte auf meinem Stuhl hin und her. »Onkel Earle hat mir erzählt, er glaubt, dass es keine Frau gibt, die es jemals bereut hat, dass sie sich ihm hingegeben hat.«

»Heiliger Herr Jesus Christus, du liebst ihn ja genauso, wie die das tun, was?« Tante Raylene runzelte die Stirn. »Findest du nicht, dass es grausam ist, wie er mit diesen Kindern umgeht? Von keiner Einzigen hat er sich scheiden lassen, bei keiner Einzigen ist er länger als 'n paar Monate geblieben. Weiß Gott, wie viele Babys er schon in die Welt gesetzt hat.«

»Keins.« Ich biss mir auf die Lippe.

»Du weißt das natürlich, was?«

»Er hat mir erzählt, wie er dafür gesorgt hat, dass er keine

Kinder mehr machen kann, weil er nicht glaubt, dass er das Recht hat, noch mehr Babys zu machen.«

»Na, ist das aber anständig von ihm!« Tante Raylene drückte die Zigarette an einer der Kisten aus. Sie ging an mir vorbei und hob eine der Fensterscheiben hoch, die an der Mauer lehnten, trug sie zum Tisch hinüber und setzte sie so ab, dass sie zwei der Kisten bedeckte. Noch zwei weitere Fenster, und die Arbeit war beendet, die Erde-Dünger-Mischung konnte sich in der Sonne aufheizen. Sie schaute mich nicht an, und ihre Lippen bildeten eine dünne gerade Linie. Ich wusste, was das bedeutete: Sie war böse auf mich.

»Er heiratet sie nur, weil sie's unbedingt wollen.« Meine Augen brannten, als ob sich die Tränen, die ich auf dem langen Weg hierher nicht hatte vergießen wollen, jetzt an mir rächen würden. Ich ballte die Hände zu Fäusten. »Er liebt sie«, brüllte ich. »Er liebt sie viel mehr, als sie's verdienen.«

»Knöchelchen.« Tante Raylene drehte sich zu mir um und schüttelte den Kopf. »Mädel, du hast wirklich seltsame Vorstellungen von der Liebe. Sehr seltsame.«

»Ach?«, schleuderte ich ihr sarkastisch entgegen und sprang auf. »Und wer ist dran schuld? Hä? Wie soll ich denn überhaupt irgendeine Ahnung haben von der Liebe? Wie soll ich denn von irgendwas irgendeine Ahnung haben? Ich bin doch bloß noch so 'ne dumme Boatwright. Noch so 'n Stück Dreck, das nicht mal genau weiß, wie man sich den Arsch ausputzt oder gegen den Wind spuckt. Genau wie du und Mama und Alma und alle.« Ich spuckte entschlossen zur Seite aus. »Scheißdreck«, sagte ich ihr leise ins Gesicht. »Verdammter Scheißdreck. Wir sind anders als alle andern auf der Welt.«

Sie funkelte mich aus dunklen Augen an, aber ich hatte keine Angst. Ich kochte innerlich, und meine Haut brannte. Mein Hass und meine Wut waren so heiß, dass ich das Gefühl hatte, ich könnte Feuer spucken. Als sie mir die Hand auf den Arm legte, spürte ich, wie sich mir die Haare aufstellten. Wie ein elektrischer Schlag fuhr es mir kalt bis in den Nacken hoch.

»Die Leute sind alle gleich«, sagte sie im Flüsterton. »Es macht einfach jeder, was er kann.«

Ich holte tief Luft und stieß sie mit einem Schwall harter Worte wieder aus. »Andere Leute schlagen sich nicht dauernd gegenseitig zusammen«, sagte ich. »Bei anderen Leuten gibt's das nicht, dass sich die Männer besaufen, bis sie umfallen, dass sie aufeinander schießen und dann drüber lachen. Oder dass die Frau mitten in der Nacht ihre Sachen zusammenpackt und ihren Mann verlässt und dann nie erklärt, warum. Oder dass eine allein an den Stadtrand zieht, ohne Mann oder Kinder, nicht mal mit 'ner besten Freundin, die ganze Zeit in der Latzhose rumrennt und am Straßenrand Abfall verkauft!«

Tante Raylene verschränkte die Arme vor der Brust und schaute mich an. »Ich mag's nicht, wenn man mich anbrüllt, das hat mir noch nie gefallen.« Sie umklammerte ihre Oberarme so fest, dass ich sehen konnte, wie ihre Finger zitterten. »Und ich weiß nicht, wie's bei anderen Leuten ist, aber ich hab immer geglaubt, dass jeder in seinem Leben das macht, was er machen muss.« Sie hielt eine Weile inne und fuhr dann fort. »Wenn du dreißig bist und deine eigenen Kinder ernähren musst und alles tust, was du kannst, und dabei nicht weißt, woher du den nächsten Dollar kriegen sollst, dann kannst du mich anbrüllen. Vielleicht.«

Sie schüttelte den Kopf, wandte sich ab und klopfte sich die Erde von den Oberschenkeln.

»Es ist gleich Abendbrotzeit«, sagte sie. »Und du bist dreckig. Du machst dich jetzt sauber, und ich überleg mir, ob ich Lust hab, dir was zum Essen zu geben oder nicht.«

»Du brauchst mir nichts zum Essen geben.« Ich konnte sie nicht anschauen, während ich das sagte. Ich ließ den Kopf sinken und wischte mir die Nase am Ärmel ab.

»Ich weiß schon selbst, was ich tun muss und was nicht.

Und wenn du ’n bisschen drüber nachdenkst, dann weißt du auch, dass der Hauptgrund, warum ich so lebe, wie ich lebe, der ist, dass ich hier draußen so ungefähr alles machen kann, was ich verdammt noch mal will.«

Ich schaute zögernd zu ihr hoch. Tante Raylenes Gesicht war rot wie Rote Rüben, aber sie hatte den Blick nicht auf mich gerichtet. Sie schaute in Richtung Highway. Es sah so aus, als hätte sie fast genauso stark wie ich den Wunsch zu weinen, wollte sich jedoch, genau wie ich, auf keinen Fall gehen lassen.

»Ich hab gesagt, geh dich waschen.«

Ich ging.

Die Geschichten, die ich mir ausdachte, veränderten sich. Im Halbschlaf, bevor ich wirklich einschlief, begann ich mir den Highway, der nach Norden führte, vorzustellen. Nicht wie eine richtige Straße, sondern gesäumt von hohem Gras und uralten Bäumen war dieser Highway. Das Laub hing tief herunter, und winzige Vögel mit graublauen Flügeln schossen vom Straßenrand zu den Bäumen hoch. Die Autos fuhren mit Getöse vorbei, hielten aber nicht an, und der Polarstern leuchtete über ihren Scheinwerfern wie ein Signalfeuer. Ich ging allein auf dieser Straße entlang, mühelos schritten meine Beine wie von allein aus, Meile um Meile. Keiner hielt an. Keiner sagte etwas zu mir. Nur der Stern leitete mich, aber ich war mir nicht sicher, wohin.

Drei Tage blieb ich bei Raylene, und dann rief Mama an und sagte, entweder müsse ich zurückkommen oder da draußen in die Schule gehen. Vor Jahren hatte mir Garvey von der Dorfschule erzählt, und ich wusste, dass es mir dort nicht gefallen würde. Da gab es nicht einmal eine Bibliothek. Widerstrebend kehrte ich in die Wohnung über dem Fischmarkt zurück. Mama kaufte mir ein Paar neue Turnschuhe, weil ich meine durchgelaufen hatte, sagte aber nichts dazu, dass ich überhaupt weggerannt war. Einige Male ertappte ich sie dabei, wie sie mich mit einem überaus gequälten Gesichtsausdruck beobachtete, aber ich fragte sie nicht, was sie gerade dachte. Reese erzählte mir, dass sie wie eine Verrückte getobt habe, als ihr klar wurde, dass ich weg war, und schon bei der Polizei anrufen wollte, aber da habe Tante Raylene angerufen.

»Sie haben lang über dich geredet«, sagte sie. »Tante Raylene hat zu Mama gesagt, sie soll dir Zeit lassen, damit du das Ganze verdauen kannst, und Mama hat zu Tante Raylene gesagt, sie soll sich um ihre eigenen Angelegenheiten kümmern. Ich hab schon geglaubt, sie würden sich anbrüllen wie sonst auch immer, aber Mama hat einfach nachgegeben. Sie hat gesagt, sie weiß nicht, was sie mit dir machen soll, weiß überhaupt nicht, was sie mit irgendjemand machen soll, und Raylene kann dich behalten, wenn du bei ihr bleiben willst.«

Reese grinste mich fast liebevoll an.

»Ich hab nicht geglaubt, dass du noch mal zurückkommst. Ich hab mich schon drauf eingestellt, dass ich deine Bettseite ganz übernehmen kann.« Reese' größter Kummer war, dass sie in der Mitte lag und Mama und ich beide einen unruhigen Schlaf hatten. »Ich möchte nie, dass Mama jemals auf mich böse ist, wie sie's auf dich war«, fügte sie hinzu. »Ich versteh nicht, wie du das aushalten kannst.«

Ich verstand es auch nicht.

Es war, als fiele die Welt in Zeitlupe auseinander. Zwei Tage nach meiner Rückkehr starb Tante Almas kleines Mädchen: Wie es jeder seit dem Tag, an dem es geboren wurde, erwartet hatte, blieb sein Herz stehen. Fay erzählte es Mama am Telefon, und Raylene blieb bei Reese und mir, während Mama zu Alma ging. »Du hast ihr immer am nächsten gestanden«, sagte Raylene zu Mama, »und sie steckt das überhaupt nicht gut weg. Dabei haben wir doch alle gewusst, dass es so kommen wird.«

»Du weißt, wie sehr Alma Annie geliebt hat«, sagte Mama. »Vielleicht hat sie gewusst, dass Annie sterben wird, vielleicht auch nicht, aber sie hat sich gewünscht, dass ihr kleines Mädel am Leben bleibt.« Ich konnte sie in der Wohnung hören, obwohl sie schon auf der Treppe stand, die außen am Haus nach unten führte. Ihre Stimme kam leise, aber die Worte klangen so eindringlich, dass ich zur Tür ging.

Ich schaute Mama nach, wie sie die Treppe hinunterging, während Reese Raylene hineinzog, um ihr zu zeigen, wie schön ihr nach Zahlen gemaltes Clownsgesicht geworden war. Einmal hatte mir Oma erzählt, wie Mama mich bald nach meiner Geburt zum Standesamt getragen und mit dem Beamten dort über die Ausfertigung meiner Geburtsurkunde gestritten hatte. Bei dieser Geschichte hatten Omas Augen gefunkelt, und ihr Mund hatte sich zu einem grimmigen Lächeln verzogen. »Du weißt gar nicht, wie sehr dich deine Mama liebt«, hatte sie gesagt. »Du kannst es dir nicht mal vorstellen.«

So wie Alma Annie liebte, vielleicht, so wie Ruth D. W. und Dwight und Tommy Lee liebte, so sehr, dass Travis ihr schwören musste, sie erst dann zu begraben, wenn ihre Söhne heimgekehrt wären. Ich kaute auf einem Fingernagel herum und schaute Mama nach, fragte mich, ob sie mich immer noch liebte und was ich tun würde, wenn wir wieder zu Daddy Glen zogen.

Raylene hatte eingemachte Brombeeren mitgebracht. Sie und Reese bereiteten eine Fruchtpastete zu, so wie Raylene es in ihrer Zeit auf dem Jahrmarkt gelernt hatte. Auf dem Boden der Kasserolle verteilte sie viele kleine Butterstückchen, streute braunen Zucker darüber, schüttete dann die Brombeeren hinein, wieder Butter und eine Hand voll weißen Zucker. Die obere Kruste war aus ungesüßtem Mürbeteig, und nach einer halben Stunde war die Pastete fertig. Sie schmeckte zwar nicht so gut wie Tante Fays Kuchen, aber

Reese verschlang sie gierig, aß fast die halbe Kasserolle allein leer. Danach lümmelte sie sich träge auf den Tisch und schlief beinah ein, die blau verfärbten Lippen leicht geöffnet.

Tante Raylene schaute sich die Zeichnungen an und nahm das Bild mit den japanischen Bergen in die Hand, das ich nicht fertig gemalt hatte. Sie wedelte damit vor meiner Nase herum. »Reese sagt, du willst ihr das nicht geben, obwohl du's gar nicht mehr fertig machen willst.«

»Es ist meins. Vielleicht mal ich's irgendwann anders mal fertig.«

»Aha.« Raylene legte den Karton wieder zu den anderen Zeichnungen. Ich wartete darauf, dass sie noch etwas sagte, aber sie wandte sich ab und begann die Küche aufzuräumen.

Es war noch früh am Abend. Ich ging hinaus auf die Außentreppe und beobachtete, wie die Autos vorbeifuhren, Leute aus der nahe gelegenen Wohnsiedlung auf dem Weg in den neuen Supermarkt, ein paar Lastwagen mit Männern, die spät von der Arbeit heimkamen, ein Bus der Bushy-Creek-Baptistenkirche mit flach gegen die Fenster gedrückten Kindergesichtern, die mich hasserfüllt anstarrten. Ich gab den Blick zurück. Die Wut war wie ein steter Tropfen Gift auf meine Seele, lehrte mich, die zu hassen, die mich hassten. Was glauben die denn, wer sie sind?, flüsterte ich mir selbst zu. Dass sie Honig pissen? Rosenblüten scheißen? Jeden Sonntagmorgen auf der Veranda sitzen und verächtlich auf die Welt herunterschauen?

»Ich hasse sie«, sagte ich zu Tante Raylene, die hinter mich getreten war und dem vorbeifahrenden Bus zuwinkte. »Die schauen uns an, als wären wir was Ekliges.«

Tante Raylene stocherte sich Brombeerreste aus den Zähnen, den Blick in die Ferne gerichtet, und ich war ziemlich überrascht, dass sie mir auf einmal auf die Schulter klopfte. »Die schauen dich genauso an, wie du sie anschaust«, sagte sie barsch. »Du weißt doch gar nicht, wer diese Kinder sind. Vielleicht sind sie böse und dumm und eklig. Vielleicht aber auch nicht. Du weißt nicht, was mit ihnen passiert, wenn sie heimkommen. Du kennst ihren Daddy oder ihre Mama nicht, weißt nicht, wie ihre Familie ist, warum sie irgendwas machen oder wovor sie Angst haben. Du glaubst, weil sie andere Sachen anhaben als du und weil sie so schnell vorbeifahren, sind sie reich und grausam und denken schlecht von dir. Könnte doch auch sein, dass sie sehen, wie du hier oben sitzt und Brombeeren isst und sie anschaust, als wären sie nichts als Spucke auf 'ner heißen Ofenplatte – könnte doch auch sein, dass sie neidisch auf dich sind, dass sie gern das haben möchten, was du hast, dass sie Angst davor haben, was du tun würdest, wenn sie auch nur 'n Fuß in den Hof setzen.«

Sie zog ihren Tabakbeutel aus der Tasche, um sich eine Zigarette zu drehen.

»Du denkst dir Geschichten über diese Leute aus. Denk dir doch mal 'ne Geschichte aus, wo du in ihrem Haus leben musst, zur Familie gehörst und auf dieser Straße vorbeifährst. Schau's dir mal 'ne Zeit lang von der anderen Seite an. Vielleicht hörst du dann auf, die Leute so wütend anzustarren.«

Ich schaute mürrisch zu ihr hoch. »Die Leute sagen, du bist mit 'nem Mann davongelaufen und zum Rummel gegangen, aber du erzählst nie was von ihm. Wieso hat er dich nicht geheiratet?«

Das Zigarettenblättchen in Tante Raylenes Hand zitterte. »Die Leute sagen das? Die Leute sagen alles Mögliche. Ich bin davongelaufen und zum Rummel gegangen, das ja, aber nicht wegen 'nem Mann. Wegen mir selber. Und ich hab nie jemand heiraten wollen. Ich mag mein Leben, so wie's ist, Kleine. Ich hab mir mein Leben selber gemacht, und so wie's aussieht, wird's dir genauso gehen – mit Stolz und Dickköpfigkeit und viel zu viel Wut. Überleg dir lieber ganz genau, Ruth Anne, was du willst und auf wen du wütend bist. Überleg's dir ganz genau.«

Sie schleckte das Blättchen ab und klebte es zu. Sie zündete die Zigarette an und steckte dann das erloschene Streichholz in die Tasche. Sie rauchte bedächtig, schaute mich an, als erwartete sie eine Widerrede von mir, aber ich blieb still. Als sie schließlich wieder etwas sagte, zitterte ihre Stimme ein wenig.

»Es ist nicht so kalt heut Nacht, nicht so kalt. Der Frühling liegt in der Luft.«

Ich wandte das Gesicht ab und sagte nichts. Nach einer Weile zuckte Raylene mit den Achseln und ging in die Wohnung zurück. Ich kauerte mich auf den Boden und schlang die Arme um die Knie, bis ich so klein war, wie es nur ging, schaute auf die vorbeifahrenden Autos hinunter und hörte zu, wie sich Reese sträubte, als Tante Raylene sie ins Bett schickte. Ich schloss die Augen und versuchte, mir eine Geschichte auszudenken. Ich stellte mir vor, wir wären wieder in dem Haus in West-Greenville, das Mama so geliebt hatte, stellte mir vor, Daddy Glen wäre der Pfingstbewegung beigetreten und hätte einen Job als Lastwagenfahrer bekommen, bei dem er viel Geld verdiente, aber selten zu Hause war. Ich träumte, Mama hätte einen Job, bei dem sie so viel sitzen konnte, wie sie wollte, gut bezahlt wurde und nie Brandflecken bekam oder die Haare so fest hochstecken musste, dass sie davon Kopfweh bekam. Vielleicht konnte sie Lehrerin werden? Oder eine von diesen Frauen an der Kosmetiktheke bei Jordan Marsh? Ich biss mir auf die Lippen und ließ alles vor meinen geschlossenen Augenlidern vorbeiziehen – Reese in einem neuen Kleid für Ostern, mich mit all den Büchern, die ich lesen wollte, Mama mit hochgelegten Füßen in der Sonne sitzend, Daddy Glen weit weg, nur so oft zu Hause, damit Mama wieder lächelte. Ich schlief träumend dort ein, verliebt in den Traum.

KAPITEL 19

Diesen Frühling gab es erstaunlich heftige Stürme, in Sturzbächen kam das Wasser herunter und überflutete alles, von den eingefallenen alten Häusern in der Old Henderson Road bis zu den Kaufhäusern und Cafés draußen an der White Horse Road, aber an dem Tag, als Tante Alma durchdrehte, war es vollkommen klar, heiß und trocken, und der Lehm bildete eine steife Berg-und-Tal-Landschaft vor jeder Einfahrt. Es war ein Montag, der Tag, an dem Reese nach der Schule bei Fay und Nevil vorbeigeschaut hatte, um mit ihren Mädchen einkaufen zu gehen.

»Sie ist schon fast neun«, hatte Fay zu Mama gesagt. »Sie ist alt genug. Du darfst nicht so überängstlich sein.« Als Reese nicht aufhörte zu betteln, stimmte Mama zu, wenn auch widerstrebend.

Ich ging langsam nach Hause, versuchte meinen Rock, den der Wind immer wieder aufblähte, festzuhalten und dachte, was für ein Luxus diese ein oder zwei Stunden doch wären, bevor Reese nach Hause kam, eine durchgehende Zeispanne, in der ich auf dem Sofa liegen, Radio hören, Cola trinken und das Taschenbuch *Die Clique* lesen konnte, das ich endlich aus der Bibliothek herausgeschmuggelt hatte. Wie ich so in der frischen Frühlingsbrise am Woolworth vorbeiging, die Schuhe in der Hand, und an meinem Rocksaum zupfte, sah ich plötzlich, dass Mama die Treppe zu unserer Wohnung herunterlief. Sie trug ihr Haarnetz und die flachen weißen Schuhe, also konnte sie noch nicht sehr lang zu Hause gewesen sein. Die Art, wie sie sich bewegte, konnte nur bedeuten, dass irgendetwas nicht stimmte, also fing ich zu rennen an und kam dann gleichzeitig mit ihr beim Auto an. Trotzdem heulte der Motor des Pontiacs schon auf, als ich die Hand erst am Türgriff hatte. Ich sprang hinein und warf die Bücher auf den Rücksitz, bevor sie mich aufhalten konnte, aber ich war doch überrascht, als sie mir nicht befahl, wieder auszusteigen, nur das Gaspedal durchdrückte, sodass die Reifen quietschten, als wir auf den Highway fuhren.

»Es geht um deine Tante Alma«, sagte sie. »Klein-Earle hat angerufen. Klang schrecklich. Konnte nicht mal rauskriegen, was passiert ist, also frag nicht.« Mama sah finster aus – ängstlich und wütend zugleich. Ich fragte mich, was wohl schief gelaufen war, ob Onkel Wade etwas angestellt hatte oder vielleicht einer der Vettern. So wie Tante Alma seit Annies Tod gewesen war, konnte es alles Mögliche sein.

»Ohne unsre Schutzengel wären wir doch alle verratzt, oder?«, hatte Tante Alma gesagt, als wir sie das letzte Mal sahen. »Die ganze Zeit passieren so schlimme Sachen.«

Ich konzentrierte mich auf den Türgriff in meiner Hand, während Mama zum West Greenville Highway hinausbrauste. Sie nahm die Ausfahrt an der Old Henderson Road, vorbei an der Tankstelle, in der Onkel Wade vor seinem Unfall gearbeitet hatte, und bog auf die Lehmstraße ein, die das offene Gelände durchschnitt, wo im nächsten Jahr die Interstate gebaut werden sollte. Tante Alma hatte eines der für unbewohnbar erklärten Bauernhäuser da draußen erworben und war nach Ruths Tod eingezogen.

Klein-Earle wartete auf uns neben dem Kuhgatter, unten am Briefkasten, sein Gesicht war weiß und das Hemd verschmiert mit erdbraunen Flecken. Die Oberlippe war voller Rotz, und er wischte sich ständig mit den Händen über den Bauch, wo er am dreckigsten war. Mama stieg nicht aus, hielt nur kurz an und beugte sich aus dem Fenster. »Mit dir alles in Ordnung?«, brüllte sie, worauf er nickte. Mir sah er gar nicht danach aus.

»Sie ist oben im Haus«, flüsterte er, als hätte er Angst davor, zu laut zu reden. »Ich hab's versucht. Ich hab's versucht, aber sie lässt mich nichts machen.« Er umklammerte fest seine Schultern. »Sie ist ganz allein da oben. Ich hab die Mädels weggeschickt und dich angerufen.« Alle paar Worte schnappte er nach Luft. »Und dann Onkel Earle. Onkel Earle hat gesagt, ich soll nicht wieder reingehn und überhaupt, sie macht mir Angst. Mama macht mir Angst.« Er hielt inne und schaute auf den Weg zurück, der eine Kurve beschrieb und in einem Kiefernwäldchen verschwand. »O Gott, Tante, sie ist verrückt geworden wie 'ne Milchkuh, genau wie Daddy gesagt hat!«

»Wisch dir das Gesicht ab und bleib ruhig«, sagte Mama barsch. »Ich schick Knöchelchen bald zu dir runter, und ich will auf keinen Fall, dass du deinen Schwestern Angst machst. Wasch dir jetzt das Gesicht und sieh zu, dass du den Dreck wegkriegst.« Sie klang geradezu angewidert – so hatte ich sie noch nie zuvor mit irgendeinem Kind reden hören. Ich schaute von Klein-Earle zu ihr und rollte fast vom Sitz, als sie Gas gab und den Pontiac die Auffahrt hochjagte. Hinter uns hörte ich noch einen Motor, und als ich über die Schulter nach hinten schaute, sah ich Onkel Earles Laster, der eine Wolke aus rotem Staub aufwirbelte und mit lautem Gerassel Werkzeuge in der Gegend verstreute. Er brüllte irgendetwas, aber Mama hielt nicht an, raste nur in Tante Almas Hof und fuhr fast ihre Pflanzentröge über den Haufen, bevor sie den Motor abwürgte und aus dem Auto sprang. Ich rutschte auf den Fahrersitz, um gleich hinter ihr herzulaufen, aber ohne sich auch nur umzudrehen, brüllte Mama mich an, ich solle dableiben. Ich rührte mich nicht von der Stelle, während sie zur Veranda und zu Tante Almas zusammengekrümmter, regloser Gestalt rannte.

Hühner kreischten und rannten davon, hinter dem Pontiac legte sich der Staub, aber sonst herrschte Totenstille. Ich sah eine Reihe weißer Gesichter durch Tante Almas feinmaschigen Gartenzaun spähen – Patsy Ruth, Reese und Fays Mädchen Grace und Mattie. Die Sonne brannte herunter, heiß und dampfig, und unter dem schwarzen Walnussbaum standen Pfützen, die noch nicht hatten austrocknen können. Von Onkel Wade oder seinem Laster war keine Spur zu sehen, und alles sah merkwürdig friedlich aus. Dann bemerkte ich, dass Tante Almas sämtliche Blumenkästen im Hof lagen, Knospen und Blätter überall verstreut. Neben einem Blumenkasten war die Emailschleuder aus ihrer alten Waschmaschine, und die Haufen inmitten von Dreck und Schlamm schienen Kleider zu sein. Der Klang von Mamas Stimme drang zu mir herüber, ein besänftigendes Gemurmel ineinander übergehender Sätze, das mich daran erinnerte, wie Tante Alma immer mit der kleinen Annie geredet hatte. Tante Alma war still, nach vorn gebeugt und reagierte nicht, als Mama die Arme um sie legte und sinnlose Trostworte flüsterte.

Ich öffnete leise die Wagentür auf meiner Seite und stieg aus. Ich trat auf eine Gabel, deren Zinken sich in den Boden bohrten. Überall lag Besteck und Geschirr herum, und aus einem zerbrochenen Blumentopf ragte ein Bratenwender in die Höhe. Ich stieg über einen kaputten Teller hinweg und entdeckte Dutzende von Garnspulen unter der Veranda und eine Kneifzange unter dem rechten Vorderrad des Pontiacs. Alles war mit Staub bedeckt, sodass ich nah herangehen musste, um die einzelnen Sachen unterscheiden zu können. Gleich hinter dem Kotflügel erhob sich, von einer leichten Brise getragen, ein verfilztes Büschel rotbrauner Locken in die Luft; die Haarbürste lag neben einem zersplitterten Handspiegel. Ich bückte mich und sah einen Stapel verblasster Fotos, fast verdeckt von zerdrückten Margeritenblütenblättern und Schleierkraut. Das fächerförmige Dreieck daneben sah aus wie die Stabjalousie, die Tante Alma immer in ihrem Badezimmer hängen hatte.

»Schätzchen. Süße. Ist ja alles gut«, sagte Mama gerade. Ich schaute zu den beiden hinüber. Tante Almas Füße ruhten auf einem kleinen Haufen zerschlagener schwarzer Scheiben – Bruchstücke von 45er-Schallplatten –, und ihre hellen

Strümpfe waren über die braunen Schuhe mit den abgebrochenen Absätzen heruntergerutscht. Wo ihr geblümtes gelbes Kleid hochgeschoben war, konnte man auf Waden und Knien deutlich Schlammspritzer erkennen. Der Saum ihrer weißen Baumwollunterhose hing ihr bis zu den Kniekehlen herunter. Die Ärmel der ausgewaschenen blauen Strickjacke waren hochgekrempelt, und Jacke wie Kleid waren mit getrockneten Schlammspritzern übersät. Die Hände waren genauso verdreckt wie alles andere an ihr, dunkle Flecken, die Fingernägel abgebrochen und die Nagelhaut eingerissen.

Blut, erkannte ich. Das war Blut zwischen den Schlammspritzern, überall auf Tante Almas Händen, dem Kleid, der Strickjacke, den Waden und im Gesicht. Selbst die Haare waren davon verklebt. Ein Schauer überlief mich, und meine Kopfhaut wurde heiß und prickelte. Tante Alma verkrampfte die Hände in ihrem Schoß. Das Gesicht war geradeaus gerichtet, aber ihr Blick war völlig leer, schaute nicht nach außen, sondern nach innen. Langsam löste sie die Hände und hob sie zum Gesicht hoch, glitt mit den aufgerissenen, wunden Fingern über die Wangen und schob die Haare nach hinten, wobei sie frisches Blut über ihre Schläfen verbreitete. An den Unterarmen waren Schnitte zu sehen, einer auf der linken Wange und noch einer am Hals unter dem Kinn. Mir blieb der Mund offen stehen. Ich wandte mich ab. Da war überall Glas, zersplittert, verstreut, glitzernd im Sonnenlicht. Ich stand barfuß in einem Hof voller zerbrochenem Glas.

»Er kommt bald wieder«, sagte Tante Alma gerade. »Jede Minute kann er wieder da sein, ich weiß es. Ich bin bereit.« Sie drehte sich um und schaute Mama an. »Ich bin bereit«, wiederholte sie, aber ihre Stimme klang genauso ruhig und vertraut wie die von Mama. »Ich bin bereit für ihn.«

»Ja«, sagte Mama. »Klar, Schätzchen. Das bist du. Sind wir beide. Wir bleiben einfach ’ne Zeit lang hier sitzen und warten auf ihn.« Sie wandte den Blick nicht von Tante Almas Augen, das Gesicht ganz nah, als wäre ihre Anwesenheit das

Einzige, was Alma mit der Erde verband. Eines der Mädchen fing drüben am Gartenzaun zu wimmern an. Ich schaute mich um und konnte den Gedanken, dass alle verrückt geworden waren, nicht loswerden. Als ob alle Frauen in ganz Greenville County Gegenstände zerschmettern würden und sich dann hinsetzten, um auf den Weltuntergang oder den Sonnenaufgang oder irgendetwas zu warten. Die Vorstellung gefiel mir.

»Knöchelchen, mach, dass du da wegkommst.« Das war Onkel Earles Stimme. Er stand ein gutes Stück entfernt bei der Kieferngruppe, wo der Weg eine Biegung machte. Seine schwarzen Haare glänzten in der Sonne, und die Nervosität, die sein Gesichtsausdruck verriet, wirkte fast komisch. »Komm schon, Mädel. Geh wieder ins Auto, und lass deine Mama das machen.« Seine Hände lagen flach auf den Schenkeln, und er kaute auf den Backenknochen. Er sah erschrocken aus, zu Tode erschrocken.

»Ich schneid ihm die Kehle durch«, sagte Tante Alma im vernünftigsten Tonfall, den man sich nur vorstellen konnte. »Ich hab das Messer dazu schon bereit.«

»Wo hast du's?«, fragte Mama.

»In meiner Tasche.« Tante Alma ließ die Hände sinken und klopfte sich auf den Rock. Mit der rechten Hand schlüpfte sie in die Rocktasche, die ich zuvor gar nicht bemerkt hatte, und holte dort ein Rasiermesser heraus, dessen Schneide noch im Griff versenkt war. Sie schleuderte das Handgelenk herum, das Messer klappte auf, und die Klinge blitzte im Sonnenlicht. Sie hob die linke Hand, legte die Klinge auf die Handfläche und betrachtete sie mit einem Blick, als wäre sie etwas Wunderschönes.

»Oh, damit wird's schon gehen«, sagte Mama. Ihre Stimme klang immer noch sanft und sachlich. Sie schaute sich nach mir um. »Knöchelchen, Mädel, geh doch ins Haus und hol deiner Tante 'n Glas Tee, ja?« Ihr Blick schweifte von mir zu Onkel Earle, in dessen Richtung sie dann leicht den Kopf schüttelte. Er nickte und wich zu den Kiefern zurück. »Wir sollten dich 'n bisschen sauber machen, Alma. Du siehst aus, als wärst du in 'nen Sturm geraten.« Sie lachte leise und nahm sanft den Arm ihrer Schwester. Alma erschauerte und beugte sich über das Rasiermesser. Mama wurde ganz ruhig, ihr Gesicht mit Bedacht ausdruckslos.

Ich starrte die beiden an. Sie schienen sich ähnlicher zu sein denn je. Tante Alma war gut zehn Jahre älter als Mama und etwa zehn Kilo schwerer, aber sie hatte die gleichen ausgeprägten Gesichtszüge, die gleichen Wangenknochen, die wie Hammerköpfe unter eingesunkenen und umschatteten Augen hervorstanden. Das Haar hatte die gleiche Beschaffenheit, trocken und dünn, das von Mama war nur heller wegen der Spülungen, mit denen sie es behandelte, und etwas glatter wegen des Haarnetzes, das sie in der Arbeit tragen musste. Tante Almas Haar hatte einen rötlichen Glanz, der allen Frauen in ihrem Zweig der Familie eigen war. Ihr Hals jedoch war identisch, harte, vorstehende Sehnenstränge, die das kleine Loch, wo das Schlüsselbein zusammenlief, noch tiefer und auffälliger machten. Die Haut war die gleiche, rau von der Arbeit und rötlich unter der Sonnenbräune, nur trug Tante Alma kein Make-up, während das von Mama jetzt von Schweißspuren durchzogen war. Sie waren aus einer Familie, ganz offensichtlich miteinander verwandt, eindeutig Schwestern. Als ich laut schluckte, drehten sich beide mit derselben Bewegung und demselben Gesichtsausdruck zu mir um.

»Willst du nicht tun, was ich dir gesagt hab?«, hakte Mama nach, gerade so, als säße Tante Alma nicht über und über mit dem eigenen Blut besprenkelt da. Tante Alma machte eine fahrige Geste, hob den Kopf und sah mich an. Ich wusste nicht, wo ich die Füße aufsetzen sollte.

»Mädels«, seufzte Tante Alma. »Träumer, die dauernd irgendwo rumstehen und Däumchen drehen.«

»Ist einfach so«, stimmte Mama ihr zu und schüttelte resigniert den Kopf.

Ich hätte am liebsten gelacht, aber stattdessen wurde ich rot. Wie alt musste ich noch werden, bis sie aufhörten, so über mich zu reden? Ich holte tief Luft und stieg über die Blumentopfscherben und die zerbrochenen Schallplatten die Stufen hoch. Im Eingang lag noch mehr Schutt, der sogar verhinderte, dass die Fliegengittertür zurückschwingen konnte. Die Küchenstühle waren zertrümmert, der Tisch lag auf dem Kopf, die Schränke waren ausgeleert, und alles lag am Boden. Ich stakste vorsichtig zum Kühlschrank, überrascht, dass er nicht offen stand, noch mehr überrascht, dass der Inhalt unversehrt war, auch das Eis im Kühlfach. Ein großer Krug Tee stand schon vorbereitet da. Ich drehte mich zur Veranda um und sah, dass Mama und Tante Alma immer noch zusammen auf den Stufen saßen.

»Willst du auch 'n Glas Tee, Mama?«, fragte ich vorsichtig.

»Ja, Schätzchen, das wär nett.« Sie legte den Arm um Tante Almas breite Schultern und zog sie an sich. »Deine Tante und ich wollen einfach noch 'ne Weile hier sitzen bleiben, bevor wir mit dem Aufräumen anfangen.«

»Ich will noch 'n Kind haben«, sagte Tante Alma nuschelnd. Wir hatten sie endlich in Patsy Ruths Bett in Decken eingewickelt und ihre Hände mit Mullbinden verbunden. Almas großes altes Bett selbst war in der Mitte auseinander gebrochen, obwohl wir uns nicht vorstellen konnten, wie sie es fertig gebracht hatte, das Kopfbrett aus Eichenholz zu zerschlagen. Sie lag da und murmelte vor sich hin, benommen von dem Gebräu aus Whiskey, heißem Wasser, Honig und Zitronensaft, das Mama ihr verabreicht hatte. »Ich hab's ihm gesagt. Hab ihm gesagt, dass ich noch 'n kleines Mädel haben will. Hab ihm gesagt, dass es erst wieder gut wird, wenn ich noch mal 'n Baby krieg.« Sie verstummte. Noch immer hatte sie das Rasiermesser in der Hand, es war zwar zugeklappt, aber sie hielt es so fest umklammert, dass es ihr nicht wegzunehmen war. Wir hatten das meiste sauber gemacht, die Kinder zu Tante Raylene geschickt und dafür gesorgt, dass Onkel Wade nicht eher nach Hause kam, als bis ihn jemand abholte. Im Hof hatten wir gar nichts gemacht, nur den größten Teil der Glassplitter und die zerfetzten Kleider vom Boden aufgehoben. Die Küche hatten wir mehr oder weniger wieder in Ordnung gebracht und eben auch Tante Alma gewaschen und verbunden. Von den Kindern war keines verletzt, sie waren nur zu Tode erschrocken. Der einzige Unfall war mit einem der Welpen passiert, der sich das Genick gebrochen hatte, weil etwas oder jemand auf ihn draufgefallen war. Kurz vor Sonnenuntergang waren Grey und Garvey aufgetaucht, um im Hof ein bisschen aufzuräumen und die diversen Tiere zu versorgen. Mama ließ sie nicht ins Haus. Ich beobachtete sie eine Zeit lang, während sie kopfschüttelnd herumgingen und sich lautstark und beinah ehrfürchtig über die zerstörerischen Kräfte von Tante Alma wunderten.

Mama war Alma nicht von der Seite gewichen, ließ sie keinen Augenblick los, beruhigte und tröstete sie und war ständig zwischen mir und jenem Rasiermesser, das Tante Alma nicht aus der Hand gab. Sie redete, als wäre nichts geschehen, und meistens ging es sogar um mich, wie langsam ich Antwort gebe, was für ein Tagträumer ich sei, wie sehr ich meiner Großtante Malvena gleiche. Es überraschte mich, das alles zu hören, und noch mehr überraschte es mich, als sie sagte, ich würde hier bei Alma bleiben, ihr zur Hand gehen, jetzt, da der Frühling gekommen sei. »Du brauchst hier 'n bisschen Hilfe, Alma«, sagte Mama. »Es wird dir gefallen, wenn Knöchelchen im Haus ist. Vielleicht bringst du sie sogar dazu, dir ab und zu was vorzusingen.«

Mir war die Kinnlade heruntergefallen, und ich war wie versteinert stehen geblieben, so nah am Bett, wie ich mich traute. Meinte sie das wirklich? Glaubte Mama wirklich, dass ich verlässlich war? Sah ich aus wie meine Großtante Malvena? Fand sie wirklich, dass ich singen konnte?

Tante Alma nahm kaum zur Kenntnis, was Mama sagte,

beklagte sich nur immer weiter über Onkel Wade. »Ich hab gesagt: ›Mach mir 'n Kind, Wade. Mach mir einfach 'n Kind.‹« Sie wollte sich aufsetzen, aber Mama beugte sich vor, um sie zu trösten, und kletterte dann zu ihr ins Bett.

»Weißt du, was er zu mir gesagt hat? Weißt du, was er zu mir gesagt hat?«, fragte Alma und hielt sich mit einer Hand verzweifelt an Mama fest. Sie wartete keine Antwort ab, sondern ballte die andere Hand um die Bettdecke zur Faust, schüttelte sie und stieß zwischen den Zähnen hervor: »›Was du willst, ist was andres, als was ich will‹, hat er gesagt, ›du bist alt und hässlich und fett wie 'ne Kuh, verrückt wie 'ne Kuh, die zu viel Klee gefressen hat, und du stinkst wie 'ne Kuh, die in saurer Milch gelegen hat.‹ Sagt: ›Ich würd dich nicht mal anrühren, wenn du in Whiskey gebadet hättest und dir 'nen Sack übern Kopf stülpst.‹ Er hat mich ausgelacht. Und dann ist er einfach zur Tür raus.«

Sie lehnte sich schlaff zurück. Tränen liefen ihr übers Gesicht, und die Lippen klebten ihr an den Zähnen. Behäbig schüttelte sie den Kopf.

»All die Jahre sorg ich für ihn, lieb ihn, gib ihm Kinder und Essen und saubere Wäsche und lieb ihn. Ich lieb ihn, und dann kommt er daher und redet so mit mir.«

Sie weinte, rang nach Luft.

»Und dann noch Annie!«, heulte sie.

Mama schloss Alma in die Arme wie ein kleines Mädchen und schaukelte sie hin und her, während sie weinte. Es dauerte nicht lang. In der Stille danach murmelten die beiden etwas, was ich nicht deutlich hören konnte. Es klang so, als sagte Mama so ungefähr, Onkel Wade sei ein liebevoller Mann und dass Tante Alma ihn liebe. Dann ertönte auf einmal laut und stark Tante Almas Stimme.

»Aber deswegen muss ich ihm ja die Kehle durchschneiden«, sagte sie schlicht. »Wenn ich den Scheißkerl nicht lieben würde, dann könnte er von mir aus ewig leben.«

»Wenn 'ne Frau glaubt, sie muss durchdrehen, dann hält man sich am besten raus.« Onkel Earle alberte mit Grey und Garvey im Dunkeln draußen auf der Veranda herum; die drei steckten die Köpfe zusammen, rauchten und teilten sich ein Bier. Sie hatten unbedingt ins Haus gewollt, und schließlich hatte Mama ihnen erlaubt, die kaputten Möbel hinauszutragen, aber darauf bestanden, dass sie leise waren, damit Alma schlafen konnte.

»Ach, Weiber«, brummelte Garvey. »Ist doch gar nicht so schwer mit denen.«

»Denkste!« Onkel Earle lachte. »Ich sag dir eins, Junge, du kannst nie voraussehen, was 'ne Frau nicht alles anstellt. Erinnerst du dich an das Mädel aus Nashville, mit dem ich vor zwei Sommern rumgezogen bin, 'n süßes kleines Ding, nicht recht viel größer als Knöchelchen, ganz käsig, blond und ständig hat sie gekichert?«

»Winzig, ja genau«, sagte Grey mit einem Lachen in der Stimme. Es klang, als erinnerte er sich sehr gut an sie. »Sie war so schüchtern, dass niemand richtig mit ihr warm geworden ist.«

»Tja, und dieses kleine Ding«, fuhr Onkel Earle in seinem Singsang fort, »dieses kleine Ding hätte mir eines Nachts mit 'ner Schere fast die Eier abgeschnitten. Hat mich in die Zange genommen und war drauf und dran, Ernst zu machen. Wenn ich nicht doppelt so schwer gewesen wär wie sie und sechsmal so viel Angst gehabt hätte, dann hätt sie 'nen Eunuchen aus mir gemacht.« Er lachte, als würde er allein bei dem Gedanken daran immer noch nervös werden. »Ich sag's dir, Weiber sind gefährlich. Das sollte man nie vergessen.«

Ich lehnte mich mit dem Gesicht an die Fliegengittertür. Sie knarzte leicht, weshalb alle drei zu mir herüberschauten. Meine Umrisse müssen vor dem Licht aus der Küche ausgesehen haben wie die eines gespenstischen Nachtwesens, weil alle erschrocken zusammenfuhren.

Earles Gesichtszüge verhärteten sich. »Knöchelchen«,

sagte er, »du gehst lieber wieder rein zu deiner Mama. Vielleicht braucht sie deine Hilfe.« Grey stand mit einer Bierdose in der Hand still neben Earle da. Ich wartete ab, schaute ihn an, dachte daran, wie er geschworen hatte, nie zu vergessen, was wir getan hatten. Er hob die Bierdose hoch und nahm einen tiefen Schluck. Er sah so stolz aus, stolz, weil er da auf der Veranda stand und mit Onkel Earle trank.

»Hast du Earle denn nicht gehört?« Garveys Stimme klang barsch.

Ich schaute ihm ins Gesicht und schnaubte verächtlich. Kleiner Junge, der großer Mann spielt, das beeindruckte mich nicht, aber ich zog mich trotzdem in die Küche zurück. Ich erinnerte mich ganz genau an das Mädchen aus Nashville. Sie war so schüchtern gewesen, dass sie jedes Mal stotterte, wenn sie eine Frage beantworten wollte, und vor Insekten jeglicher Art hatte sie eine schreckliche Angst gehabt. Wir neckten sie immer, bis sie heulte und zu Earle rannte, als wäre er ihr Vater, nicht ihr zukünftiger Ehemann. Sie hatte mir nicht danach ausgesehen, als könnte sie irgendwas Schlimmes anstellen, ja nicht einmal daran denken. Nicht wie Tante Alma, die immerhin eine Boatwright war und so gefährlich wie ein Mann, selbst wenn sie nicht durchgedreht war.

Aber bei Frauen kann man nie wissen, dachte ich. Ich betrachtete meine Hände im schwachen Licht der Lampe, die Mama auf die Anrichte neben der Spüle gestellt hatte. Meine Hände waren klein und wiesen feine, blaue Adern unter blasser Haut auf, wie die von Alma und Mama. Alle hatten wir kleine Hände. Ich schaute durch den Flur zum Schlafzimmer hinüber. Der zertrümmerte Bettkasten am Boden lag genau in meinem Blickfeld.

Nein, dachte ich, bei Frauen kann man einfach nie wissen. Vielleicht sogar nicht einmal bei Mädchen.

»Es ist mir vorher noch nie aufgefallen, wie ähnlich du Alma bist.« Es war so spät, dass es fast schon Morgen war. Mamas

Stimme kam aus der Dunkelheit von der Tür her. »Aber wie wir da zusammen auf der Treppe gesessen haben und du im Hof gestanden hast, da hab ich es ganz deutlich gesehen. Ich hab gesehen, wie du ausschauen wirst, wenn du erwachsen bist. Du wirst genauso hübsch sein wie Alma, als sie noch 'n Mädel war, hübscher, als du's dir jemals vorstellen kannst.«

Ich sagte nichts. Ich war in eine Decke eingewickelt, saß gegen die Wand gelehnt auf Klein-Earles Matratze, wo wir sie am Abend hingezogen hatten. Tante Alma war schließlich doch eingeschlafen, und Mama hatte gemeint, es sei in Ordnung, wenn wir uns selbst ein bisschen ausruhen wollten. Aber eine geschlagene Stunde lang hatte sie nur auf ihr Kissen gestützt dagesessen und geraucht, und ich hatte ins Dunkel gestarrt, hatte den Kühen gelauscht, die auf der Weide neben dem Haus waren.

Mama rutschte unruhig hin und her und drehte sich dann zu mir. »Knöchelchen«, sagte sie weich. »Was denkst du bloß die ganze Zeit?«

»Nichts Besonderes.« Ich schaute auf das brennende Ende der Zigarette. Meine Augen hatten sich an die Dunkelheit gewöhnt, und ich konnte die Umrisse ihres Körpers erkennen, die Schultern, die auf dem Haufen alter Kissen ruhten, die Arme, die auf der Decke lagen. »Nichts, was ich erklären könnte.«

»Du bist immer so still, beobachtest immer.« Mamas Stimme war weich, klang so entspannt, wie ich sie schon lange nicht mehr gehört hatte. »Ich merk's, wenn du wütend bist, weißt du das? Du kriegst dann diesen Gewitterwolkenblick, und in letzter Zeit hast du den oft gehabt.« Sie bewegte sich und drückte die Zigarette in einem Unterteller auf dem Fußboden aus. »Das Dumme ist nur, wenn du nicht wütend bist, dann weiß ich nicht, was in dir vorgeht. Du schaust nie glücklich aus. Du schaust aus, als würdest du auf etwas warten. Auf was wartest du, Knöchelchen?«

Darauf, dass du zu Daddy Glen zurückgehst, dachte ich und zog mir die Decke enger um die Schultern.

»Knöchelchen?«

Ich legte mir die Fingerspitzen an die Kehle, spürte die Wärme dort und den Puls in der Vertiefung unter dem Kinn.

»Knöchelchen? Du schläfst doch nicht?«

»Nein.«

»Willst du nicht mit mir reden?«

Meine Hand war nass, mein Kinn und auch der Rand der Decke. Ich dachte an Tante Almas offenen Blick am Nachmittag, als sie darüber geredet hatte, dass sie Onkel Wade liebte, dass sie ihn umbringen wollte. Diese Art Liebe verstand ich nicht. Ich verstand gar nichts. Ich schluckte und bemühte mich, keinen Laut von mir zu geben.

»Du bist immer noch wütend auf mich, oder?« Mama klang, als würde sie gleich weinen. Ich beugte mich vor und presste meinen Mund auf die Decke. »Willst du's mir nicht sagen?«

Draußen auf der dunklen Weide muhte eine Kuh. Ich schluckte noch einmal. »Ich wart drauf, dass du heimgehst«, sagte ich. »Ich wart drauf, dass du zu Daddy Glen zurückgehst.«

Mama schwieg lange. »Glaubst du, dass ich das mache?«, flüsterte sie schließlich.

»Mhm«, sagte ich.

»Ach, Knöchelchen.« Sie setzte sich auf, nahm sich eine neue Zigarette und zündete sie mit einem Streichholz an. Im Licht der Flamme sah ich, dass ihre Wangen blass waren und glänzten. »Willst du nicht rüberkommen und dich zu mir setzen?«

»Nein.« Ich rührte mich nicht. Ich hatte das Gefühl, überempfindsam zu sein, als könnte ich alles hören, die Hufe der Kühe im feuchten Gras, den Tau, der von der Verandatraufe tropfte, Mamas Herz, das vor Angst laut pochte.

»Knöchelchen, ich könnt's nicht ertragen, wenn du mich hasst«, sagte sie.

»Ich könnte dich nicht hassen«, erwiderte ich. »Mama, ich könnte dich nicht hassen.«

»Aber du bist dir ganz sicher, dass ich zu ihm zurückgehe.«

»Mhm.« Ich hustete und räusperte mich.

»O Gott, Knöchelchen! Ich kann einfach nicht zurückgehen. Ich will nicht, dass du mich hasst.«

»Ich werde dich nie hassen.« Ich holte tief Luft und strengte mich an, die Stimme ganz ausdruckslos zu halten. »Ich weiß, dass du ihn liebst. Ich weiß, dass du ihn brauchst. Und er ist gut zu dir. Er ist gut zu Reese. Er ist einfach nur …« Ich dachte kurz nach. »Ich weiß es nicht.«

Wir waren eine Zeit lang still. Als Mama dann wieder sprach, klang sie fast wie ein Mädchen, unsicher und verängstigt. »Vielleicht muss er mal mit jemand reden. Raylene sagt, er braucht vielleicht 'nen Doktor.«

Ich wischte mir übers Gesicht und zuckte mit den Achseln. Jetzt war ich müde, todmüde, so abgrundtief müde, dass ich beim Einatmen die Luft kaum noch bis hinunter in die Lunge brachte. »Vielleicht«, sagte ich.

»Ich geh nicht zurück, bevor ich nich weiß, dass du nichts mehr zu befürchten hast.« Mamas Stimme klang entschlossen. »Das versprech ich dir, Knöchelchen.«

»Ich geh nicht zurück.« Die Worte waren so ruhig, so einfach, sie schienen gar nicht aus mir herausgekommen zu sein. Aber kaum waren sie ausgesprochen, spürte ich wieder etwas Kraft in mir.

»Ich würde dich nicht dazu zwingen, Süße.«

»Nein. Ich weiß. Das ist es nicht, Mama. Ich weiß, dass du das nicht tun würdest.« Ich setzte mich auf, ließ den Kopf herunterbaumeln und hörte, wie meine Halswirbel merkwürdig knackten, nachdem die Muskeln nicht länger angespannt waren. Als ich wieder sprach, war meine Stimme laut, die Worte kamen klar und deutlich. »Ich weiß, dass du zurückgehst, Mama, und vielleicht solltest du's auch tun. Ich weiß nicht, was für dich das Richtige ist, nur, was ich zu tun hab. Ich kann nicht zurückgehen und mit Daddy Glen leben. Ich werd's nicht tun. Ich könnte 'ne Zeit lang bei Tante Carr bleiben oder zu Raylene ziehen. Ich glaub, die würde mich ganz gern bei sich haben. Aber egal, für was du dich entscheidest, wenn du zu Daddy Glen zurückgehst, kann ich nicht mit dir gehen.«

»Knöchelchen.« Mama erhob sich so schnell von ihrer Matratze, dass ich mich unwillkürlich an die Wand presste. Sie legte mir die Hände auf die Schultern und drückte sanft zu. »Was willst du mir damit sagen?«, fragte sie.

Ich konnte ihr Gesicht sehen. Der Mond musste aufgegangen sein. In dem schwachen Licht, das von draußen hereinkam, wirkten ihre Wangenknochen und die umschatteten Augen gespenstisch. Sie hatte Angst.

»Ich liebe dich«, sagte ich, »aber es fällt mir nichts ein, was ich sonst tun könnte.«

Sie verstärkte ihren Griff. Ich spürte, wie sich mir ihre Fingernägel in die Schultern bohrten, spürte, wie groß ihre Furcht war. Sie schüttelte den Kopf und zog mich an sich. »O Gott, was hab ich nur getan?«, rief sie.

»Mama, nicht«, sagte ich sanft. »Bitte.« Sie ließ mich los, blieb aber dicht neben mir knien. Ich fragte mich, ob sie mich wohl genauso deutlich sehen konnte wie ich sie. Und wenn, was sah sie dann in meinem Gesicht?

Draußen begann es zu regnen. Es wehte kein Wind, weshalb das Wasser sanft flüsternd herunterrieselte, kleine Tropfen, die durch die zarten jungen Blätter der Bäume und Büsche perlten. Mama legte sich die Hände flach auf die Augen. »Ist gut«, sagte sie. »Ist gut.«

Ich schluckte. Ich wollte die Hand nach ihr ausstrecken, ihr sagen, dass es mir Leid tue, sagen, dass ich es nicht so gemeint habe, dass ich mit ihr zurückgehen werde, aber ich rührte mich nicht. Nach einer Weile stand sie auf und ging wieder zu ihrem Lager. Sie rauchte keine Zigarette mehr. Sie zog die Decke hoch und lag still da, so ruhig, dass man hätte meinen können, sie wäre augenblicklich eingeschlafen.

Viel später, in der frühen Morgendämmerung, als ich die Decke über den Kopf gezogen hatte, hörte ich, wie Mama zu weinen anfing, wie sie sich bemühte, keinen Laut von sich zu geben, und wie es ihr fast gelang. Nur das tiefe Luftholen hin und wieder verriet sie. Meine Augen waren trocken. Ich hatte nicht das Gefühl, dass ich weinen würde. Ich hatte nicht das Gefühl, dass ich jemals wieder weinen würde.

KAPITEL 20

Es war friedlich bei Tante Alma draußen. Der Frühling schritt voran, bis der Garten und die umliegenden Wälder üppig grün und voller Vogelgezwitscher waren. Die drei Welpen, die überlebt hatten, tapsten unbeholfen und übermütig herum und drängelten sich um die Zitzen ihrer Mama. Die im Hof verstreuten Kleider hatten nur ausgeschüttelt werden müssen, bevor man sie waschen konnte. Die Waschmaschine selbst funktionierte ganz gut, aber Earle fand nicht heraus, wie die Schleuder wieder eingebaut werden konnte. Ich hängte die tropfnassen Sachen auf eine Wäscheleine, die Grey zwischen der Veranda und dem schwarzen Walnussbaum gespannt hatte, obwohl nichts wirklich sauber wurde und Mama einiges zum Wegwerfen aussortierte. Neben der Veranda legte ich alle Sachen, die so kaputt waren, dass man sie nicht mehr reparieren konnte, auf einen Haufen, und Onkel Earle fuhr sie dann weg.

Alma fand langsam wieder zu sich selbst. Sie wollte nicht viel reden, aber ich auch nicht. Mama kam jeden Nachmittag für eine Weile heraus, dann jeden zweiten Tag und schließlich nur noch alle paar Tage. Sie brachte Alma immer eine Kleinigkeit mit, Gemüseauflauf oder Eingelegtes mit Brötchen, einmal sogar eine kleine Brombeerpastete. Mir brachte sie Bücher mit, Taschenbücher, die sie unten in der Bücherbörse erstand, oder Zeitschriften, die sie von ihren Kolleginnen in der Stevens-Fabrik bekam. Eines Nachmittags reichte ihr Alma das Rasiermesser, das sie immer noch in der Schürzentasche mit sich herumgetragen hatte.

»Du wirst dich besser fühlen, wenn du das mitnimmst«, sagte sie zu Mama. Beide schauten das tödliche Instrument an.

»Bist du dir sicher, dass du's nicht mehr brauchst?« Mama fuhr über den glatt polierten Griff und die stumpfe Außenkante. »Wenn es dir 'n besseres Gefühl gibt, dann solltest du's behalten.«

»Nein.« Tante Alma seufzte und strich sich nervös mit den Fingern durch die Haare. In den Wochen, seit sie das Haus beinah zertrümmert hatte, waren sie ganz grau geworden, und am Nachmittag zuvor hatte sie sie just mit jenem Rasiermesser kurz geschnitten. »Der Drang ist weg. Ich will Wade zwar immer noch nicht sehen, aber ich stelle mir nicht mehr vor, dass ich ihm die Kehle durchschneide.«

»Und das ist auch gut so«, erwiderte Mama. »Lass ihn am Leben, damit er leiden kann. Er ist drüben bei Fay, und Carr ist die ganze Zeit bei ihm. Sie sagt, sie traut sich nicht wieder heimzugehen, bevor sie nicht weiß, dass mit Wade alles in Ordnung ist. Aber wenn ihn nicht gerade das Bein juckt oder sie um ihn rumnörgelt und -jammert, schaut er aus, als würde er sich am liebsten auf der Stelle noch mal 'nen Schuss verpassen.« Beide lächelten.

Keiner ließ ein Wort darüber fallen, dass ich auf dem Land zur Schule gehen müsste. Mama hatte mir eine Liste mit den Büchern mitgebracht, die ich lesen sollte, und eine Notiz von meiner Lehrerin, in der es hieß, solange ich nicht länger als einen Monat weg sei, könne alles nachgeholt werden. Ich überlegte, was Mama ihr wohl erzählt hatte, aber ich fragte nicht nach. Es war eine solche Erleichterung, nicht diese langweiligen Stunden absitzen zu müssen, so viel lesen zu können, wie ich wollte, mit Alma lang aufzubleiben und aufzustehen, wann ich Lust hatte. Mama und ich gingen jetzt etwas lockerer miteinander um, aber noch behutsam. Von Reese erfuhr ich, dass Mama Daddy Glen ein paar Mal gesehen hatte und sie wieder miteinander redeten. Ich versuchte, mir über die Zukunft keine Gedanken zu machen, über gar nichts allzu viel nachzudenken. Ich arbeitete in Almas Garten, rettete von ihren Kräutern und Blumen, so viel ich konnte, und pflanzte die Sämlinge und Setzlinge ein, die Raylene vorbeibrachte. Die Tage waren ein Geschenk, lang und warm, die Nächte still und kühl. Ich schlief traumlos und wachte in Frieden auf.

An dem Nachmittag, als Daddy Glen auftauchte, war Alma allein hinten im Garten und setzte die Tomatenpflänzchen ein, die Raylene am Tag zuvor gebracht hatte. Ich wollte ein Picknick machen, hatte schon einen Stoffbeutel mit einer Flasche Zitronentee hergerichtet und bestrich gerade Brote mit Erdnussbutter. Die Welpen waren in die Küche gekommen, drängelten und stolperten übereinander, so wichtig hatten sie es, auch was abzubekommen. Ich gab jedem einen Teelöffel Erdnussbutter und trug sie dann auf die Veranda hinaus, wo ich zuschaute, wie sie kauten und gähnten und sich abmühten, die Spitze ihrer Schnauze abzuschlecken.

Ich kicherte gerade über sie, als der Ford in den Hof fuhr, aus dem dann Daddy Glen ausstieg. Er sah aus wie immer, nur über dem linken Auge hatte er eine Narbe, und außerdem schien er leicht zu humpeln, als er zur Veranda ging. Er hatte seine Arbeitskleidung an, khakifarbene Hosen und ein weißes Hemd mit bis zu den Ellbogen aufgekrempelten Ärmeln. Die braunen Schuhe waren abgestoßen und staubig. Der Anflug eines Bartes war zu sehen, als hätte er sich am Abend zuvor rasiert und nicht etwa an diesem Morgen. Ich stand da und beobachtete ihn, wie er die Stufen heraufkam, wusste aber nicht, was ich tun sollte.

»Knöchelchen«, sagte er. Seine Stimme war rau und tief. Ich überlegte, ob Tante Alma hinter dem Haus ihn hören konnte. Seine Augen waren hell und eindringlich, die Backenknochen angespannt. »Deine Mama ist nicht vielleicht hier, oder?«, sagte er.

Ich schüttelte den Kopf. Ich legte die Arme auf den Rücken und verschränkte sie fest ineinander. Er trat auf die Veranda und musterte mich von oben bis unten und schaute dann wieder hoch in mein Gesicht. Seine Lippen wurden dünn.

»Du bist größer geworden«, sagte er. »Bist jetzt bald so weit, dass du mit Jungs ausgehst. Dass du heiratest, vielleicht 'ne eigene Familie gründest.« Er spuckte seitlich aus. »Dass du irgend 'nem Mann das Herz brichst, nur weil du merkst, dass es geht.«

Ich fuhr mir mit der Zunge über die Lippen und ließ die Hände fallen. »Ich hol dir was zum Trinken«, sagte ich. Ich zwängte mich, so schnell ich konnte, durch die Fliegengittertür, aber schon war er hinter mir und löste mit der Hand meine Finger von dem kleinen Riegel.

»Mach das«, sagte er. Er schaute zum Tisch, wo noch das Glas Erdnussbutter offen dastand. »Du machst dir'n Sandwich? Mach mir auch eins.«

Ich wusste einfach nicht, was ich tun sollte. Ihm ein Glas Tee geben, ihm ein Sandwich machen, den Kopf gesenkt halten und hoffen, dass Tante Alma wieder reinkam? Ich dachte an sie und ihre bandagierten Hände, ihren wunden Rücken und den dünnen Hals. Ich schaute noch einmal in Daddy Glens Augen und bekam solche Angst, dass ich mich nicht bewegen konnte.

»Stell dich nicht so an. Du hast keinen Grund, Angst vor mir zu haben.« Er ging auf mich zu. »Ich hab mit Anney geredet, wirklich. Sie kommt zurück. Sie hat's versprochen, braucht nur noch 'n bisschen Zeit, damit sie's mit dir bereden kann.«

Ich sah, wie er die Finger zur Faust schloss und sie dann wieder ausstreckte. Er hob seine riesigen Hände und schüttelte lachend den Kopf.

»Wie die Frau dich liebt, das geht über meinen Verstand. Braucht Zeit, damit sie alles regeln kann mit dir.« Er stieß die Worte verächtlich hervor. »Zeit mit dir. Heiliger Strohsack.« Er zuckte mit den Achseln, stemmte die Hände in die Hüften und beugte sich zu mir herunter.

»Du wirst ihr sagen müssen, dass es klargeht«, sagte er. »Du wirst ihr sagen müssen, dass du dir wünschst, dass wir alle wieder zusammen sind.«

Er schwieg und sah mich eindringlich an. Mir tat der Magen weh. Ich schaute zu Boden. Meine verschwitzten Hände waren zu Fäusten geballt.

»Nein«, flüsterte ich. »Ich will nicht mehr bei dir wohnen. Mama kann zu dir zurückgehen. Ich hab ihr gesagt, dass sie's machen kann, aber ich kann nicht. Ich will nicht.«

»Willst nicht?« Er berührte mich an der Wange. Ich sah zu ihm hoch. »Du willst nicht bei mir wohnen?« Die Augen waren harte blaue Kiesel, der Mund ein zorniger Strich. »Du bist nicht mal dreizehn Jahre alt, Mädel. Du bestimmst nicht, was du tust. Ich bin dein Daddy. Ich bestimm, was du tust.«

»Nein.« Ich sagte es ruhig. Die Kehle war mir aber so eng geworden, dass ich kaum etwas herausbrachte.

Ich sah, wie er sich schwankend von mir abwandte, die Augen schloss und die Hände vor der Brust faltete, als wollte er beten. Er schüttelte den Kopf.

»Nein«, sagte ich noch einmal.

»Ich möchte doch nur vernünftig mit dir reden, Mädel. Ich will, dass du mit deiner Mama redest. Ich will, dass du mit diesem Quatsch aufhörst, bevor ich ernsthaft böse werde.« Seine gefalteten Hände bebten. Er öffnete die Augen wieder.

»Nein.« Ich sagte es diesmal lauter. »Lieber sterbe ich, als dass ich zu dir zurückgehe.«

»So?« Er verzog die Lippen zu einem gemeinen Lächeln. »Darauf würde ich sogar wetten«, sagte er flüsternd.

Für einen langen Augenblick war Stille. Ich konnte das eigene Herzklopfen hören.

»Mach mir das Sandwich«, sagte er, »und dann reden wir.«

Ich stand unbeweglich da und betrachtete sein Gesicht und seine Hände. »Nein. Ich will nicht reden. Ich will, dass du gehst.«

Er schüttelte den Kopf und lächelte weiter.

»Ich erzähl's Mama«, sagte ich verzweifelt. »Ich erzähl's ihr.«

Seine Hände fuhren in die Höhe und packten mich an den Schultern, schüttelten mich. »Du willst deinem Daddy kein Sandwich machen?« Seine Stimme krächzte vor Wut. »Du willst nichts für mich tun?« Nochmaliges Schütteln. Er hob mich hoch, dass meine Füße in der Luft hingen. Ich öffnete den Mund. Ich wollte schreien, aber kein Ton kam heraus. Ich erinnerte mich an die vielen Male, wo er mich genauso hochgehoben hatte, mich hochgehoben, mich geschüttelt, mich dann an die Brust gezogen, mich an sich gepresst hatte und die Hände über mich hatte gleiten lassen, gestöhnt hatte, während seine Finger an mir herumdrückten. Ich hatte immer das Gefühl gehabt, es wäre alles mein Fehler, aber jetzt war das nicht mehr wichtig. Jetzt war es mir egal, was alles passieren konnte. Ich würde nicht mehr stillhalten.

Ich versuchte mich loszustrampeln, aber er lachte nur. Er ließ mich fallen. Ich stolperte rückwärts gegen den Tisch.

»Du bist es. Du bist der Grund. Sie liebt mich, das weiß ich. Aber du bist es, du bist im Weg. Du machst mich verrückt, und du bist schuld, dass sie sich schämt, schämt wegen dir und schämt, weil sie mich liebt. Es ist nicht gerecht. Es ist nicht gerecht, dass sie mich wegen dir verlässt. Es ist nicht gerecht.«

Seine Stimme war härter geworden, noch rauer, aber nicht lauter, und genau diese Ruhe war es, die mich erschreckte. Sie erinnerte mich an Alma mit dem Rasiermesser in der Hand und dem Irrsinn in den Augen. Daddy Glens Augen waren ganz genauso irr, noch irrer. Schmerz lag darin, tiefer Schmerz, das schon, aber was sie auflodern ließ, war Hass. Plötzlich, wie durch eine Sprungfeder angetrieben, schnellte seine Faust vor. Seine Knöchel schrammten mir seitlich übers Kinn, und ich fiel rückwärts auf den Tisch.

»So leicht kannst du mich nicht kaputtmachen«, sagte er. »Anney kommt zu mir zurück, sie hat's mir gesagt. Sie braucht nur 'n bisschen Zeit. Ich kann das schon verstehen, nach allem, was passiert ist.« Er beugte sich mit ausgestreckter Hand über mich. »Aber wenn sie nicht zu mir zurückkommen würde, dann würde ich dich umbringen. Ist dir das klar? Ich würde dir das Genick brechen.« Er strich mit der Hand seitlich über mein Gesicht, mein Ohr, meinen Hals, glitt an meinem Oberkörper herunter, über die leichte Wölbung meiner Brüste. Mit seinen blauen Augen tastete er mich von oben bis unten ab.

»Ahhh«, stöhnte Daddy Glen. Er zog mich zu sich an die Brust, hielt mich fest und atmete schwer. In meinem Mund sammelte sich Blut, und in meinem Kopf dröhnte es. Ich wurde ganz hart, steif, stahlhart, so hart wie das Buttermesser, das ich, ohne zu wissen, wie, plötzlich in der Hand hielt. Er küsste mich mit nassen Lippen, vergrub die Zähne in meinem Mund. Ich riss das Messer hoch und rammte es ihm, so fest ich konnte, in die Seite. Es rutschte an seinem Gürtel ab, verschmierte Erdnussbutter auf seinem Hemd, zerriss zwar nicht einmal den Stoff, aber es tat ihm trotzdem weh. Das merkte ich schnell.

»Verdammtes Biest!« Er schleuderte mich so heftig zur Seite, dass ich mit dem Rücken gegen die Anrichte krachte und zu Boden glitt. Ich war noch im Fallen begriffen, als er schon wieder da war und nach mir trat. Mit dem Stiefel traf er mich voll an der Schulter. Er fuhr mit der Hand nach unten, packte mein rechtes Handgelenk und riss heftig daran, zog mich kurz hoch und ließ mich dann wieder fallen. Irgendetwas gab nach, knirschte hörbar, es folgte eine Hitzewelle, bei der mir übel wurde, und wie plötzlich lag mein Arm verdreht und kraftlos unter mir.

»Du kleine Nutte!« Er trat noch einmal nach mir, und sein Stiefel schlitterte an meinem Kopf entlang, schnitt mir ins Ohr, sodass Blut herausschoss. Dann stampfte dieser Stiefel auf meinen Bauch, und ich rollte mich zur Seite, kotzte Galle über meinen rechten Arm.

»Du!«, fluchte er, und es hallte in meinem Kopf wider. *»Du verdammter kleiner Bastard!«*

»Du!«, entgegnete ich. »Mama wird nie zu dir zurückgehen. Ich lasse sie nicht. Ich hasse dich.«

»Ich hab gebetet, dass du stirbst«, zischte er zwischen zusammengepressten weißen Zähnen hervor. Seine Hand umklammerte den Ausschnitt meiner Bluse und grub sich in den Stoff. »Stirb endlich und lass uns in Ruhe. Wenn du nicht gewesen wärst, dann würd's mir gut gehen. Alles wär gut.« Er schluchzte und zerrte mich nach vorn, sodass ich auf die Knie hochkam und in seinem Griff hin und her schwankte, bis meine Bluse riss und ich neben ihn fiel. Wieder packte er mich, und irgendetwas traf mich hart zwischen den Beinen. Ich schrie. Sein Stiefel oder sein Bein? Er ließ sich auf mich fallen.

»Du gehst nirgendwohin.« Er lachte. »Du glaubst, du bist so erwachsen. Du glaubst, du bist so groß und bös, bloß weil du Nein zu mir sagst. Wollen doch mal sehen, wie groß du wirklich bist, wie erwachsen!« Er zog die Reste meiner Bluse auseinander und zerrte an dem Reißverschluss meiner Hose, streifte sie mir über die Hüfte, während ich mit der linken Hand versuchte, sie festzuhalten. Ich wollte nach ihm treten, aber ich war wie am Boden festgenagelt. Tränen strömten mir übers Gesicht, aber ich weinte nicht. Ich verfluchte ihn.

»Verdammter Scheißkerl! Verdammt! Verdammt! *Gott wird dich auf ewig verdammen!«*

Mit einer Hand schob er meine Hose bis fast zu den Knöcheln herunter, und mit der anderen machte er seinen Hosenschlitz auf. »Du hältst jetzt den Mund. Ich stopf dir den Mund. Ich werd's dir schon zeigen.« Er riss mir die Unterhose vom Leib, als wäre sie aus Papier. Dann hob er meine Knie etwas an und spreizte mir die Beine.

»Du Wichser!« Ich schlenkerte meinen unbrauchbaren rechten Arm in seine Richtung.

»Du kleine Nutte. Das hätte ich schon lang machen sollen.

Das hast du die ganze Zeit gewollt. Sag mir nicht, dass du das nicht gewollt hast.« Mit dem Knie schob er mir die Beine noch weiter auseinander und ließ seine große Hand wie beiläufig in mein Gesicht krachen. Dann lachte er, als gefiele es ihm, mein Blut auf seiner Faust zu spüren, und schlug mich noch einmal. Ich öffnete den Mund zum Schrei, da schloss sich seine Hand um meine Kehle.

»Ich geb dir, was du wirklich willst«, sagte er und legte sich mit seinem ganzen Gewicht schwer auf mich. Mein Schrei war nur ein Keuchen und reichte nicht weiter als bis zu seiner Hand an meiner Kehle. Mit der anderen Hand fummelte er zwischen meinen Beinen herum, öffnete mich, stemmte sich dann ein kleines Stück in die Höhe und schaute mir mit seinen flammenden Augen ins Gesicht.

»Jetzt«, sagte er und wuchtete seinen Körper von den Knien aus nach vorn. »Du wirst's schon lernen.« Seine Worte waren kurze wütende Explosionen. »Du wirst nie wieder patzig zu mir sein. Du wirst den Mund halten. Du wirst tun, was man dir sagt. Du wirst Anney genau das sagen, was ich will.«

Ich musste würgen. Er stieß in mich hinein und bohrte sich vor, drehte die Hüften und rammte sie gegen mich. Ich fühlte mich, als würde er mich in der Mitte auseinander reißen, und mein Hintern klatschte bei jedem seiner Stöße, die brannten und mich auseinander rissen und wehtaten, auf den Boden.

»Gott!« Ich schrie mit aller Kraft, die ich noch hatte. Nicht laut genug, nicht laut genug, dass es irgendjemand außer mir hören konnte, aber er ließ meine Kehle los und schlug mir auf den Mund, drückte mir die Lippen in die Zähne. Er verfiel in einen regelmäßigen Rhythmus – »Ich zeig's dir, ich zeig's dir« –, und jedes Mal krachte mein Kopf auf den Boden.

Du wirst sterben, du wirst sterben, schrie ich innerlich. Du wirst verrotten und stinken und in dich zusammenfallen. Gott wird dich mir ausliefern. Deine Knochen werden schmelzen, und dein Blut wird Feuer fangen. Ich werde dir den Bauch aufreißen und dich an die Hunde verfüttern. So wie in der Bibel, so wie es sein soll, wird Gott dich mir ausliefern. Gott wird dich mir ausliefern.

Die ganze Zeit war meine linke Hand am Wedeln, Suchen, Tasten nach irgendwas, irgendetwas. Wo war das Messer hin? Wo war Tante Alma?

Er stemmte sich hoch, stützte sich auf meinen Schultern ab, während er aus der Hüfte sein Geschlecht in mich hineintrieb wie ein Schwert.

Gib mir irgendwas! Gib mir irgendwas!, flehte ich. Umsonst versuchte ich, ihn zu beißen, meine Zähne an den niedergedrückten Lippen vorbei in seine Finger zu schlagen. Gib mir irgendetwas!

Er spannte den ganzen Körper an, warf den Kopf zurück, fletschte die Zähne. Ich spürte, wie seine Schenkel bebten, während mein Hintern in die Blutlache unter mir glitt. O Gott, hilf mir, lass mich ihn töten. Bitte, Gott. Bitte, Gott. Lass mich ihn töten. Lass mich sterben, aber lass mich ihn töten.

Er wurde schlaff und legte sich erschöpft und keuchend auf mich. Seine Hand rutschte von meinem Mund herunter, aber der Drang zu schreien war weg. Blut und Körpersaft, sein Schweiß und der meine, mein Blut, überall auf meinem Hals und an meinen Schenkeln, sein ekliger Gestank zwischen meinen brennenden Beinen. Wie konnte das alles so schnell gehen? Ich versuchte mir die Lippen zu lecken, aber meine Zunge war zu sehr geschwollen. Ich spürte die Bewegungen meiner Zunge nicht, nur dass sich meine Lippen öffneten und schlossen, ohne dass ein Laut herauskam. Rote und schwarze Punkte schwammen zur Decke hoch und wieder zu mir zurück. Daddy Glen bewegte sich und murmelte etwas, was ich nicht verstand. Über ihn hinweg sah ich die offene Tür und die dunkler werdende Spätnachmittagssonne. Ich schloss die Augen, öffnete sie, mir war, als wäre ich kurz ohnmächtig gewesen. Er lag immer noch auf mir, aber irgendetwas war anders, irgendein Gefühl in der Luft. Ich schaute wieder zur Tür und sah sie. Mamas riesiges weißes Gesicht näherte sich dem Platz, auf dem wir lagen, näherte sich mir.

»Mama«, wollte ich sagen, brachte es aber nicht heraus. Durch Glens Körper über mir ging ein Ruck, und er stand auf. Die Luft traf mich wie eine Faust, all meine nassen und offenen Stellen. Ich wimmerte.

Er schrie. *»Anney!«*

Sie schlug mit etwas, das ich nicht sehen konnte. Dann griff sie nach allem Möglichen, Blechbüchsen auf dem Herd, Pfannen, Gläser, Teller, alles, was sie nach ihm werfen konnte. Ich lächelte. Meine Mundwinkel rissen ein, aber das war mir egal.

»Nein, Anney, nein!«

»Du Ungeheuer!«

»Nein, Liebling. Nein! Es ist nicht so, wie du denkst.«

Wie denn dann, fragte ich mich und wälzte mich auf den Bauch. Schmerz. Schultern, Knie, Schenkel, Gesicht – alles tat mir weh, aber nichts war wichtig. Es war alles weit weg. Mein rechter Arm, auf dem mein Gesicht lag, war gummiartig und taub.

»Du!«, schrie Mama. Wieder krachte es, aber ich schaute nicht auf. Würde sie glauben, dass ich das gewollt hatte? Würde sie glauben, ich hätte es herausgefordert? Was würde er ihr erzählen? Ich musste ihr sagen, dass ich mich gegen ihn gewehrt hatte, dass ich nie gewollt hatte, dass er mich berührt, nie. Aber das Blut, das aus mir herauslief, nahm mir meine ganze Kraft weg, meine ganze Luft. Ich konnte nicht reden, konnte nicht denken. Einen Augenblick lang wäre ich damals am liebsten tot gewesen, hätte Mama am liebsten nie wieder ins Gesicht geschaut und ihm auch nicht. Nie mehr sein Gesicht, nie mehr.

Bitte, Gott, lass ihn sterben, lass mich sterben, lass irgendjemand sterben.

Lass es nicht zu, dass er meiner Mama wehtut.

»Du Scheißkerl! Du Ungeheuer!«

»Anney, bitte!«

»Rühr mich ja nicht an. Rühr ja nicht sie an!«

Ich schmeckte Tränen, Rotz, das Blut, das von meinem Ohr heruntergelaufen war. Ich spuckte aus und versuchte mich hochzustemmen. Ich musste aufstehen, irgendetwas tun, Mama hier rausschaffen.

Mamas Hände waren jetzt bei mir, tasteten meine Verletzungen ab. In meinem Kopf wurde es etwas klarer, und ich schaute hoch. Er stand auf der anderen Seite des Raumes, das Gesicht weiß und leidend, und sie kniete neben mir. Ich spürte, wie ein Schrei in mir hochsteigen wollte, und biss die Zähne zusammen. Wir mussten hier raus, weg von ihm. Ich schaffte es, mich auf allen vieren abzustützen.

»Komm, Süße.« Sie gurrte, als wäre ich wieder ihr Baby. »Ich bring dich zu 'nem Doktor.« Sie glättete meine Bluse, knotete die zerrissenen Teile vor meinem Bauch zusammen, zog mir Stück für Stück die Hose wieder hoch, deckte mich zu.

»Anney, nein, warte«, sagte er, aber sie hörte nicht auf ihn. Das ist gut, bleib nicht stehen. Beweg dich, Mama. Bring uns hier raus.

»Komm, Kleines«, sagte sie und zog mich hoch. Ich schwankte wie auf Gummibeinen, der Bauch nichts als schmerzende Leere. Die Punkte schwebten immer noch durch den ganzen Raum. Ich schaute zu Daddy Glen hinüber. Sein Gesicht war genauso leer wie mein Bauch. Eisige Furcht breitete sich von meinen Beinen bis ins Herz aus.

Raus, wir müssen hier raus. Du hast ja keine Ahnung, Mama, du verstehst es ja nicht.

»Baby, o mein Baby«, flüsterte sie und drückte mich an sich, während sie auf die Tür zusteuerte.

Eine schreckliche Klarheit überfiel mich. Ich dachte weit voraus. Onkel Travis' Gewehr war in seinem Haus, in Tante

Ruths Schlafzimmerschrank. Wenn ich dort hinkäme, es mir holen könnte, dann würde ich es verstecken, bis er wieder da war, wieder da, was auch geschehen würde, mit Sicherheit. An der Tür oder im Wohnzimmer würde er stehen, seine Version der Geschichte erzählen, alles erklären und wegreden, wieder weinen oder betteln oder Mama einfach nur an den Armen festhalten, wie er mich festgehalten hatte. Ich würde vorsichtig sein müssen, mich von niemandem aufhalten lassen, bis ich ihm den Kopf wegblasen konnte, sein Hals nur noch ein Loch, sein Blut wie ein Wirbelsturm überall. Ich musste es tun. Wenn ich es nicht tat, dann brachte er mich um, mich und sie, eines Tages, das wusste ich, uns beide. Wenn ich sterben musste, dann so.

»Zu Ruths Haus, Mama«, hauchte ich. »Bring mich zu Ruths Haus.« Wenn ich dieses Gewehr in die Finger bekam, würde ich es nie mehr wieder loslassen. Vielleicht konnte ich einfach so tun, als brauchte ich es genauso dringend wie Alma ihr Rasiermesser, einfach, um es mit mir herumzutragen, sodass man den Bullen erzählen würde: »Wir hätten nie gedacht, dass sie damit schießen würde. Nie.«

»Wir müssen dich ins Krankenhaus bringen«, sagte Mama.

Nein. Zu Ruth. Aber sie hörte nicht auf mich. Sagte ich es, oder dachte ich es nur?

»Anney. O Anney.« Daddy Glen war mit blutverschmiertem Gesicht dicht neben uns. Sie oder ich?, fragte ich mich. Irgendetwas hatte ihn getroffen. Ich starrte ihm ins Gesicht, als wäre es eine Straßenkarte, eine Strecke, die ich mir einprägen musste, ein Weg zurück zu meinem eigentlichen Selbst. Wenn ich ihn erschossen hatte, würde nichts mehr übrig sein, kein Weg zurück.

Gut.

»Bitte, Anney.« Er schluchzte wie ein Kind.

Sie zog mich noch tiefer unter ihre Achselhöhle. Ihre freie Hand schnellte vor und schlug ihn, holte noch einmal aus, ballte sich zur Faust und boxte ihm mitten ins Gesicht.

»*Ohhh*«, heulte er auf. »Tu das nicht. Tu das nicht.« Er taumelte rückwärts und stolperte über das herumliegende Küchengerät. »Anney!« Er jammerte wie ein kleiner Junge. »Ich weiß nicht, was passiert ist. Ich wollte nur mit ihr reden, Liebling. Ich wollt doch nur, dass du heimkommst, dass wir alle wieder zusammen sind!«

Mama ging weiter, schleppte mich mit, machte mit der Hüfte die Tür auf, trug mich fast die Verandastufen hinunter. Keine Pause, kein Zögern, über den Hof zu ihrem Auto.

»Anney, bitte! Ich hab's nicht so gemeint. Ich hab durchgedreht. Ich hab einfach durchgedreht. Schatz, hör mir zu!«

Mir war schwindlig. Alles tat mir weh, aber es wurde schon wieder besser, besser. Die Kraft kehrte zurück und mit ihr die Gedanken. Meine Muskeln waren zwar noch schwach, aber ich hatte nicht mehr das Gefühl, sie wären von den Sehnen und Knochen abgetrennt. Ich konnte mich jetzt bewegen. Es gab einen Ausweg. Schaut nur, wie verletzt ich bin. Es gab eine Geschichte, die wir erzählen konnten. Es war Notwehr. Es war gerechtfertigt. Ich grinste, als ich spürte, wie mir das Blut den Hals herunterrieselte. Schaut nur, wie verletzt ich bin! Danke, Gott.

»Anney!« Er folgte uns. »Bitte, Anney!«

Beweg dich, Mama.

Über das mickrige Gras und den Dreck bis zum Auto. Mama schnaufte mir ins Ohr, während sie mich an ihren bebenden Brustkorb drückte. Sie machte die Tür auf, ließ mich sacht auf den Vordersitz gleiten und hob meine Beine hinein. Er rief immer noch ihren Namen. Ich dachte gleichzeitig schnell und langsam. Wie konnte das sein? Kein Gewehr da, nicht einmal ein Buttermesser.

»Anney, bitte. Red mit mir. Liebes, bitte. Bitte, Anney.«

Sie wich ihm aus, rannte zur anderen Seite des Autos und öffnete die Tür. Er war dicht neben ihr, schluchzte und rang die Hände. Fast gelang es ihm, die Tür wieder ins Schloss zu drücken, während sie versuchte, sie aufzubekommen.

»Anney, du weißt, wie sehr ich dich liebe. Ich wollte ihr nicht wehtun, Liebling, aber ich hab durchgedreht. Ich hab einfach durchgedreht!«

Ich wollte mich auf den Fahrersitz schieben, um ihr helfen zu können, aber jetzt fiel mir wieder jede Bewegung schwer. Die Luft war plötzlich so dick wie Gelee. Ich musste mir regelrecht einen Weg hindurchbahnen. Ich biss die Zähne zusammen, rutschte Zentimeter um Zentimeter hinüber, bis ich mich endlich ans Lenkrad lehnen konnte, und sah dann, wie sie mit der Tür kämpfte.

»Mama.«

Sie schaute zu mir, das Gesicht leer und fremd.

Ich sagte es noch einmal. »Mama.«

Mama schlug Glen wieder, zuerst mit der flachen Hand, dann mit geballter Faust. Die Schläge klangen dumpf und grauenhaft, aber noch grauenhafter waren die wimmernden Laute, die er ausstieß, wenn sie ihn traf. »Lass los«, sagte sie. Er taumelte, der Schweiß tropfte ihm in die Augen. Sein Mund bewegte sich unkontrolliert, seine Gesichtszüge schienen sich vollständig neu zu ordnen. »Lass los«, sagte sie noch einmal. Er heulte auf und sank auf die Knie, seine Hände umklammerten immer noch Mama und die Tür. Er senkte den Kopf und flüsterte: »Töte mich, Anney. Los. Ich kann nicht leben ohne dich. Ich will nicht. Töte mich! Töte mich!«

Mama riss sich von ihm los, und die Tür fiel ins Schloss.

»O nein«, wimmerte sie. Ihr Gesicht wurde zum Spiegelbild des seinen, der Mund genauso breit, der Hals genauso steif.

»Töte mich«, sagte er noch einmal, diesmal lauter. »Töte mich.« Er schlug den Kopf gegen die Metalltür, einmal, zweimal. Jedes Mal, wenn der Kopf auftraf, schrie er, und das Geräusch unterstrich seine Schreie. »Töte mich. Töte mich.«

Mama war so nah, dass ich sie hätte berühren können, aber sie hatte den Kopf abgewandt, Glen zugewandt. Ich konnte sie nicht erreichen. »O Gott«, rief sie.

Ich ließ das Lenkrad los. »Nein«, flüsterte ich, aber Mama hörte mich nicht.

»Glen!«, sagte sie. »Glen!« Sie stöhnte und barg das Gesicht in den Händen. Ihr Körper bebte, als sie zu schluchzen begann. Der meine bebte, als ich es sah.

»Glen, hör auf«, sagte sie. »Hör auf.« Sie umfasste seinen Kopf, legte die Finger auf seine Stirn, um den Aufprall abzufangen. »Hör auf.«

An ihren Fingern war Blut. Sie weinte. Er war still. Ich schloss die Augen. »Nein«, sagte ich wieder.

Noch einmal sprach er, übertönte mich. Seine Stimme war sehr ruhig, sehr leise. »Töte mich, Anney. Töte mich.«

Ich versuchte, sie mit meiner rechten Hand zu erreichen, aber der Schmerz ließ mich nach Luft schnappen. »Mama«, flehte ich, aber sie sah mich immer noch nicht an.

»Lieber Gott, lieber Gott, lieber Gott.« Ihr Schrei kam gedämpft, flach, schmerzerfüllt. Sie hielt ihn fest, drückte seinen Kopf an ihren Bauch. Neben ihrer Hüfte war sein blutiger Haaransatz zu sehen.

»Mama«, flüsterte ich.

»Hilf mir, lieber Gott«, flehte sie mit einer wunden, schrecklichen Stimme. »Hilf mir.«

Ich sah ihre Finger auf Glens Schulter, sah, wie die weißen Fingerknöchel ihn fest umklammerten. Mein Mund schloss sich vor dem Schrei, den ich nicht herauslassen wollte. Ohnmächtige Wut brannte in meinem Bauch und stieg mir bis in die Kehle hoch. Ich hatte gesagt, dass ich sie nie hassen könnte, aber jetzt hasste ich sie dafür, wie sie ihn festhielt, wie sie dastand und um ihn weinte. Konnte sie denn mich lieben und trotzdem ihn so halten? Ich ließ den Kopf nach hinten sinken. Ich wollte das nicht sehen. Ich wollte Travis' Gewehr oder meinen spitzen tödlichen Haken. Ich wollte, dass alles aufhörte, die Welt unterging, alles, nur nicht blutend daliegen, während sie ihn hielt und weinte. Ich schaute hoch in einen weißen Himmel, der langsam grau wurde. Wenn es dunkelte, würden die ersten Sterne herauskommen. Das wollte ich sehen, die Dunkelheit und die Sterne. In weiter Ferne hörte ich ein Brausen, Nacht und Verzweiflung, die auf mich warteten, und folgte ihm hinaus in die Dunkelheit.

KAPITEL 21

Tante Alma hat ein Album voller Zeitungsausschnitte, dazu ein paar Hochzeitseinladungen, Todesanzeigen und Babyfotos, die neben den Seite um Seite füllenden Schlagzeilen eingeklebt sind. »Ach, über uns steht immer wieder mal was in der Zeitung«, pflegte sie lachend zu sagen, wenn sie das Album jemandem zeigte. Ihr Lieblingsartikel ist die vier Doppelseiten lange Reportage, die die *Greenville News* brachten, als Onkel Earles Kabriolett in den Friseurladen gegenüber dem Standesamt krachte, ein paar Monate bevor dieses niederbrannte. Ein paar Bilder zeigen den auf einem Friseurstuhl aufsitzenden Kühlergrill, nicht mehr weit entfernt von den gesplitterten Spiegeln, auf einem anderen sitzt Earle auf dem Randstein, den Kopf in die Hände gestützt, und mit einer ganzen Serie ist der Friseur eingefangen, wie er die Überreste seines Ladens durchsucht, zusammen mit einem Verkehrspolizisten und Oma Boatwright. Der Friseur sieht ulkig aus, wie er dasteht und den Rasierpinsel und die Tasse hoch hält, die Finger leicht verschwommen, woran man erkennen kann, dass er immer noch gezittert haben muss.

ER KAM NICHT ZUM RASIEREN lautet die Schlagzeile unter dem Bild mit dem Auto auf dem Stuhl.

BOATWRIGHT steht unter der Nahaufnahme von Earles fassungslosem Gesicht.

Auf diesen Bildern sieht Onkel Earle unheimlich aus, wie ein Dieb oder ein Mörder, genau wie die ausgemergelten, schlecht rasierten Gesichter, die an den Wänden im Postamt hängen. Auf diesem undeutlichen, grauen, gerasterten Foto sieht er aus wie eine Gestalt aus einem Horrorfilm, wie ein

Zombie. Oma, meine Mama, meine Onkel, Tanten, Vettern und Kusinen – auf der Schwarzweißseite sahen wir alle wie tot aus.

»Wir schauen schlimmer aus als alle anderen Leute«, beklagte ich mich einmal bei Tante Alma.

»Ach, Blödsinn«, sagte sie. »In dem blassen Druck auf grauem Papier sieht jeder 'n bisschen verrückt aus.« Ich glaube, sie ärgerte sich, dass ich von ihrem Album nicht begeisterter war, aber es kam mir wirklich so vor, als sähe niemand aus wie meine Familie. Noch schlimmer als verrückt: Wir sahen glupschäugig aus, verkrampft, dumm und debil. Sogar unsere Hochzeitsbilder in den Anzeigen waren schlimm. Tante Alma bestand darauf, dass es mit uns nichts zu tun hatte, dass Boatwrights, frontal betrachtet, nicht unbedingt schlecht aussahen.

»Wir machen uns nur schlecht auf Fotos«, sagte sie. »Der Unterschied liegt im Geld. Es kostet viel Geld, damit jemand auf 'nem Zeitungsfoto lebendig aussieht«, erklärte sie mir. »Man muss 'n Stückchen Seele in den Augen einfangen.«

Ich bin jetzt auch in Tante Almas Album.

Sobald ich das Bild von mir auf der ersten Seite der *News* sah, wusste ich, es würde in ihrem Album landen, und es war mir zuwider. Auf diesem Bild lehne ich an Raylenes Schulter, das Gesicht ganz bleich und lang, das Kinn steht zu weit vor, die Augen versinken im Schatten. Eine hundertprozentige Boatwright war ich darauf, so hässlich wie nur was. Ein frisch ausgenommener Fisch, offen stehender Mund über dem Verband um Schulter und Arm, der Hals noch dunkel von Blut. Genau wie eine Boatwright – es war nicht nur mein Blut.

Als ich im Krankenhaus von Greenville wieder zu mir kam, hielt ich die Zähne fest aufeinander gepresst, schrie nicht einmal, als der Arzt mir den ausgekugelten Arm wieder einrenkte, das Handgelenk in Gips legte, die Wunden auswusch und dann den ganzen Oberkörper samt abgewinkeltem rechtem Arm fest umwickelte. Mama war da gewesen, hatte mich vom Auto hereingetragen und sofort zu einem Arzt gebracht. Die Krankenschwester nahm mich ihr ab, und Mama trat zurück, die blutigen Knöchel ausgestreckt, als läge ich noch in ihren Armen, und strich mir leicht über die Wange. Ich schaute die Krankenschwester an und dann wieder nach Mama, aber sie war auf einmal weg. Noch bevor sie ihren oder meinen Namen sagen konnte, war sie verschwunden.

»Komm, Schätzchen.« Die Krankenschwester mit der weichen Stimme fuhr mir mit den Fingern durchs Haar, dann leicht über den ganzen Kopf. Ich suchte nach ihrem Namensschild, fand aber keines. »Na, na, nicht zappeln. Du tust dir nur weh.« Ihre Finger rochen nach Alkohol und Puder. Sie wirkte freundlich. Ob sie wohl Kinder hatte?

»Ich schau nur, ob du Beulen oder Platzwunden hast«, sagte sie zu mir, während der Arzt noch mit meinem Handgelenk beschäftigt war. Ich hatte nur den Kratzer an der Schläfe und die Platzwunde am Ohr, aber mein Hals und meine Schulter waren voller Blut. Es war kaum zu glauben, dass all dieses Blut aus so wenigen Wunden stammte. Die Krankenschwester war sanft und behutsam. Ich ließ sie einfach machen und drehte den Kopf nach ihrem Lächeln, wie ein Kind die Brustwarze seiner Mutter im Auge behält. Ich schaute zu, sagte aber nichts. Ich sagte ihr nicht, wie weh mir alles tat. Ich dachte mir nur, dass sie die Druckstellen an meiner Kehle und meine aufgesprungenen Lippen ja sehen konnte. Mit Sicherheit sah sie den Ausdruck in meinen Augen. Der eine flüchtige Blick auf mein Gesicht in der spiegelnden dunklen Glastür des Untersuchungszimmers hatte mich erschreckt. Ich war eine Fremde mit tief in umschatteten Höhlen liegenden Augen über spitzen Wangenknochen und einem so fest zusammengepressten Mund, dass die Lippen nicht mehr zu sehen waren.

»Die Schulter wird dir 'ne Zeit lang wehtun.« Der Arzt sah mich nicht, während er redete, machte sich nur Notizen auf einem Klemmbrett. »Und das Handgelenk ist bös ausgerenkt. Wird 'n paar Monate dauern, bis alles wieder ganz verheilt ist.«

Die Krankenschwester tupfte mir mit einem in Alkohol getauchten Wattebausch getrocknetes Blut von der Wange. Ich schaute nicht ihn an, sondern sie.

»Wir werden 'ne Zeit lang warten müssen, bevor wir dir was geben.« Der Blick des Arztes wanderte vom Klemmbrett zu meinem Körper, verweilte bei den Flecken auf meinen Oberschenkeln und glitt dann weiter zu meinen geschwollenen Knien, von denen eines aufgeschürft war. Er legte mir die Hand auf die Hüfte und drückte sie leicht. »Du sagst mir jetzt, ob dir noch irgendwas wehtut.«

Es hätte eine Frage sein können. Oder auch nicht. Ich sah zu ihm hoch, ohne meinen Gesichtsausdruck zu verändern. Ich fragte mich immer noch, wo Mama hingegangen war. Was war mit Daddy Glen passiert? Ich erinnerte mich nicht an die Fahrt von Tante Almas Haus hierher, erinnerte mich nicht, ob Mama irgendetwas zu mir gesagt hatte. Hatte sie ihnen erzählt, was geschehen war? Wusste irgendjemand davon? Wo war Mama, und warum war sie nicht bei mir?

Der Hilfssheriff lehnte an der Tür, bis ihm die Krankenschwester einen metallenen Klappstuhl brachte, den er an der Wand aufstellen konnte. Er war ein rotgesichtiger junger Mann mit sandfarbenen Haaren, die so kurz geschnitten waren, dass man die rosarote Kopfhaut unter den Stoppeln sehen konnte. Er erinnerte mich an die Zwillinge, als sie aus der Strafanstalt zurückkamen: gedrillt, geschoren und eitel. Der hier war auch eitel: Strich ständig sein Uniformhemd glatt und zupfte an dem Stoff herum, damit die Schweißfalten unter seinen Armen nicht zu sehen waren. Er hatte einen weichen Mund und ein kleines Kinn, aber wenn er mich anschaute, spitzte er die Lippen und setzte ein strenges Gesicht auf. Zu viel ferngesehen, hielt sich wahrscheinlich für so eine

Art Rächer der Schwachen. Ich versuchte mir gefährlich vorzukommen, aber meine Augenlider waren feucht und geschwollen, mein Hals juckte, und mein Mund schmerzte zu sehr, als dass ich ihn verächtlich hätte verziehen können. Er fummelte ständig an seinem Hemd herum und schaute zwischendurch zu mir her. Allmählich kam ich mir immer mehr wie ein kleines Kind vor, ein kleines Mädchen, verletzt und allein. Bis Sheriff Cole endlich hereinkam, mit steifen Schritten, als würde ihn sein großer breiter Gürtel nach unten ziehen und ihm Rückenschmerzen bereiten, kam ich mir so klein vor, dass ich nicht wusste, ob ich überhaupt noch reden konnte.

»Ruth Anne.« Er begrüßte mich mit Namen.

Er zog einen Stuhl neben den hüfthohen Tisch, auf dem ich halb saß, halb lag, brummte, während er seinen Hintern auf den Stuhl wuchtete, und ließ dann den Kopf einmal im Kreis herumrollen, dass seine Halswirbel laut krachten. Bei dem Geräusch grinste er und legte beide Hände flach auf die Schenkel.

»Du willst mit mir reden? Mir erzählen, was passiert ist?«

Ich schluckte. Olivfarbene Haut, große Nase, noch größere Ohren, kräftiges Kinn und dünne graue Haare, streng aus dem Gesicht gekämmt – so wie Sheriff Cole sah keiner aus, den ich kannte. Es hieß, er sei aus Maryland und hätte es nie zum Sheriff gebracht, wenn er nicht ein so fleißiger Kirchgänger gewesen wäre, ein Baptist und noch dazu Vorsprecher und bereits gut situiert, noch bevor er ein Mädchen aus Greenville heiratete. Er sah nicht aus wie ein Sheriff, eher wie der Koch einer Würstchenbude: dickbäuchig, fett und weich.

Ich schaute ihm in die großen dunklen Augen. Seine Stimme war sanft, beinah träge, sein Tonfall höflich und zuvorkommend. Bei ihm wünschte ich mir, dass ich reden könnte, ihm erzählen, was geschehen war, was ich dachte, dass es geschehen war. Aber in meinem Kopf war alles so verworren, so zerteilt und schwierig. Wie konnte ich anfangen? Wo sollte ich anfangen? Damit, dass Tante Alma durchgedreht hatte? Mit dem Augenblick, in dem Daddy Glen mich packte und mir die Bluse zerriss? Ich dachte an den Parkplatz vor so langer Zeit, als er auf Nachricht von Mama und seinem Sohn wartete.

»Deine Verletzungen sind nicht gar so schlimm«, sagte er. »Der Doktor sagt, es kommt alles wieder in Ordnung.«

Ich hob den Kopf. Mir war bewusst, dass man mir die Furcht ansah.

»Keine Gehirnerschütterung, sagt der Doktor.« Er holte ein kleines Notizbuch aus der Tasche und schlug es auf. »Du hast 'nen kleinen Schock, musst 'ne Zeit lang vorsichtig sein. 'n paar von deinen Leuten sind draußen. Ich hab veranlasst, dass der Doktor mit ihnen redet.«

»Mama?« Meine Stimme war ein heiseres Krächzen.

»Mit deiner Mama hab ich noch nicht geredet. Aber deine Tanten sind da. Du darfst sie bald sehen.« Er blätterte, holte einen Stift heraus und schaute mich an. »Also, wir müssen wissen, was passiert ist, Ruth Anne. Ich weiß, dass du dich nicht besonders gut fühlst, aber ich möchte, dass du versuchst, mit mir zu reden.« Sein Mund wurde weicher, als wollte er Vertrauen erweckend wirken. »Du erzählst mir, was passiert ist, und wir probieren, dass wir dich bald nach Hause schaffen können.« Er setzte den Stift aufs Papier.

Ich schloss die Augen. Mama hatte nicht mit ihm geredet. Plötzlich fühlte ich mich so müde, dass ich kaum noch atmen konnte.

»Du wirst Knöchelchen genannt, nicht?«

Ich sagte nichts.

»Knöchelchen, ich möchte, dass du weißt, dass dir niemand wehtun wird. Niemand wird dir mehr wehtun dürfen. Wir können sehen, dass du genug durchgemacht hast. Erzähl mir einfach, wer dich geschlagen hat, Mädel. Erzähl's mir.« Seine Stimme war ruhig, behutsam, freundlich. Er war

Daddy Glen in Uniform. Die Welt war voller Daddy Glens, und ich wollte nicht mehr auf der Welt sein.

»Schätzchen«, sagte der Sheriff. Ich hasste ihn dafür, dass er mich so nannte. Er kannte mich nicht. »Wir werden alles wissen müssen, was passiert ist.«

Nein. Mir schwoll die Zunge im Mund an. Ich wollte nicht, dass irgendjemand irgendetwas wusste. Mama, hätte ich beinah geflüstert, biss aber die Zähne zusammen. Diesem Mann konnte ich nichts erzählen. Er machte sich nichts aus mir. Niemand machte sich etwas aus mir. Nicht einmal ich selbst.

»Ruth Anne.« Er beugte sich mit dem Gesicht ganz nah zu mir und seine Flüsterstimme drang mir laut ins Ohr. »Ich will dir helfen. Ich will, dass du mir erzählst, was passiert ist, Mädel. Ich kümmre mich um alles. Ich versprech's dir. Dir passiert nichts.«

Nein. Er glaubte, dass er alles wusste. Der Scheißkerl in seiner geschniegelten Uniform konnte mit Engelszungen reden, alles versprechen, aber ich war allein.

»Ich will nach Hause«, sagte ich. »Ich will zu meiner Mama.«

Sheriff Cole legte eine Hand auf meine und seufzte. »In Ordnung. In Ordnung, Mädel.«

Ich schaute ihn an und erinnerte mich daran, was Raylene an jenem Abend auf der Treppe vorm Haus gesagt hatte, als ich ihr erzählte, wie sehr ich die Leute hasste, die uns anschauten, als wären wir Dreck. Wie fühlte man sich als Sheriff Cole? Was machte ihn zu dem, der er war? Darüber würde ich irgendwann nachdenken, aber nicht jetzt. Im Augenblick wollte ich überhaupt nichts denken.

Die Flügeltür schwang auf. Begierig drehte ich den Kopf, aber die wütende Gestalt, die sich da hereindrängen wollte, war nicht Mama. Raylene kämpfte mit einer Krankenschwester, sie stieß die Frau von sich und verlor dabei fast ihren schwarzen Blazer. »Lassen Sie mich los«, sagte sie mit einer Stimme, die das Zimmer zu sprengen drohte. »Lassen Sie mich endlich los.« Sie schubste die Frau weg und kam auf mich zu wie ein gefällter Baumstamm, schwer, unausweichlich und auf beruhigende Weise vertraut.

»Knöchelchen. Kind.« Ihre Worte hallten leer zwischen den reinweißen Wänden wider.

»O Mädel, was haben sie nur mit dir gemacht?« Raylene beugte sich über mich, und ihr Geruch gab mir den Rest. Ich sperrte den Mund auf wie ein Vogeljunges, schrie auf und umschlang sie mit meinem gesunden Arm. Ich sagte zweimal ihren Namen und legte den Kopf an ihre Brust. Ihre Arme waren so stark, so sicher. Lass mich nicht mehr los, dachte ich. Bitte, bitte, lass mich nicht mehr los.

»Was tun Sie diesem Kind hier an?« Ich spürte, dass sie sich ein wenig zur Seite drehte, ihre Stimme über mir war laut und fest. »Was gibt Ihnen das Recht, mit ihr allein hier drin zu sitzen und mich auszusperren?«

Sheriff Coles Stimme klang geduldig. »Wir müssen wissen, was passiert ist«, sagte er.

»Sie sehen doch, was passiert ist«, blaffte Raylene. »Schauen Sie sie doch an. Sie ist verletzt und verängstigt, und das Letzte, was sie braucht, ist jemand, der ihr noch mehr wehtut. Wollten Sie mich so lang draußen stehen lassen, bis Sie sie so weit gebracht hätten, dass sie ausm Fenster springt oder genau das sagt, was Sie hören wollten?«

»Miss Boatwright, es tut mir Leid, aber hier geht's um Gewaltanwendung. Es muss eine Untersuchung geben.«

»Sie ist erst zwölf Jahre alt, Sie Idiot. Was sie jetzt braucht, ist Geborgenheit und Liebe, nicht das Gefühl, dass sie allein ist und Angst haben muss. Sie haben Recht, es muss Gerechtigkeit geben. Und es muss auch einen Jüngsten Tag geben, an dem Gott uns alle richten wird. Wie wollen Sie ihm erklären, was Sie dem Kind hier angetan haben, wenn dieser Tag kommt?«

»Tut mir Leid, aber ...«, begann er, aber sie unterbrach ihn.

»Gott
nd, bib-

es Um-
nstarrte
te. »Sie
so weit

davon-
erte sie
are aus
nur ru-
gst. Du
n sicher

Tante Raylene
bestand, dass
einem Stuhl neben
auf. Die ganze N
schlaflos und unru
tat so weh, dass ic
»Ich darf ihr nic
des Mal zu Rayle
»Ich weiß.« Ra
'nen Strohhalm, g
weise Cola zu tri
Decke starrte.
Am Morgen ta
schen Blicken jed
war betäubt vor I
einmal lächeln, als
terzeichnete. Die
zum Ausgang. Ic
ten, aber Raylene
wie eine Babypup
mich zu ihrem La
Raylene setzte
tor anließ, aber ic
zes, wo ich mich
schauen konnte.
Worten nicht laus
Tröstendes Gemu
kamen. Das Einz
ausgesprochen. W

»Wissen Sie überhaupt, was Leid ist?«, sagte sie. »Gott weiß, was Leid ist.« Ihre Stimme klang Furcht erregend, biblisch. »Gott weiß es.«

Das Notizbuch klappte zu. Ich spähte aus Raylenes Umarmung hervor und sah, wie Sheriff Cole sie wütend anstarrte und sein Notizbuch wieder in die Hosentasche stopfte. »Sie rufen mich an«, sagte er. »Sie rufen mich an, wenn sie so weit ist, dass sie uns erzählen kann, was passiert ist.«

Tante Raylene brummte verächtlich, und als er davonstapfte, drückte sie mich an sich. »Mein Mädel«, flüsterte sie mit ihrer kraftvollen Stimme und strich mir die Haare aus dem Gesicht. »Ach, mein armes kleines Mädel, bleib nur ruhig liegen. Wir bringen dich schon heim. Keine Angst. Du brauchst vor gar nichts Angst zu haben. Ich bring dich sicher heim.«

KAPITEL 22

Tante Raylene war nicht zu bremsen. Als der Arzt darauf bestand, dass ich über Nacht dablieb, ließ sie sich auf einem Stuhl neben meinem Bett nieder und stand nicht mehr auf. Die ganze Nacht hielt sie meine Hand, während ich schlaflos und unruhig dalag. Mein Arm pochte, mein Mund tat so weh, dass ich nur wimmern konnte.

»Ich darf ihr nichts geben«, sagte die Krankenschwester jedes Mal zu Raylene, wenn sie nach uns sah.

»Ich weiß.« Raylene nickte. »Geben Sie doch einfach mir 'nen Strohhalm, geht das nicht?« Sie gab mir dann schluckweise Cola zu trinken und summte leise, während ich an die Decke starrte.

Am Morgen tastete der Arzt unter Raylenes misstrauischen Blicken jeden Punkt an meinem Hinterkopf ab. Ich war betäubt vor Erschöpfung und Schmerzen, konnte nicht einmal lächeln, als er brummelnd die Entlassungspapiere unterzeichnete. Die Krankenschwester fuhr mich im Rollstuhl zum Ausgang. Ich sah schon den Fotografen draußen warten, aber Raylene räusperte sich nur laut und hob mich hoch wie eine Babypuppe, schaute weder links noch rechts, als sie mich zu ihrem Laster hinaustrug.

Raylene setzte mich dicht neben sich ab, bevor sie den Motor anließ, aber ich rutschte weg, auf die andere Seite des Sitzes, wo ich mich an die Tür lehnen und aus dem Fenster schauen konnte. Ich konnte sie nicht ansehen, konnte den Worten nicht lauschen, die sie sanft in meine Richtung sprach. Tröstendes Gemurmel, Sätze ohne Bedeutung, die nicht ankamen. Das Einzige, was ich von ihr hören wollte, blieb unausgesprochen. Wo war Mama? Was war mit ihr los?

Als wir in Raylenes Hof einfuhren, brannte die Sonne auf die schlammige Frühlingswiese herunter. Der Fluss strömte glatt und schnell dahin, und es wehte nicht einmal eine leichte Brise. Ich wischte mir den Schweiß aus dem Genick und beobachtete, wie ein großer fremder gelber Hund unter der Veranda hervorkroch und mit schief gelegtem Kopf bei den Stufen stehen blieb. Raylene seufzte und stellte den Motor ab.

»Ich muss dir was sagen.« Raylene klang unsicher. »Es gibt was, was du begreifen musst, und ich fürchte, genau dafür bist du noch zu jung.« Sie schaute mich nicht an. Die Worte sprudelten aus ihr hervor. »Aber es ist ganz einfach, und vielleicht begreifst du's eines Tages.« Dann schaute sie mich an.

»Du hast mal mit mir darüber geredet, wie ich lebe, ohne Mann oder Kinder oder wenigstens 'ner besten Freundin. Es ist so, ich hab mal 'ne Freundin gehabt, als ich beim Rummel war, jemand, den ich mehr geliebt hab als mich selber, jemand, mit dem ich mein ganzes Leben lang zusammen sein wollte und es auch hätte tun sollen. Aber ich war verrückt vor Liebe, viel zu verrückt, als dass ich gewusst hätte, was ich tu. Ich hab was Furchtbares getan, Knöchelchen.«

Die Haut über ihren Wangenknochen wirkte jetzt straffer, als würde ihr ganzer Körper vor Scham anschwellen. Sie schüttelte den Kopf, wandte den Blick aber nicht von mir ab.

»Knöchelchen, keine Frau kann es ertragen, zwischen ihrem Baby und ihrer Liebe zu wählen, zwischen ihrem Kind und ihrem Mann. Ich hab die Frau, die ich geliebt hab, gezwungen zu wählen. Sie ist bei ihrem Baby geblieben, und ich bin allein hierher zurückgegangen. Dazu hätt's nie kommen dürfen. Dazu sollt's nie kommen. Es hat sie fast umgebracht. Es hat mich fast umgebracht.«

Tante Raylene hielt sich kurz die Hand vor die Augen und schob dann mit beiden Händen die Haare nach hinten. »Gott!« Sie ließ die Hände sinken und wandte sich wieder mir zu. »Wir tun denen, die wir lieben, manchmal furchtbare Dinge an«, sagte sie. »Wir können's nicht erklären. Wir kön-

nen's nicht entschuldigen. Es frisst uns auf, aber wir tun's trotzdem. Du willst wissen, was mit deiner Mama ist, ich weiß. Aber ich kann dir nichts sagen. Keiner von uns kann es. Keiner weiß, wo sie hin ist. Ich kann dir das nicht erklären, Knöchelchen. Ich kann es einfach nicht, aber ich weiß, dass deine Mama dich liebt. Glaub mir. Sie liebt dich mehr als ihr Leben, und nie wird sie sich das verzeihen, was sie dir angetan hat, was sie hat geschehen lassen.«

Tante Raylene umklammerte fest das Lenkrad und schaute mich eine Zeit lang schweigend an. »Ich sollte nicht so viel reden. Ich hab genug gesagt.« Sie wischte sich über den Mund. »Wir brauchen Zeit. Du brauchst Zeit. Weißt du, wie du ausschaust, Mädel?«

Ich wandte mich ab. Ich wusste, wie ich aussah. Als man mich im Krankenhaus auf der Toilette kurz allein gelassen hatte, hatte ich mich im Spiegel betrachtet und gewusst, dass ich ein anderer Mensch geworden war. Älter, böser, zäh, wütend und voller Hass. Ich war voller Hass. Ich hatte auf das Glas gespuckt, auf mein Leben gespuckt, es war mir egal geworden, wer ich war oder sein würde. Am liebsten hätte ich alle ausgelacht, Raylene und die Krankenschwestern, die mich alle ansahen, als wäre ich ein zerbrechliches Glas, das sofort zerspringen würde, wenn man kochendes Wasser hineingoss. Ich kochte innerlich. Ich kochte über. Ich war die, die ich einmal sein würde, und sie war ein furchtbarer Mensch.

»Ruth Anne«, flüsterte Tante Raylene. »Mädel, schau mich an. Hör auf, darüber nachzudenken, was passiert ist. Denk nicht darüber nach. Versuch an gar nichts zu denken. Du kannst es jetzt noch nicht verstehen. Musst du auch gar nicht. Es hat keinen Sinn, und ich kann's dir nicht erklären. Und selber kannst du's dir auch nicht erklären. Deine Mama …« Sie hielt inne, und ich schaute sie wieder an. »Deine Mama liebt dich. Wart's einfach ab, Mädel. Wart's einfach ab. Mit der Zeit wird's besser, ich versprech's dir.«

Ich versprech's dir, sagte sie. Mein Mund zuckte. Voller Hass starrte ich sie an.

Raylene sah mich an, als würde meine Wut sie verletzen, aber sie sagte nichts, stieg nur schwerfällig aus dem Laster aus. Sie bewegte sich langsam, drückte ihre alte Handtasche an den Busen und blieb nur kurz stehen, um dem hechelnden Hund schnell den Kopf zu tätscheln, bevor sie die Stufen hochstieg und die Tasche auf die Veranda legte. Sie kam zurück und hob mich wieder genauso mühelos aus dem Wagen, als wäre ich nicht schwerer als diese Handtasche. Sie trug mich mit dem Hund im Schlepptau ins Haus und legte mich in ihr Bett. Der Hund ließ sich auf dem Teppich nieder und machte es sich dort bequem. Ich lag still da, achtete nicht auf Tante Raylenes Bewegungen, dachte aber trotzdem an die Frau, die sie geliebt hatte, die Frau, die ihr Kind mehr geliebt hatte. Es war zu viel für mich. Ich würde ein anderes Mal darüber nachdenken müssen.

Der Hund schaute mich mit hoffnungsvollen braunen Augen an und hechelte, als wollte er, dass ich ihn zu mir ins Bett heraufholte. Große traurige Augen verfolgten mich stumm. Am liebsten hätte ich meine Fäuste irgendwo dagegen geschlagen, bis die Knochen splitterten, meine Fersen, bis sie rohes Fleisch waren, geschrien, bis meine Zunge an der Wurzel abriss und davonflog, aber alles war behäbig, Worte und Gefühle bewegten sich nur langsam durch meinen Kopf. Ich war behäbig, stumpf und dumm. Die Schmerzen in meinem Arm lullten mich ein, das Pochen in meiner Schläfe war eine Musik, die ich zum Atmen brauchte.

Alles tat mir weh: der Arm in seiner Baumwollschlinge, die Erinnerung an die behutsamen Finger der Krankenschwester, das Licht, das blitzend durch Raylenes kaputtes Fenster hereinfiel, die Stelle, wo meine Hüfte auf der Matratze auflag. Am meisten tat mir das Herz weh, ein riesiger sperriger Klumpen in der Brust. Jedes Mal, wenn ich die Augen schloss, sah ich kurz Glens Gesicht, wie er auf mich heruntergeschaut hatte. Ich warf den Kopf herum, als hallten Mamas Stoßgebete mir immer noch in den Ohren wider, und sogar der langsam über mich hinweggleitende Blick dieses Hundes schnitt mir in die Haut – wie eine Mistgabel, die Furchen im Staub zieht. In Sheriff Coles Augen hatte ich mein ganzes Leben wieder erkannt: verachtenswert, klein, unbedeutend. Meine Mama hatte mich im Stich gelassen, und das war das Einzige, was zählte. Als Raylene mir etwas später eine Suppe brachte, weigerte ich mich zu essen. »Ich hasse sie«, flüsterte ich mit meinen aufgesprungenen Lippen. »Ich hasse sie.«

»Du wirst ihr vergeben«, sagte Raylene.

Ich zog die Decke bis über den Mund hoch.

Wie kann man jemandem vergeben, wenn man nicht einmal seinen Namen aussprechen kann, wenn man es nicht ertragen kann, die Augen zu schließen und sein Gesicht zu sehen? Ich verstand es nicht. Wenn ich an Mama dachte, dann sah ich sie mit zurückgeworfenem Kopf und offenem Mund vor mir, wie sie Glens blutiges Gesicht an ihren Bauch drückte. Ich ertrug es nicht, daran zu denken, konnte das nicht noch einmal sehen. Ich drehte den Kopf zur Seite, schloss die Augen und betete, dass die Dunkelheit zurückkommen möge. Ich wollte sterben. Ich weigerte mich zu essen, weigerte mich zu reden, zog mir die Decke übers Gesicht und hörte nicht auf Tante Raylene, die mich dazu überreden wollte, aus dem Bett zu steigen. Sie ließ mich allein, und ich wachte mit nassen Augen und offenem Mund auf, ohne jede Erinnerung an einen Traum. Das einzige Geräusch im Raum kam von dem Schwanz des gelben Hundes, mit dem er auf den Teppich klopfte. Mein Herz, der Puls, der in meinem Kopf pochte, schlug in diesem Rhythmus. Alles in mir sagte Nein, wiederholte es, trommelte es, summte und sang es. Ich hatte nicht mehr Bosheit in mir als ein Käfer. Ich war nur ein Flüstern im Dunkeln, das Nein sagt und zu sterben hofft.

Am Morgen kam Raylene und fütterte mich löffelweise

mit Haferschleim. An jenem Tag ließ sie mir noch meine Ruhe, aber am nächsten hob sie mich hoch und trug mich auf die Veranda hinaus, setzte mich in ihren Schaukelstuhl in die Sonne. Ich schaute sie nicht an, redete nicht mit ihr, aber es schien ihr egal zu sein. Sie goss ihre Pflanzen, fütterte ihre Hunde und Hühner und stand rauchend auf den Verandastufen, bis es kühl vom Fluss heraufwehte. Dann trug sie mich ins Bett zurück. Am nächsten Tag stand ich widerwillig und mühsam allein auf, aß selbst ein wenig und ging hinaus zu dem Schaukelstuhl auf der Veranda. Aber es war kein Nachgeben. Ich war bereit, zu essen und aufzustehen, aber ich war nicht bereit zu reden.

Ich blieb auf der Veranda und redete mit niemandem, nicht mit Raylene und auch nicht mit Earle, als er mit seinem verbeulten Plattenspieler ankam und mich zum Lachen bringen wollte. Er legte ein paar der Platten auf, die ich zusammen mit Tante Ruth gehört hatte, aber ich saß unbeweglich da, trockenen Auges und weit weg. Irgendwann ließ er mich wieder allein. Raylene versuchte gar nicht erst, mit mir zu reden. Sie stellte mir einen Korb Bohnen hin, und ich verlas sie gleichmütig. Sie bat mich auch, den Saum an irgendwelchen alten Vorhängen aufzutrennen, aber da weigerte ich mich. Nicht, dass ich mit ihr gestritten hätte. Ich ließ die Vorhänge nur unangetastet auf dem staubigen Bohlen neben dem Schaukelstuhl liegen. Ich hätte sogar im Schaukelstuhl geschlafen, wenn Raylene mir nicht gedroht hätte, mich mit Gewalt hineinzuschleppen.

»Ich lass es nicht zu, dass du auf der Veranda schläfst«, schnaubte sie. Also hievte ich mich unter Schmerzen hoch und schlurfte gebückt und verkrampft wie eine alte Frau ins Bett. Ich tat, was ich musste, damit sie mich in Ruhe ließen. Ich hörte, wie Raylene mit Earle über Mama redete. Sie machten sich Sorgen. Keiner wusste, wohin sie gegangen war. Auch wusste keiner, wo Glen war, obwohl die Onkel überall herumerzählten, dass sie dem, der ihn fand, eine Belohnung geben würden. Earle war unerbittlich, Beau hatte sich ein neues Gewehr gekauft, aber Nevil war es, der Raylene richtig Angst einjagte.

Eines Abends kam Nevil zu Raylenes Haus heraus und stellte sich schweigend vor mich hin. Er streckte einen Finger aus und berührte mein verletztes Kinn, fuhr meinen Haaransatz nach, beugte sich vor und küsste mich mit trockenen, rissigen Lippen auf die linke Wange. Fast hätte ich mit ihm geredet, aber dann hielt ich doch nur den Atem an und schaute in seine dunklen zusammengekniffenen Augen.

»Versprochen«, sagte er, und ich sah, wie Raylene eine Hand vor den Mund legte. Ich wusste, was er meinte, und ich lächelte. Er drehte sich um und ging schnell die Stufen hinunter. Die Hacken seiner Stiefel klangen laut und dumpf. Raylene rief nach ihm, aber er blieb nicht stehen. Fay erzählte Raylene, dass Nevil nicht mehr zu Hause schlafe. Er lebe jetzt in seinem Lastwagen, fahre nachts auf ständiger Suche die Landstraßen ab.

»Er wird sich noch umbringen dabei«, sagte Raylene zu mir, aber ich weigerte mich, darauf etwas zu sagen.

Es war mir gleichgültig geworden, wer alles umgebracht wurde.

In der Nacht, in der Mama kam, war Raylene gerade am Plattenspieler und hörte sich nacheinander alle Platten an, die Earle vorbeigebracht hatte. Die Musik schien von der Verandadecke widerzuhallen, vom silbrigen Fluss und vom Nachthimmel. Die Gitarre klimperte, und klar erhob sich Patsy Clines Stimme mit »Walking After Midnight«. Das Leitmotiv und die tiefe Untermalung der Trommel gaben ihrer Stimme den Rhythmus an. Ich lauschte konzentriert, hörte die Pause, als das Lied vorbei war, und dann setzte Patsys Stimme wieder ein, fing noch einmal von vorn an, die Kratzer und Unebenheiten auf der viel gespielten Platte überwältigender als die herzzerreißende Stimme, und ich wünschte mir, ich könnte immer noch weinen so wie damals mit Tante Ruth.

Die Stille danach wurde lang und länger, das leise Rauschen des Flusses war kaum zu hören. Eine leichte Brise kam auf und erstarb wieder. Die Musik fing wieder an, aber anders. Nicht Patsy Cline. Kitty Wells. »Talk Back Trembling Lips.« Ihre näselnde Stimme zitterte und zankte, noch lauter als Patsys verschliffener Gesang. Mama sagte immer, Kitty habe eine rauchige Stimme, nicht so rein wie Patsys, aber vertrauter. Jener raue Südstaatenakzent, so wie der von Beau oder Alma, mit flachen Vokalen und gedehnten Silben für den Refrain. Ich lehnte mich zurück und hörte der ganzen Platte zu. Das Nächste war noch eines von Mamas Lieblingsliedern: Patsy Cline, die der Welt sagt, dass nicht Gott die gefallenen Engel geschaffen hat. »It Wasn't God Who Made Honky Tonk Angels.« Kummer stieg in mir hoch.

Ich starrte hinauf zu den Mustern aus rostroter Farbe und spinnwebfeinen Rissen an der Verandadecke. Ich machte den Mund auf für einen Schrei, aber es kam kein Schrei. Tränen liefen mir unablässig übers Gesicht und in den Hemdkragen hinein, aber ich gab keinen Ton von mir. Kinder weinten und schrien. Ich war kein Kind. Vielleicht, sagte ich mir, sollte ich zu Tante Carr nach Baltimore gehen oder hinaus zum Eustis Highway und Tante Maybelle und Tante Marvella besuchen. Ich schloss die Augen und fuhr mir mit der Zunge über die Lippen.

Die Fliegengittertür fiel mit einem dumpfen Ton zu. Ich drehte den Kopf.

Reglos stand Mama da in einem ihrer alten kurzärmeligen Kleider, die Arme unter der Brust verschränkt und den Kopf erhoben. Sie schaute mich aus zusammengekniffenen Augen an. Mein Herz raste bei ihrem Anblick.

Nach Lyle Parsons' Beerdigung hatte Tante Ruth zu ihr gesagt, so wie jetzt würde sie aussehen bis zu ihrem Tod.

»Jetzt siehst du aus wie ’ne Boatwright. Jetzt hast du den Blick«, hatte sie gesagt. In all den Jahren seither hatte sich diese Prophezeiung bewahrheitet. Alter und Erschöpfung hatten zwar unter Mamas Mund und Augen feine Linien gezogen, ihr Kinn schmaler gemacht und die Einbuchtungen neben der Nase vertieft, aber man konnte immer sehen, wie schön sie als Mädchen gewesen war. Jetzt war dieses Gesicht wie neu geschaffen. Knochen schienen gewandert zu sein, weiche Stelle verschwunden und Falten sich zu Furchen vertieft zu haben, während Schatten sich in Mitternachtsschwarz verwandelt hatten.

Ich atmete schwer, kam mir vor, als schaute ich sie unter Wasser an. Sie ging über die Veranda auf mich zu, das Gesicht streng, der Mund ein harter Strich. Die Halsmuskeln standen deutlich hervor. Ich zog mich hoch. Sie kam geradewegs auf den Schaukelstuhl zu. Mein Gesicht fühlte sich an wie aus Gips. Die Musik spielte immer noch. Nicht Gott hat uns so gemacht, wie wir sind, dachte ich. Wir haben uns selbst in die Scheiße geritten.

»Kleines.« Mamas Stimme war ein krächzendes Flüstern.

Ich rührte mich nicht, sagte nichts.

»Knöchelchen.« Sie berührte meine Schulter. »Mädel.«

Ich konnte mich nicht losreißen, aber ich sagte immer noch nichts. Ich fragte mich, ob sie sich in meinen Pupillen sehen konnte.

Sie trat einen Schritt zurück und ging neben mir auf die Knie. »Ich weiß«, sagte sie. »Ich weiß, du musst dir vorkommen, als würde ich dich nicht lieben, als würde ich dich nicht genug lieben.«

Sie schlang die Arme um sich und zitterte, als wäre ihr kalt.

»Knöchelchen, ich wollte nie, dass dir jemand wehtut. Ich wollte nur, dass du geborgen bist. Ich wollte nur, dass wir alle glücklich sind. Ich hab nie gedacht, dass es so kommt. Ich hab nie gedacht, dass Glen dir so wehtun würde.«

Mama schloss die Augen und wandte den Kopf ab, als

könnte sie es nicht länger ertragen, mir ins Gesicht zu sehen. Ihr Mund öffnete und schloss sich mehrmals. Ich sah Tränen in ihren Augenwinkeln.

»Und ich hab ihn einfach geliebt. Das weißt du. Ich hab ihn einfach geliebt, und deswegen konnte ich ihn nicht so sehen. Ich konnt's nicht glauben. Ich konnte mir nicht vorstellen …« Sie schluckte mehrmals, machte dann die Augen auf und sah mich an.

Ich erwiderte den Blick, sah ihr blasses und verhärmtes Gesicht, ihre rot geränderten Augen, ihre zitternden Lippen. Ich hätte ihr so gern Lügen erzählt, ihr erzählt, dass ich nie an ihr gezweifelt hatte, dass nichts auch nur das Geringste an meiner Liebe zu ihr ändern konnte, aber es ging nicht. Ich hatte meine Mama verloren. Sie war eine Fremde, und ich war so alt, dass meine Eingeweide schon zu Staub und Stein geworden waren. Jedes Mal, wenn ich die Augen schloss, sah ich wieder Glens blutigen Haaransatz, sein Gesicht an ihren Bauch gedrückt, und empfand wieder diese schwarze Verzweiflung, deren einzige Linderung der Tod war. Ich hatte um den Tod gebetet. Vielleicht war es nicht ihre Schuld. Nicht meine. Vielleicht ging es gar nicht darum, wer Schuld hatte. Vielleicht war es so, wie Raylene sagte: So war der Lauf der Welt, so wurden ständig Herzen gebrochen.

»Du weißt gar nicht, wie sehr ich dich liebe«, sagte sie mit einem Gesicht, das wie ein zerbrochener weißer Teller wirkte. »Wie sehr ich dich immer geliebt hab.«

Und noch einmal brach mir das Herz. Ich wollte mein Leben zurückhaben, meine Mama, aber ich wusste, dass es vergeblich war. Das Kind, das ich einmal gewesen war, das war mit dem Kind, das sie gewesen war, verschwunden. Wir waren neue Menschen, und wir kannten einander nicht mehr. Ich schüttelte verzweifelt den Kopf.

»Mama«, sagte ich, ohne es zu wollen, aber ich war unfähig, die Wucht dieses Schreis aufzuhalten. Ich erschauerte, aber das Wort kam heraus wie ein Vogelruf, hoch und schrill.

Die Schluchzer danach waren rau und hässlich. Mit meinem gesunden Arm griff ich nach Mamas Kleid und achtete nicht auf die Schmerzen in der Schulter, als ich in ihre Arme stürzte. Sie fing mich auf, drückte mein Gesicht an ihre Kehle und flüsterte mir ins Ohr.

»Ist schon gut, Kleines. Weine nur. Weine dich einfach aus.« Sie streichelte mich sanft, zog die Hände zurück und berührte mich dann wieder, als hätte sie Angst, mir wehzutun, könnte aber nicht von mir lassen. »Du bist mein kleines Mädel. Ich lass dich nicht gehen.«

Über Mamas Schulter hinweg sah ich Raylene in der Tür stehen, das Gesicht so rot wie ein frischer Apfel. Mama strich mir die Haare aus dem Gesicht, umfasste meinen Kopf, hielt mich schützend in den Händen. Ich vergrub das Gesicht in ihrem Hals und ließ alles raus. Den Kummer. Die Wut. Die Schuld und die Scham. Später würde es zurückkehren. Immer wieder würde es zurückkehren. Wir hatten alle das Einfachste von der Welt gewollt, lieben und geliebt werden und miteinander geborgen und sicher sein, aber wir hatten es verloren, und ich wusste nicht, wie wir es wieder finden sollten.

Die Musik hörte auf, und das Rauschen des Flusses erfüllte die Nacht. Mein Weinen verebbte langsam. Mama ging von den Knien in die Hocke. Ein Eichelhäher flatterte von der Traufe der Veranda herunter und schwang sich dann in den dunkler werdenden Himmel hinauf. Der Hund sprang in den Garten und schnüffelte nach seiner Spur im staubigen Gras. Raylene rief leise nach Mama, dann nach mir, alles mit einer Stimme, die so blechern und durchdringend klang wie die Saiten einer Hawaiigitarre, so vertraut wie Kitty Wells oder ein Gospelchor. Mama drehte sich nach ihr um und schüttelte den Kopf. Sie straffte die Schultern und tätschelte kurz meine Hand, die auf der Lehne des Schaukelstuhls lag. Ihr Geruch, dieser vertraute Geruch nach Salz und Butter, ließ mich beinah erneut in Tränen ausbrechen, aber ich fühlte mich leer. Ich betrachtete sie nur.

Raylene hatte Recht gehabt. Ich verstand nichts. Aber ich wollte auch nichts verstehen. Mama zu sehen tat fast genauso weh, wie sie nicht zu sehen.

Ein Umschlag lag in meinem Schoß. Mama hatte ihn da hingelegt. Sie beugte sich vor und küsste mich auf die Wange, direkt unter die Stelle, wo Nevil mich geküsst hatte. Die Erinnerung an seine brennenden Augen schreckte mich auf. Er würde nicht vergeben. Er war da draußen und jagte. Ich hätte fast aufgeschrien. Mama berührte mich mit dem Finger an den Lippen. Ihr Blick brannte sich mir ein.

»Ich liebe dich, Knöchelchen«, sagte sie. »Vergiss das nie. Du bist mein kleines Mädel, und ich liebe dich.« Ihre zerfurchten Wangen glänzten in dem Licht, das vom Haus nach draußen fiel, und ihre Augen glitzerten. Sie senkte den Kopf, küsste meine Finger und stand auf. Tante Raylene trat aus der Tür heraus, aber Mama wich schnell zurück und schüttelte wieder den Kopf. Wir schauten ihr nach, wie sie durch den Garten ging, hörten, wie sie in der Dunkelheit hinter der Straßenbiegung den Pontiac anließ.

»Verdammt«, fluchte Raylene. Sie hämmerte mit Fäusten auf die Türklinke. »Verdammt«, sagte sie noch einmal und ließ wieder eine Hand heruntersausen, als wüsste sie nichts anderes zu sagen, zu tun. Ich hielt den Umschlag und betrachtete ihre Schultern. Sie bebten, aber Raylene gab keinen Ton von sich.

»Weißt du, wo sie hinfährt?«, fragte ich.

»Nein.« Das Wort war nur ein Flüstern. Raylene hob die Hände und ließ sie gleich wieder fallen. Sie drehte sich nicht zu mir um, und ich wusste, sie wollte nicht, dass ich ihr Gesicht sah.

»Kalifornien«, sagte ich. »Oder vielleicht Florida. Er hat immer darüber geredet, dass er irgendwann mal mit uns da hinfährt, irgendwohin, wo die Orangen wachsen und 'n Mann 'ne anständige Arbeit finden kann.« Meine Stimme klang so rau und böse, dass ich sie kaum wieder erkannte.

Ich fühlte mich alt und eiskalt, obwohl ich wusste, dass es eine warme Nacht war. Ich schaute an meinem verbundenen Arm hinunter auf den Umschlag. Er war groß, gelb, behördenmäßig und nicht verschlossen. Ich sah hinein.

Eine dreifach gefaltete Urkunde steckte darin.

RUTH ANNE BOATWRIGHT
MUTTER: ANNEY BOATWRIGHT
VATER: UNBEKANNT

Beinah hätte ich beim Lesen gelacht. Das Krankenhaus von Greenville und das im Briefkopf geprägte County-Siegel, die Familienlegende auf Pseudopergament. Ich hatte sie noch nie zuvor gesehen, aber alles darüber gehört. Ich faltete das untere Drittel auf.

Es war leer, kein Zeichen, kein Stempel.

Ich schaute in die dunkle Nacht hinaus, vorbei an Raylene und der Verandabrüstung. Was hatte sie getan? Ich schüttelte den Kopf und schluckte. Ich wusste nichts, begriff nichts. Vielleicht würde ich das nie. Wer war Mama, was wollte sie sein oder tun, bevor ich geboren wurde? Mit meiner Geburt hatten sich ihre Hoffnungen gewendet, und ich war an ihrem Leben hochgeklettert wie eine Blume, die sich nach der Sonne streckt. Vierzehn und verängstigt, fünfzehn und Mutter, gerade einundzwanzig, als sie Glen heiratete. Ihr Leben hatte meines eingeschlossen. Wie würde ich sein mit fünfzehn, zwanzig, dreißig? Würde ich genauso stark sein wie sie, genauso hungrig nach Liebe, genauso verzweifelt, entschlossen und beschämt?

Meine Augen waren trocken, die Nacht hüllte mich wie eine Decke ein. Ich war nicht alt. In ein paar Wochen wurde ich dreizehn. Ich war schon die, die ich einmal sein würde. Ich stopfte den Umschlag in meine Brusttasche. Als Raylene zu mir kam, ließ ich es zu, dass sie meine Schulter berührte, neigte den Kopf, um mich an sie zu lehnen, traute ihrem Arm und ihrer Liebe. Ich war die, die ich einmal sein würde, eine wie sie, wie Mama, eine Boatwright. Ich verflocht meine Finger mit denen von Raylene und beobachtete, wie sich die Nacht auf uns herabsenkte.